DER PFAD DES KRIEGERS

Die Finsternis war in ihm und um ihn, die flammenden Augen blickten aus seinem eigenen Gesicht. Er hatte die ganze Zeit gewusst, was die Schattengestalt war, gegen die er gekämpft hatte, doch erst jetzt vermochte er sie richtig zu sehen. Er hatte gegen die Triebe und Begierden angekämpft, die er im Herzen empfand. Er hatte so sehr versucht seinen Zorn zu kontrollieren, doch sein Kampf war aus der Ahnungslosigkeit erwachsen.

Die Finsternis war nicht mehr als Korlandrils geschlossene Augen. Er öffnete sie und betrachtete die Welt mit neuen Augen durch die rubinroten Linsen seines Helms.

Geduckt machte er einen Schritt vorwärts und nahm Kampfhaltung ein. Er war nicht mehr aus Fleisch und Blut, kein sterbliches Wesen voller Falschheit und roher Leidenschaft. Er war ein Krieger. Er war Teil des blutbefleckten Gottes, ein Aspekt Kaela Mensha Khaines.

Korlandril gab es nicht mehr.

An seiner Stelle stand ein Striking Scorpion des Tödlichen Schattens.

Der Pfad der Eldar

DER PFAD DES KRIEGERS
DER PFAD DES SEHERS
DER PFAD DES AUSGESTOSSENEN
Gav Thorpe

Der Pfad der Dark Eldar

DER PFAD DES RENEGATEN
DER PFAD DES INCUBUS
DER PFAD DES ARCHONS – Juni
Andy Chambers

Mehr Warhammer 40.000

Der Macharius-Kreuzzug

DER ENGEL DES FEUERS
DIE FAUST VON DEMETRIUS
DER FALL DES MACHARIUS
William King

OPERATION DONNERSCHLAG
Steve Parker

Space Wolves

BLUT VON ASAHEIM
STURMRUFER
Chris Wraight

Die Mechanicus-Trilogie

PRIESTER DES MARS
HERRSCHER DES MARS
GÖTTER DES MARS – Mai
Graham McNeill

Space Marine Battles

LEGION DER VERDAMMTEN
Rob Sanders

DIE BELAGERUNG VON CASTELLAX
C L Werner

DER GILDARGRABBEN
S P Cawkwell

ZORN DES EISENS
Chris Wraight

ARCHITEKT DES SCHICKSALS
versch. Autoren

DAS VERDERBEN VON ANTAGONIS
David Annandale

WARHAMMER 40,000

DER PFAD DER ELDAR
BUCH EINS

DER PFAD DES KRIEGERS

GAV THORPE

BLACK LIBRARY

Für Jes und White Dwarf 127; dafür, dass sie mich auf den richtigen Pfad gebracht haben.

EINE PUBLIKATION VON BLACK LIBRARY

Englische Erstausgabe 2010 in Großbritannien herausgegeben von Black Library.
Deutsche Erstausgabe 2014 herausgegeben von Black Library.
Diese Ausgabe herausgegeben 2015.
Black Library ist eine Abteilung von Games Workshop Ltd., Willow Road, Nottingham, NG7 2WS, UK.

10 9 8 7 6 5 4 3 2 1

Titel des englischen Originalromans: *Path of the Warrior*
Deutsche Übersetzung: Oliver Hoffmann
Umschlagbild: Neil Roberts
Vertrieb: EGMONT Verlagsgesellschaften mbH

Druck und Bindung: CPI Group (UK) Ltd, Croydon, CR0 4YY

ISBN13: 978-1-78193-100-4

Product code: 04100181051

Gedruckt und gebunden in Großbritannien.

Wir schreiben das 41. Jahrtausend. Seit mehr als einhundert Jahrhunderten sitzt der Imperator reglos auf dem Goldenen Thron von Terra. Durch den Willen der Götter ist er der Herr der Menschheit und durch die Macht seiner unerschöpflichen Armeen der Gebieter über Millionen von Welten. Er ist ein verwesender Leichnam, der von unverstandenen Kräften aus dem Dunklen Zeitalter der Technologie durchströmt wird. Er ist der verfallene Herrscher des Imperiums, für den jeden Tag eintausend Seelen geopfert werden, auf dass er niemals wirklich sterbe.

Doch auch in seinem unsterblichen Schlaf wacht der Imperator auf ewig weiter. Mächtige Kriegsflotten durchqueren das von Dämonen heimgesuchte Miasma des Warp, die einzige Verbindung zwischen fernen Sternen, ihr Weg erleuchtet durch das Astronomican, die psionische Manifestation des Willens des Imperators. Gewaltige Armeen ziehen auf zahllosen Welten in seinem Namen in den Kampf. Die mächtigsten unter ihnen sind das Adeptus Astartes, die Space Marines – biotechnisch veränderte Superkrieger. An ihrer Seite stehen Tausende und Abertausende Soldaten des Astra Militarum, unzählige planetare Verteidigungsstreitkräfte, die ewig wachsame Inquisition und die Techpriests des Adeptus Mechanicus. Dennoch reichen ihre Taten kaum aus, um die immerwährende Bedrohung durch Xenos, Häretiker, Mutanten und Schlimmeres in Schach zu halten.

In jener Zeit zu leben bedeutet, einer unter vielen Milliarden zu sein. Es bedeutet, unter einem unvorstellbar grausamen und blutigen Regime zu leben. Dies ist die Geschichte jener Zeit. Vergiss die Macht der Technologie und der Wissenschaft, denn vieles ist vergessen worden, um nie wieder erlernt zu werden. Vergiss das Versprechen des Fortschritts und der Aufklärung, denn in der dunklen Zukunft gibt es nur den Krieg. Es existiert kein Frieden zwischen den Sternen, nur ewig währender Kampf und das Gelächter blutdürstiger Götter.

»Das Leben ist für uns, wie das Labyrinth von Linnian, dessen geheimnisvolle Korridore zu wundersamen Anblicken und albtraumhaften Begegnungen gleichermaßen führten, für Ulthanesh war. Jeder von uns muss das Labyrinth allein durchschreiten, muss den Spuren jener folgen, die vor ihm kamen, sich aber auch neue Wege durch das Labyrinth des Daseins bahnen.

Früher zogen uns die finstersten Geheimnisse an und wir rannten wild durch das Labyrinth im Versuch alles zu erleben, was es zu bieten hatte. Als Einzelne und als Zivilisation verirrten wir uns und schufen damit die Mittel, die unseren eigenen Untergang herbeiführen konnten; ungebremste Erforschung führte zur Finsternis unseres Falls.

In der anschließenden Leere fanden wir einen neuen Weg: den Pfad. Durch die Weisheit des Pfades verbringen wir unser Leben damit die Bedeutung des Daseins zu erforschen und bewegen uns diszipliniert und unter Anleitung von einem Teil des Labyrinths zum anderen, damit wir uns nie wieder verirren. Auf dem Pfad erleben wir das volle Potenzial der Liebe und des Hasses, der Freude und des Leids, der Lust und der Reinheit, wir bereichern unser Leben durch Erfahrungen und Erfüllung, erliegen aber nie den Schatten, die in unseren Gedanken lauern.

Doch wie alle Reisen ist der Pfad für jeden von uns anders. Manche verweilen lange an einem Ort; manche schweifen in die Ferne und besuchen viele Orte für eine kurze Zeit, während andere lange bleiben, um alle Ecken und Winkel zu erkunden; manche von uns verirren sich und verlassen den Pfad für eine Weile oder für immer, und manche von uns geraten in Sackgassen und stecken fest.«

– Kysaduras der Einsiedler,
Vorwort zu Betrachtungen zur Perfektion

PROLOG

Eine blaue Sonne spiegelte sich in den stillen Wassern des Sees, während ihre gelbe Gefährtin unmittelbar über den rot belaubten Bäumen am Rande des Wassers hing. Rote und schwarze Vögel überflogen den See mit schwirrenden Flügeln, ihre langen Schnäbel pickten nach Insekten, ihre schnatternden Rufe waren die einzigen Geräusche, die die Stille zerrissen.

Ein weißes Steingebäude stand am Wasser, seine lange Säulenveranda ragte auf dicken Pfeilern in den See hinaus. Jenseits der Säulenhalle ragte es zwischen den Bäumen auf, kubisch und mit Spitztürmen an allen vier Ecken. Rauchfäden kräuselten sich träge aus Entlüftungsschächten in der Mauer und die Brise trug sie über die Wälder davon. Schmale Fenster mit Klappläden aus rot gestrichenem Holz säumten die oberen Stockwerke und unter jedem ragte ein kleiner Balkon aus der Mauer.

Bewaffnete standen an den hohen Toren Wache und gingen Streife auf den Simsen, die an den rot gedeckten Dächern entlang verliefen. Die Männer trugen weite, schwarze Hosen, die in kniehohen Stiefeln steckten, und dazu dicke, rote Jacken mit Goldknöpfen und -tressen. Schwarze Kapuzen bedeckten ihre Köpfe und getönte Brillen schützten ihre Augen vor dem seltsamen Licht der hiesigen Sterne. Sie drehten ihre Runden und schwatzten arglos miteinander.

Fast ohne dass sich die Oberfläche kräuselte, glitten vier grün gepanzerte Gestalten aus dem Wasser und von den überlappenden, geschwungenen Platten ihrer Anzüge fielen silberne Tröpfchen. Sie trugen Pistolen und gezahnte Kettenschwerter. Geräuschlos zogen sich die Eldarkrieger auf die Veranda und verharrten im Schatten der Säulen, unsichtbar für die Wächtergruppe am Eingang.

Geduldig kauerten sie in der Dunkelheit und warteten.

Es gab einen Lichtblitz am Himmel und eine gewaltige Explosion ließ die Fassade des Gutshauses erbeben und ihre Wucht schleuderte Steinbrocken und geborstene Ziegel hoch in die Luft. Einen Augenblick später zuckte ein weiterer Blitz durch die Wolken herab und detonierte, wobei er eines der Türmchen in einer Staubwolke vergehen ließ und den gepflegten Rasen neben dem Gutshaus mit zermalmten Körpern übersäte.

Am anderen Ende der Gärten tauchten am Waldrand schwarz gerüstete Gestalten auf, lange Granatwerfer unter dem Arm. Ein wogender Feuerstoß sandte eine Geschosssalve in Richtung des Hausdachs, während andere Krieger über Blumenbeete huschten, über Steinbänke sprangen und durch Springbrunnen rannten.

Kenainath, Exarch des Schreins des Tödlichen Schattens, bedeutete seinen Striking Scorpions, in den Schatten der Veranda auf der Seeseite zu bleiben, ohne den Blick von den Soldaten an der Tür abzuwenden. Wie erwartet nahmen die Männer ihre Gewehre von den Schultern und verließen hastig ihren Posten, stürmten auf die Angreifer am anderen Ende der Gärten zu. Kenainath sprang vor, als sie vorbeieilten, und seine knisternde Energieklaue bohrte sich in den Hinterkopf des nächsten Menschen.

Seine Krieger folgten ihm und ihre Pistolen spien Garben moleküldünner Scheiben, während ihre Kettenschwerter schnurrten. Die überraschten Soldaten hatten keine Chance – die Klingen der Striking Scorpions streckten sie innerhalb weniger Augenblicke nieder, zerstückelten sie, weideten sie aus oder enthaupteten sie.

Kenainath kauerte inmitten der toten Soldaten und seine Augen mit den roten Linsen suchten nach Anzeichen von Gefahr. Andere Eldarkrieger – Dire Avengers in blaugoldenen Rüstungen – sprangen über die Veranda und schlossen sich dem Trupp an. Zusammen eilten sie auf den Hintereingang zu.

Ein Knarren und eine winzige Bewegung hinter einem der Läden im Erdgeschoss warnten Kenainath vor Gefahr. Er hechtete hinter einem Blumenkübel in Deckung, als die Läden aufflogen, und seine Krieger reagierten sofort und folgten ihm.

Der dicke Lauf einer automatischen Waffe krachte durch die Fensterscheibe und badete die Säulenhalle in Mündungsfeuer. Kugeln jaulten als Querschläger um die Striking Scorpions herum, wirbelten Steinsplitter auf und zerfetzten den Blumenkübel. Unmittelbar hinter dem Exarch schrie Iniatherin vor Schmerz. Die Dire Avengers erwiderten das Feuer und jagten einen Sturm aus ihren Shurikenkatapulten durch das Fenster. Der Mann dahinter fiel mit einem langgezogenen Schrei rückwärts um, sein Körper von dem Beschuss zerfetzt.

Kenainath sah über die Schulter. Iniatherin lag ausgestreckt auf dem weißen Stein, ein langer Holzsplitter hatte seine Rüstung durchbohrt und helles Blut pumpte aus einer Wunde in seiner Kehle. Innerhalb weniger Augenblicke war der Krieger tot und sein zuckender Körper wurde ganz still, während sich eine rote Lache um ihn ausbreitete.

Weitere Explosionen erschütterten die Fenster, als sich die Eldar zur Rechten Kenainaths Zugang zum Gebäude verschafften. Durch das zerbrochene Fenster sah der Exarch geschmeidige, knochenfarbene Gestalten durch einen Gang hüpfen und die durchdringenden Schreie, die unter den Masken der Howling Banshees hervordrangen, zerrissen die Luft.

Kenainath bedeutete seinem Trupp sich wieder Richtung Tür zu bewegen und schenkte seinem gefallenen Krieger einen letzten Blick. Er spürte keine Trauer; Schuld oder Bedauern konnte er nicht empfinden. Der Tod war denen, die den Pfad des Kriegers beschritten, kein Fremder. Der Verlust schwächte Kenainaths Trupp, aber als er auf den in unnatürlicher Haltung daliegenden Leichnam hinabsah, wusste er, dass die Schwächung des Tödlichen Schattens nicht von Dauer sein würde.

Das Universum strebte nach Harmonie und Gleichgewicht und, so behaupteten die Philosophen, verabscheute das Vakuum. Ein anderer würde Iniatherins Platz einnehmen.

Teil Eins

Künstler

FREUNDSCHAFT

In der Zeit vor dem Krieg im Himmel trat Eldanesh, der Speerträger, der Falkenfreund, der Herr der Eldar, den Armeen der Hresh-selain entgegen. Eldanesh war der größte der Eldar, sein Speer die beste Waffe, die Sterbliche je geschmiedet, doch der König der Hresh-selain hatte viele Krieger. Er war zwar der Herr der Eldar und wusste, es oblag ihm allein, sie zu schützen, doch Eldanesh wusste auch, dass er allein nicht obsiegen konnte. Er wandte sich an Ulthanesh, den zweitgrößten Krieger der Eldar, den Schwertträger, den Rabenfreund, und bat ihn um Hilfe im Kampf gegen die Hresh-selain. Eldanesh und Ulthanesh kämpften gemeinsam und ihrem Geschick und ihrer Kraft hatten die Hresh-selain nichts entgegenzusetzen. »So soll es immer sein«, sprach Eldanesh, »dass unsere Freunde uns zu Hilfe eilen, wenn wir am härtesten geprüft werden.«

Ein Stern erlosch.

Für die Eldar war er Mirianathir, Mutter der Wüstenwinde. Sie hing tief orange am dunklen Firmament und wilde Fusionsexplosionen und peitschende elektromagnetische Stürme geißelten ihre Oberfläche. Partikel strömten aus ihrem Leib und Energieeruptionen leckten an den nächstgelegenen Planeten und peitschten Mirianathirs Kinder mit ihrer tödlichen Berührung. Öde und leer umkreisten sie sie. Sie starb seit einer Million Jahre und ihr Sterben würde noch eine weitere Jahrmillion dauern.

Doch in ihrem Tod lag Leben für andere.

Für die Eldar.

Gebadet im radioaktiven Leuchten der Todeszuckungen Mirianathirs ritt eine Craftworld auf den Sternenwinden; ein künstlicher, scheibenförmiger Kontinent aus leuchtenden Kuppeln und silbrigen Energiesegeln, kühnen Brücken und glitzernden Türmen. Mit gespreizten Schwingen sog die Craftworld die lebensspendende Energie auf wie eine anorganische Pflanze mit hundert Kilometer langen, verspiegelten Blättern. Umgeben vom rötlichen Licht des sterbenden Sterns absorbierte die Craftworld Alaitoc alles, was Mirianathir zu bieten hatte, fing jeden Partikel und jede Sternenbrise auf und leitete sie durch die Geister ihrer Unendlichkeitsmatrix, um die Craftworld tausend weitere Jahre zu erhalten.

Der Raum rings um Alaitoc war voller Bewegung und Energie, genau wie der Stern, der es nährte. Schiffe wirbelten und schlingerten, lavierten auf den Sternenwinden und füllten ihre eigenen Energievorräte auf. Der Zugang zum Netz der Tausend Tore hinter der Craftworld wogte und wurde schwächer, ein schimmerndes Portal in den Raum zwischen dem Stofflichen und dem Nichtstofflichen. Handelsschiffe mit langen, kannelierten Rümpfen glitten in das Tor hinein und aus ihm heraus; schmale Zerstörer mit nachtblauen Rümpfen pirschten mit scharfen Geschützbatterien und schussbereiten Torpedos durch den dichten

Verkehr; schlanke Yachten schossen in dem Raumschiffschwarm umher; majestätische Schlachtschiffe bahnten sich gravitätisch ihren Weg durch das geordnete Chaos.

Mit einem goldenen Lichtschimmer weitete sich der Warpportalfokus für einen Moment und wo eben noch Vakuum gewesen war, schwebte nun die *Lacontiran*, ein vogelartiger Handelsschoner, der gerade von einer langen Reise zu den Sternen des Endlosen Tals wiederkehrte. Er holte die Sonnensegel ein, wandte sich wendig dem sternseitigen Rand der Craftworld zu und folgte einem Kurs, der ihn zum Turm des Ewigen Willkommens führte.

Der Anlegeturm erhob sich fünf Kilometer über die Oberfläche der Craftworld und war umgeben von einer bläulichen Aura, der die gefräßige Leere des Raums in Schach hielt. Wie das Horn eines Narwals ragte der Turm spiralig in die Finsternis und Hunderte von Skulpturen säumten über seine gesamte Ausdehnung die eleganten Gerüste und gewundenen Wandelhallen. Eldar aller Pfade waren gekommen, um das weit gereiste Schiff zu begrüßen: Poeten, Ingenieure, Gärtner, Autarchs, Farseers, Aspect Warriors, Stylisten und Kartographen. Alle Lebensbereiche waren vertreten, gekleidet in den Prunk schwerer Roben, glitzernder, hautenger Anzüge oder fließender Tuniken in grellen Farben. Schals ergossen sich wie gelbe und rote Wellen und Helme mit hohen Büschen erhoben sich über ein Meer kunstvoll frisierter Köpfe. Juwelen in allen Farben an glitzernden Bändern, Ringen und Ketten aus Silber, Gold und Platin leuchteten im Licht der Craftworld.

Ganz ungezwungen gingen die Eldar miteinander um: umarmten alte Freunde, machten neuen Bekannten Komplimente, blieben dabei aber immer für sich, respektierten die Privatsphäre der anderen. Ihre Stimmen erhoben sich gemeinsam zu einer Symphonie der Klänge, die dem Geschwätz einer Menschenmenge ebenso wenig glich wie das Murmeln eines Kindes dem Klang eines großen Orchesters. Sie redeten miteinander, übereinander und auch zur gleichen Zeit und ihre Stimmen waren lyrisch, jede Intonation ein Wohlklang, jede Geste gemessen und präzise. Manche sprachen gar nicht, doch ihre Körpersprache verriet, was sie dachten; das leiseste Heben einer Braue, das Beben einer Lippe oder das Zittern eines Fingers verrieten Erregung und Vorfreude, Glück oder Unwohlsein.

Inmitten dieses Kaleidoskops des Craftworld-Lebens stand Korlandril. Seine schlanke Gestalt war in eine vorn offene Robe aus schimmerndem, seidigem Gold gehüllt, Hunderte moleküldünner Ketten in allen Farben des Spektrums zierten seinen Hals und seine Handgelenke, so dass es aussah, als ragten seine Hände und sein Gesicht aus Miniaturregenbögen. Sein langes, schwarzes Haar war zu einem komplizierten Zopf geflochten, der über seine linke Schulter hing, gehalten von Holobändern, die sich ständig von Saphiren in Diamanten, dann in Smaragde und jeden anderen den Eldar bekannten Edelstein verwandelten. Er hatte sich in aller Ruhe nach der Ästhetik Arestheinas herausgeputzt und das Ergebnis lange in einem Spiegelfeld betrachtet, denn er wusste, seine Gefährtin liebte die Werke des alten Künstlers.

Thirianna war schlichter gekleidet: Sie trug ein weißes, knöchellanges, unter dem Knie gefälteltes Kleid, bestickt mit zartem, grauem Faden, der nur einen Hauch dunkler war als der Stoff selbst, wie die Schatten einer Wolke. Es war ärmellos und enthüllte blasse Arme, die mit Henna-Wellenmustern bemalt waren. Sie trug ein durchscheinendes Tuch um die Schultern, dessen rotweiße, hauchdünne Falten ihr über Arme und Brust fielen. Ihr Haar, das sie passend zum Kleid weiß gefärbt hatte, hatte zwei azurne Strähnen, die ihr schmales Gesicht umrahmten und das Dunkelblau ihrer Augen betonten. Auch ihr Wegstein war dunkelblau, umrahmt von einer reinsilbernen Fassung hing er an einer dünnen Kette aus dem gleichen Metall.

Korlandril sah Thirianna an, während die Augen aller

anderen dem Raumschiff zugewandt waren, das jetzt anmutig neben den sich entfaltenden Steg des Kais glitt. Seit fünfzehn Zyklen hatte er sie nicht mehr gesehen. Fünfzehn Zyklen zu viel – zu lange war er ohne ihre Schönheit und Leidenschaft gewesen, ohne ihr Lächeln, das seine Seele berührte. Er hegte die Hoffnung, ihr würde auffallen, wie viel Mühe er sich mit seinem Erscheinungsbild gegeben hatte, doch bisher hatte sie noch nichts dazu gesagt.

Er sah den Glanz in ihren Augen, als sie das nahende Raumschiff ansah, einen Hauch von Feuchtigkeit, und bemerkte, dass ihr ganzer Körper vor Aufregung zitterte. Er wusste nicht, ob es einfach der Anlass war, der solche Vorfreude hervorrief – die Gala-Atmosphäre war sehr ansteckend – oder ob eine tiefere, persönlichere Freude Thiriannas Herz bewegte. Vielleicht freute sie sich mehr über Aradryans Rückkehr, als Korlandril lieb war. Dieser Gedanke ließ etwas in Korlandrils Brust erwachen, eine Schlange, die sich entwand. Er wusste, seine Eifersucht war unberechtigt und er hatte keinen Anspruch auf Thirianna, doch es gelang der Präzision seiner Gedanken nicht die Gefühle zu ersticken, die in ihm brannten.

Das Opal-Oval von Korlandrils Wegstein in seiner goldenen Fassung erwärmte sich auf seiner Brust, seine Hitze durchdrang den Stoff seiner Robe. Wie eine Warnleuchte auf der Anzeigetafel eines Schiffs ließ der Aufruhr des Wegsteins Korlandril einen Augenblick innehalten. Seine Eifersucht war nicht nur unangebracht, sie war gefährlich. Er schob das Gefühl in die dunklen Ecken seines Geistes, schloss es in einen mentalen Tresor ein, um es später wieder hervorzuholen, wenn es keine Gefahr mehr darstellte.

Der Gedanke an Aradryan erinnerte Korlandril daran, warum er auf dem Turm war: um einen alten Freund willkommen zu heißen. Hätte Thirianna bei Aradryan sein wollen, wäre sie mit ihm gereist. Korlandril unterdrückte seine Ängste Thiriannas Gefühle betreffend und stellte fest, dass er wie sie darauf brannte ihren wiederkehrenden

Gefährten zu begrüßen. Die Schlange in ihm senkte den Kopf und schlief wieder ein, wartete ab.

Ein Dutzend Luken im Rumpf der *Lacontiran* öffneten sich und verströmten eine Woge schillernden Lichts und den Duft von Honig über das geschwungene Dock. Durch die hohen Torbögen gingen in langen, gewundenen Schlangen Passagiere und Mannschaft von Bord. Thirianna stellte sich auf die Zehenspitzen und balancierte so mühelos, um über die Köpfe der Eldar vor ihr hinwegsehen zu können, eine Hand leicht seitlich ausgestreckt, um das Gleichgewicht besser halten zu können.

Korlandrils scharfe Augen erspähten Aradryan zuerst, was ihn mit diebischer Freude erfüllte; ein Sieg, obwohl sie keinen Wettstreit vereinbart hatten.

»Da ist er, unser Wanderer kehrt zu uns zurück wie Anthemion mit der goldenen Harfe!«, sagte Korlandril und zeigte auf den Steg zu ihrer Linken, nachdem er seine Finger für Sekundenbruchteile auf Thiriannas nacktem Arm hatte ruhen lassen, um ihre Aufmerksamkeit zu erregen.

Auch wenn Korlandril ihn sofort erkannt hatte, sah Aradryan ganz anders aus als bei seinem Aufbruch. Nur an seinen hohen Wangenknochen und den schmalen Lippen hatte Korlandril ihn erkannt. Sein Haar war links barbarisch kurz geschoren, bis fast auf die Kopfhaut, und hing rechts in ungekämmten Locken herab, die weder frisiert noch geflochten waren. Er trug dunklen Lidschatten, was ihm ein totenschädelartiges Starren wie aus leeren Augenhöhlen verlieh, trug Dunkelblau und Schwarz und war in lange Zwielichtfäden gehüllt. Seinen gelb glänzenden Wegstein trug er als Brosche, die weitgehend in den Falten seiner Robe verschwand. Aradryans abweisender Blick fiel auf Korlandril und Thirianna und der finstere Ausdruck darin wich einem glücklichen Schimmer. Aradryan winkte zum Gruß und bahnte sich mühelos einen Weg durch die Menge, bis er vor dem Paar stand.

»Eine glückliche Rückkehr«, erklärte Korlandril und breitete die Arme zum Willkommen aus, die Handflächen Aradryans Gesicht zugewandt, »und ein erfreuliches Wiedersehen.«

Thirianna sagte gar nichts, sondern strich einen Augenblick lang mit dem Handrücken über Aradryans Wange, ehe sie ihm die schlanken Finger auf die Schulter legte. Aradryan erwiderte die Geste, was einen Funken eifersüchtiger Gereiztheit in Korlandril anfachte, den nicht zu zeigen er sich alle Mühe gab. Die Schlange in seinen Eingeweiden öffnete interessiert ein Auge, aber Korlandril zwang sie sich ruhig zu verhalten. Der Augenblick verging, Aradryan löste sich von Thirianna und legte seine Hände auf Korlandrils, ein schiefes Lächeln auf den Lippen.

»Sei gegrüßt und vielen Dank für den Empfang«, sagte Aradryan. Korlandril musterte das Gesicht seines Freundes, suchte nach dem schelmischen Lächeln, das einst hinter seinen Augen gelauert hatte, dem ansteckenden, offenen Grinsen, das jeder Bewegung seiner Lippen innegewohnt hatte. Sie waren verschwunden. Aradryan strahlte Ernst und Aufrichtigkeit aus, ja sogar Wärme, doch Korlandril spürte eine Barriere; Aradryans Gesicht war ganz leicht Thirianna zugewandt, sein Rücken einen Hauch von Korlandril weggekrümmt.

Selbst unter den Eldar hätten so subtile Veränderungen unbemerkt bleiben können, doch Korlandril ging den Pfad des Künstlers und hatte seine Beobachtungsgabe und Aufmerksamkeit für kleine Details in einem Maße geschärft, dass sie ans Mikroskopische grenzten. Er merkte alles, erinnerte sich an jede Nuance und Facette und wusste aus seinen eingehenden Studien, dass allem Bedeutung innewohnte, ob bewusst oder unbewusst. Es gab kein unschuldiges Lächeln, kein absichtsloses Zwinkern. Jede Bewegung hatte ihren Grund und nun drehten sich Korlandrils Gedanken um Aradryans subtiles Zögern.

Korlandril hielt Aradryans Hände einen Augenblick länger als nötig, denn er hoffte, der ausgedehnte Körperkontakt der Begrüßung könnte seinen Freund an das Band zwischen ihnen erinnern. Wenn er das tat, ließ sich Aradryan nichts anmerken. Mit demselben leisen Lächeln entzog er ihm seine Hände, faltete sie auf dem Rücken und hob fragend die Brauen.

»Sagt mir, liebste Freunde, die zu treffen mich überaus erfreut, was habe ich verpasst?«

Das Trio spazierte über den Boulevard der Träume, eine silberne Rampe, die unter tausend Kristallbögen hindurch ins Herz Alaitocs führte. Das Halblicht Mirianathirs spiegelte sich in ihrem Kuppeldach, eingefangen und gebrochen von dem kunstvoll facettierten Kristall, sodass es zart orange und rosa auf die Fußgänger drunten hinabschien.

Korlandril hatte angeboten, Aradryan in sein Quartier zu fahren, doch sein Freund hatte abgelehnt, er wollte lieber das Gefühl der Wiederkehr und die zwanglos umherspazierenden Eldarmengen auskosten. Aus dem Wenigen, das Aradryan gesagt hatte, schloss Korlandril, dass seine Reise an Bord der *Lacontiran* in weiten Teile eine einsame gewesen sein musste. Mit leisem Neid sah Korlandril, wie schlanke Antigrav-Gleiter mühelos vorbeiglitten und ihre Passagiere rasch ans Ziel brachten. Ein jüngerer Korlandril wäre entsetzt gewesen von der Trägheit Korlandrils, des Bildhauers, der die profane Anstrengung körperlicher Arbeit als Ablenkung von seinem abstrakten Denken empfand. Doch solche Selbstkritik war unmöglich; in seinem Wunsch, jeden Einfluss von außen, jede Erfahrung, die sein Körper und sein Geist nicht selbst gemacht hatten, willkommen zu heißen, hatte er jede Form der Befangenheit abgelegt. So dachte ein Künstler, der über allem Praktischen stand und auf dem Sternenlicht der reinen Beobachtung und Phantasie tanzte.

Dieses Streben nach Eindrücken führte dazu, dass Korlandril den Großteil ihrer Unterhaltung bestritt. Er sprach ausführlich über seine Werke und alles, was seit Aradryans

Weggang auf der Craftworld geschehen war. Aradryan beschränkte sich auf knappe Kommentare und Antworten ohne Ausschmückungen, was Korlandril die Inspiration vorenthielt und seinen künstlerischen Durst ungestillt ließ.

Korlandril fiel auf, dass Aradryan eloquenter wurde, wenn Thirianna sprach, und lieber über sie als über sich selbst reden wollte.

»Ich spüre, dass du nicht mehr im Schatten Khaines wandelst«, sagte Aradryan mit zustimmendem Nicken, den Blick auf Thirianna gerichtet.

»Ja, der Pfad des Kriegers ist für mich beendet«, erwiderte sie nachdenklich, ohne den Blick von Aradryan zu wenden. »Der Aspekt der Dire Avengers hat meinen Zorn für hundert Lebensalter gestillt. Ich schreibe Gedichte, die von der uriathillinischen Reimschule beeinflusst sind. Ich finde, sie verfügt über eine Komplexität, die Intellekt und Gefühl gleichermaßen stimuliert.«

»Thirianna die Poetin würde ich gerne kennenlernen und vielleicht werden deine Verse mich auf denselben Pfad leiten«, sagte Aradryan. »Ich würde dich sehr gerne lesen hören, wenn es dir beliebt.«

»Ich auch«, schloss sich Korlandril an. »Thirianna weigert sich mir ihre Werke zu zeigen, obwohl ich schon mehrfach vorgeschlagen habe, wir könnten gemeinsam ein Kunstwerk schaffen, das ihre Verse mit meinen Skulpturen verbindet.«

»Meine Verse gehören mir und sonst niemandem«, sagte Thirianna ruhig. »Sie sind weder für den öffentlichen Vortrag noch für fremde Ohren bestimmt.«

Sie sah Korlandril genervt an.

»Manche schaffen ihre Kunst zwar, um sich der Welt gegenüber auszudrücken, doch meine Gedichte sind intime Geheimnisse, deren Bedeutung nur ich verstehe und anhand derer ich meine Ängste und Wünsche erkenne.«

Nach dieser Zurechtweisung verstummte Korlandril für eine Weile, doch bald ertrug er die Stille nicht mehr und stellte eine Frage, die sein Unterbewusstsein beschäftigte, seit er von Aradryans Rückkehr gehört hatte.

»Bist du nach Alaitoc zurückgekommen, um sesshaft zu werden?«, erkundigte er sich. »Ist deine Zeit als Rudergänger vorbei oder kehrst du auf die *Lacontiran* zurück?«

»Ich bin doch gerade erst angekommen – bist du so begierig darauf mich wieder gehen zu sehen?«, erwiderte Aradryan.

Korlandril öffnete den Mund, um das zu leugnen, aber die Worte verflogen, als er für einen kurzen Augenblick einen Anflug des alten Humors in Aradryan registrierte. Korlandril lächelte über den Scherz und neigte das Haupt, um anzuzeigen, dass er auf Aradryans Humor hereingefallen war.

»Ich weiß noch nicht«, fuhr Aradryan nachdenklich fort. »Ich habe als Rudergänger alles gelernt, was es zu wissen gibt, und fühle mich vollständig. Die Unstetigkeit, die einst mein Denken plagte, ist vergangen. Nichts nährt Kontrolle und Fokus so nachhaltig, wie ein Schiff über die stürmischen Wellen eines Nebels oder entlang der wirbelnden Kanäle des Netzes der Tausend Tore zu steuern. Ich habe draußen zwischen den Sternen viele großartige, wunderbare Dinge gesehen, aber ich habe das Gefühl, da draußen gibt es noch so viel mehr zu finden, anzufassen, zu hören und zu erfahren. Vielleicht werde ich aufs Raumschiff zurückkehren, vielleicht nicht. Natürlich möchte ich zuerst ein wenig Zeit mit meinen Freunden und meiner Familie verbringen, um das Leben auf Alaitoc wieder kennenzulernen und zu erkennen, ob ich wieder auf Wanderschaft ausziehen will oder ob ich hier zufrieden sein kann.«

Thirianna nickte zustimmend bei dieser weisen Vorgehensweise und selbst Korlandril, der gelegentlich sehr zu impulsivem Handeln neigte, erkannte die Vorzüge darin, eine solche Entscheidung gut abzuwägen.

»Du kehrst genau zur rechten Zeit wieder, Aradryan«,

sagte er, denn er hatte wieder das Gefühl, ein Loch in der Konversation füllen zu müssen. »Mein neuestes Werk nähert sich der Vollendung. In ein paar Zyklen gebe ich eine Enthüllungsfeier. Es wäre mir eine Freude und eine Ehre, wenn ihr beide daran teilnehmen könntet.«

»Ich wäre auch ungeladen gekommen!«, sagte Thirianna, deren Enthusiasmus einen Schauer der Erregung durch Korlandrils Körper sandte, lachend. »Ich höre deinen Namen recht häufig und man ist voll des Lobes für dich und erwartet sehr viel von diesem neuen Werk. Es wäre äußerst unschicklich ein solches Ereignis zu verpassen, wenn man als Frau mit Geschmack gelten möchte.«

Aradryan schwieg einen Augenblick und Korlandril konnte die Gedanken seines Freundes nicht an dessen Miene ablesen. Es war, als trüge er eine ausdruckslose Maske.

»Ja, auch ich würde gern kommen«, sagte Aradryan schließlich und sein Gesicht zeigte wieder Regungen. »Ich fürchte, mein Geschmack hat vollkommen den Anschluss an den euren verloren, aber ich freue mich darauf zu sehen, was Korlandril der Bildhauer in meiner Abwesenheit geschaffen hat.«

MEISTERWERK

In den ersten Tagen der Eldar schenkte Asuryan Eldanesh und seinen Jüngern das Leben. Er hauchte ihren Leibern alles ein, was sie werden sollten. Doch sonst gab es nichts auf der Welt. Alles war kahl und kein Blatt, kein Fisch, kein Vogel und kein Säugetier wuchs, schwamm, flog oder ging an ihrer Seite. Eldanesh war verzweifelt über die Unfruchtbarkeit seines Heims und dessen Leere schuf in ihm eine noch größere Leere. Als Isha seine Pein sah, übermannte auch sie der Kummer. Isha vergoss eine Träne für die Eldar und ließ sie auf die Welt fallen. Wo sie auftraf, entstand neues Leben. Aus ihrer Trauer erwuchs Freude, denn die Welt der Eldar war voller wunderbarer Dinge, und Eldaneshs Leere verging und er dankte Isha für ihre Liebe.

Ein frustriertes Fauchen erhob sich in Korlandrils Kehle, und er bemühte sich es zu unterdrücken, ehe es Klang wurde. Er funkelte das Blutströpfchen an, das aus der winzigen Stichwunde in seinem Daumen quoll, und sah darin ein rotes Miniaturspiegelbild seiner eigenen wütenden Züge. Er verschmierte das Blut zwischen Daumen und Zeigefinger und wandte seinen Zorn der winzigen Spitze zu, die aus dem Geisterstein hervorstand und an der ein karmesinroter Fleck schimmerte.

Dieser winzige Grat war ein Affront gegen jede Empfindsamkeit, die er entwickelt hatte. Er störte die exakte Linie des gebogenen Arms seiner Skulptur, eine Verfehlung im ansonsten vollkommenen Verlauf des Organischen und des Anorganischen. Er durfte nicht sein und Korlandril wusste nicht, wie er entstanden war.

So ging es jetzt schon seit zwei Zyklen. Jedes Mal, wenn er Hand an den Geisterstein legte, um ihn in die Form zu bringen, die ihm so klar vor seinem geistigen Auge stand, weigerte er sich, sich seinen Gedanken zu unterwerfen. Er hatte den gesamten letzten Zyklus gebraucht, nur um drei Finger perfekt hinzubekommen, und in diesem Tempo würde das Werk in nur zwei Zyklen, wenn die Enthüllung anstand, alles andere als fertig sein.

Der blass ockerfarbene Geisterstein lag reglos da, schlummerte ohne seine Liebkosung, aber für Korlandril hatte er ein Eigenleben entwickelt. Er lehnte sich gegen seine Wünsche auf, entzog sich den Formen, die er erreichen wollte, bildete scharfe Kanten, wo sanfte Kurven sein sollten, und prägte winzige Dornen und Spitzen aus, wann immer seine Konzentration auch nur im Geringsten nachließ.

Er wusste, es war nicht die Schuld des Geistersteins. Er hatte keinen Willen, keine Seele. Er reagierte nur auf seine Vorgaben, formte sich durch seine sanfte psychische Manipulation. Jetzt war er inaktiv, aber Korlandril spürte eine gewisse Selbstgefälligkeit in seiner mangelnden Kooperationsbereitschaft, während ein anderer Teil seines Geistes ihm gleichzeitig sagte, dass er einfach nur seine Frustration auf einen unbelebten Gegenstand projizierte.

Sein Geist schweifte ab, alle Konzentration war jetzt dahin und Korlandril trat zurück und wandte voller Scham über sein Scheitern den Blick ab. Das Schimmern des Holofeldes um ihn herum, das dazu diente sein Werk vor Bewunderern abzuschirmen, bis es in all seiner vollendeten Pracht enthüllt wurde, zeigte Korlandrils Augen eine Korona aus Farben. Für einen Moment verlor er sich in der Betrachtung des wabernden Blätterdachs jenseits des schimmernden Holofeldes und das verzerrte Panorama flutete seinen Geist mit Inspiration.

»Ich wage kaum zu fragen«, erklang eine Stimme hinter Korlandril. Er wandte sich um und sah seinen Mentor Abrahasil die Statue eingehend betrachten.

»Du musst nichts fragen«, sagte Korlandril. »Aradryans Rückkehr beunruhigt mich, aber ich weiß nicht, warum. Ich bin froh, dass mein Freund wieder bei uns ist.«

»Was denkst du über Aradryan hinsichtlich deines Werkes?«

»Nichts«, erwiderte Korlandril. »Ich habe dieses Werk begonnen, lange bevor ich von seiner Rückkehr erfuhr.«

»Doch seither kommst du nur langsam voran und seit er wieder da ist fast gar nicht«, sagte Abrahasil. »Die Wirkung ist klar, auch wenn dir die Ursache unklar erscheint. Kann ich vielleicht helfen?«

Korlandril zuckte unschlüssig mit den Achseln und spürte dann einen zerknirschten Stich, als er Abrahasil enttäuscht seufzen hörte.

»Natürlich weiß ich jeden Ratschlag zu schätzen, den du mir geben kannst«, antwortete Korlandril und zwang sich die Statue anzusehen. »Ich sehe alles ganz klar, jede Linie und jeden Bogen, wie du es mich lehrtest. Ich lasse das Tempo und den Frieden eins in mir werden, wie du es mich lehrtest. Ich lenke meine Gedanken und meine Bewegungen in Richtung ihrer Erschaffung, wie du es mich lehrtest. Nichts, was ich tue, hat sich geändert, und doch lehnt sich der Geisterstein gegen meine Forderungen auf.«

Bei diesem letzten Kommentar hob Abrahasil einen dünnen Finger.

»Forderungen, Korlandril? Wünsche, nicht Forderungen, formen den Geisterstein. Eine Forderung ist ein aggressiver Akt; ein Wunsch ist ein Akt der Unterwerfung. Der Gedanke formt den Akt, der die Gestalt formt. Warum sind Wünsche zu Forderungen geworden?«

Zunächst antwortete Korlandril nicht, überrascht, dass ihm ein so einfacher Unterschied nicht aufgefallen war, so subtil er auch sein mochte. Er wiederholte bei sich die Frage, durchsuchte seine Gedanken, durchforstete seine Denkprozesse, bis er den Punkt fand, an dem Wünsche zu Forderungen geworden waren.

»Ich will andere mit meiner Arbeit beeindrucken und verspüre den Erwartungsdruck«, sagte Korlandril schließlich, froh eine Antwort gefunden zu haben.

»Das ist nicht das Problem«, antwortete Abrahasil mit ganz leicht geschürzten Lippen und durchbohrte damit Korlandrils Blase der Selbstzufriedenheit. »Dein Werk war immer schon ausdrucksvoll, sollte deine Erkenntnisse anderen vermitteln. Das hat sich nicht geändert. Denk an etwas Spezifischeres. Etwas, das mit Aradryan zu tun hat.«

Wieder trieb Korlandril in seinen eigenen Erinnerungen und Gefühlen dahin und brachte Ordnung in seine Gedanken, genau wie er den Geisterstein in seine fließenden Formen brachte. Er fand, was er suchte, visualisierte den Augenblick der Veränderung und keuchte bei dieser Erkenntnis leise auf.

Er sah Abrahasil zögernd an, weil er diese Entdeckung mit niemand anderem teilen wollte. Abrahasil wartete geduldig, den Blick nicht auf Korlandril gerichtet, sondern auf die Statue. Korlandril wusste, wenn er seinen Mentor bat zu gehen, würde dieser das klaglos tun, doch bis dahin würde Abrahasil eine Antwort erwarten. Abrahasil musste Korlandril nicht daran erinnern, dass er ihm vertrauen konnte, dass das Band zwischen Mentor und Schüler unverletzlich war; dass Abrahasil alles, was ihm Korlandril sagte, um die Leidenschaften und Ängste zu erforschen und auszuleben, die er für seinen künstlerischen Ausdruck brauchte, streng vertraulich behandeln würde. Abrahasil musste das nicht sagen, sein geduldiges Warten und das Verständnis, das zwischen ihnen herrschte, reichten an Kommunikation vollkommen aus.

»Ich will Thirianna beeindrucken, weil ich mit Aradryan um sie wetteifere«, sagte Korlandril schließlich, erleichtert darüber, nicht mehr der Einzige zu sein, der um diese Erkenntnis wusste. Er hatte noch nie über seine Gefühle für Thirianna gesprochen, nicht einmal mit Abrahasil, doch er vermutete, dass sein Mentor viele Gedanken Korlandrils kannte, über die dieser nicht sprach. Schließlich hatte Abrahasil sie häufig zusammen gesehen und Korlandril wusste, dass er nicht alle Anzeichen von Zuneigung vor dem geübten Blick seines Mentors hatte verbergen können. »Ich habe Angst und bin wütend über diese Angst. Aradryan ist ein Freund. Kein Rivale.«

Abrahasil drehte den Kopf und lächelte. Korlandril spürte, wie sich die Verbindung zwischen ihnen verstärkte, als habe er eine Schwelle überschritten, auf der er lange verharrt hatte.

»Das ist gut«, lächelte der Mentor. »Wie willst du diese Angst, diese Wut kontrollieren?«

Nun war es an Korlandril zu lächeln.

»Das ist leicht«, sagte er. »Diese Skulptur ist nicht für Thirianna, sondern für mich. Mein nächstes Werk … wird für sie sein. Diese Gedanken haben in diesem Werk keinen Platz, aber sie werden mich zum nächsten inspirieren. Bis dahin kann ich sie verdrängen.«

Abrahasil legte Korlandril beruhigend eine Hand auf den Arm und der warf ihm einen Blick zu, der seine tiefe Wertschätzung enthielt. Ohne ein weiteres Wort trat Abrahasil aus dem Holofeld und Korlandril sah seine wabernde Gestalt in dem miasmatischen Baumpanorama verschwinden.

Korlandril fühlte sich erfrischt und gekräftigt, als er an die Skulptur herantrat. Er legte die Hand auf den erhobenen Arm, an dem er gearbeitet hatte, und ließ die Fingerspitzen sachte an dem betonten Verlauf des angespannten Muskels und des Gelenks entlanggleiten, wobei er das Werk vor seinem geistigen Auge neu erstehen ließ.

Unter seiner Berührung zog sich die Spitze in den Geisterstein zurück und war nicht mehr.

Unter der Kuppel der Mitternachtswälder lagen Spannung und Erwartung in der Luft. Auf Wiesen aus blauem Gras und zwischen den fahlsilbernen Stämmen von Lianderin-Bäumen versammelten sich viele Eldar, um der Enthüllung von Korlandrils neuestem Werk zu harren. Durch das unsichtbare Energiefeld, das die symmetrischen Gärten umgab, schimmerte das rötliche Zwielicht Mirianathirs. Auf einer künstlichen Brise, die die Jadeblätter der Bäume rascheln ließ, wehten der Klang von Gelächter und das Klirren von Kristallkelchen, eine perfekte Ergänzung des Rauschens des Grases und der leisen Gespräche der Gäste Korlandrils.

Einige der dreihundert Eldar hatten sich für die Enthüllung versammelt und trugen dem Anlass gemäß ihre modischste Kleidung. Korlandril badete in der Menge und machte Bemerkungen über elegante Broschen oder den besonders gefälligen Schnitt eines Rocks oder einer Robe. Er hatte beschlossen sich für seinen großen Moment in eine Gewandung zu hüllen, die elegant, aber schlicht war, um seiner Skulptur nicht die Schau zu stehlen. Er trug eine einfache, blaue Robe, die von der Hüfte bis zum Hals mit Silberschnallen geschlossen war, und hatte sein Haar mit einem Silberband gebändigt, das mit einem einzelnen, auf seiner Stirn ruhenden blauen Himmelsstein verziert war. Er führte nur kurze Gespräche und wich allen Fragen zu seinem Kunstwerk aus, bis er bereit war alles zu enthüllen.

Während er unter den Gästen wandelte, spürte Korlandril einen Schauer der Erregung. Sein Wegstein warf jeden seiner Herzschläge zurück und der Doppelpuls ließ seine Brust erbeben. Er nahm die Aufregung seiner Gäste auf und spiegelte sie ihnen zurück. Er genoss die Aufmerksamkeit, die nach all den Mühen bei der Fertigstellung der Skulptur Balsam für seinen verletzten Stolz war.

Korlandril tauschte Komplimente aus, suchte dabei aber die Menge nach Thirianna ab und erspähte sie schließlich mit einer Gruppe dreier anderer Eldar in einem der Lianderin-Haine unweit des schimmernden Holofeldes, das Korlandrils Exponat verhüllte.

Korlandril gönnte sich einen Augenblick, um aus der Ferne ihre Schönheit zu bewundern, und genoss intellektuell und emotional das eng anliegende rotschwarze Gewand, das sie trug. Die Linien ihrer Arme und Beine spiegelten die der Äste über ihr wider, eine natürliche Eleganz, die ihre grazile Haltung und ihre knappen Gesten noch unterstrichen. Ihr tief gelb gefärbtes Haar fiel in prächtigen Locken auf ihren Rücken, geflochten mit roten Bändern, die ihr bis zur Hüfte hingen.

Als sie beiseite trat, sah Korlandril Aradryan. Er lächelte auf die angestrengte Weise eines Mannes, der sich in seiner Umgebung nicht hundertprozentig wohlfühlt. Korlandril spürte die Schlange des Neids in ihm ganz leicht erzittern, was ihn beunruhigte. Er hatte geglaubt diesen nagenden Zweifel überwunden zu haben, diese Furcht, die ganz am Rande seines Bewusstseins lauerte. Aradryan mit Thirianna zu sehen schob seine Bedenken wieder ganz in den Vordergrund und Korlandrils Puls raste für einen Augenblick, während seine Gedanken sich überschlugen.

Korlandril wandte den Blick ab, als er über die Wiese schritt, und ließ die Ruhe der Gartenkuppel seine aufgewühlten Gedanken besänftigen. Die Lianderin-Blüte hatte gerade begonnen, die Knospen sahen aus wie goldene Sterne in tiefgrüner Nacht, und seine Schritte entlockten dem Gras seinen reinigenden, reinen Duft. Als Korlandril die Gruppe erreichte, war er wieder gefasst und wirklich froh, dass seine Freunde gekommen waren.

Aradryan streckte grüßend die Handfläche aus und Korlandril legte den Gruß erwidernd die seine auf die des Freundes. Er wiederholte den Willkommensgruß mit Thirianna, deren Berührung kühl und beruhigend war. Als er die Hand zurückzog, ließ Korlandril seine Fingerspitzen sanft über die Thiriannas streichen und sah ihr einen Augenblick länger als normal in die Augen.

»Wir zittern alle in Erwartung«, sagte einer aus der Gruppe, ein weiterer Bildhauer namens Ydraethir. Er trug um die Hüften und über die linke Schulter eine tief purpurne Toga, die nur bis zu den Oberschenkeln reichte und fast schneeweiß gebleichte Haut enthüllte. Ydraethir gehörte der Hithrinair-Schule an, die den Bildhauer ebenso als Teil des Werkes ansah wie die Skulptur selbst. Korlandril hatte ein paar Zyklen lang mit ihrer Ästhetik geliebäugelt, sich selbst aber schnell als langweiliges Thema empfunden und es vorgezogen sich mit angemessener Distanz durch seine Werke auszudrücken. Er suchte nach einem Anzeichen von Ironie oder Rivalität im Kommentar und der Haltung seines Kollegen, kam aber zu dem Schluss, Ydraethir meine es ernst.

»Ich hoffe den Erwartungen gerecht werden zu können«, erwiderte Korlandril mit einem höflichen Nicken. Er drehte sich um und grüßte den vierten Eldar, den bekannten Wraithsinger Kirandrin. »Ich bin sehr dankbar für das Interesse und den Enthusiasmus, die ihr alle meinem Werk entgegenbringt.«

»Ich beobachte deine Entwicklung genau, seit ich eines deiner Frühwerke gesehen habe«, sagte Kirandrin. »Ich glaube, es war *Asurmens Segnung*, ein lebensgroßes Werk, das im Atrium des Turms der Abendmelodien ausgestellt war.«

»Mein zweites Werk überhaupt«, nickte Korlandril mit einem warmen Lächeln des Erinnerns. »Ich empfinde es nach wie vor als Privileg, dass es Abrahasil gefiel, meine Werke zu einem so frühen Zeitpunkt meines Weges auszustellen. Ich mag diese Skulptur ganz besonders, auch wenn mein Werk inzwischen weit über so simple Formeln hinaus ist, dass es sich anfühlt, als habe ein anderer sie geschaffen!«

»Ist das nicht das Ziel des Pfads?«, fragte Ydraethir. »Dass wir uns wandeln und wachsen und ablegen, was war, um zu etwas Neuem, Besserem zu werden?«

»In der Tat«, sagte Korlandril. »Wir streben nur danach Vollkommenheit des Körpers und des Geistes zu finden, des Handwerks und der Seele.«

»Aber verlieren wir nicht auch einen Teil dessen, was wir sind?«, fragte Aradryan im Tonfall maßvollen Widerspruchs. »Wenn wir uns ständig auf dem Pfad vorwärtsbewegen, wann halten wir inne, um die Aussicht zu genießen? Ich glaube, manchmal sind wir zu erpicht darauf das abzulegen, was uns ausmacht.«

Schweigen folgte auf Aradryans Bemerkungen. Er sah die anderen Eldar an und seine Miene verriet eine gewisse Verwirrung.

»Vergebt mir, wenn ich etwas Unangebrachtes gesagt habe«, sagte Aradryan leise. »Ich wollte nicht eure Meinungen in Frage stellen, sondern meine eigene äußern. Vielleicht haben meine Manieren etwas gelitten, während ich fern von Alaitoc und den Annehmlichkeiten der Zivilisation war.«

»Ganz und gar nicht«, widersprach Kirandrin geflissentlich und legte in einer beruhigenden Geste eine Hand auf Aradryans Arm. »Solche Fragen hört man nur … selten.«

»Die Antworten darauf sind außerdem viel zu weitschweifig, um sie hier zu finden«, setzte Korlandril rasch hinzu. »Wir werden diese Diskussion später fortsetzen. Nun muss ich erst einmal meine große Enthüllung vornehmen.«

»Natürlich«, sagte Kirandrin. Aradryan nickte langsam

und wenig überzeugt und senkte den Blick in einer Geste der Entschuldigung.

Korlandril lächelte versöhnlich, ehe er rasch zum Holofeld hinüberging und hineintrat. Unsichtbar für die anderen atmete er langsam aus und legte die Anspannung ab, die sich unerwartet in ihm aufgebaut hatte. Etwas an Aradryans Art hatte Korlandril beunruhigt. Er hatte wieder dieselbe Fremdheit empfunden wie bei ihrer ersten Begegnung nach Aradryans Rückkehr – den subtilen Wunsch anderswo zu sein. Im Schutze des Holofeldes fühlte sich Korlandrils Wegstein wieder warm an und spiegelte innere Ruhe statt Zorn oder Verlegenheit wider.

Die Ablenkung hatte Korlandril belastet und mit einem Anflug von Schuld wurde ihm klar, dass er nichts zu Thirianna gesagt hatte. Er hatte sie praktisch ignoriert. Er fragte sich einen Augenblick lang, ob er sich für sein rüdes Benehmen entschuldigen sollte, verwarf den Gedanken aber rasch wieder. Thirianna hatte wahrscheinlich keine mangelnde Aufmerksamkeit seinerseits festgestellt, und es wäre nicht klug gewesen sie mit der Nase darauf zu stoßen. Wenn sie es überhaupt als Affront empfunden hatte, würde sie sicher die vielen Verpflichtungen verstehen, die bei einem solchen Anlass um seine Aufmerksamkeit wetteiferten. Korlandril beschloss, Thirianna später, nach der Enthüllung, aufzusuchen und ihr so viel Aufmerksamkeit wie möglich zu widmen.

Mit den Gedanken war Korlandril bei Thirianna und ihm wirbelte alles Mögliche durch den Kopf, sein Herz raste und seine Haut kribbelte. Ideen zuckten ihm durchs Hirn, zerschellten an der Aufregung, die er wegen der Enthüllung empfand, verschmolzen mit der Störung, die Aradryan darstellte, und prallten auf die Besorgnis, die in ihm wuchs, seit er die Skulptur vollendet hatte.

Korlandril flüsterte ein paar beruhigende Mantras. Damit ordnete er seine Gedanken, schob einige beiseite, denen er sich später widmen wollte, nutzte andere, um sich zu beruhigen, und konzentrierte sich auf sein Selbstvertrauen und seine Erfahrungen, um seine Sorgen auszubalancieren. Er stand eine Weile in stiller Versunkenheit da, bis er sich der Begegnung mit der Menge gewachsen fühlte.

Als der geistige Mahlstrom zum stillen Wasser geworden war, trat Korlandril aus dem Holofeld und stellte fest, dass sich seine Gäste draußen auf der Lichtung versammelt hatten. Die meisten Gesichter waren ihm vertraut, ein paar waren es nicht. Alle schienen begierig zu sehen, was Korlandril geschaffen hatte.

»Es ist mir eine große Ehre, dass ihr alle zur Enthüllung meines neuesten Werkes gekommen seid«, begann Korlandril und hielt seine Stimme ruhig, sodass seine Worte mühelos bis in die hinteren Reihen der Menge drangen. »Viele von euch wissen, dass mich die Zeit vor dem Krieg im Himmel sehr inspiriert. Ich betrachte unser goldenes Zeitalter nicht als einer, der um ein verlorenes Paradies trauert, und auch nicht voller Wehmut, weil jene Zeit vergangen ist. Ich sehe im ersten Zeitalter unseres Volkes eine Welt, ein Universum, das neu zu erschaffen wir alle streben können. Die Götter sind zwar nicht mehr, doch es ist an uns ihre Werke wahr werden zu lassen und durch unseren Wunsch, den Himmel wieder aufzubauen, den Frieden zu schaffen, den wir alle verdienen. Solange wir noch von jenen Zeiten, die wir alle nur noch aus Mythen kennen, singen und malen – und Skulpturen erschaffen –, ist unsere Zivilisation nicht verloren. Wir alle wissen, dass Legenden wahr werden können; dass die Grenze zwischen Mythos und Wirklichkeit nicht scharf gezogen ist. Ich will Mythen wahr werden lassen.«

Korlandril fuhr noch eine Weile fort, benannte seine Einflüsse und Träume und ließ sich über die Denk- und Ästhetikschulen aus, die ihn zur Erschaffung dieser Skulptur geführt hatten. Er sprach flüssig und leidenschaftlich und äußerte Gedanken, die der lange bildhauerische Prozess geformt und ausdefiniert hatte. Er sprach über die komplexen Zusammenhänge zwischen dem Organischen und dem Anorganischen, der Juxtaposition von Linie und Kurve und dem Kontrast zwischen Feststoff und Flüssigkeit.

Sein Blick schweifte frei über die Menge, während er sprach, und schätzte ihre Reaktion und Stimmung ab. Die meisten hingen an seinen Lippen, ihre Augen waren auf Korlandril gerichtet, ihr Geist verschlang jede Silbe. Ein paar standen mit höflich interessiertem Gesichtsausdruck herum und Korlandril war einen Augenblick lang verzagt, als er erkannte, dass Aradryan unter ihnen war. Doch Korlandril stockte nicht in seinem Vortrag, sondern spülte seine Besorgnis mit Begeisterung fort, während er sich nach Thirianna umsah. Er sah sie in der ersten Reihe, begierig und erwartungsvoll, doch ihr Blick huschte ständig zwischen Aradryan und dem Holofeld, das sein Werk verbarg, hin und her.

Als Korlandril fertig war, gönnte er sich eine dramatische Pause, in der er die Erwartungen genoss, die er in seinem Publikum geweckt hatte. Er ging zu einem seitlich stehenden runden Tischchen mit einem spiraligen Bein, in dessen Mitte ein Kristallkelch mit tiefrotem Wein wartete. Er nippte daran, genoss die Wärme auf seinen Lippen, den Geschmack auf der Zunge und einen süßen Nachgeschmack in der Kehle, während er sich an der atemlosen Stille weidete, die sich nach seiner Ansprache über die Menge gesenkt hatte.

Als Korlandril das Glas wieder auf den Tisch stellte, ließ er eine dünne Scheibe aus seinem Gürtel gleiten und fuhr mit dem Daumen über die Rune auf ihrer silbrigen Oberfläche. Bei dieser Berührung verschwand das Holofeld und enthüllte die Statue in all ihrer Pracht.

»Ich präsentiere *Die Gaben der liebenden Isha*«, verkündete er lächelnd.

Ein paar Anwesende keuchten vor Begeisterung auf und alle Gäste applaudierten spontan. Korlandril wandte sich zu seinem Werk um und gestattete sich, es erstmals seit der Vollendung in Gänze zu bewundern.

Die Statue war in goldenes Licht gebadet und wurde von dem sterbenden Stern am Himmel in die Rot- und Purpurtöne des Sonnenuntergangs getaucht. Sie stellte abstrakt eine impressionistische Isha dar, deren Körper und Gliedmaßen aus dem Stamm eines Lianderin-Baumes wuchsen und deren wellenartiges Haar mit den dunkelgrünen Blättern seiner hochragenden Äste verflochten war. Ihr Antlitz war geneigt, verborgen in den Schatten, die Baum und Haar warfen. Aus der Dunkelheit rann ein träges Rinnsal silberner Flüssigkeit aus ihren Augen in einen goldenen Kelch, den ein zu ihren Füßen kniender alter Eldarkrieger emporhielt: Eldanesh. Licht schien aus dem Kelch in sein Alabastergesicht, seine Rüstung war ein stilisiertes Arrangement organischer Geometrie, sein Gesicht hatte keine Züge außer einer schmalen Nase und der leichten Andeutung von Augenhöhlen. Von unter ihm rankte sich eine Rose mit schwarzen Blütenblättern an Ishas Beinen empor und vereinte die beiden in ihrer dornigen Umarmung.

Korlandril fand es atemberaubend.

Die meisten Gäste drängten sich näher, um sich das Werk genauer anzusehen, während Kirandrin und ein paar andere sich um Korlandril scharten, ihn priesen und ihm gratulierten. Unter ihnen war Abrahasil, der sich während Korlandrils Ansprache außer Sicht gehalten haben musste. Mentor und Schüler umarmten einander herzlich.

»Du hast ein großes Talent herangebildet«, sagte Kirandrin. »Es ist ein Meisterwerk, das die Kuppel mit seiner Anwesenheit ziert.«

»Es ist mir ein Privileg eine solche Hand bei der Arbeit anzuleiten«, antwortete Abrahasil. »Ich bin sehr stolz auf Korlandril.«

Korlandril errötete bei den Worten seines Mentors vor Glück und sein Wegstein pulsierte dazu. Mit einer graziösen Verbeugung nahm er das Lob seiner Kollegen entgegen.

»Wenn meine Hände Wunder geschaffen haben, dann weil andere mir die Augen für sie geöffnet haben«, sagte er. »Bitte entschuldigt mich. Ich muss mich um meine anderen Gäste kümmern. Ich bin sicher, wir haben noch viele Zyklen, um mein Werk eingehender zu erörtern.«

Man lächelte Korlandril zustimmend zu und er begab sich auf die Suche nach Aradryan und Thirianna. Sie standen nebeneinander inmitten einer Traube von Eldar, die die Statue aus der Nähe bewunderten, und die majestätische Isha ragte über ihnen auf.

»Sie ist so gelassen«, bemerkte Thirianna gerade. »So voller Ruhe und Schönheit.«

Aradryan machte eine kleine Gebärde des Widerspruchs und Korlandril blieb stehen und hielt sich in einiger Entfernung von den beiden, um zu hören, was sie sagten.

»Es ist selbstreferenziell«, erklärte Aradryan und bei diesen Worten wand sich die Schlange in Korlandril um sein Herz und schlang sich fest darum. »Es ist gewiss ein Werk, das mit bemerkenswertem Geschick und viel Zartgefühl umgesetzt wurde. Doch ich finde es etwas … bieder. Es erweitert mein Erleben des Mythos nicht, sondern bildet nur ein Gefühl stofflich ab. Es ist eine Metapher in ihrer direktesten Form. Schön, aber nur ein Abbild ihres Schöpfers, nicht einer höheren Wahrheit.«

»Aber geht es bei Kunst nicht genau darum Bilder der Gedanken, Erinnerungen und Gefühle zu schaffen, die man nicht direkt auszudrücken vermag?«

»Vielleicht bin ich ungerecht«, sagte Aradryan. »Draußen zwischen den Sternen habe ich so wundersame Schöpfungen der Natur gesehen, dass die Kunstwerke Sterblicher dagegen banal erscheinen, selbst die, die sich mit derart monumentalen Themen befassen.«

»Bieder?«, blaffte Korlandril und trat vor. »Selbstreferenziell?«

Thirianna war entsetzt über Korlandrils Erscheinen, aber Aradryan wirkte unbeeindruckt.

»Meine Worte waren nicht despektierlich gemeint, Korlandril«, sagte er und hob besänftigend die Handfläche. »Es ist nur meine Meinung und noch dazu eine unmaßgebliche. Vielleicht findest du meine Empfindungen tölpelhaft.«

Korlandrils Zorn verflog ob solcher Ehrlichkeit und Selbstironie. Ein seltenes Gefühl der Bescheidenheit regte sich in seiner Brust, doch dann zog sich die Schlange enger zusammen und das Gefühl schwand.

»Du hast recht, deine Meinung ist wenig fundiert«, antwortete Korlandril und seine Worte waren so giftig wie die Schlange, die sein Herz belagerte. »Während du naiv glitzernde Sterne und wirbelnde Nebel anstarrtest, habe ich die Werke Aethyrils und Ildrintharirs studiert und die Disziplinen des Geistersteinwebens und der anorganischen Symbiose erlernt. Wenn du nicht das Hirn hast, die Bedeutung dessen, was ich enthüllt habe, zu erfassen, solltest du deine Worte vielleicht mit mehr Bedacht wählen.«

»Wenn du mit deinem Werk nicht ausdrücken kannst, was du sagen willst, musst du vielleicht weiter üben«, fauchte Aradryan zurück. »Du solltest deine Kunst nicht von den alten Meistern lernen, sondern von den Himmeln und deinem Herzen. Deine Technik ist makellos, aber deine Botschaft ist beschränkt. Wie viele Isha-Statuen werde ich wohl sehen, wenn ich die Craftworld durchwandere? Ein Dutzend? Mehr? Wie viele weitere Isha-Statuen gibt es auf anderen Craftworlds? Du hast auf dem Pfad nur die Fähigkeit erlernt dich diesem Spektakel hinzugeben. Über dich selbst, über das Licht und die Dunkelheit, die in dir widerstreiten, hast du nichts gelernt. In deinem Werk ist nur Intellekt, nichts von dir. Vielleicht solltest du deinen Bezugsrahmen erweitern.«

»Wie meinst du das?«

»Verlasse diesen Ort, verlasse Alaitoc«, sagte Aradryan

geduldig, dessen Zorn durch seinen Ausbruch verraucht war. Jetzt war er ein Sinnbild der Ernsthaftigkeit, hatte die Hand halb nach Korlandril ausgestreckt. »Warum erstickst du deine Kunst, indem du nur in den Hallen und Kuppeln nach Inspiration suchst, die du seit deiner Kindheit kennst? Warum richtest du nicht deine alten Augen auf neue Dinge, statt zu versuchen alte Dinge mit neuen Augen zu sehen?«

Korlandril wollte widersprechen, wollte Worte aus der Luft greifen, die Aradryans Meinung lächerlich machen würden, doch genau wie die Schlange in seinem Inneren ihm das Herz abdrückte, so war auch seine Kehle wie zugeschnürt. Er gab sich mit einem wütenden Blick in Aradryans Richtung zufrieden, der all die Verachtung und den Zorn enthielt, die er empfand, und stürmte durch das blaue Gras davon. Seine Gäste machten ihm erschrocken Platz.

SCHICKSAL

Zu Beginn des Kriegs im Himmel fragte der allsehende Asuryan die uralte Göttin Morai-heg, welches Schicksal den Göttern bestimmt sei. Die Uralte sagte Asuryan, sie werde die verknoteten Schicksalsfäden betrachten, um herauszufinden, was aus den Göttern werden würde. Lange folgte sie den verschlungenen Fäden, folgte dem Verlauf jedes einzelnen bis ans Ende des Universums, und doch fand sie keine Antwort für den Herrn der Götter. Alle Wege führten die Herrin der Krähen an einen Ort des Feuers und des Todes, von wo aus sie nicht weiterkam. Um die Antwort zu finden, die sie suchte, folgte die Uralte Khaine, dem Mörder mit den blutigen Händen, der Krieg gegen die anderen Götter und die Sterblichen führte, und raubte ihm einen Fingerhut voll seines brennenden Blutes. Morai-heg kehrte in ihr Lager zurück und legte das brennende Blut des Kriegsgottes auf ihre Waage. In die andere

Waagschale legte sie den zusammengerollten Schicksalsfaden Eldaneshs.

Sie waren im Gleichgewicht. Die Uralte kehrte zu Asuryan zurück und er verlangte die Antwort auf seine Frage. Morai-heg entgegnete, das Schicksal der Götter gehe ihn nichts an. Der Sterbliche Eldanesh und sein Volk würden entscheiden, ob die Götter überlebten oder nicht.

Rosenfarbenes Wasser plätscherte an weißen Sand und jede kleine Welle hinterließ eine weit geschwungene Kurve am Strand. Korlandril verfolgte wie hypnotisiert das Heranwogen und Zurückweichen, sein ganzer Verstand war darauf konzentriert sich jedes Funkeln, jedes Spritzen, jedes Sandkorn einzuprägen. Sonnenschwingen schossen über den Wellen dahin, gelbe Blitze, die die Oberfläche streiften, einander umtanzten und umwirbelten. Korlandril sog jede Flugbahn in sich auf, jeden ins Wasser getauchten Flügel, jede gespreizte Feder und jeden schnappenden blauen Schnabel.

Ein Geräusch störte seine Konzentration. Eine Stimme. Er gestattete einem Teil seines Bewusstseins die Szene zu verlassen und sich an das Gesagte zu erinnern. Gleichzeitig erinnerte er sich an sich selbst, wie er im Schneidersitz im goldenen Gras auf dem Rasen in den Gärten der stillen Reflexion saß und seinem Gefährten lauschte.

»Ich verlasse Alaitoc«, verkündete Aradryan.

Schockiert wandte Korlandril seinem Freund seine gesamte Aufmerksamkeit zu; Meer, Sand, Sonnenschwingen – all das schob er im Nu beiseite. Aradryan war nur eine Armeslänge entfernt von Korlandril. Er hatte sich in einer weiten, jadegrünen Robe im Gras ausgestreckt. Er lag auf dem Rücken, die Arme hinter dem Kopf, während seine nackten Zehen, die ein Eigenleben zu besitzen schienen, ganz dicht am fahlen Wasser des Sees Kreise in der Luft beschrieben.

»Du verlässt Alaitoc?«, fragte Korlandril. »Aber warum?«

»Um Rudergänger zu werden«, erwiderte Aradryan. Er sah Korlandril nicht an, sein Blick wanderte über das Wasser zu den glitzernden Silbertürmen ihrer Behausungen und noch weiter zu einem Panorama, das nur er zu sehen vermochte. »Es ist Zeit für mich weiterzugehen. Mich erfüllt eine Neugier, die Alaitoc nicht stillen kann. Sie wächst wie eine Begierde in mir, die nichts, was ich hier hören oder sehen könnte, befriedigen kann. Ich habe mich an Alaitoc gelabt und es hat mir viele strahlende Festmähler geboten, doch nun sitze ich vor einem leeren Teller. Ich will die Kraftfelder und Kuppeln, die mich beschützen, hinter mir lassen. Ich fühle mich verhätschelt, nicht sicher, erstickt, nicht bereichert.«

»Wie bald wirst du aufbrechen?«, fragte Korlandril und erhob sich.

»Bald«, sagte Aradryan, dessen Blick immer noch in weiter Ferne weilte. »Die *Lacontiran* bricht in zwei Zyklen ins Endlose Tal auf.«

»Die *Lacontiran* wird über zwanzig Umläufe weg sein«, erinnerte ihn Korlandril aufgeschreckt. »Warum musst du so lange wegbleiben?«

»Sie segelt allein, fern von Alaitoc«, erwiderte Aradryan. »Ich sehne mich nach Einsamkeit, um über meine bisherigen Entscheidungen nachzudenken und vielleicht herauszufinden, wohin ich als nächstes gehen sollte.«

»Was ist mit unserer Freundschaft? Ohne dich als Gefährten bin ich verloren«, sagte Korlandril, kauerte sich neben Aradryan und streckte flehend eine Hand aus. »Du weißt, ich erlitte Schiffbruch, steuertest du mich nicht.«

»Du wirst einen anderen Führer finden müssen«, sagte Aradryan sanft. »Ich bin ständig geistesabwesend. Du kannst dich nicht mehr darauf verlassen, dass ich über dich wache, solange du träumst. Ich kann den Pfad des Träumens nicht mehr mit dir gehen. Ich bin des introvertierten Lebens überdrüssig.«

Korlandril wusste nichts zu sagen, so versunken war er in seinen eigenen Gedanken. Wenn er träumte, wenn er auf den Wegen seines Unterbewusstseins wandelte, diente Aradryan ihm als Anker; eine beruhigende Präsenz am Rande seines Bewusstseins, eine Wärme, zu der er zurückkehren konnte, wenn er auf die eisigen, finsteren Orte in den Winkeln seines Geistes stieß.

»Du wirst einen anderen Traumwächter finden«, versicherte ihm Aradryan, der seine Verzweiflung bemerkt hatte. Er stand auf, nahm Korlandrils Arm und zog ihn hoch. Nun richtete er seinen sorgenvollen Blick auf seinen Freund. »Vielleicht wird sich dir Thirianna auf dem Pfad des Träumens anschließen.«

»Thirianna die Kriegerin?«, erwiderte Korlandril, verblüfft von dem Gedanken.

»Ich sprach gestern mit ihr«, sagte Aradryan. »Sie hat das Gefühl, die Zeit ihres Wegwechsels stehe bevor. Du solltest mit ihr reden.«

Ein sanfter Glockenklang störte Korlandrils Träumerei und als er die Augen öffnete, sah er eine gewundene Straße aus Silber weit unter sich, die durch sanft geformte Terrassen führte. Ein ganz leichter Windhauch strich über seine Haut und zauste sein Haar. Für einen Augenblick glaubte er, weit über der Landschaft zu schweben. Als er aus seinem Mem-Traum ganz in die Wirklichkeit zurückglitt, fand er sich auf dem Balkon vor seinen Gemächern wieder, gebadet ins verlöschende Licht eines künstlichen Zwielichts. Er lehnte auf einer kannelierten Balustrade und blickte in die Weingärten hinab, die den Turm des majestätischen Sternenlichts umgaben.

Noch ein wenig länger brauchte er, um seine Körperbeherrschung vollends wiederzuerlangen; er blinzelte rasch, streckte sich, beschleunigte seinen Puls, um die Durchblutung der eingeschlafenen Finger und Zehen wieder in Gang zu bringen. Er verspürte eine hartnäckige Steifheit und fragte sich, wie lange er seine Erinnerungen durchforstet hatte, indem er auf dem Pfad des Träumens zurückging. Er spürte einen Anflug von Durst und leckte sich instinktiv die Lippen, obgleich sein Mund vollkommen trocken war.

Korlandril erinnerte sich an das Warnglöckchen, das ihn aufgeschreckt hatte, drehte sich langsam um und legte die Fingerspitzen auf ein graues, schieferartiges Bedienfeld an der Wand neben dem bogenförmigen Durchgang, der in sein Zuhause führte. Sobald er das eiskalte Feld berührte, spürte er Abrahasils Anwesenheit außerhalb seiner Gemächer und bat ihn mit einem kurzen Psi-Impuls herein.

Korlandril unterbrach seinen Kontakt mit der Unendlichkeitsverbindung und betrat den schattigen Wohnbereich jenseits des bogenförmigen Durchgangs. Es war ganz so, wie in einem Ei zu sein. Die Wand war bläulich weiß und sanft blassgrün gesprenkelt. Geschwungene Couchen mit hohen Rückenlehnen umstanden die Raummitte und unter den Füßen spürte er eine dicke Schicht einer engmaschigen Matte. Skulpturen von Korlandril und anderen standen auf Podesten rings im Raum. Als er sie sich der Reihe nach ansah, verspürte Korlandril einen Anflug eines Wiedererkennens, doch seine Gedanken waren noch immer mit den Prozessen seines Mem-Traums befasst: Erinnerungen daran, wie sie geschaffen oder erworben wurden; an Gespräche über sie; an Stimmungen, in denen er bei ihrer Betrachtung gewesen war. Der Reihe nach drangen die Gedanken an die Oberfläche seines Geistes, der Reihe nach stieß er sie zurück, verwehrte ihnen ein unmittelbares Bedenken. Er trat an eine andere Unendlichkeitsverbindung, färbte mit seinen Gedanken das Licht sanft blau und hob die Temperatur ein wenig; ihm war seltsam kalt.

»Vielleicht würde Kleidung dich schneller wärmen«, sagte Abrahasil, der durch den ins Hauptfoyer führenden Torbogen eintrat.

Erst durch Abrahasils Bemerkung erkannte Korlandril, dass er nackt war. Das beschämte ihn nicht; in seinem gegenwärtigen Zustand inneren Bewusstseins – oder vielmehr von dessen völliger Abwesenheit – war an solche Gefühle nicht zu denken.

»Ja, das wäre wahrscheinlich das Beste«, nickte Korlandril. Er wies auf einen anderen Torbogen, der zum Essbereich führte. »Bitte nimm dir, was du an Erfrischungen möchtest, ich bin gleich wieder da.«

Korlandril schritt in sein Ankleidezimmer, nach dem langen Traum noch immer nicht wieder ganz bei sich. Geistesabwesend berührte er mit der Hand ein Feld an der Wand. Eine Tür glitt auf und enthüllte eine große Auswahl an Kleidung, von hautengen Ganzkörperanzügen, die metallisch glitzerten, bis zu weiten Hemden und langen Roben. Korlandril wählte eine grüne Robe, die tailliert war und Schulterpolster hatte. Ohne nachzudenken kombinierte er dazu einen breiten Gürtel, und sein ästhetisches Empfinden ließ seine Hände eine Auswahl treffen, die zur Robe passte. Während er ihn umschnallte, ging er barfuß über die Teppiche des Wohnbereichs und schloss sich Abrahasil im Speisebereich an.

»Sechs Zyklen«, sagte Abrahasil, als Korlandril eintrat. Den Raum beherrschte ein langer, schmaler Tisch, der aus einer Wand ragte und zu dessen beiden Seiten je acht Stühle mit einem zentralen Bein standen. Abrahasil saß am entferntesten Ende. Korlandril sah, dass er sich nichts zu essen oder zu trinken genommen hatte.

»Sechs Zyklen?«, fragte Korlandril und öffnete eine Schranktür aus Kristallglas. Dem Schrank entnahm er eine blaue Flasche und zwei Silberkelche.

»Ich möchte nichts trinken, danke«, sagte Abrahasil. Korlandril stellte trotzdem beide Kelche auf den Tisch, für den Fall, dass sein Mentor sich umentschied. Er goss sich großzügig Eisrankensaft ein, denn inzwischen war ihm sehr bewusst, wie trocken sein Mund und seine Kehle waren.

»Sechs Zyklen sind seit der Enthüllung vergangen«, erklärte Abrahasil. »Ich habe mir Sorgen gemacht. Du warst so schnell weg. Thirianna hat mir erklärt, du habest dich mit Aradryan gestritten.«

Korlandril nippte an seinem Getränk, während seine Gedanken an Aradryan einer fernen Erinnerung nachjagten und ein weiterer Teil seiner selbst den Geschmack der Eisranke mit ihrer vordergründigen Schärfe und dem warmen Nachgeschmack genoss und ein weiterer Abrahasil aufmerksam beobachtete. Korlandril veränderte den Fokus seiner Erinnerungen und ließ die Ereignisse bei Aradryans Rückkehr Revue passieren, erinnerte sich, wie es gewesen war. Nachdem er sich an den Streit erinnert hatte, spürte Korlandril, wie sich die Schlange in seinen Eingeweiden zornig wand, zischte und über Aradryans Worte zornig ausspie.

»Beruhige dich!«, warnte Abrahasil.

»Um mich zu beruhigen, ging ich in meine Träume«, erwiderte Korlandril genervt. »Träume, die du gestört hast.«

»Sechs Zyklen sind zu viel, um sie wandernd in deinem Geist zu verbringen«, sagte Abrahasil. »Es ist gefährlich sich solcher Nabelschau hinzugeben, wenn man auf dem Pfad des Künstlers wandelt. Es kann zu Problemen innerhalb deines Geistes führen – übertriebene Selbstanalyse, Konflikte zwischen tatsächlicher Beobachtung und eingebildeter Erinnerung. Das habe ich dir schon einmal gesagt.«

»Mir ist kein anderer Weg eingefallen, um den Schmerz einzudämmen, als in angenehmere Zeiten mit Aradryan zurückzukehren.«

»Du bist jetzt ein Künstler, du musst deine Gedanken zum Ausdruck bringen, nicht sie verbergen!«, sagte Abrahasil. Er beugte sich über den Tisch und goss sich etwas zu trinken ein. »Was für einen Sinn ergibt es Meisterwerke wie die zu schaffen, zu denen du fähig bist, wenn du die Lektionen nicht lernen willst, die mit ihnen einhergehen? Der Pfad des Künstlers dreht sich nicht um Malerei oder Bildhauerei, sondern um Kontrolle der Ausdrucksmöglichkeiten oder darum seine Einflüsse und Beobachtungen so zu filtern, dass man nicht unerwünschten Reizen zum Opfer fällt. Dieser Streit mit Aradryan ist ein gutes Beispiel für das, womit du fertig zu werden lernen musst. Du kannst nicht einfach in deine Träume wandern und das wahre Universum vergessen.«

»Hältst du mich für pubertär?«, fragte Korlandril und ließ alle Erinnerungen an Aradryan fahren, während er den Kelch voller Eisrankensaft leerte.

»Nicht für pubertär, nur für vorschnell«, sagte Abrahasil. »Ich bin nie auf dem Pfad des Träumens gewandelt, also weiß ich nicht, welchen Trost er dir bringt. Ich weiß, dass du den Pfad des Künstlers verlässt, wenn du dich von deinen Beobachtungen distanzierst. Das kann unter keinen Umständen gesund sein.«

Korlandril dachte über Abrahasils Warnungen nach, während er seinen Kelch erneut füllte. Die erregte Schlange in ihm wand sich und rang um Korlandrils Aufmerksamkeit und er spülte ihr Insistieren mit weiterem Eisrankensaft weg und konzentrierte einen Augenblick lang jede Faser seines Geistes auf das Genießen des Getränks, wodurch er seine schwärzeren Gedanken mit einer Flut von Sinnesreizen davonschwemmte.

»Ich muss ein neues Werk beginnen«, sagte Korlandril. »Wenn ich diese Gefühle durch künstlerischen Ausdruck austreiben muss, dann halte ich mich am besten nicht zu lange mit ihnen auf.«

»Das wäre gut«, sagte Abrahasil.

»Ich sollte Aradryan aufsuchen und ihm zuhören, damit ich begreife, was mich an seiner Gegenwart so sehr stört.«

»Sei vorsichtig, Korlandril«, sagte der Mentor. »Du könntest Aradryan in einem ungewissen Zustand vorfinden und das wäre ein destabilisierender Einfluss auf deine Psyche. Ich spüre, dass du auf dem Pfad des Künstlers an einem kritischen Punkt angekommen bist. Es ist mir eine Freude dich weiter zu geleiten, aber diese nächsten

Schritte musst du behutsam gehen. Du stehst kurz davor das volle Potenzial deines künstlerischen Ausdrucks zu entfalten, aber du musst die Gefühle, die du nach außen tragen willst, mit Bedacht wählen.«

Korlandril lächelte, denn Abrahasils sanfter Tonfall hatte ihn beruhigt. Sicherheit machte sich in seinem Geist breit, als sei ihm ein Licht aufgegangen, das ihm den weiteren Weg leuchten würde. Im Glanze dieses Lichts zog sich die tückische Schlange seiner Eifersucht in die Schatten zurück, vorübergehend zum Schweigen gebracht.

Korlandril hatte sich jetzt komplett von seiner Traumsitzung erholt und war wieder voller Entschlossenheit, seine Gedanken waren fest auf das gerichtet, was kommen würde, und die Vergangenheit war dort verborgen, wo sie keinen Schaden mehr anrichten konnte. Er beschloss seinen Streit mit Aradryan zu vergessen und so verweilte Korlandril einen Augenblick bei den glücklicheren Erinnerungen und ließ dann auch sie in den Schatten versinken, sodass ihm nur noch die Gegenwart und die Zukunft blieben.

Korlandril nahm einen Himmelsgleiter quer durch die Kuppel, genoss das Rauschen der Luft auf seiner Haut, das Aufblitzen der Terrassen und Bäume unter dem Ein-Mann-Fluggerät, während es auf den Winden dahinglitt und seine Flügel sich im Einklang mit seinen Gedanken abwinkelten und bogen. Kurzzeitig ließ er sich die Zügel schießen und vergaß seine Absicht Aradryan zu sehen. Angetrieben von seinem gedanklichen Drängen stieg das pfeilartige Fahrzeug mit angelegten Flügeln steil empor und Korlandril lachte vor Freude laut. In seinem Geist schuf sein Weg ein kompliziertes Netz aus verflochtenen Bögen und Schleifen und der Himmelsgleiter reagierte, wirbelte umher und ging dann unvermittelt in Sturzflüge über, folgte jeder Laune seines Piloten.

Als die Begeisterung nachließ und Korlandril den Himmelsgleiter wieder in eine stabile Flugbahn lenkte, destillierte er die Essenz dieser Erfahrung und speicherte sie ab. Kurz dachte er daran ein Kunstwerk aus Luft und Flüssigkeiten zu schaffen, ein Werk, das ständig in Bewegung und von innen beleuchtet war, gefangen in einer sich langsam auflösenden Stasis.

Der Gedanke an seine Kunst führte Korlandril zu seinem momentanen Vorhaben zurück. Die Gedankenwellenskulptur war eine gute Idee, aber sie konnte warten. Er musste die Leidenschaft loswerden, die Aradryans Rückkehr in seinem Geist entfacht hatte, und so lenkte er den Himmelsgleiter hinunter auf das silberne Band der Straße zu, stieß hinab zwischen die rotblättrigen Eisranken auf den Terrassen und schoss unter einem anderen Fluggefährt dahin, das am künstlichen Himmel der Kuppel hin- und herjagte.

Die Erwartung wuchs in Korlandril, während er durch den Verbindungstunnel der Kuppel der Neuen Sonnen hinaus auf die Promenade der Geheimnisse der Sterne schoss. Hier herrschte dichterer Verkehr. Sie war eine der Hauptverkehrsstraßen Alaitocs, auf der Hunderte von Eldar zwischen den vielen Kuppeln und Plateaus hin und her wechselten, aus denen der Großteil der Craftworld bestand. Manche schlenderten allein oder mit Freunden entspannt dahin, andere benutzten wie Korlandril Himmelsgleiter, viele waren auf Schwebeplattformen unterwegs, die gelenkt von den gemeinsamen Wünschen der Passagiere sacht von einem Ort zum anderen glitten.

Korlandril gestattete sich, ein wenig über diesen Anblick zu staunen – oder vielmehr nicht über den Anblick selbst, sondern über Aradryans mangelndes Verständnis für die ihm innewohnende Schönheit und Komplexität der Craftworld. Aradryan sah nicht dieselben Dinge wie Korlandril mit den Augen eines Künstlers und so entging ihm vielleicht die präzise Geometrie, die auf subtile Weise der inhärenten Anarchie eines lebenden Systems widersprach. Er hatte noch nicht die Sinne entwickelt, derer es bedurfte, um die Kadenz des Lebens schätzen zu können, die Gezeiten des Lebenden, des nicht Stofflichen und all der Dinge, die dazwischen lagen.

Hoffnung erblühte in Korlandril und er widmete sich ihr einen Augenblick lang und bremste den Himmelsgleiter ein wenig, um der Steuerung weniger Aufmerksamkeit schenken zu müssen. Dem Bildhauer kam der Gedanke, er könne Aradryan überreden sich ihm auf dem Pfad des Künstlers anzuschließen. Wenn Aradryan neue Erfahrungshorizonte suchte, dann gab es nichts Besseres, als seinen Geist uneingeschränkt jeder Empfindung zu öffnen. Das grenzte für Korlandril an einen Rausch und der Gedanke daran, solche Freuden mit Aradryan zu teilen, erfüllte ihn mit Energie.

Während der Himmelsgleiter dahinraste, erreichte das Motorengeräusch einen Dauerton, der in Korlandrils Herz widerhallte. Korlandril schwenkte nach links und stieß in die Mitternachtskuppel vor, die in fast völlige Dunkelheit gehüllt war. Seine Augen gewöhnten sich sofort an das fehlende Licht und er sah in tiefem Grau dunkle Purpur- und Blautöne. Das Lachen Liebender übertönte das Geräusch des Himmelsgleiters, doch er ignorierte es, denn er hatte Angst, dass ein Nachdenken über seine Bedeutung ihm Gedanken an Thirianna bringen würde; Gedanken, die er im Moment nicht ausloten wollte. Er ließ das Windgeflüster das trügerische Geräusch davontragen und konzentrierte sich stattdessen auf das Gefühl der Bewegung und die verschwommen vorbeirauschenden dunklen Bäume.

Als Korlandril aus der Mitternachtskuppel ins Zwielicht der Kuppel der wispernden Seufzer wechselte, bremste er erneut und der Motor des Himmelsgleiters gab nun ein angenehmes Summen von sich. In respektvoller Stille glitt er zwischen den Säulen dahin, die bis hinauf zum Kuppeldach ragten. Während er mühelos nach links und rechts lenkte, dachte er darüber nach, wie er Aradryan darauf ansprechen sollte, ob er sich ihm als Künstler anschließen wollte.

Korlandril wurde noch langsamer, ließ den Himmelsgleiter zum Boden hinabsinken und schwenkte in einen Tunnel ein, der tiefer nach Alaitoc hineinführte. Während er dem langen Gang folgte, der zu den Andocktürmen führte, schwand jegliche Anmutung von Natürlichkeit. Der Tunnel, der die Form eines Ovals im Querschnitt hatte, war in ein warmes, oranges Licht getaucht und Energiestöße pulsierten an Unendlichkeitsmatrixleitungen entlang, die im Material der Wände eingelassen waren. Korlandril spürte ringsum ihre geisterhafte Präsenz, als er tiefer ins Innere der Craftworld eindrang, spürte die Psi-Energie der Geister der Craftworld, die in seinem Unterbewusstsein flüsterten, sich um ihn herum vermischten und wieder trennten.

Mit einem gewissen Gefühl der Erleichterung wechselte Korlandril von dem Gang in den Turm der unerschöpflichen Geduld, wo Aradryan seit seiner Rückkehr logierte. Korlandril ließ das Psi-Summen der Unendlichkeitsmatrix hinter sich und brachte den Himmelsgleiter nicht weit von einer spiralförmigen Rampe, die hoch in den Turm führte, entfernt zum Stehen.

Er stieg ab, ließ sein Fahrzeug zu einer leeren Parkbucht gleiten und konzentrierte sich mit einiger Mühe auf sich selbst. Er strich seine Robe glatt, richtete seinen Gürtel und ordnete mit einem Fingerschnippen sein windzerzaustes Haar zu so etwas wie einer Frisur. Zufrieden, dass er nun präsentabel war, stieg er die Rampe zum Turm empor und seine langen Beine trugen ihn rasch in den achten Stock, wobei er nach all der Inaktivität der jüngsten Zeit die körperliche Betätigung für ein Weilchen sehr genoss.

Korlandril fand die Opalsuiten und berührte das Unendlichkeitsfeld, um seine Anwesenheit kundzutun. Er wartete einen Augenblick – keine Reaktion. Er ließ seine Finger auf dem psileitfähigen Feld liegen und suchte nach

Aradryans Präsenz, fand aber nichts. Hier gab es nur noch einen Resteindruck Aradryans.

Korlandril ordnete seine Gedanken, stellte fest, dass die Nachbarwohnung bewohnt war und meldete sich bei der dort lebenden Eldar. Kurz darauf erschien sie im Durchgang. Sie war von erheblichem Alter, umgeben von einer Aura der Weisheit und Ernsthaftigkeit. Aus dem kurzen Kontakt, den er über die Unendlichkeitsmatrix mit ihr gehabt hatte, wusste er, dass sie Herisianith hieß und Shuttle-Pilotin war.

»Wie kann ich dir helfen, Korlandril?«, fragte sie und lehnte sich mit einer Schulter gegen den Torbogen. Ihr Blick wanderte rasch von Kopf bis Fuß über ihn, sie sah Korlandril an wie er andere. Irgendwann in ihrem langen Leben war Herisianith Künstlerin gewesen.

»Ich suche meinen Freund, deinen Nachbarn Aradryan«, sagte Korlandril. »Er ist vor neun Zyklen auf der *Lacontiran* zurückgekehrt.«

»Dein *Freund* war seit zwei Zyklen nicht mehr hier«, teilte ihm Herisianith mit. Korlandril wusste nicht, warum sie ›Freund‹ so übersarkastisch betont hatte, doch vielleicht hatte sie aus seinem Gebaren einen Hauch von Zweifel abgeleitet. »Er ist mit einer Gefährtin, Thirianna, weggegangen. Seither habe ich ihn nicht mehr gesehen oder gespürt.«

»Hast du eine Ahnung, wo sie hinwollten?«

Herisianith schnippte wegwerfend mit einem Finger und die Art, wie sie dabei das Handgelenk drehte, verriet, dass sie eine solche Frage für unschicklich hielt. Korlandril wollte sie nicht länger belästigen, also nickte er ihr zum Abschied zu und wandte sich ab. Langsam ging er die Rampe hinab und fragte sich, was Aradryan zwei Zyklen lang beschäftigen mochte. Hatte er die gesamte Zeit mit Thirianna verbracht?

Korlandril trudelte in einen Mem-Traum, doch ein kleiner Teil seines Geistes lenkte seinen Körper zu einer geschwungenen Bank in der Nähe von Aradryans Unterkunft, während der Wachtraum den Rest seines Denkens beschäftigte. Sein Wegstein pulsierte matt, doch er ignorierte sein beständiges Nörgeln und stürzte sich tiefer in den Traum.

Sinusblütenduft mischte sich mit dem von Reinkirschen. Geplauder und Gelächter. Thirianna stand neben ihrem Vater, strahlend in einem langen, gold-schwarzen Kleid, das bronzene Haar hochgehalten von einem schwebenden Netz aus saphirgrünen Luftjuwelen. Ihre Augen waren grün mit goldenen Sprenkeln und richteten sich auf Korlandril, sobald er die Kammer mit der Kuppeldecke betrat. Korlandril spürte Aradryans Wärme an seiner Seite, körperlich und emotional. Sein Freund hatte recht gehabt, die Tochter des Wunschsehers Aurentiun war schön, ein strahlender Stern in einer Galaxis aus Licht.

Aradryan stellte sie einander vor. Thirianna lächelte und Korlandril schmolz unter ihrem Blick dahin. Sie machte ihm Komplimente für seinen Umhang mit dem Mondtigermuster. Er murmelte eine Antwort, etwas Dummes, das er verdrängt hatte. Sie tanzten zu den Klängen von Aradryans Sichelharfe und wechselten die Partner. Korlandril spielte seine Lichtflöte und faszinierte die Feiernden mit den Klängen und Farben, die seine flinken Finger und sein verspielter Geist heraufbeschworen.

Es folgte ein heißer Zyklus, in dem die drei die künstliche Sonne und die violetten Strände der Kuppel der wachsenden Hoffnung genossen. Korlandril schwelgte in ihrer Unschuld und durchlebte erneut die unbändige Freude, die sie gemeinsam empfunden hatten. Sie alle waren Musiker, die einander mit ihren Melodien erfreuten und neckten und sich im Rhythmus ihrer Gedanken und Gefühle trafen.

Wieder mischte sich die Schlange ein und riss Korlandril aus seiner Trance. Waren Thirianna und Aradryan je mehr gewesen als gute Freunde? Von dem Schock des so abrupten Verlassens des Mem-Traums leicht zitternd wandte sich Korlandril wieder seinem aktuellen Ziel zu. Thirianna würde leichter zu finden sein als Aradryan und wenn sein verlorener Freund nicht tatsächlich bei ihr war, hatte sie vielleicht zumindest eine Ahnung, wo er zu finden war.

Korlandril fand in einem kleinen Flüsterblatthain in der Nähe der Wohneinheiten ein Unendlichkeitsterminal. Sachte erkundigte er sich nach Thirianna. Sie war schon länger auf der Craftworld als Aradryan und ihre Präsenz in der Psi-Matrix, die Alaitoc antrieb, war stärker. Korlandril konzentrierte sich auf Thirianna und spürte, wie sich das Nachbild ihres Geistes in den vergangenen beiden Zyklen über die Craftworld bewegte: Hier, wo sie Aradryan getroffen hatte, war ihr Geist auch deutlich zu spüren; auf dem Boulevard der geteilten Monde entlang der Arkaden der Modehändler und Juweliere; einen halben Zyklus in ihrer eigenen Unterkunft – allein, wie Korlandril mit einiger Genugtuung bemerkte –; dann auf dem Weg in die Bucht der scheidenden Sorgen, wo Aradryan wieder zugegen war, dessen Präsenz ganz kurz an ihrer Seite verweilte. Nun war sie wieder in ihrer Unterkunft, still – vielleicht meditierte oder komponierte sie.

Korlandril dachte an Freundschaft und richtete diese Gedanken an Thirianna. Er wartete auf ihre Antwort. Er ließ sich vom Hintergrundrauschen der Unendlichkeitsmatrix ablenken: von einer Feier in der Kuppel des letzten Sonnenaufgangs und einer verstörenden Dunkelheit, die vom Schrein des endenden Schleiers ausging.

Als Reaktion darauf zog sich Korlandril zurück, abgestoßen von dem Geschmack im Mund, den der Aspect-Warrior-Schrein hinterließ. Er hatte mit Kriegern wenig zu tun, doch der Endende Schleier beherbergte eine der Sekten der Dark Reapers; seine Freunde Arthuis und Maerthuin gehörten dazu. Er achtete nicht besonders auf militärische Angelegenheiten, denn er empfand sie als störenden Einfluss auf seine Werke. In seiner Arbeit war kein

Platz für Kaela Mensha Khaine mit den blutigen Händen. Die potenzielle Beteiligung seiner Freunde interessierte ihn und er gab seine Beobachtungen an die schlummernde Thirianna weiter.

Sie erwachte fast augenblicklich und sandte ihm ein Bild seiner Isha-Statue. Die Szene zeigte sie beide zu ihren Füßen: eine Einladung. Korlandril spiegelte die Vision leicht korrigiert zu Thirianna zurück. Die Nachtschilde waren aktiv und dämpften das Licht des sterbenden Sterns zum Zwielicht des frühen Abends. Thirianna antwortete entsprechend und das Treffen war abgemacht.

Korlandril löste sich selbstzufrieden aus der Unendlichkeitsmatrix. Er kehrte in die Opalsuiten zurück und nahm einen anderen Himmelsgleiter zurück in seine Gemächer. Auf dem Heimweg war sein Überschwang etwas gedämpft, denn dass Aradryan nicht mit der Unendlichkeitsmatrix in Berührung gestanden hatte, beschäftigte ihn.

Thirianna saß bei der Statue an einem Ende einer geschwungenen Bank, den Blick auf das fahle Leuchten jenseits der Kuppel gerichtet. Korlandril überquerte rasch den Rasen und als er näherkam, wandte sich Thirianna ihm zu. Für einen kurzen Augenblick umspielte ein Lächeln ihre Lippen.

»Aradryan hat Alaitoc verlassen«, sagte Thirianna leise, sobald Korlandril neben ihr saß.

Korlandril war schockiert und brauchte einen Augenblick, um sich zu sammeln; er war darauf vorbereitet gewesen das Gespräch mit einer Frage nach Thiriannas Wohlergehen zu eröffnen. Ein wahres Gefühlschaos herrschte in Korlandril: Schock, Enttäuschung und besorgniserregenderweise eine gewisse Genugtuung.

»Ich verstehe nicht«, antwortete der Bildhauer. »Ich weiß, wir hatten Streit, aber ich dachte, er wolle noch eine Weile auf Alaitoc bleiben.«

»Er ist nicht deinetwegen gegangen«, sagte Thirianna,

doch ein unbewusstes asymmetrisches Blinzeln verriet, dass sie sich darüber selbst nicht ganz sicher war. Sie log nicht, aber sie war auch nicht ganz davon überzeugt die Wahrheit zu sagen.

»Warum sollte er dann nicht zu mir kommen, um sich zu verabschieden?«, fragte Korlandril. »Offensichtlich haben wir uns auseinandergelebt, aber ich wusste nicht, dass ich in seiner Meinung so tief gesunken bin.«

»Es lag nicht an dir«, sagte Thirianna, und ihr Tonfall und die halb geschlossenen Augen verrieten, dass sie sich selbst die Schuld daran gab, dass ihr Freund die Craftworld verlassen hatte.

»Was ist passiert?«, fragte Korlandril, sehr darum bemüht es nicht wie eine Anklage klingen zu lassen. »Wann ist Aradryan gegangen?«

»Er ging im letzten Zyklus an Bord der *Irdiris*, nachdem wir etwas Zeit miteinander verbracht hatten.«

Korlandril hatte den Namen des Schiffs schon einmal irgendwo gehört, wusste aber nicht sofort etwas damit anzufangen. Thirianna sah seinen fragenden Gesichtsausdruck.

»Die *Irdiris* ist ein Langstreckenschiff mit Kurs zu den Exoditen auf Elan-Shemaresh und dann in den Winterraum von Meios«, erklärte sie.

»Aradryan will … *Ranger* werden?« Unglaube und Abscheu rangen in Korlandrils Geist miteinander. Er strich sich mit einem schlanken Finger über die Unterlippe, um seine Gedanken zu beruhigen. »Ich wusste ja gar nicht, dass er so unzufrieden mit Alaitoc war.«

»Ich auch nicht und vielleicht ist er deshalb so rasch aufgebrochen«, gestand Thirianna. »Ich glaube, ich habe vorschnell und unsensibel gesprochen und ihn zu einem schnelleren Aufbruch getrieben, als er ihn sonst unternommen hätte.«

»Ich bin sicher, du bist nicht …«, begann Korlandril, aber Thirianna unterbrach ihn mit einem erregten Fingerzucken.

»Ich will nicht darüber reden«, war alles, was sie ihm an Erklärung lieferte.

Sie saßen noch eine Weile schweigend da, während über ihnen Kleinschwingen zwischen den Ästen der Bäume hin- und herschossen und einander zutrillerten. Tief im Wald erwachte eine Windmaschine zum Leben und die Blätter begannen leise zu rascheln: eine beruhigende Atmosphäre.

»Ich wollte noch über etwas anderes mit dir sprechen«, sagte Korlandril, nachdem er seine Gedanken an Aradryan verdrängt hatte. »Ich habe dir einen Vorschlag zu machen.«

Interesse flammte in Thiriannas Jadeaugen auf. Durch ein Heben ihres Kinns machte sie deutlich, dass sie sich erheben sollten.

»Das sollten wir vielleicht bei einem Getränk in meinen Gemächern besprechen.«

»Das wäre äußerst angenehm«, antwortete Korlandril, während die beiden sich dem Kuppeleingang näherten.

Seite an Seite durchquerten sie schweigend die Kuppel. Sie gingen nicht eng nebeneinander, sondern in einer Entfernung, die einen Kompromiss zwischen Freundschaft und Anstand darstellte. Korlandrils Herz schlug etwas schneller als sonst. Er versuchte mit seiner wachsenden Erregung fertigzuwerden, hatte er doch eine so positive Reaktion Thiriannas nicht erwartet.

Es dauerte eine Weile den Kuppeleingang zu Fuß zu erreichen und der Nachtzyklus war halb vorbei, als sie bei dem versilberten Torbogen ankamen, der sich auf die Hauptverkehrsstraße rings um die Craftworld öffnete. Auch hier herrschte Zwielicht, nur ein schwaches rotes Leuchten des sterbenden Sterns und die Irrlichter der Unendlichkeitsmatrix ringsum durchbrachen die Finsternis.

Der breite Durchgang war wie ausgestorben; sie kamen an etwa einem Dutzend anderer Eldar vorbei, ehe sie die Abzweigung zu Thiriannas Wohngebäude erreichten. Sie hatte sich in einer Dichterkommune im Turm der schlummernden Zeugen niedergelassen. Der Ort, der Ausblicke auf die Sterne und in der anderen Richtung über ganz Alaitoc bot, war für seine kontemplative Atmosphäre bekannt.

Sie wollten gerade das Förderband hinauf zu den Türmen betreten, als aus der Dunkelheit vor ihnen eine große Gruppe auftauchte. Thirianna spürte etwas Dunkles und rückte näher an Korlandril heran, der ihr beschützend eine Hand auf die Schulter legte, während gleichzeitig seine eigene Stimmung kippte und er plötzlich voller böser Vorahnungen war.

Die Gruppe bestand aus Aspect Warriors, die von einer fast als Gestank wahrnehmbaren Aura des Todes umgeben waren. Sie trugen purpurne und schwarze, einander überlappende Rüstungsplatten und ihre schweren Schritte dröhnten durch die Stille. Korlandril spürte eine wachsende Bedrohung, als sie sich näherten, und ihre Wegsteine leuchteten wie Augen aus Blut. Sie hatten ihre Kriegshelme abgenommen und an die Gürtel gehängt, damit sie die Hände für ihre schlanken Raketenwerfer frei hatten.

Dark Reapers: besessen vom Kriegsgott in seinem Aspekt des Zerstörers.

Da sie keine Helme trugen, sah man auf ihren Gesichtern die mit Blut gemalte Rune des Dark Reapers prangen. Thirianna und Korlandril zogen sich weiter zur Gangwand zurück, als die Aspect Warriors vorbeigingen, und suchten nach den Gesichtern ihrer Freunde. Korlandril merkte, dass er Thirianna unbewusst ein Stück vor sich gezogen hatte, was seinen Stolz leicht ankratzte. Thirianna ihrerseits war äußerlich ruhig, aber besorgt. Korlandril spürte ihr Zittern unter seiner Handfläche. Es war keine Angst, es war eine gewisse Erregung. Sie war den Pfad des Kriegers gegangen – rief Khaine noch immer nach ihr? Hallte das Auftauchen der Aspect Warriors in einem Teil von ihr wider, der unter den Schichten der Zivilisation verborgen war, an deren Aufrechterhaltung die Eldar so hart arbeiteten?

Mit ausgestrecktem Finger lenkte Thirianna Korlandrils Aufmerksamkeit auf Maerthuin. Arthuis kam kurz hinter ihm. Die Brüder blieben stehen und sahen Thirianna und Korlandril an. Ihr Blick war leer, verriet nicht einmal einen Hauch von Erkennen. Korlandril unterdrückte ein Schaudern, als er das Blut in ihren Gesichtern roch.

»Geht es euch gut?«, fragte Thirianna mit leiser, respektvoller Stimme.

Arthuis nickte langsam.

»Wir haben gewonnen«, intonierte Maerthuin.

»Wir treffen uns in der Mondsichel der heraufdämmernden Zeitalter«, sagte Arthuis.

»Zu Beginn des nächsten Zyklus«, setzte Maerthuin hinzu.

Korlandril und Thirianna nickten zustimmend und die beiden Krieger setzten ihren Weg fort. Thirianna entspannte sich und Korlandril seufzte erleichtert, denn er war froh den leeren, aber irgendwie durchdringenden Blick ihrer Freunde los zu sein.

»Für mich ist es unvorstellbar, dass man sich solchen Schrecken hingibt«, sagte Korlandril, als die beiden auf das Förderband traten, denn er verspürte nach dieser Begegnung noch immer einen letzten Rest von Furcht.

Sie schraubten sich spiralförmig nach oben und drehten sich gemächlich um sich selbst, während sich das Förderband um den Turm der schlummernden Zeugen schlängelte. Korlandril verspürte Erregung, als sie in den in Sternenlicht gebadeten Himmel traten – nichts mehr zwischen ihm und der Leere als ein unsichtbarer Energieschild. Für einen Augenblick glaubte er einen Teil des Lockrufs der Sterne zu verstehen, dem Aradryan derart erlegen war.

»Es hat nichts mit Hingabe zu tun«, meinte Thirianna.

»Was hat nichts mit Hingabe zu tun?«

»Der Pfad des Kriegers hat nichts mit Hingabe zu tun«, wiederholte sie. »Man kann den Zorn nicht einfach unbeobachtet in der Finsternis schwären und wachsen lassen. Früher oder später sucht er sich ein Ventil.«

»Worüber sollte man so zornig sein?«, lachte Korlandril. »Wenn wir Biel-Tan wären, mit all dem Gerede von der Wiedereroberung des alten Reiches, hätten wir vielleicht Verwendung für all die Schwertschwingerei und das Geballere. Das ist unzivilisiertes Verhalten!«

»Du ignorierst die Leidenschaften, die dich lenken«, blaffte Thirianna.

Korlandril spürte einen Speer der Schuld und der Verlegenheit.

»Es war nicht böse gemeint«, sagte er.

»Die Absicht zählt nicht«, erwiderte Thirianna mit zusammengekniffenen Augen und schmalen Lippen. »Vielleicht möchtest du auch noch über die anderen Wege spotten, die ich beschritten habe?«

»Ich wollte nicht ...« Korlandril verstummte, weil er nicht mehr sicher war, was er eigentlich gewollt hatte, nachdem Thiriannas plötzliche Bitterkeit ihm all seine Zungenfertigkeit genommen hatte. »Es tut mir leid.«

»Der Pfad des Träumens, der Pfad des Erwachens, der Pfad des Künstlers«, sagte Thirianna. »Immer selbstsüchtig, immer geht es um deine Bedürfnisse, kein Pflichtgefühl und kein Engagement für andere.«

Korlandril zuckte mit den Achseln, eine überschwängliche Geste, die beider Arme bedurfte.

»Ich verstehe einfach diesen Wunsch nicht, den manche von uns haben, einen Blutdurst zu stillen, den ich nicht empfinde«, verteidigte er sich.

»Das ist das Gefährliche an dir«, sagte Thirianna. »Wohin verbannst du den Zorn, den du empfindest, wenn dich jemand ärgert? Was tust du mit dem Hass, der in dir brennt, wenn du an all das denkst, was wir verloren haben? Du hast nicht gelernt diese Gefühle zu kontrollieren, sondern nur sie zu ignorieren. Beim Einswerden mit Khaine, bei der Verkörperung eines seiner Aspekte, geht es nicht darum sich einem Feind zu stellen, sondern sich selbst. Das sollten wir alle irgendwann tun.«

Korlandril schüttelte den Kopf.

»Nur wer Krieg will, führt ihn«, widersprach er.

»Findrueirs *Prophezeiungen des Verhörs*«, sagte Thirianna mit höhnisch gekräuselten Lippen und gerunzelter Stirn. »Ja, die habe ich auch gelesen, schau nicht so überrascht. Doch ich habe sie gelesen, nachdem ich auf dem Pfad des Kriegers gewandelt war. Eine Ästhetin, die über Dinge schrieb, von denen sie keine Ahnung hatte. Die schlimmste Form der Heuchelei.«

»Aber auch eine der wichtigsten Philosophinnen Iyandens.«

»Ein radikaler Windbeutel ohne echte Überzeugung, aber mit einem Gyrinxfetisch.«

Korlandril lachte und wurde dafür böse angeschaut.

»Verzeih mir«, bat er. »Ich hoffe, das war keine Kostprobe deiner Poesie!«

Thirianna schwankte zwischen Verärgerung und Erheiterung, doch schließlich lächelte sie.

»Wenn uns jemand zuhört! Zwei Küchenphilosophen! Was wissen wir schon?«

»Ziemlich wenig«, pflichtete Korlandril nickend bei, »und ich schätze, das kann gefährlich sein.«

Korlandril stand aufmerksam neben Thirianna, während sie ihren Lieblingscocktail aus Fruchtsäften und zerstoßenem Eis mischte. Sie reichte Korlandril ein schlankes Glas und deutete auf eines der Kissen, die in ihrem Empfangsraum als Sitzgelegenheiten dienten. Sie hatte ihre Räumlichkeiten seit Korlandrils letztem Besuch umgestaltet und farblich verändert. Das Hologramm von Illudurans *Monument zum Ruhme der Unverfrorenheit* und das pastellblaue Farbschema waren verschwunden. Alles war weiß und hellgrau, und die harten Kissen stellten das einzige Mobiliar dar. Korlandril sah sich betont im Zimmer um.

»Ein wenig postherethiunischer Minimalismus, nicht?«, sagte er und lehnte sich so bequem wie möglich zurück.

»Du hast einen Vorschlag?«, fragte Thirianna ohne auf den impliziten Vorwurf einzugehen.

Korlandril zögerte. Sie war nicht in der richtigen Stimmung. Sie hatten zwar ihre Differenzen beigelegt, ehe sie ihre Gemächer betreten hatten, doch die Verbundenheit zu Thirianna, die er unter der Gartenkuppel empfunden hatte, war praktisch verflogen. Sie musste für seine Idee empfänglich sein. Zunächst würde er ein gemeinsames Thema ansprechen: Aradryans Aufbruch.

»Ich bedaure, dass Aradryan uns wieder verlassen hat«, sagte er und meinte es auch so. »Ich hatte gehofft ihn überreden zu können sich mir auf dem Pfad des Künstlers anzuschließen. Vielleicht hätten wir einen Teil dessen, was wir auf dem Pfad des Träumens teilten, wiedererwecken können.«

Thirianna schüttelte knapp ihr Haar, eine rasche Geste der Verärgerung.

»Was ist daran so verkehrt?«, fragte Korlandril.

»Dir ging es nicht um Aradryans Wohl«, sagte Thirianna und setzte sich dem Bildhauer gegenüber. »Wie immer ging es darum, dass *du* wolltest, dass er Künstler wird, nicht dass es das Beste für ihn gewesen wäre.«

»Er ist ziellos und einsam«, argumentierte Korlandril. »Ich dachte, wenn er lernen könnte das Universum so zu sehen wie ich, mit den Augen eines Künstlers, könnte er schätzen lernen, was ihm die Craftworld zu bieten hat.«

»Du bist immer noch verärgert, weil er deine Skulptur nicht mochte!« Thirianna war halb amüsiert und halb höhnisch. Sie seufzte verzweifelt. »Du glaubst, wenn er gelernt hätte Dinge richtig zu sehen, könnte er dein Genie besser würdigen. Du glaubst, seine Kritik sei unerheblich, nur weil er nicht dieselbe Ausbildung hat wie du.«

»Vielleicht«, sagte Korlandril in versöhnlichem Tonfall, denn er hatte erkannt, dass er die falsche Herangehensweise gewählt hatte. »Ich will nicht, dass Aradryans Abwesenheit zwischen uns steht. Eines Tages wird er wiederkehren, da bin ich mir sicher. Wir sind beide schon ohne ihn klargekommen und wir werden es wieder schaffen. Das heißt, wenn wir einander verbunden bleiben.«

»Deine Freundschaft war mir immer wichtig«, antwortete Thirianna und machte Korlandril damit Hoffnung. Er setzte nach.

»Ich habe eine neue Skulptur im Kopf, etwas, das sich sehr von meinen früheren Werken unterscheidet«, verkündete er.

»Das höre ich gern. Ich glaube, wenn du Ablenkung findest, wirst du dich weniger mit der Sache mit Aradryan herumplagen.«

»Ja, das stimmt vollkommen! Ich werde mich ins Thema Porträts stürzen. Tatsächlich plane ich ein bildhauerisches Zeugnis meiner Hingabe.«

»Klingt faszinierend«, sagte Thirianna. »Vielleicht wäre etwas mit ein wenig mehr Realitätsbezug gut für deine Entwicklung.«

»Wir wollen es mal nicht übertreiben«, lächelte Korlandril. »Ich glaube, ich werde durchaus abstrakte Elemente einbauen. Wie bildet man schließlich wirklich Liebe und Freundschaft nur in Gesichtszügen ab?«

»Ich bin überrascht. Ich verstehe es, wenn du es mir nicht sagen willst, aber was inspiriert dich zu einem solchen Werk?«

Zunächst dachte Korlandril, sie sei kokett, doch ein rasches Studium ihres Gesichtsausdrucks bestätigte, dass sie keine Ahnung hatte, dass sie das Motiv sein sollte. Die Schlange in Korlandrils Eingeweiden zischte verärgert und entringelte sich. Spielte sie mit ihm, wollte sie, dass er laut sagte, was sie beide längst wussten?

»Du bist meine Muse«, sagte Korlandril leise, den Blick auf Thirianna gerichtet. »Dich will ich als Verkörperung der Hingabe und der Leidenschaft abbilden.«

Thirianna blinzelte zweimal. Schockiert hob sie die Brauen.

»Ich … Du …« Sie wandte den Blick ab. »Ich glaube, das ist unberechtigt.«

»Unberechtigt? Es ist ein Ausdruck meiner Gefühle und braucht keine andere Berechtigung als die, Visualisierung meiner Wünsche und Träume zu sein. Du bist mein Wunsch und Traum.«

Thirianna schwieg. Sie stand auf und entfernte sich ein paar Schritte, ehe sie sich Korlandril mit ernstem Gesichtsausdruck zuwandte.

»Das ist keine gute Idee, mein Freund«, antwortete sie sanft. »Ich weiß die Geste zu schätzen und vor einer Weile wäre ich vielleicht nicht nur geschmeichelt gewesen, sondern entzückt.«

Die Schlange schlug ihre Fänge in Korlandrils Herz.

»Aber jetzt nicht mehr?«, fragte er zögernd, denn er hatte Angst vor der Antwort.

Sie schüttelte den Kopf.

»Aradryans Ankunft und Weggang haben mir klargemacht, dass in meinem Leben schon seit mehreren Umläufen etwas nicht stimmt«, sagte sie. Korlandril streckte in einer halbherzigen Geste eine Hand aus und winkte sie näher heran. Thirianna setzte sich neben ihn und nahm seine Hand. »Ich verändere mich wieder. Der Pfad des Poeten ist für mich zu Ende. Ich habe in meinen Versen getrauert und gejubelt und habe das Gefühl die Lasten losgeworden zu sein, die mich niederdrückten. Ich spüre einen neuen Ruf in mir erwachen.«

Korlandril entzog ihr seine Hand.

»Du wirst dich Aradryan anschließen!«, blaffte er. »Ich wusste, ihr beide verheimlicht etwas vor mir.«

»Mach dich nicht lächerlich«, antwortete Thirianna mit rauer Stimme. »Er ist gegangen, weil ich ihm sagte, was ich jetzt dir sage.«

»Also hat er dir Avancen gemacht!« Korlandril stand auf, fuhr sich zornig mit der Hand über die Stirn und deutete dann anklagend auf seine Freundin. »Es stimmt! Leugne es, wenn du es wagst!«

Sie schlug seine Hand weg.

»Mit welchem Recht erhebst du Anspruch auf mich? Wenn du es unbedingt wissen musst, ich habe nie daran gedacht mit Aradryan zusammen zu sein, nicht einmal vor seinem Weggang und sicher nicht seit seiner Wiederkehr. Ich bin einfach noch nicht bereit für einen Lebensgefährten. Das ist tatsächlich auch der Grund, warum ich nicht deine Muse sein kann.«

Thirianna kam einen Schritt näher, die Hände in Freundschaft geöffnet.

»Um dir in Zukunft nicht das Herz zu brechen, lehne ich jetzt deine Annäherungsversuche ab«, fuhr sie fort. »Ich habe mit Farseer Alaiteir gesprochen und auch er findet, ich sei bereit den Pfad des Sehers zu beschreiten.«

»Eine Seherin?«, höhnte Korlandril. »Du hast keinerlei Ahnung von meinen romantischen Absichten und glaubst dennoch, du könntest Seherin werden?«

»Ich habe deine Absichten gesehen und ignoriert«, sagte Thirianna und legte ihm eine Hand auf den Arm. »Ich wollte dich nicht noch ermutigen; mir deine Gefühle zu gestehen hätte bedeutet sie ans Licht zu bringen und das wollte ich um unser beider willen vermeiden.«

Korlandril tat ihre Argumente mit einem Wedeln seiner Hand ab und entzog ihr seinen Arm.

»Wenn du nicht dasselbe für mich empfindest, dann sag es einfach. Schone meinen Stolz nicht, um es dir leichter zu machen. Versteck dich nicht hinter der Ausrede des Wegwechsels.«

»Das ist keine Ausrede, es ist wahr! Du liebst Thirianna die Poetin. Wir sind einander im Augenblick recht ähnlich, auf verschiedenen Wegen, aber im Großen und Ganzen in derselben Richtung unterwegs. Wenn ich Seherin werde, werde ich nicht mehr Thirianna die Poetin sein. Diese neue Person wirst du nicht lieben.«

»Warum verweigerst du mir das Recht, das selbst herauszufinden? Wer bist du, dass du beurteilen kannst, was sein wird und was nicht? Du gehst den Weg noch nicht einmal und doch glaubst du schon die Kräfte einer Seherin zu besitzen?«

»Wenn du wirklich dasselbe empfindest, wenn ich Seherin geworden bin, und ich auch dasselbe empfinde, dann wird geschehen, was geschehen wird.«

Korlandril unterdrückte eine wütende Antwort, ehe sie ihm über die Lippen kam, und sein Geist holte Thiriannas Worte ein. Hoffnung erblühte und bunte Blumen erstickten die zornige Schlange.

»Wenn du dasselbe empfindest? Du gibst also zu, dass du etwas für mich empfindest.«

»Thirianna die Poetin empfindet etwas für dich, immer schon«, gab Thirianna zu.

»Warum geben wir uns dann diesem beiderseitigen Gefühl nicht hin?«, fragte Korlandril, trat vor und nahm Thiriannas Hände. Nun war es an ihr sie ihm zu entziehen. Sie brachte es nicht über sich ihn anzusehen, als sie sprach.

»Wenn ich mich dieser Leidenschaft mit dir hingebe, würde mich das behindern, mich vielleicht hier als Poetin anketten, die auf ewig geheime Liebesgedichte schreibt.«

»Dann bleiben wir zusammen, Poetin und Künstler! Was ist daran so falsch?«

»Es ist ungesund! Du weißt, es ist unklug sich in sich selbst einzukerkern. Unser Leben muss sich ständig im Fluss befinden, wir müssen von einem Pfad zum nächsten wechseln, unser Verständnis für uns selbst und das Universum weiterentwickeln. Übermäßiger Genuss führt in die Finsternis, die war. Er erregt … ihre Aufmerksamkeit. Die Aufmerksamkeit der Dürstenden.«

Korlandril erschauerte bei der Erwähnung des Fluchs der Eldar und sei es durch diesen Euphemismus. Sein Wegstein erbebte mit ihm und fühlte sich plötzlich eiskalt an. Alles, was Thirianna gesagt hatte, war wahr und in den Lehren der Craftworlds verankert; ihre gesamte

Gesellschaftsstruktur diente dazu eine Rückkehr zu den Exzessen und der Lasterhaftigkeit zu verhindern, die zum Fall geführt hatte.

Aber das war Korlandril egal. Es war dumm ihm und Thirianna ihr Glück vorenthalten zu wollen.

»Was wir fühlen, ist nicht *falsch*! Seit Erschaffung der Craftworlds liebt unser Volk und überlebt. Warum sollte das bei uns anders sein?«

»Du argumentierst wie Aradryan«, gab Thirianna zu und wandte sich zu Korlandril um. »Er bat mich den Pfad zu vergessen und mich ihm anzuschließen. Das hätte ich nicht einmal gekonnt, wenn ich ihn geliebt hätte. Mit dir kann ich es *auch* nicht. Auch wenn ich viel für dich empfinde, würde ich genauso wenig meine ewige Seele für dich riskieren, wie ich hinaus in die Leere des Raums treten und hoffen würde dort atmen zu können.«

In ihren Augen standen Tränen, die sie bisher unterdrückt hatte.

»Bitte geh.«

Korlandrils Qual war allumfassend. Angst und Zorn wüteten zu gleichen Teilen in ihm, brannten in seinen Adern, brodelten in seinem Geist. Unter all dem öffnete sich eine tiefe Grube voller Schatten und Verzweiflung, in die zu fallen er den Eindruck hatte. Korlandril wäre am liebsten ohnmächtig geworden, aber er hielt sich aufrecht und zwang sich tief durchzuatmen. Die Schlange in ihm wickelte sich eng um jedes Organ und jeden Knochen, quetschte das Leben aus ihm heraus und erfüllte ihn mit körperlichen Schmerzen.

»Ich kann dir nicht helfen«, sagte Thirianna, die voll Kummer sah, welche Qual sich in jeder Geste Korlandrils widerspiegelte. »Ich weiß, du empfindest Schmerz, aber er wird vergehen.«

»Schmerz?«, spie Korlandril. »Was weißt du schon von meinem Schmerz?«

Seine gesamte Psyche, die durch seine künstlerische Tätigkeit für jede noch so kleine Empfindung empfänglich war, schrie vor Qual und rang um eine Möglichkeit sich auszudrücken. Es gab kein Ventil für all die angestaute Enttäuschung, für Umlauf um Umlauf, in denen er seine Gefühle für Thirianna unterdrückt hatte, die sich Bahn zu brechen drohten. Korlandril war geistig einfach nicht in der Lage die Lawine des Zorns zu entfesseln, die in ihm aufgestaut war. Es gab keinen Traum, in dem er Trost suchen, keine physische Empfindung, der er sich hingeben konnte, um die Agonie zu ersetzen, die seine Seele erschütterte. Sein hell leuchtender Wegstein glühte weiß auf seiner Brust.

Gewalt brodelte in Korlandril. Er wollte Thirianna schlagen, weil sie so selbstsüchtig und kurzsichtig war. Er wollte Blut vergießen, wollte seinen Schmerz aus tiefen Wunden fließen lassen und so den Zorn abwaschen. Vor allem wollte er die Agonie und die Verwüstung weitergeben.

Wortlos floh Korlandril und ein Strudel der Angst vor dem, was er da in sich entfesselt hatte, verwirbelte seinen Zorn. Er stolperte auf den Gang hinaus und starrte in den endlosen Himmel empor, während Tränen über sein Gesicht strömten und sein Herz raste.

Er brauchte Hilfe. Hilfe, um das Feuer zu löschen, das jetzt in seinem Geist wütete.

ABLEHNUNG

In der Zeit vor dem Krieg im Himmel, noch vor der Ankunft der Eldar, schmiedeten die Götter ihre Pläne und Ränke, spielten ein unendliches Spiel der List und der Liebe, des Verrats und der Stichelei. Kurnous, der Herr der Jagd, war der Geliebte Lileaths, der Mondherrin, und sie genossen sowohl den Segen des allmächtigen Asuryan als auch die Freundschaft der anderen Götter außer Kaela Mensha Khaine mit den blutigen Händen, der Lileath für sich begehrte. Er begehrte sie nicht wegen ihrer Schönheit, die unsterblich war, noch wegen ihres heiteren Geistes, dessentwegen sie aller anderen Götter Freundin war. Khaine begehrte die Mondgöttin einfach, weil sie Kurnous gewählt hatte. Khaine versuchte sie mit seiner Kampfkraft zu beeindrucken, doch Lileath war unbeeindruckt. Er schrieb Oden, um sie zu umgarnen, doch seine Verse waren stets grob und erfüllt von dem Wunsch, zu erobern und zu besitzen. Lileath wollte keinem anderen Mann gehören. Enttäuscht ging Khaine zu Asuryan und verlangte, er solle ihm Lileath geben. Asuryan sagte zu Khaine, er könne Lileath nicht mit Gewalt nehmen und werde sie niemals besitzen, wenn er ihr Herz nicht erobern könne. Erzürnt schwor Khaine, kein anderer solle Lileath besitzen, wenn es ihm verwehrt blieb. Khaine nahm sein Schwert, den Witwenmacher, den Weltenschlächter, und schnitt einen Riss in die Leere. Er packte Lileath am Knöchel und schleuderte sie in den Riss zwischen den Sternen, wo ihr Licht nicht mehr leuchten konnte. Tausend Tage lang waren die Himmel dunkel, bis der tapfere, einfallsreiche Kurnous sich in die Finsternis des Risses wagte und Lileath rettete, auf dass ihr Licht ins Universum zurückkehre.

Korlandril brauchte eine Weile, um ein gewisses Gleichgewicht wiederzufinden. Beschämt und verzweifelt, doch ohne weiter zu weinen oder zu knurren, verbarg er sich zwischen den Bäumen der Kuppel der Mitternachtswälder. Korlandril löste sich von seinen Körperfunktionen und ließ sie ohne sein Eingreifen weiterlaufen, sodass er nichts mehr sah, spürte, roch oder hörte. Sich so isolieren und ganz gegen äußere Reize abschotten zu können war ein Vermächtnis des Pfads des Träumens. Er war ohne Ablenkung in seinen eigenen Gedanken eingeschlossen, widerstand aber dem Drang sich in einen Mem-Traum zu stürzen und alles zu vergessen. Auf dem Pfad des Erwachens hatte er gelernt seine Aufmerksamkeit in zwei entgegengesetzte Richtungen zugleich zu lenken, das bewusste Denken abzuschalten und sich ganz auf Empfindungen und Reaktionen zu konzentrieren.

Die beiden Wege hatten seine Entscheidung Künstler zu werden hervorragend unterstützt, doch jetzt machten sie ihn verletzlich. Seine Erfahrungen als Erwachsener waren darauf ausgerichtet gewesen seine Interaktion mit der Welt in Bereiche aufzuteilen und zu kontrollieren; später, als Korlandril der Bildhauer, war er ein Kanal für kreativen Ausdruck gewesen und hatte Gedanken in Taten verwandelt. Nun waren seine Gedanken trostlos, ja sogar blutig, und er konnte sie nicht ausdrücken.

Korlandril ging seine Eindrücke und Erinnerungen durch und versuchte zu begreifen, was geschehen war. Er verstand nicht, was den emotionalen Staudamm gesprengt hatte, der seine dunkleren Gefühle in Schach hielt. Er fand keine Antwort. Er war verstört und nicht einmal sicher, wie die relevante Frage lautete. Er wusste, er durfte diesen Gedanken keinen freien Lauf lassen oder sie gar in die Tat umsetzen. Das hätte bedeutet sich dem Gemetzel und dem Genuss hinzugeben, die den Fall ausgelöst hatten.

Korlandril dachte kurz darüber nach sich ein Unendlichkeitsterminal zu suchen und Abrahasil zu kontaktieren. Dann verwarf er die Idee. Er war derzeit außerstande mit der Unendlichkeitsmatrix zu interagieren. Seine emotionale Instabilität würde sicher unerwünschte Aufmerksamkeit erregen, wenn sie nicht gar ihm oder der Matrix echten Schaden zufügte. Selbst wenn er genügend Selbstbeherrschung aufbringen konnte, um korrekt mit der Matrix umzugehen, würde ihm Abrahasil nicht helfen können. Dies war kein Form- oder Empfindungsdilemma, nicht einmal eines des Ausdrucks. Korlandril begriff einfach nicht, warum er so verzweifelt war und warum diese Verzweiflung sich auf so destruktive Weise manifestierte.

Inmitten des Mahlstroms seiner Gedanken fiel Korlandril eine Nebensache auf, um die er sich kümmern musste. Ein Gedankenzyklus forderte seine Aufmerksamkeit, eine Zukunftserinnerung, die er erst noch erleben musste. Korlandril analysierte sie und erinnerte sich an die Verabredung mit Arthuis und Maerthuin. Er verband die Gedächtnisstütze mit einer Erinnerung und verwob sie mit seinen gegenwärtigen Gefühlen. Er erlebte ein erschrecktes Wiedererkennen dessen, was er im leeren Blick seiner

Freunde mit ihrer Kriegsbemalung gesehen oder besser: nicht gesehen hatte. Ihre Gleichgültigkeit: ein Ausdruck bar jeden Erschreckens, jeder Schuld, jeder Scham und jeden Bedauerns.

Wenn jemand ihm helfen konnte die Verwirrung zu verstehen, die ihn gerade so aus dem Gleichgewicht brachte, dann die Aspect Warriors.

Die Mondsichel der heraufdämmernden Zeitalter erstreckte sich geschwungen aus dem sternwärtigen Rand Alaitocs und war ins Licht Mirianathirs getaucht. Der kilometerlange Balkon hatte eine Kuppeldecke aus schwach verspiegeltem Material, in dem vage Abbilder der Besucher darunter zu erkennen waren, deren optische Simulakren mit dem rötlichen Licht des Sterns verschmolzen und so eine in ständiger Bewegung befindliche Szenerie an den Himmel malten.

Der neue Zyklus begann gerade und viele Eldar saßen an den Tischen auf dem Balkon oder gingen zwischen ihnen und den Nahrungsausgabestellen an der Innenseite hin und her. Sie aßen Obst aus den Hainen und frühstückten gewürztes Fleisch, das Händler von den Exoditenwelten mitgebracht hatten. Getränke in allen Farben, manche davon lumineszierend, andere sprudelnd, wurden aus hohen, schlanken Krügen ausgeschenkt oder standen dort in Reihen glitzernder Flaschen, die diejenigen, die den Pfad des Dienstes gingen, regelmäßig auffüllten. Ein Dämpfungsfeld hielt den Lärmpegel der Konversationen niedrig, obgleich sich Tausende von Stimmen zum Gruß und zum Gespräch, zur Verabschiedung und zur Versöhnung erhoben.

Ein Bereich war nicht so dicht besetzt, weil die älteren Eldar eine nicht scharf begrenzte, aber dennoch auffällige Lücke zwischen sich und den Gästen ließen, die dort auf den langen Bänken saßen. Es waren die Aspect Warriors, die ohne ihre Kriegsbemalung in stiller Kontemplation beisammensaßen.

Korlandril näherte sich ihnen vorsichtig. Auch nach langer Meditation und beruhigenden Mantras war er noch immer aufgewühlt von seinem jüngsten Erlebnis. Dass die anderen Eldar ihn anstarrten, als er den blassblauen Boden überquerte und auf die Aspect Warriors zuging, machte ihn auch nicht weniger ängstlich.

Er blieb stehen, goss sich ein Glas Morgenrotwasser ein und lehnte sich gegen die geschwungene Theke, während er auf der Suche nach seinen Freunden den Blick über die versammelten Aspect Warriors schweifen ließ.

Eine Hand hob sich zum Gruß und Korlandril erkannte Arthuis. Links von ihm saß Maerthuin. Sie waren umgeben von mehreren anderen Eldar, die Korlandril nicht kannte. Sie saßen mit dünnen Tellern auf dem Schoss da und naschten Appetithappen, während sie sich leise unterhielten. Man machte auf der Bank gegenüber seinen Freunden Platz und Korlandril setzte sich, nervös ob der Anwesenheit so vieler Krieger.

»Einen guten neuen Zyklus«, sagte Maerthuin. »Hast du keinen Hunger?«

»Ich würde einen Nar-Eber häuten und essen, wenn ich könnte«, ließ sich Arthuis vernehmen. Sein Teller war mit Essen überhäuft und er unterbrach sich, um sich eine Handvoll Duftgetreide in den Mund zu stopfen.

»Das ist Elissanadrin«, sagte Maerthuin und deutet auf die Eldar zu seiner Linken. Sie zählte vielleicht achtzig oder neunzig Umläufe, fast doppelt so alt wie Korlandril. Sie hatte ausgeprägte, kantige Wangenknochen und ihre Nase war schmal und spitz. Als sie sich umdrehte und Korlandril anlächelte, waren ihre Bewegungen wie abgezirkelt, jede Geste war klar definiert und leicht abrupt. Sie hielt inne, als sie spürte, wer der Neuankömmling war.

»Erfreut, deine Bekanntschaft zu machen, Korlandril der Bildhauer«, grüßte ihn Elissanadrin. Ihr Ton war so knapp wie ihre Bewegungen.

Korlandril hob eine Handfläche zum Gruß. Man stellte

ihm noch weitere Anwesende vor: Fiarithan, der die Pubertät gerade hinter sich hatte, Sellisarin, einen großen, älteren Eldar und andere, deren Namen und Züge sich Korlandril zur späteren Verwendung einprägte.

»Etwas an dir ist anders, Korlandril«, sagte Arthuis und stellte seinen leeren Teller auf ein Bord unter der Bank. »Ich spüre, dass dich etwas belastet.«

»Es ist schwer deine Aufgewühltheit nicht zu spüren«, setzte Maerthuin hinzu. »Missfällt dir vielleicht deine Gesellschaft?«

Korlandril sah sich unter den Aspect Warriors um. Oberflächlich wirkten sie wie jeder andere Eldar. Ohne ihre Kriegsmasken unterschieden sie sich alle voneinander. Manche waren offenbar traurig, andere bewegt, die meisten nachdenklich.

»Ich will nicht stören«, sagte Korlandril. Seien Blick wanderte zu einer älteren Kriegerin, die weinend dasaß und sich von ihren Gefährten trösten ließ. »Ich weiß, es hat unlängst eine Schlacht gegeben.«

Arthuis folgte Korlandrils Blick und schüttelte niedergeschlagen den Kopf.

»Wir haben mehrere Gefährten verloren. Wir beklagen ihr Hinscheiden, doch ihre Seelen wurden gerettet«, erklärte Maerthuin. Andere auf den Bänken nickten zustimmend.

»Ich werde einen Vers zum Gedenken ihrer Zeit mit uns verfassen«, sagte Arthuis.

»Ich habe geheult wie ein kleines Kind, als ich die Maske abnahm«, gab Maerthuin mit einem schiefen Lächeln zu. »Ich glaube, am meisten werde ich Neamoriun vermissen. Er war ein guter Freund und talentierter Sänger.«

Der Name kam Korlandril bekannt vor. Er erinnerte sich ein Konzert des Mannes in der Kuppel der bezaubernden Echos besucht zu haben.

»Ich habe ihn auf der Bühne gesehen«, sagte Korlandril, der auch etwas zur Unterhaltung beitragen wollte. »Er sang das *Lied von Ulthanesh*.«

»Das war sein Lieblingslied«, kicherte Arthuis. »Es war keine Überraschung, dass er sich den Fire Dragons anschloss, so voller Energie und leicht erregbar, wie er war.«

»Ich habe ihn erst letzten Umlauf gesehen, ich wusste gar nicht, dass er ein Fire Dragon war«, sagte Korlandril.

»Man kann nicht immer kämpfen«, war Maerthuins Antwort. Sie schien ihn an etwas zu erinnern und er sah Korlandril an. »Tut mir leid, dass ich die Enthüllung deiner Statue verpasst habe. Ich werde sie mir später ansehen, noch diesen Zyklus.«

Aufflackernde Beunruhigung durchlief Korlandril, als er sich an dieses Ereignis erinnerte, denn sein Streit mit Aradryan hatte den ansonsten perfekten Abend getrübt. Die anderen spürten seine Unruhe.

»Ich hatte recht, es stimmt etwas nicht«, sagte Arthuis. »Ich kann mir nicht vorstellen, dass dein Werk nicht spektakulär war.«

»Ich hatte einen Freund, der das anders sah.«

Betroffenes Flüstern erklang und Korlandril wurde klar, dass es so geklungen hatte, als sei sein Freund tot. Es war ein Versehen gewesen, aber es verriet etwas Tieferes. Rasch korrigierte sich Korlandril.

»Er hat Alaitoc verlassen, um Ranger zu werden«, erläuterte er mit einer beruhigenden Geste. »Es war schwierig, ich habe ihn nur kurz gesehen. Aber er lebt noch. Ich glaube nur, unsere Freundschaft hat es nicht überlebt.«

»Sprichst du von Aradryan?«, fragte Maerthuin. Korlandril nickte.

»Ich fand Aradryan immer schon ein wenig seltsam«, gestand Arthuis. »Ich erwachte jeden Zyklus halb in der Erwartung zu entdecken, dass er zu den Sternen gegangen war.«

Korlandril war schockiert. Die Unterstellung, ein anderer Eldar könne sich das Leben nehmen, war eine der rüdesten Bemerkungen, die er je gehört hatte. Arthuis lachte über Korlandrils Abscheu.

»Ich weiß, er war dein Freund, aber er war immer viel zu distanziert«, sagte Arthuis. »Es überrascht mich gar nicht, dass er Ranger geworden ist. Ich fand immer schon, dass er etwas Radikales an sich hat.«

»Ich kannte ihn gut und fand das nicht«, widersprach Korlandril.

»Manchmal ist das, was am nächsten liegt, am schwersten zu sehen«, sagte Maerthuin. »Ich spüre, dass du lieber nicht darüber reden möchtest, also wechseln wir das Thema. Wie geht es Thirianna – ich sehe, sie ist nicht mitgekommen?«

Das Glas in Korlandrils Hand zerbarst. Wie ein Mann wandten ihm viele der Aspect Warriors ihre Aufmerksamkeit zu und es wurde plötzlich still, als sie die Woge des Zorns spürten, die von dem Bildhauer ausging. Mehrere sahen ihn besorgt an.

»Hast du dir wehgetan?«, fragte Elissanadrin und beugte sich vor, um sich Korlandrils Hand anzusehen. Sie untersuchte seine Finger und die Handfläche, fand aber kein Blut.

»Ich bin unverletzt«, sagte er steif und wollte aufstehen. Sanft, aber unnachgiebig ergriff Arthuis sein Handgelenk und zog ihn wieder auf die Bank.

»Du zitterst«, bemerkte der Aspect Warrior und Korlandril merkte, dass er recht hatte. Er spürte ein Zucken unter dem rechten Auge und hatte die Fäuste geballt.

»Ich bin …«, begann Korlandril, konnte den Satz aber nicht beenden. Er wusste nicht, was er war. Er war frustriert. Er war traurig. Vor allem aber war er wütend.

»Unser Freund scheint gereizt zu sein«, sagte Maerthuin. »Hast du ein Problem mit Thirianna?«

Korlandril konnte nicht antworten. Jedes Mal, wenn er an Thirianna dachte, sah er rot und stürzte wieder in den Abgrund des Zorns, der ihn verschlungen hatte. Die Schlange in ihm hatte sich durch jeden Teil seines Körpers gewunden und wollte nicht loslassen, egal wie sehr er versuchte sie zurückzustoßen.

»Es ist Khaines Fluch«, warf Sellisarin fasziniert ein. Er

streckte eine Hand nach Korlandrils Stirn aus, doch der Bildhauer zuckte zurück.

»Fass mich nicht an!«, fauchte Korlandril.

Sellisarin stieß beruhigende Geräusche aus und kam näher, hielt Korlandrils Blick stand.

»Hab keine Angst«, sagte der Aspect Warrior und streckte wieder die Hand aus.

Korlandril wand sich, als sich die Schlange in ihm aufbäumte und herumwälzte, ihn drängte zuzuschlagen. Er hob stattdessen abwehrend die Hände und schirmte sich gegen Sellisarins Berührung ab.

»Lass mich in Ruhe«, schluchzte er. »Ich komme ... ich komme schon allein damit klar.«

»Frieden kann man nicht allein finden«, sagte Elissanadrin und setzte sich neben Korlandril. »Khaines Hand hat dein Inneres berührt und geweckt, was in uns allen wohnt. Das kannst du nicht ignorieren. Wenn es dich nicht vernichtet, könnte es anderen schaden.«

Korlandril sah Maerthuin flehend an. Sein Freund nickte wortlos und bestätigte damit Elissanadrins Worte.

»Es ist ein Teil von dir, ein Teil eines jeden Eldar«, erklärte Arthuis. »Es ist keine Verurteilung, nichts, was dir Schande bringt.«

»Warum jetzt?«, stöhnte Korlandril. »Warum ist das jetzt passiert?«

»Du musst deine Angst und deinen Zorn verstehen lernen, ehe du sie kontrollieren kannst«, sagte Maerthuin. »Sie waren schon immer in dir, aber wir verbergen sie so gut. Nun musst du sie ans Licht zerren und dich ihnen stellen. Dein Zorn bekommt immer mehr Macht über dich. Du kannst ihn nicht bekämpfen, denn solche Begierden speisen sich selbst. Du kannst ihn auch nicht aus deinem Geist verbannen, genauso wenig, wie du aufhören kannst zu atmen. Er ist ein Teil von dir und wird es immer sein. Du kannst jetzt nur die Mittel finden, um ihn einzudämmen, seine Energie umzuleiten.«

»Ihn in Schach zu halten, solange du ihn nicht brauchst«, ergänzte Arthuis.

Zitternd holte Korlandril tief Luft und sah in die Gesichter ringsum. Sie zeigten Betroffenheit, keine Angst. Er war umgeben von blutbefleckten Mördern, die noch vor wenigen Zyklen andere Kreaturen erschlagen und verstümmelt hatten. Doch er war derjenige, den sein Zorn belastete; er empfand grenzenlosen Hass. Wie konnten sie sich diesem finsteren Teil ihres Wesens hingeben und bei Verstand bleiben?

»Ich weiß nicht, was ich tun soll«, sagte Korlandril und ließ seinen Kopf in die Hände sinken.

»Doch, aber du hast Angst, es zuzugeben«, grinste Arthuis. Korlandril sah seinen Freund an, wagte aber nicht zu sprechen. »Du musst dich mit Khaines Vermächtnis abfinden.«

»Ich kann kein Krieger werden«, sagte Korlandril. »Ich bin Künstler. Ich schaffe, ich zerstöre nicht.«

»Ja, und das ist gut«, nickte Sellisarin. »Du brauchst die Trennung von Schöpfung und Zerstörung, den Unterscheid zwischen Krieg und Frieden, Leben und Tod. Sieh dich um. Sind wir, die wir so viele getötet haben, jetzt nicht friedlich? Der Pfad des Kriegers ist der des äußeren Kriegs und des inneren Friedens.«

»Die Alternative ist Exil«, sagte Maerthuin. Ein listiges Lächeln umspielte seine Lippen. »Du könntest ja Aradryan folgen und von Alaitoc fliehen.«

Der Gedanke stieß Korlandril ab. Alaitoc zu verlassen bedeutete jegliche Zivilisation zu verlassen. Er brauchte Stabilität und Führung, keine ungezügelte Freiheit. Sein Geist konnte ebenso wenig ohne den Schutz Alaitocs überleben wie sein Körper. Ihm kam noch ein anderer Gedanke. Die Craftworld verlassen würde bedeuten von Thirianna zu scheiden – in Schande, da er sie im Zorn verlassen hatte.

»Was muss ich tun?«, fragte er leise und ergab sich in sein Schicksal. Er sah die Krieger an. Jeder von ihnen hatte einen bestimmten Aspekt des Gottes mit den blutigen Händen gewählt, dem er entgegenstrebte: Dark Reapers, Howling Banshees, Shining Spears. Woher wusste man, welchen Aspekt man in sich trug? »Ich weiß nicht, wo ich hin soll.«

Elissanadrin sprach. Sie kauerte vor Korlandril und hielt seine Hand in den ihren.

»Was spürst du gerade?«, wollte sie wissen.

»Ich will mich nur verstecken, weg sein von all dem«, erwiderte Korlandril mit geschlossenen Augen. »Ich habe Angst vor dem, was ich geworden bin.«

Die Aspect Warriors sahen einander an und Elissanadrin nickte.

»Dann wirst du deinen Pfad im Verborgenen, im Geheimen, in den Schatten finden«, sagte sie und zog Korlandril hoch. »Komm.«

Korlandril folgte ihr stumm und die anderen Eldar machten ihnen Platz. Ihre Blicke brannten ihm im Rücken und er krümmte sich unter ihrer Aufmerksamkeit. So viel hatte sich so schnell verändert. Noch vor einem Zyklus hatte er die Aufmerksamkeit anderer begehrt, jetzt konnte er ihre forschenden Blicke nicht ertragen.

»Wohin gehen wir?«, fragte er Elissanadrin, als sie die Mondsichel der heraufdämmernden Zeitalter verlassen hatten.

»In der Dunkelheit wirst du Kraft finden. Im Aspekt des Striking Scorpions wirst du die Furcht von der Feindin zur Verbündeten machen. Wir gehen dahin, wo auch ich mich zu verstecken lernte: zum Schrein des Tödlichen Schattens.«

Wortlos, aber innerlich aufgewühlt, ließ sich Korlandril von Elissanadrin zum Shuttle-Gewölbe unter der Mondsichel der heraufdämmernden Zeitalter führen. Die breite Plattform war fast leer, nur eine Handvoll anderer Eldar wartete auf den Transport durch das Zentrum. Korlandril setzte sich neben Elissanadrin auf eine Bank, doch sie warteten schweigend auf das Shuttle.

Ein leises Summen kündigte seine Ankunft an, es drang aus dem Tunnel zur Linken, Augenblicke bevor das Shuttle, eine Aneinanderreihung geschossförmiger Abteile, die unmittelbar über der Antigravschiene schwebten, fast geräuschlos an der Plattform anlangte und zum Stillstand kam.

Die beiden fanden ein leeres Abteil im vorderen Bereich des Shuttles und setzten sich einander gegenüber.

»Angst zu haben ist nicht falsch«, sagte Elissanadrin. »Wir müssen mit unseren Ängsten genauso leben lernen wie mit unseren Hoffnungen, Träumen und Talenten.«

Korlandril schwieg, während das Shuttle beschleunigte und sich in einen blau erleuchteten Tunnel stürzte. Einen Augenblick lang fielen die Lichter, an denen sie schnell vorbeirauschten, noch einzeln wahrnehmbar durch die Fenster, bis sie durch das Tempo des Shuttles zum beständigen Farbstrom verschwammen.

Korlandril versuchte sich zu entspannen, einen Traum zu finden, der ihn aus dem entführte, was gerade geschah, aber seine Hände umklammerten die Pressschaumarmlehnen des Sitzes und jeder Muskel in seinem Körper war angespannt. Die Augen zu schließen half nicht. Die einzige Erinnerung, die aufstieg, war die an einen echten Traum, einen Albtraum um eine Schlacht, der seinen Schlaf im Nachtzyklus vor Aradryans Rückkehr gestört hatte.

»Träumst du vom Krieg?«, fragte er plötzlich.

Elissanadrin schüttelte den Kopf.

»Um nicht zu träumen, tragen wir unsere Kriegsmasken«, erwiderte sie. »Der Kampf ist ein unmittelbarer, instinktiver Akt, an den man sich nicht erinnern sollte.«

Ihre Antwort steigerte Korlandrils Anspannung nur noch, während das Shuttle in Richtung Khaines Tal dahinraste, ihn rasch seinem Schicksal entgegentrug.

Korlandril stand vor dem letzten der drei Tore zum Schrein. Jenseits des weißen Portals sah er nichts. Er war allein. Elissanadrin hatte ihn zwischen dem ersten und dem zweiten Tor verlassen und einen anderen Weg eingeschlagen. Der Zugang war optisch sehr bescheiden gewesen, nur eine Rune über der äußeren Tür markierte ihn. Sie waren auf dem kurzen Weg von der Shuttle-Station hierher durch verlassene Korridore und leere Gänge an mehreren dieser Aspektschreine vorbeigekommen.

Auch wenn Khaines Tal dem Rest Alaitocs sehr ähnelte – in Korlandrils Augen war es optisch nichtssagend –, herrschte dort zweifellos eine ganz eigene Stimmung. Sobald er das Shuttle verlassen hatte, hatte Korlandril sie gespürt, eine Atmosphäre der Beklemmung, die den Raum zwischen den gekrümmten Wänden mit einem Druck erfüllte, der an seinem Geist nagte.

Angst machte sich in Korlandrils Herz breit, als er dort stand und nicht wusste, was hinter der Tür lag. Die Aspect Warriors sprachen nie von ihren Schreinen und kein Eldar besuchte sie, es sei denn, er wollte ihnen beitreten. Er konnte die unterdrückte, ferne Unendlichkeitsmatrix in den Wänden ringsum kaum fühlen. Die Geister in ihrer kristallinen Matrix mieden diesen Ort.

Korlandril holte tief Luft, trat vor, und die Tür schwang vor ihm auf.

Die ersten Empfindungen waren drückende Hitze und Feuchtigkeit. Sie schlugen über Korlandril zusammen und umfingen ihn mit ihrer nassen Umarmung. Innerhalb weniger Augenblicke war seine Haut feucht, ein Schweißfilm bedeckte seine nackten Arme und Beine. Die schlichte, weiße Tunika, die er trug, war durchweicht, ehe er einen Schritt nach vorn gemacht hatte.

Fahler Nebel waberte ihm entgegen und hüllte ihn in sein Dämmerlicht. Er konnte die knorrigen Stämme und tief über einem Pfad vor ihm hängenden Äste der Bäume kaum sehen. Als er über die Schwelle trat, stieß sein stiefelbewehrter Fuß auf morastigen Boden und er sank leicht ein. Nach drei weiteren Schritten schloss sich die Tür leise hinter ihm. Korlandril fühlte sich eingesperrt. In plötzlicher Panik wirbelte er herum und trat auf das Portal zu, doch das Tor öffnete sich nicht.

Es gab kein Zurück.

Der Weg selbst mäanderte zwischen dunklen Teichen einer zähen Flüssigkeit hin und her, die ölig schimmerte. Lianen hingen von den Zweigen über seinem Kopf herab, manchmal so viele, dass Korlandril sich mit den Händen einen Weg bahnen musste, während ihre nassen Ranken ihm gegen Gesicht und Schultern schlugen.

Nicht nur Lianen bevölkerten die Bäume. Schlangen mit glitzernden grünen Leibern glitten zwischen den großen Wedeln hin und her, ihre roten Augen waren völlig ausdruckslos. Insekten, deren Flügel so groß waren wie seine Hände, umsummten und umsurrten ihn, schwebten über die Teiche oder klammerten sich an die glatten Baumstämme, während sie sachte mit den grell gemusterten Flügeln schlugen.

Die einzigen Geräusche waren das Trommeln der Tropfen auf den Blättern, das Rieseln des Wassers durch die Mangrovenwurzeln und das Hämmern seines Herzens. Kein Windhauch bewegte die Bäume und die Hitze wurde noch drückender, als er dem gewundenen Pfad um moosbedeckte Baumstämme folgte. Als er zurückschaute, war alles von dichtem Nebel verhangen und das einzige Zeichen, dass er ihn durchquert hatte, waren die sich in der Luft ringelnden Nebelbänke.

Er hatte keine Ahnung, wie weit sich die Kammer erstreckte. Er ging zwar schon eine Weile, doch sein Weg hatte nie geradeaus geführt, und er fragte sich, ob er ziellos im Kreis gelaufen war, weil alle Teilstücke des Weges gleich aussahen. Er spürte den Puls Alaitocs nicht; das Anorganische hatte dieser künstlichen Wildnis Platz gemacht. Es gab kein Echo und der Himmel über ihm war ein ferner, ockerfarbener Dunst.

Eine Weile lang fand sich Korlandril im Einklang mit diesem Ort. Seine düstere Atmosphäre beruhigte seine aufgewühlten Gedanken. Es lag eine Melancholie in der Luft, eine urtümliche Stille, die seinen Zorn unerheblich wirken ließ. Die knorrigen Bäume wurden immer höher, sie waren fast so alt wie die Craftworld selbst. Er hatte keine Ahnung, wie viele andere diesen Weg vor ihm gegangen waren; Hunderte Alaitocii waren hier auf der Suche nach den Antworten, die der Schrein enthielt, durchgekommen.

Zweifel schlich sich in Korlandrils Gedanken. Vielleicht waren sie gar nicht hier entlanggekommen? Vielleicht hatte er sich verlaufen? Er bekam wieder Angst. Jeder huschende Schatten erschreckte ihn, jede herabhängende Ranke war eine getarnte Schlange, die nur darauf wartete zuzubeißen. Er ging schneller, begierig darauf, das zu erreichen, was am Ende seines Weges auf ihn wartete. In seiner Eile stolperte er über eine knorrige Wurzel und fiel auf ein Knie. Korlandril glaubte, die Wurzel habe sich bewegt und ihn absichtlich zu Fall gebracht. Mit neuer Furcht starrte er auf die Bäume ringsum, glaubte sie näherkommen zu fühlen.

Er begann zu rennen. Je schneller er lief, desto gewundener war der Pfad und desto rutschiger wurde der Untergrund. Er raste wild keuchend durch die Lianen, achtete mit weit aufgerissenen Augen auf jeden Hinweis auf sein Ziel.

Er verdrängte alle anderen Gedanken, richtete seine gesamten, beträchtlichen Geisteskräfte darauf diesem Morast zu entkommen. Bei jeder Bewegung in den Schatten zuckte er zusammen, schreckte jedesmal zurück, wenn er vom Weg abkam und sein Fuß im Schlamm einsank. Er wirbelte herum, ließ sich rückwärts gegen einen Baum sacken und seine Hand berührte etwas Weiches, Nasses. Er schaute hinunter und sah eine Kröte mit großen Augen weghüpfen, bis sie schließlich mit einem lauten Platschen in einem der Teiche landete. Er wischte sich die Hand an der Tunika ab, die inzwischen nicht nur völlig befleckt, sondern auch an manchen Stellen zerrissen war.

Er fühlte sich zerschlagen und allein, sein Geist war zerfasert wie seine Kleidung. Seine Stiefel fühlten sich viel zu eng an und er riss sie sich von den Füßen und schleuderte sie in den Nebel. Barfuß patschte er wieder den Pfad entlang, diesmal bewusster, und suchte den Boden nach Zeichen dafür ab, dass er in der richtigen Richtung unterwegs war.

Er spürte, dass sich der Boden neigte, und marschierte weiter, stieg einen baumbestandenen Abhang hinab. Vor ihm begradigte sich der Pfad, und er stieß auf zwei schlanke, aus einem grauen Stein gehauene Säulen, die seinen Weg flankierten und mit dunkelblauen Flechten überwuchert waren. Er blieb stehen, wischte einen Fleck frei und sah Runen auf den Säulen, so verwittert, dass er sie kaum erkennen konnte. Er ließ die Hände über die raue Oberfläche der linken Säule gleiten und nutzte seine Künstlerfingerspitzen, um zu lesen, was da stand.

Die Schatten rufen, und die, die ihnen antworten, kommen hierher.

Auf der anderen Säule fand er eine weitere Inschrift:

Selbst die tiefsten Schatten können uns nicht vor uns selbst verbergen.

Korlandril stand zwischen den Säulen und sah voraus. Er sah etwas, das in den Nebeln verborgen war, halb bedeckt von Moos und Ranken. Als er näherkam, konnte er grob den Umriss einer großen Zikkurat aus demselben grauen Stein wie die Säulen ausmachen. Bäume wuchsen auf ihren Terrassen und verbargen sie mit ihren Blättern. Flechten und Lianen überwucherten ihre Steinblöcke, eine natürliche Tarnung, die in Ewigkeiten gewachsen war.

Der Weg führte zu einer dunklen Öffnung. Korlandril konnte im Inneren nichts erkennen. Jenseits des Portals lag völlige Schwärze. Unmittelbar vor Überquerung der Schwelle blieb er stehen. Die Finsternis war nicht nur die Abwesenheit von Licht, sondern noch etwas anderes. Es gab keinen allmählichen Übergang vom Dämmerlicht zur völligen Schwärze; eine glatte Fläche vollkommenen Schattens markierte die Grenze. Mit ausgestreckten Händen stürzte sich Korlandril hinein.

In der Finsternis war es kühl. Im Vergleich zur Hitze draußen war das Innere des Schreins eiskalt und Korlandrils Haut kribbelte. Korlandril streckte die Hände zu beiden Seiten aus und ließ seine Fingerspitzen über die glatte Oberfläche gleiten. Auch sie war kalt und er zog rasch die Finger zurück. Er war in einem Gang, der ein klein wenig schmaler als seine Spannweite war. Er ging weiter und gelegentlich tat sich links oder rechts eine Öffnung auf. Es gab nichts zu hören oder zu sehen, woran er sich hätte orientieren können, und so ging er weiter stur geradeaus. Seine Schritte waren gedämpft, bloße Füße auf einer harten Oberfläche.

Korlandril spürte, dass er eine große Kammer betrat. Der Schatten wurde nicht weniger undurchsichtig, doch er spürte, dass die Wände weiter entfernt waren, und seine Finger berührten nur Luft. Er blieb reglos stehen und drehte auf der Suche nach etwas, woran er sich orientieren konnte, den Kopf hin und her.

Links erklang ein leises Rascheln und Korlandrils Kopf ruckte herum. Er sah nichts.

Dann ertönte ein Geräusch von rechts, ein schnelles, aber kaum hörbares Trommeln, das ein paar Herzschläge lang andauerte und dann verstummte. Auch dort sah er nichts.

Vor ihm glommen zwei Lichter auf, gelbe Stecknadelköpfe, die schnell heller wurden und die Form goldener Augen annahmen. Sie erleuchteten nichts und warfen keinen Schatten.

Eine Stimme drang von hinter diesen leuchtenden Augen an sein Ohr. Es war ein leises, tiefes Flüstern.

»Was sehe ich da, vielleicht einen Wanderer, verirrt und ganz allein?«

»Ich bin Korlandril. Ich suche den Schrein des Tödlichen Schattens.«

»Du hast ihn gefunden, Sucher der dunklen Antwort; Kind, das Khaines Hand berührt hat.«

Korlandril wusste nicht, was er sagen sollte, und es senkte sich eine nervenzerreißende Stille herab. Er ließ die Hände an den Seiten sinken und sah in die gelben Augen. Es waren Linsen, dessen war er sicher.

»Mit wem spreche ich?«, fragte er.

»Ich bin Kenainath, Exarch des Tödlichen Schattens und Bewahrer dieses Schreins.«

»Lehre mich den Pfad des Striking Scorpions. Meine Angst und Wut fressen mich von innen heraus auf, ich muss ein Ventil für sie finden.«

»Wovor hast du Angst, vielleicht vor Finsternis und Schatten, vor dem Verborgenen? Was macht dich wütend, der Tod eines Freundes oder die Ablehnung einer Geliebten, die Hass in dir weckt?«

Korlandril schwieg beschämt. Nun, da er hier an diesem finsteren Ort stand, wirkte alles so trivial.

»Du antwortest nicht, vielleicht weißt du nicht, was dich vernichtet.«

»Einer, den ich Freund nannte, und eine, die ich liebte, haben mich zurückgewiesen.«

Ein finsteres Lachen war die Antwort.

»Verspotte mich nicht!«, fauchte Korlandril und ging einen Schritt auf die reglosen Augen zu. »Mein Schmerz ist echt!«

»Wir alle empfinden Schmerz, der unser Herz zerfrisst, unsere Liebe in Hass verwandelt. Aber wo ist dein Schmerz jetzt, wenn Zorn so leicht aufflammt, dass du mich schlagen willst?«

Korlandril biss die Zähne zusammen, denn er spürte, dass Kenainath ihn aufzog. Er holte ein paarmal tief Luft und beruhigte seine durcheinanderwirbelnden Gedanken, schwieg aber lieber.

»Kämpfe nicht gegen diesen Drang, das Bedürfnis, deinem Zorn freien Lauf zu lassen, an, sondern gib dich ihm hin.«

»Ich will dir nicht wehtun«, sagte Korlandril und wurde wieder ausgelacht.

»Du machst mir keine Angst, denn ich bin der Herr der Angst, Striking Scorpion. Du hast Angst vor dem, was dich von innen heraus auffrisst und deine Begierde nährt. Du kannst mir nichts tun, dazu bist du weder fähig noch stark genug, und es fehlt dir auch der Wille andere zu verletzen.«

Damit zogen sich die Schatten leicht zurück und enthüllten eine gerüstete Gestalt, die auf einer Stufe kauerte. Sie trug eine schwere Maske mit einem gezackten Gitter als Mund vor dem Gesicht, die links und rechts knollige Kapseln und fingerdicke Kabel als Haar hatte, die sich bewegten, als besäßen sie ein Eigenleben. Grüne und goldene Platten schoben sich übereinander, als sie sich erhob und Korlandril nun um einen ganzen Kopf kleiner war. Das Scheppern seines gerüsteten Fußes umdröhnte Korlandril, als der Exarch einen Schritt nach vorn trat. Er hob die Rechte, die in einer schweren Klaue steckte, die ein schimmerndes Energiefeld umgab.

»Ich könnte dich zerbrechen, dich im Handumdrehen locker in Stücke reißen«, warnte Kenainath leise und bedrohlich.

Korlandril zuckte zurück und entfernte sich einen Schritt von dem Exarch, der auf ihn zuschritt. Seine leuchtenden Augen blickten unverwandt. Entsetzen packte Korlandril, durchflutete ihn wie eine eisige Woge. Er fiel auf die Knie und starrte, unfähig, seinen Blick von diesen leblosen Augen zu lösen, auf die Maske des Exarchs.

»Es tut mir leid, ich bin unwürdig«, schluchzte Korlandril. Selbsthass mischte sich mit seiner Furcht; er war gescheitert, konnte weder seine Furcht noch seinen Zorn kontrollieren. Kenainath ragte über ihm auf, die tödlichen Augen unerbittlich. »Ich will nicht sterben, aber so kann ich nicht leben!«

Der Exarch richtete sich auf und trat einen Schritt zurück, wobei er eine Hand nach Korlandril ausstreckte.

»Dann bist du willkommen. Ein Krieger sollte den Tod fürchten, darf aber das Leben nicht begehren. Steh auf, Korlandril, im Herzen bist du ein Striking Scorpion, Khaines tödlicher Schatten.«

Teil Zwei

Krieger

FOKUS

In der Zeit vor dem Krieg im Himmel begab es sich, dass Ulthaneshs Ehrgeiz und Eldaneshs Wille einander entgegenstanden. Eldanesh war der größte der Eldar und duldete keine Zwietracht. Ulthanesh konnte seine Begierden nicht in sich einschließen und Eldanesh verbannte seinen Freund und sandte ihn hinaus in die Wüste. Ulthanesh war der Streitereien mit Eldanesh müde und setzte sich auf einen Stein. Lange saß er da und bedachte die Missstände des Universums und die Schmach, die ihm Eldanesh angetan hatte. Als der Kriegsgott Khaine Ulthanesh so verzweifelt sah, spürte er eine Gelegenheit, um Streit zu stiften. Er brach eine seiner eisernen Fingerspitzen ab und warf sie in die Schatten unter dem Stein, wo sie zu einem Skorpion wurde. Der Skorpion huschte aus der Finsternis hervor und stach Ulthanesh in die Hand. Das Gift verzehrte Ulthanesh und er wand sich zahllose Tage und Nächte lang vor

Fieber brennend im Sand. Doch Ulthanesh war stark und irgendwann besiegte er das Gift und das Fieber verging. Als er aus seinen giftgemarterten Träumen erwachte, empfand Ulthanesh tiefen Frieden. Er hatte ohne Eldaneshs Hilfe überlebt. Ulthanesh erkannte, dass er allein stark genug war und Eldaneshs Schutz nicht mehr brauchte. So entstand das Haus Ulthanesh und die internen Auseinandersetzungen der Eldar begannen.

Korlandril erinnerte sich wieder daran, dass der Pfad des Kriegers seine Qualen lindern würde. Ihm gelang es nicht recht, wie er sich eingestand, zu begreifen, wie das Stehen auf einem Bein in einem Sumpf dies bewerkstelligen sollte. Kenainath hockte über ihm auf einem Ast, er hatte seine Rüstung gegen einen eng anliegenden Ganzkörperanzug in Blassgrün und Goldgelb eingetauscht. Zumindest nahm Korlandril an, dass der Exarch diesen noch trug; als er das letzte Mal hinaufgesehen hatte, um es zu überprüfen, hatte ihn der Meister des Schreins streng verwarnt. Korlandril sah also stur geradeaus und konzentrierte sich auf einen Knoten im buckligen Stamm eines Baums am anderen Ufer des Teichs.

Der zukünftige Krieger kontrollierte genau seine Haltung und überprüfte dabei sorgsam jeden Muskel, um keinen Augenblick lang das Gleichgewicht zu verlieren. Er stand auf dem linken Bein, seine Zehen sanken in den Schlamm ein und er beugte sich vor, so weit er das ohne zu fallen konnte, eine Hand schützend vor der Kehle, die andere als Gegengewicht nach hinten ausgestreckt.

Es war der siebte Zyklus seit Beginn seiner Ausbildung und der einzige andere Eldar, den er in dieser Zeit gesehen hatte, war Kenainath. Von Elissanadrin und den anderen Striking Scorpions war nichts zu sehen gewesen. Sieben Zyklen lang – und Korlandril war überzeugt, dass die Zyklen hier länger dauerten als anderswo auf

Alaitoc – hatte Kenainath seinen Schüler früh geweckt und ihn hinaus in den Sumpf um den Schrein geführt. Den ersten Zyklus hatte er damit zugebracht atmen zu lernen – lange, tiefe Atemzüge, die kaum eine Luftbewegung nach sich zogen. Das war alles gewesen, ein ganzer Zyklus, der nur dem Atmen galt. Im zweiten Zyklus hatte Kenainath Korlandril befohlen, sich mit den Kniekehlen an einen Ast zu hängen, bis ihm das Blut zu Kopf gestiegen war, und ihn dann über die gewundenen Mangrovenpfade gehetzt, bis der frühere Künstler gekeucht hatte und völlig derangiert gewesen war. So war es weitergegangen, jeder Zyklus hatte ihm eine neue, aber banale Folter gebracht.

»Ich bezweifle nicht, dass es deinen Methoden gelungen ist viele auf den Pfad des Striking Scorpions zu führen, Exarch«, sagte Korlandril leise, wobei er aus Angst, sein mühsam gehaltenes Gleichgewicht zu verlieren, kaum die Lippen bewegte. »Doch ich habe noch keine Waffe und noch keinen Fetzen Rüstung gesehen. Ich bin recht sicher, dass ich keine Ahnung habe, wie mich das hier lehrt meinen Zorn zu kontrollieren.«

»Bist du jetzt zornig, mein junger, zukünftiger Krieger, der im Schlamm steht?«, erwiderte der Exarch, dessen Stimme Korlandril, der schon befürchtet hatte, man habe ihn zum Spott allein gelassen, eine gewisse Erleichterung brachte. »Bist du frustriert so behandelt zu werden, schmutzig und niedergeschlagen?«

Korlandril dachte einen Augenblick darüber nach und erkannte, dass er nicht zornig und auch nicht besonders frustriert war; nicht, wie ihn Gedanken an Aradryan und Thirianna frustrierten. Wenn, dann war er gelangweilt. Die körperliche Anstrengung war beträchtlich – eine Erinnerung daran, dass selbst ein Eldarkörper seine Grenzen hatte, was Ausdauer, Geschwindigkeit und Kraft anging –, aber geistig war er unterfordert. Kenainath hatte seinem Schüler verboten in einen Mem-Traum oder eine andere Ablenkung auszuweichen und darauf bestanden, Korlandril möge ganz auf seinen gesamten Körper und seine Umgebung achten.

»Du willst Frieden, willst deinem Zorn und Hass entkommen, doch du begehrst sie auch«, sagte Kenainath ohne Korlandrils Antwort abzuwarten. »Du musst zwei Wege gleichermaßen lernen, den zum Krieg und den zum Frieden. Was wir entfesseln, unser Kriegsgesicht, ist eine Kriegsmaske. Du darfst sie nur im Geiste anlegen und dann wieder abnehmen. Der Friede muss das Ziel sein, der Krieg hilft uns es zu erreichen und dann stellt sich ein Gleichgewicht ein. Es muss eine bewusste Entscheidung gegen Tod, Krieg und Blut und für Leben und Hoffnung sein. Du musst diese Entscheidung in jedem Lebensbereich treffen, um frei zu sein. Der Krieg ist kein Zustand, er ist die Abwesenheit von Frieden, ein vorübergehender Albtraum. Wir erwachen daraus, vergessen seinen Fluch, streifen seinen Makel ab. Wir müssen zum Tod werden, um zu beschützen und zu überleben, aber wir lieben den Tod nicht.«

Korlandril dachte über diese Worte nach, froh sich mit etwas befassen zu können. Etwas ging ihm durch den Kopf, eine Frage, doch er zögerte sie zu stellen. Der Exarch musste einen Teil von Korlandrils Unsicherheit gespürt haben.

»Wir sind um der Wahrheit willen hier. Um die Antwort zu finden, die du suchst, ist keine Frage falsch.«

»Du sprichst von Frieden, doch du bist Exarch. Was weißt du vom Frieden, der du dich nicht aus Khaines Umarmung lösen kannst?«

Es knarzte leise und das Laub raschelte kaum vernehmlich, als Kenainath auf dem Ast über ihm sein Gewicht verlagerte. Korlandril fragte sich, ob seine Worte unangemessen gewesen waren.

»Ich habe nicht die Freiheit mit den anderen aus diesem Tempel auszuziehen«, wisperte der Exarch. »Du siehst mich nicht draußen singen, tanzen und Gedichte schreiben. Ich bleibe in diesem Schrein, wo mein Fluch dir nichts anhaben kann, und bin auf ewig hier gefangen. Auch wenn ich keine Bemalung trage, habe ich eine innere Kriegsmaske, die all meine Gedanken umwölkt. Hättest du mich an jenem ersten Tag, als du zu mir kamst, verärgert, ich hätte dich vielleicht getötet. Auch jetzt hasse ich, bin allzeit voller Zorn, doch schlage ich nicht zu. Es ist kein Wahn, kein unkontrollierbarer Zorn, den meine Kriegsmaske bringt. Es ist ein Drang, das zu entfesseln, was in mir ist, doch ich beherrsche ihn kraft meines Willens. Es ist keine Raserei, kein Blutdurst, in dem ich versänke, sondern eine Perspektive. Ich sehe Ungesehenes, sehe den Schmerz und das Elend unter der Oberfläche, vor denen sich andere verstecken. Es ist meine Pflicht, die Aufgabe der Exarchs, deinen Geist vorzubereiten. Du wirst Gräuel sehen, wirst Zeuge von Tod und Agonie werden und musst dich ihnen stellen. Das ist meine Berufung, dich auf diesen dunklen Pfad zu führen, vor dem andere zurückschrecken.«

Korlandrils Glieder zitterten vor Erschöpfung und er rang um sein Gleichgewicht. Der Gedanke daran in den Schlamm zu fallen, sich vor Kenainath zu blamieren, stärkte seine Entschlossenheit und er grub tiefer in seiner Seele nach Kraft.

»Es ist sehr gut, mein junger, doch eifriger Schüler, dass du nicht fällst. Sieh in dich, sag mir, was du siehst und was du sahst.«

Korlandril durchsiebte seine Gedanken, trennte einen Teil seines Bewusstseins ab, um das Gleichgewicht zu halten, während er durch seinen Geist tanzte. Er streifte die körperlichen Beschwerden ab und nahm seinen Gefühlszustand in Augenschein. Er war ruhig. So ruhig war er seit …

Sobald sich Korlandrils Gedanken Thirianna zuwandten, erhob sich die Schlange der Eifersucht speiend und zischend. Einen Augenblick lang stand Korlandrils gesamter Leib in Flammen. Jeder Nerv kribbelte vor blühendem Leben. Er sah die Farben des Sumpfs mit einer Klarheit, die er nicht einmal als Künstler gekannt hatte. Jede Erhebung schillerte in seinem Geist; jedes Zirpen, Scharren und Summen der Insekten erklang deutlich in seinen Ohren. Der leiseste Windhauch auf seiner Haut, das Gefühl des Schlamms zwischen seinen Zehen und die Kühle des Wassers auf seiner Haut. Sein Wegstein war wie weißglühende Kohle auf seinem Herzen. Alles war scharf kontrastiert und einen Augenblick lang empfand Korlandril den Drang all das zu zerstören. Das Bedürfnis Chaos anzurichten und Blut zu vergießen war überwältigend. Er konnte nicht mehr Luft holen ohne zuzuschlagen.

Platschend fiel er in den sumpfigen Tümpel. Er hatte so unerwartet das Gleichgewicht verloren, dass er ungebremst auf dem Gesicht landete. Hustend erhob er sich aus dem Schlamm; Schmutz troff ihm aus dem Haar, von der Stirn und vom Kinn.

»Ein Trick?«, fauchte er und wirbelte herum, noch immer durchflutet von Nachwehen der Woge vollkommenen Zorns, die über ihm zusammengeschlagen war.

Der Exarch saß nicht mehr auf dem Ast. Korlandril sah sich nach ihm um, fand ihn aber nicht. Doch er spürte den Exarch in seiner Nähe, seine Präsenz mischte sich subtil mit der Essenz des Sumpfs. Schockiert erfasste Korlandril, wie sehr er eins mit seiner Umgebung geworden war, wie er unbewusst ihre Präsenz in sich aufgenommen hatte und mühelos jeden Geruch, jedes Geräusch und jeden Anblick analysiert hatte. Zu seiner Linken registrierte er eine kaum fassbare Bewegung und fuhr herum.

Da war nichts; keine Bewegung, nicht einmal ein huschender Schatten.

»Wo ist dein Zorn, wo ist die innere Wut, die du gerade empfunden hast?« Kenainaths Stimme war ein fernes, verhalltes Flüstern, das aus allen Richtungen zugleich und doch aus keiner zu kommen schien, als sprächen mehrere

Stimmen gleichzeitig. Korlandril beruhigte sich, jede Faser entspannte sich, selbst sein Herz schlug langsamer, als er verstummte und sich bemühte wieder in die Wahrnehmungsform abzudriften, die er gerade kurz erreicht hatte.

»Gerade hast du gespürt, wie deine Wut dein Bewusstsein erweiterte. Unser Hass ist, wenn wir ihn gut nutzen, unsere Stärke, keine Schwäche, die es auszumerzen gilt.«

Korlandril verstand den Exarch und versuchte den Augenblick reinen Zorns wieder heraufzubeschwören, den er nach seinem Sturz erlebt hatte, aber er empfand nur Enttäuschung.

»Hüte dich vor Ausbrüchen, bei denen du deinem Zorn freien Lauf lässt wie einem ungezügelten Tier. Du musst ihn beherrschen lernen, musst lernen zuzuschlagen wie der Skorpion, nicht wie der wütende Drache. Wenn du das vermagst, wenn dein Zorn deinem Willen unterworfen ist, hast du deine Kriegsmaske.«

Langsam, Zyklus um Zyklus, entwickelte Korlandril bessere Kontrolle über seinen Körper und Geist. Die beiden wurden eins; die körperliche Anstrengung des Haltens der beschwerlichen Kampfposen der Striking Scorpions schärfte seine Konzentration und richtete seine Gedanken auf einen einzelnen Punkt. Wann immer Korlandril von der ihm von Kenainath vorgegebenen Routine abwich, bekam er Probleme und verlor körperlich wie geistig das Gleichgewicht.

Je mehr er Kenainaths Lehren verstand, desto mehr frustrierte ihn seine Unfähigkeit den Augenblick des Urzorns wahr werden zu lassen, den er zuvor verspürt hatte. Er fürchtete den Zorn nur immer mehr zu unterdrücken, der ihn überhaupt erst zum Schrein geführt hatte.

Vierzig Zyklen lang hielt Kenainath Korlandril von den anderen Striking Scorpions getrennt, bildete ihn allein in der Dunkelheit des Schreins und seiner trostlosen Umgebung aus. Korlandril sehnte sich danach den Rest Alaitocs wiederzusehen. Der Gedanke an Thirianna tat ihm zwar jedes Mal weh, doch er konnte seine Neugier nicht unterdrücken und sehnte sich danach zu sehen, wie es ihr erging. Hatte sie den Pfad des Sehers betreten? Wusste sie überhaupt, was aus ihm geworden war? Was dachte sie über ihren Anteil an seiner Entscheidung den Pfad Khaines einzuschlagen?

Als der erste Lichtschimmer des einundvierzigsten Zyklus durch die schmalen Fenster der oberen Stockwerke des Schreins kroch, erschien wie üblich Kenainath. Der Exarch trug seine dunkelgrüne, ärmellose, vorn offene Robe und darunter einen dunkelgelben Ganzkörperanzug, sein dunkelroter Wegstein prangte mitten auf seiner Brust. Korlandril betrachtete das Oval des Wegsteins und bemerkte seine schimmernde Farbe, ein Flackern in seinen Tiefen wie von vielen fernen Lichtern.

»Es ist wieder Zeit, die Pose des fallenden Sturms zu lernen, komm mit nach draußen«, sagte Kenainath.

»Nein.« Korlandril verschränkte die Arme und stellte sich breitbeinig hin. »Ich will heute nicht üben. Ich habe diesen düsteren Sumpf satt. Ich will Thirianna sehen.«

Kenainath bewegte sich so schnell, dass Korlandril es kaum sah, trat vor und schlug mit einer Hand nach dessen Ohr. Der Schlag war recht leicht, tat aber sofort weh. Korlandril sprang vor und zielte mit den Fingern wie mit einem Messer auf die Kehle des Exarchs, sodass er letztlich die Haltung einnahm, die als Stachel aus dem Schatten bekannt war. Kenainath wich aus und zog sich mit mehreren raschen Schritten zurück.

»Das wäre nicht sicher, du kannst den Hass noch nicht kontrollieren und könntest blind um dich schlagen.«

Korlandril erschauerte, als ihn die Erkenntnis überkam. Er hatte versucht Kenainath zu verletzen. Er hatte ihm wehtun wollen. Ihn töten. Er hatte gehandelt ohne nachzudenken, aber er spürte den Wunsch zu verletzen, der hinter dem Reflex stand. Hätte er das jemandem angetan, der nicht ebenfalls Krieger war, hätte er ihn ermordet.

»Jetzt verstehst du, was wir hier in der Sicherheit des Schreins erschaffen«, wisperte Kenainath.

»Warum tust du mir das an?«, verlangte Korlandril zu wissen. »Warum verwandelst du mich in etwas, ehe ich es kontrollieren kann?«

»Das ist deine Kriegsmaske, die sich aus dir heraus ausbreitet und deinen Geist verschlingt.« Der Tonfall des Exarchs war unnachgiebig und verriet weder Scham noch Trost. »Sie dient dem Kampf, in dem du nicht zögern, sondern nur handeln und reagieren darfst. Keine Sorge, du wirst lernen die Maske abzulegen und dann kannst du gehen.« Kenainaths Stimme verriet kein Mitleid, aber sein entschlossener Tonfall beruhigte Korlandril ein wenig. »Jetzt hast du ein Ziel: deine Kriegsmaske hinter dir zu lassen, deine Freiheit zu erringen.«

Korlandril wusste nicht, ob es an den geistigen Kräften lag, die die Ausbildung durch den Exarch freisetzte, oder an diesem selbst, aber er verachtete Kenainath nun noch mehr. Er ließ den Zorn in sich simmern, während er dem Exarch wieder hinaus in den Sumpf folgte. Die Aussicht, seine Ausbildung abzuschließen, schien wie ein ferner Traum. Doch die Worte des Exarchs hatten eine Saite in ihm zum Klingen gebracht. Wenn Korlandril wirklich hier weg wollte, musste er den Anlass seines Hierseins loswerden – seinen Zorn. Kenainaths Methoden schienen kontraproduktiv, doch er hatte viele Striking Scorpions ausgebildet und darauf musste Korlandril vertrauen.

Eher resigniert als hoffnungsvoll folgte Korlandril Kenainath in die Düsternis.

»Der Friede ist, wie er ist, unveränderlich und endlos, eine Lebenskonstante.« Der Exarch sprach leise. »Zorn ist vergänglich, ein kurzer Aussetzer, in dem der Wille uns entgleitet.«

Korlandril hörte Kenainath kaum, ein Flüstern am Rande des Bewusstseins. Er stand auf einem Ast eines knorrigen

Baums und unter ihm lag ein grünlicher Teich, dessen Oberfläche mit Laub und Algen bedeckt war. Wenn er auch nur einen Augenblick die Konzentration verlor, würde er ins Wasser fallen.

»Das Flüstern des Todes, dann in die Wogende Brandung und von da in die Erhobene Klaue«, wies ihn Kenainath an.

Korlandril veränderte mit kontrollierter Langsamkeit seine Haltung und beugte sich ganz weit vor, während er den linken Fuß nach vorn setzte, aber weiter das hintere Bein belastete, den linken Arm hoch über dem Kopf und den rechten abgewinkelt an der Seite. Er machte einen Schritt nach vorn, stieß mit dem rechten Arm zu und wischte mit der linken Hand nach außen. Zum Abschluss richtete er sich auf, den linken Arm vor dem Körper gebeugt, den rechten nach hinten gestreckt.

Der Exarch fuhr fort, und Korlandril gehorchte, bewegte sich nach Kenainaths Vorgaben auf dem Ast hin und her und täuschte dabei Angriffe und Abwehrbewegungen an. Die Bewegungen waren mühelos, instinktiv, unbewusst. Korlandril durchlief anmutig alle siebenundzwanzig Grundstellungen. Der Ast krümmte sich unter ihm und bewegte sich, doch er hielt perfekt das Gleichgewicht.

Obschon sich sein Körper bewegte, war Korlandrils Geist reglos. Inzwischen waren siebzig Zyklen vergangen und Korlandril entsann sich kaum noch seines Lebens vor der Ankunft im Schrein. Er wusste, irgendwo in ihm waren Erinnerungen, er vermochte sie aber nicht mehr aufzufinden. Er war wenig mehr als ein körperliches Gefäß, das sich auf einem Ast bewegte und darauf wartete mit etwas anderem gefüllt zu werden.

Als die Übung abgeschlossen war, bedeutete Kenainath Korlandril ihm zu folgen. Korlandril verbarg seine Überraschung, als er grazil auf den Weg neben dem Teich hinabsprang. Es war noch früh im Zyklus und so zeitig hatte er nicht mit einer Pause gerechnet.

Kenainath gab keine Erklärung ab, als er sich auf dem lianenüberwucherten Weg wieder Richtung Schrein wandte. Korlandril folgte ihm auf dem Fuße, fasziniert von dieser Abweichung von der Routine. Das Paar tauchte in die kühlen Schatten des Tempels ein und wandte sich dann nach links, einen Gang entlang, den Korlandril noch nie beschritten hatte. Er führte sie auf eine lange, hohe, schmale Galerie. An den Wänden standen fünf Aspektrüstungen aus vielen überlappenden, tiefgrünen Platten mit Goldrand, die roten Linsen der Helme waren trübe und leblos.

Neben vier der Rüstungen standen die anderen Krieger des Schreins.

Korlandril erkannte Elissanadrin und sie lächelte als Reaktion auf seinen fragenden Blick. Die anderen hatte er auf der Craftworld auch schon gesehen, kannte aber ihre Namen nicht.

»Nun triff deine Wahl und begegne deinen Gefährten, Striking Scorpion«, intonierte Kenainath feierlich und trat am anderen Ende der Galerie vor die viel schwerere Exarch-Rüstung, die er bei Korlandrils Ankunft getragen hatte.

Korlandril sah sich um und fragte sich, welche Rüstung er wählen sollte. Zuerst sahen sie gleich aus, aber es gab kleine Unterschiede; sie lagen in der Anordnung von Edelsteinen, dem Fall der haarartigen Helmbüsche aus Sinnesantennen, den bunten Bändern, die um die Gliedmaßen der Rüstungen geschlungen waren.

Sein erster Impuls war neben Elissanadrin zu treten, das Vertraute zu suchen, doch er widerstand diesem Drang. Er brauchte Wandel und Erneuerung, nicht das Bequeme. Aus dem Augenwinkel glaubte Korlandril die Augen einer Rüstung kurz aufblitzen zu sehen. Er wandte sich ihr zu. Nichts unterschied sie von den anderen, aber etwas an ihr zog Korlandril an.

»Die«, sagte er und schritt auf die Rüstung zu. Er trat neben sie und wandte sich dem Exarch zu.

»Das ist eine gute Wahl, du hast eine edle Rüstung ausgesucht, die uns gute Dienste geleistet hat«, erklärte Kenainath. »Du bist nun körperlich, wenn auch noch nicht geistig, bereit deine Rüstung anzulegen.«

Ein Schauer des Entzückens durchfuhr Korlandril. Zum ersten Mal seit seiner Ankunft im Schrein hatte er den Eindruck etwas erreicht zu haben. Seine Fortschritte waren ihm nur vage bewusst gewesen, so subtil waren die Veränderungen gewesen, die Kenainath in ihm bewirkt hatte. Nun, da er neben seiner Rüstung stand, betrachtete Korlandril das Vergangene mit neuen Augen. Genau wie er als Bildhauer gelernt hatte den Geisterstein zu kontrollieren, kontrollierte er nun jeden Muskel und jede Faser seines Körpers. Er war ein Instrument, das völlig seinem Geist und seinen Launen unterworfen war.

Das Anlegen seiner Rüstung war nicht so leicht, wie Korlandril geglaubt hatte. Genau wie die Kampfhaltungen war jede Phase des Rüstens präzise und Kenainath gab jede Pose und jede Bewegung genau vor. Mit jeder Phase ging ein Mantra des Exarchs einher, das in Korlandrils Geist widerhallte, als die Striking Scorpions die Worte wiederholten.

Zuerst zog er sich aus und warf seine Robe von sich wie einen Teil seiner selbst. Er nahm seinen Wegstein an der Silberkette und legte ihn sorgfältig in eine Wandnische. Er verspürte ein ängstliches Beben, als er sich von seinem Seelenretter trennte. Vielleicht war es nur seine Phantasie, aber Korlandril fühlte sich einen Augenblick lang kritisch gemustert, als spüre er plötzlich jemandes Blick auf sich, der ihn aus großer Entfernung betrachtete. Er unterdrückte das ungute Gefühl, denn er wusste, im Schrein konnte ihm nichts geschehen.

»Der Friede ist gebrochen, Harmonie zerfällt zu Zwietracht, es bleibt nur Krieg.«

Korlandril folgte dem Beispiel der anderen und nahm den Ganzkörperanzug, der gefaltet auf einem schmalen Sims hinter der Rüstung lag.

»Nun kleiden wir uns in die Gewänder Khaines, des Blutbefleckten, als wahre Krieger.«

Korlandril stieg in die Beine des Ganzkörperanzugs. Er war groß, hing an seinen Gliedmaßen herab und bildete zwischen den Beinen und unter den Armen unschöne Säcke; die Fingerspitzen hingen nutzlos herab.

»Wir sind in Khaines Eisenhaut gekleidet, wir wappnen uns für den Kampf, während das Feuer in uns brennt.«

Korlandrils Herz schlug schneller. In seinem Magen streckte sich langsam die Schlange seines Zorns. Er ahmte die Bewegungen der anderen Aspect Warriors nach und legte vor seinem Gesicht die Handflächen aneinander. Als Reaktion darauf zog sich der Ganzkörperanzug zusammen. Als sich das Gewebe des Anzugs um seine strammen Muskeln legte, begannen schlummernde Wattierungen aufzuquellen, bildeten harte Bereiche über seiner Brust und dem Magen und längs der Oberschenkelmuskeln und verhärteten sich an seinem Rückgrat entlang.

»Khaines Geist, aus dem wir unsere Entschlossenheit beziehen, stärkt uns von innen heraus.«

Korlandril sah Elissanadrin an, verfolgte ihre Bewegungen. Er fasste hinter die Rüstung und löste die Verschlüsse an seinem Rücken, wodurch die untere Hälfte des Brustpanzers in seine Hände fiel. Er wickelte ihn um seinen Magen und die Nierengegend, dann verschlossen seine flinken Finger die Schnallen wieder. Die Steifheit, mit der er seine Körpermitte umschloss, war beruhigend, stützte seinen Rücken und hielt seine Flanken eng umschlossen.

»Der Krieg kommt über uns, wir müssen seine dunkle Last auf unseren Schultern tragen.«

Korlandril folgte dem Beispiel der anderen und löste die Schnallen, die das Oberteil der Rüstung am Ständer hielten. Er hob es über den Kopf, es war fest, aber nicht schwer. Mit sorgsamen Bewegungen senkte er es auf seine Schultern. Die Platten verankerten sich in der Oberfläche der Unterbekleidung und schoben sich an seinen Oberarmen entlang; die runde Wölbung des Energiegenerators glitt leicht über seine Schulterblätter. Wir zuvor nahm er dann wieder eine Ruhestellung ein und die Rüstung verschob sich aus eigenem Antrieb leicht, um sich an seinen Körper anzupassen. Als sie sich nicht mehr bewegte, schloss er die Schnallen und fixierte die Rüstung. Er fühlte sich kopflastig und streckte den Rücken durch, um aufrechter zu stehen.

Ein Augenblick der Furcht ließ Korlandril erzittern, als sich der Ganzkörperanzug nach oben seinem Gesicht entgegenstreckte und Hals und Nacken umschloss, wobei die Berührung der wogenden Grate beharrlich, aber sanft war. Der Augenblick verging, sobald er unmittelbar unter seinem Kinn anhielt. Er holte tief Luft, um sich zu sammeln.

»Wir stehen vor Khaine, folgen unbeirrbar unserer Berufung, ohne Zweifel und Furcht.«

Dann kam die Oberschenkelpanzerung, die Korlandril wie der Rest der Rüstung wie angegossen passte. Er stellte fest, dass sich die Platten leicht verhakten, wenn er sich auf eine bestimmte Weise streckte, was ihm einen besseren Stand verlieh und als Gegengewicht zum Energiegenerator diente. Korlandrils Puls raste beinahe, brannte durch seine Arterien und zischte in seinen Ohren.

»Wir fliehen nicht vor dem Tod, wir wandeln stolz und furchtlos im Schatten Khaines.«

Die Unterschenkel schützte je ein Stiefel mit Schienbeinschützer, die Korlandril über seine Füße und Knie zog. Er befestigte sie an der Rüstung, die seine Beine nun vollkommen umschloss. Streifen des Materials legten sich eng um seine Knöchel und stützten sie, während die Stiefel kürzer wurden, um sich so seinen Füßen anzupassen. Ein Gefühl der Festigkeit, der unerschütterlichen Dauerhaftigkeit erfüllte Korlandril.

»Wir schlagen aus dem Dunkel heraus zu, schnell wie der Skorpion, mit tödlicher Berührung.«

Die Handschuhe mit den Unterarmschützern verbanden sich mit der Oberarmrüstung, weitere Schnallen ließen beide eins werden. Korlandril bewegte die Arme und spürte, wie knorpelartige Ranken sich an seiner Haut versteiften und seine Handgelenke und Ellbogen stützten. Jetzt war Korlandril abgesehen vom Gesicht voll bekleidet und fühlte sich großartig, war erfüllt von einer unveränderlichen Hitze. Seine Rüstung war seine Haut; sie pulsierte im Einklang mit seinem rasenden Herzen, entzog ihm das Leben und gab ihm dafür Kraft.

Als nächstes nahm er seinen Wegstein wieder aus der Nische, löste ihn aus der Silberfassung. Er reagierte auf seine Berührung, erwärmte sich leicht und erfüllte ihn mit sanfter Beruhigung. Er legte den Wegstein in die Öffnung der Brustplatte. Mit einem leisen Klicken klinkte er sich ein. Seine Rüstung spürte die Gegenwart des Wegsteins ebenso wie Korlandril, sie bebte leicht und fast unmerklich und beruhigte sich dann wieder.

»Das war für den Augenblick alles, die Maske brauchst du nicht, wir sind nicht im Krieg.«

Nachdem die Rüstung vollständig angelegt war, bedeutete Kenainath den Striking Scorpions sich vor ihm zu versammeln. Korlandril trat vor, doch die Vorwärtsbewegung fühlte sich in der Rüstung ungelenk an; ihr Gewicht war gleichmäßig auf ihm verteilt, doch ihre Masse verhinderte normale Bewegungen. Daher änderte er seinen Gang, denn sein Körper erinnerte sich an die Bewegungen, die er ohne ihre Last gelernt hatte. So seltsam und stilisiert sie sich in seiner Robe angefühlt hatten, so natürlich wirkten sie mit Rüstung.

Die Krieger standen in einer Reihe, dicht beisammen und dem Exarch zugewandt. Kenainath führte sie durch die rituellen Haltungen und die Striking Scorpions bewegten sich gemeinsam, ahmten seine Posen ohne Zögern oder Variation nach. Fast wie Automaten spiegelten sie die Stöße und Paraden des Exarchs wider, wie Marionetten, die alle an denselben Fäden hingen.

Korlandril empfand eine Zugehörigkeit wie schon lange nicht mehr, perfekt synchron mit seinen Kriegerkollegen. Er war wie sie, und sie waren wie er; sie teilten Sinn und Funktion. Jede Haltung brachte neue Erregung, als er ihren Sinn neu erfasste. Die Rüstung komplettierte ihn, sein Körper war jetzt vollkommen.

Den Großteil des Zyklus übten sie ihre rituellen Haltungen. Manche waren Korlandril völlig neu, ohne Hilfe der stützenden Rüstung unmöglich einzunehmen. Er lernte sie mühelos und passte sich rasch jeder Herausforderung an. Im weiteren Verlauf des Trainings wechselten die Haltungen rascher und mit jeder neuen Runde von Bewegungen wurde Kenainath schneller.

Der Exarch sprach selten, nur um seine früheren Lehren zu unterstreichen und neue Erkenntnisse über den Pfad des Striking Scorpions zu vermitteln.

»Aus dem Gleichgewicht schlagen wir zu, sind keine akrobatischen, kreischenden, mit den Armen schlagenden Banshees. Schlagt mit sicherer und tödlicher Anmut zu, mit starken Bewegungen, denn Kraft kommt aus dem Gleichgewicht.«

Während der gesamten Übungen brannte der hitzige Eifer, der Korlandril erfüllt hatte, weiter. Er begann sich einen Feind vorzustellen, formlos und schattenhaft, den er aufschlitzte und köpfte, dessen Schläge er konterte und dem er auswich. Sein imaginärer Gegner hatte Augen, in denen rotes Feuer brannte, ansonsten aber keine Gesichtszüge; ein anonymes Konglomerat aller, die ihm Böses getan hatten, eine Inkarnation seines Zorns und seiner Ängste. Indem Korlandril nach dieser Erscheinung schlug, fand er große Kraft, die aus seiner Macht erwuchs das zu vernichten, was ihn zu vernichten versucht hatte.

Der derart gestärkte Korlandril war etwas enttäuscht, als Kenainath sie innehalten und in die Ruhestellung zurückkehren ließ, die Handflächen aneinandergelegt, leicht breitbeinig, Köpfe gesenkt.

Korlandril stand eine Weile so und erwartete neue Anweisungen. Schritte verrieten ihm, dass die anderen zu ihren Rüstungsständern zurückgingen, und er tat dasselbe. Kenainath war wortlos gegangen.

Die Aspect Warriors wiederholten in umgekehrter Reihenfolge dieselbe Bewegungsabfolge, mit der sie ihre Rüstungen angelegt hatten, um ihre Kampfkleidung abzustreifen. Als Korlandril nacheinander die einzelnen Teile ablegte, fühlte er sich geistig wie körperlich erleichtert. Er war zwar während des gesamten Trainings entspannt gewesen, doch ihm war klar, dass er sich auf einer weit höheren Bewusstseinsebene bewegt hatte als sonst. Die Farben wirkten etwas blasser und alle Klänge etwas dumpfer, als er vom Gipfel körperlicher Aufmerksamkeit zurückkehrte und sich wieder entspannter gab.

»Willkommen im Schrein des Tödlichen Schattens«, sagte Elissanadrin und streckte ihre Handfläche zum Gruß aus. Sie trug einen eng anliegenden Ganzkörperanzug, der perlmuttartig in Weiß- und Elfenbeintönen schimmerte. Korlandril legte als Antwort kurz seine Hand gegen ihre.

»Lass mich dich deinen Waffenbrüdern vorstellen«, sagte sie und drehte sich halb um, wobei sie mit der offenen Hand auf die anderen zeigte.

»Dies ist Arhulesh«, fuhr sie fort und wies auf einen Krieger, der etwas kleiner war als Korlandril und sein langes, schwarzes Haar mit schmalen, dunkelroten Bändern zu Zöpfchen geflochten hatte.

»Sei gegrüßt, Korlandril«, sagte Arhulesh mit schiefem Grinsen. »Ich hätte dich gern schon früher kennengelernt, doch Kenainath ist ein solcher Regelfanatiker … ich muss zugeben, ich habe deine Ausstellung *Der Aufstieg der Himmel* sehr genossen. Habe ich da in deinen Werken leisen Spott über Khaine gesehen?«

Korlandril runzelte die Stirn. Er konnte sich an seine Skulpturen kaum erinnern. Sie waren irgendwo in seiner

Erinnerung weggeschlossen, doch es war, als hätte er die Karte verloren und könnte sie nicht finden.

»Oh, Kenainath hat dich ganz und gar eingewickelt«, fuhr Arhulesh mit hochgezogener Augenbraue fort. Er wandte sich an die anderen. »Vorsicht, wir haben es mit einem echten Frommen zu tun! Ich frage mich nur, wovor oder vor wem du dich versteckst, Korlandril.«

»Still, Arhu«, mischte sich Elissanadrin mit wegwerfender Geste ein. »Du weißt, wir reden nicht über unser Vorleben, wenn wir es nicht wollen.«

Arhulesh nickte Korlandril entschuldigend zu, der eine leichte Drehung bei der Neigung des Kopfes des anderen bemerkte, eine winzige sarkastische Geste. Elissanadrin legte eine Hand auf Korlandrils Ellbogen und führte ihn zum nächsten Striking Scorpion, einem Eldar mit ernstem Gesicht, hageren Zügen und schlohweißem, bis auf eine Locke oben auf dem Schädel rasiertem Haar. Er kümmerte sich hingebungsvoll um seine Rüstung, indem er mit einem Seidentuch alle Flecken und Schlieren auf ihrer Oberfläche wegpolierte.

»Apropos still, das ist Bechareth.«

Der Name überraschte Korlandril, denn er bedeutete Geist im Wind; eine Bezeichnung für die, deren wahre Identität unbekannt war, üblicherweise Fremde. Er war auch ein Euphemismus für die, die ohne Schutz eines Wegsteins gestorben waren und deren Seelen in den Fängen der Dürstenden endeten.

»Er kann oder will nicht sprechen«, erklärte Elissanadrin. »Kenainath brachte ihn uns mit diesem Namen und er hat uns keinen anderen genannt. Lass dich von seinem Schweigen nicht täuschen, er ist ein fähiger Krieger.« Sie hielt zögernd inne, ehe sie fortfuhr: »Ich verdanke ihm mein Leben.«

Bechareth erhob sich und streckte die Rechte zum Gruß aus; vertikal, mit der Handfläche zu Korlandril, eine Geste der Gleichheit, die in der Gesellschaft Alaitocs selten Verwendung fand, außer um Eldar von anderen Craftworlds zu begrüßen. Korlandril hob die Linke als Spiegelbild der Geste, was Vertrauen ausdrückte, und empfing von dem Krieger ein langsames, dankbares Zwinkern. Seine dunklen Augen blitzten amüsiert und Korlandril fühlte sich trotz seines befremdlichen Benehmens zu dem geheimnisvollen Eldar hingezogen.

»Mithrainn«, sagte Elissanadrin und nickte dem letzten der vier zu. Er war betagt, wahrscheinlich über fünfhundert Umläufe alt, hatte eine vorspringende Stirn und eine Adlernase.

»Nenn mich Min«, bot er an, was Korlandril zum Lachen brachte. Der Spitzname stammte aus den Vaul-Mythen, er bezog sich auf das schwächste Glied der Kette, mit der der Schmiedegott an seinen Amboss gefesselt war.

»Schön, dich kennenzulernen … Min«, sagte Korlandril und berührte die Handfläche des Älteren mit seiner. »Verzeih meine Unverschämtheit, aber ich hätte gedacht, der Pfad des Kriegers eigne sich besser für die Unerfahreneren.«

»Du meinst, du findest mich zu alt für dieses Herumgeschleiche und -gerenne!«, erklärte Min grinsend. Er schlug sich auf die Brust. »In meiner Brust schlägt noch immer das Herz eines jungen Mannes.«

»Beseelt vom Geist eines Säuglings«, setzte Elissanadrin hinzu und verdrehte die Augen. »Mit seiner Lautstärke gleicht er Bechareths Schweigen aus. Ich glaube immer noch, er hat Biel-Tan-Blut in sich, auch wenn er behauptet, er sei ein reinrassiger Alaitocii.«

»Das magst du sagen, Lissa, aber noch hast du mich im Sumpf nie erwischt.«

Elissanadrin gestand diese obskure Tatsache mit einem zögernden Nicken und geschürzten Lippen ein. Sie lächelte, als sie Korlandrils Verwirrung sah.

»Wenn du die Kunst der Kampfhaltungen beherrschst, wirst du an unseren Jagden teilnehmen. Wir gehen in die

Umgebung des Schreins hinaus und versuchen uns aneinander anzuschleichen. Der Striking Scorpion besteht aus Heimlichkeit und Kraft.«

Korlandril nickte verstehend.

»Was glaubst du, wie lange wird es dauern, bis ich mich euch anschließen darf?«

»Wie lange lebt ein Stern?«, frotzelte Arhulesh, der hinter Korlandril getreten war. »Kenainath hat Launen wie Eisen. Es könnte nächsten Zyklus sein oder erst in zwei oder drei Umläufen.«

»Zwei oder drei Umläufe?« Korlandril war schockiert. »Sicher komme ich doch schneller voran.«

»Launen wie Eisen, nicht vergessen, Launen wie Eisen«, sagte Arhulesh und zuckte beiläufig die Achseln.

»Bekomme ich meine Kriegsmaske vorher oder hinterher?«

»Niemand vermag zu sagen, wann du deine Kriegsmaske finden wirst«, erklärte Min. »Manche finden sie nie und sie gehen fort ohne den Pfad wirklich betreten zu haben. Andere tragen sie von Anfang an.«

Bechareth trat herzu und sah Korlandril tief in die Augen, studierte jede Einzelheit. Er hob Daumen und Zeigefinger mit wenig Raum dazwischen. Es war klar, was er meinte: bald. Die Geste wurde zu einem mahnend erhobenen Zeigefinger.

»Er hat recht«, sagte Elissanadrin. »Du solltest deiner Kriegsmaske nicht nachjagen, wenn du noch nicht bereit bist, sie auch wieder abzunehmen.«

»Ich bin immer noch nicht ganz sicher, ob ich begreife, was diese Kriegsmaske ist«, gestand Korlandril. »Ich meine, Kenainath hat uns heute unsere Helme nicht tragen lassen. Ich verstehe den Zusammenhang nicht.«

Arhulesh lachte rau, doch seine Miene war ernst. »Die Kriegsmaske ist kein Gegenstand, sondern ein Geisteszustand. Du bist nah dran, sonst wärst du nicht hier. Du wirst sie erkennen. Wir können dir nicht sagen, wie sie aussehen wird, denn sie ist für jeden von uns anders.«

»Wisse nur, dass wir alle dasselbe durchgemacht haben«, ergänzte Min. Er legte Korlandril eine Hand auf die Schulter. Eine so vertraute Geste war Korlandril leicht unangenehm, waren sie einander doch gerade erst vorgestellt worden. Er widerstand dem Drang die Hand abzuschütteln, doch Min musste seine Reaktion gespürt haben. Er nahm die Hand weg. »Wenn sie kommt, wirst du an dem teilhaben, was wir alle teilen, und meine Berührung wird dir nicht mehr so unangenehm sein.«

»Ich wollte dich nicht bel…«

»Wir entschuldigen uns nicht beieinander«, fiel ihm Elissanadrin ins Wort. »Wisse, dass hier alles verziehen ist, ob mit oder ohne Maske. Vorbei ist vorbei, die Zukunft wird sein, wie sie sein wird, und wir teilen nur die Gegenwart. Vielleicht hält dich Bedauern davon ab, deine Maske zu entdecken. Lass es hinter dir; es hat keinen Platz in deinem Geist. Als Krieger wird dich Bedauern ebenso sicher töten wie eine Klinge.«

Korlandril dachte darüber schweigend nach. Die anderen wandten sich geschlossen der Exarch-Rüstung am Kopfende des Ganges zu und über die Schulter sah Korlandril, dass Kenainath zurück war. Er hatte kein für Korlandril hörbares Geräusch gemacht und er hatte keine Ahnung, woher die anderen von seinem Eintreffen wussten. Vielleicht hatten sie es gar nicht gewusst; der Gedanke, der Exarch könne ihr Gespräch belauscht haben, missfiel Korlandril, auch wenn er nicht genau wusste warum.

»Es ist Zeit für uns zu gehen«, sagte Elissanadrin.

»Für dich nicht«, grollte Min, als Korlandril einen Schritt in Richtung Tür machte.

»Genieße deine Ausbildung, kleiner Skorpion«, ergänzte Arhulesh und sah den Exarch an, der mit vor der Brust verschränkten Armen dastand und seine Schüler streng ansah.

Bechareth kam als Letzter an Korlandril vorbei und verbeugte sich zum Abschied knapp, ehe er mit den anderen fortging. Korlandril unterdrückte ein Seufzen und wandte sich Kenainath zu.

»Ich stehe dir zur Verfügung, lehre mich«, sagte Korlandril und neigte das Haupt.

»Das ist gut und schön, denn es gibt noch viel zu lernen, Striking Scorpion.«

ZORN

Als die Eldar dem Schoß des Bodens entsprangen, genährt von Ishas Tränen, kamen die Götter zu ihnen und brachten ihnen je ein Geschenk. Asuryan, der Gott der Götter, schenkte den Eldar Weisheit, um sich selbst zu erkennen. Isha schenkte den Eldar Liebe, um einander zu erkennen. Vaul schenkte den Eldar die Kunstfertigkeit, damit sie ihre Träume verwirklichen konnten. Lileath schenkte den Eldar Freude, damit sie das Glück erleben konnten. Kurnous schenkte den Eldar Gier, damit sie Wohlstand kannten. Morai-heg schenkte den Eldar Vorausschau, damit sie ihren Platz auf der Welt erkennen konnten. Khaine schenkte den Eldar Zorn, damit sie beschützen konnten, was die Götter ihnen geschenkt hatten.

Die Ausbildung ging weiter wie gehabt, nur jetzt gerüstet und oft in Begleitung der anderen Krieger des Schreins. Kenainath wandte seine Aufmerksamkeit jetzt auch dem

Unterricht in den Disziplinen Heimlichkeit und Hinterhalt zu und führte Korlandril leise wie ein Windhauch durch den Sumpf. Die beiden besuchten Orte, die Korlandril noch nicht kannte – enge Schluchten, sich schlängelnde Bächlein und schattenverhangene Höhlen. Trotz der Last der Aspektrüstung bewegte sich Korlandril so lautlos, als wäre er nackt. Korlandrils Bewegungen waren so kontrolliert und mühelos, so sehr war er eins mit dem Wiegen der Zweige und den leisesten Wasserbewegungen, dass er seine Bewegungen mit denen seiner Umwelt verschmelzen lassen konnte.

So ging das achtunddreißig Zyklen. Korlandril erkannte kein Muster in den Lektionen außer einem inneren Ablaufplan, den Kenainath im Kopf hatte. Er wusste nicht, was seine Messlatte war oder welches Ziel er anstreben musste, also konnte er nur ohne Rückfragen Kenainaths Anweisungen folgen. Der Exarch sagte nichts zu den Veränderungen in Korlandrils Fertigkeiten, auch wenn er wusste, dass dieser sich ständig steigerte.

Im sorgsam choreografierten Ritual des Schreins konnte Korlandril nun so schnell auf die Anweisungen des Exarchs reagieren, als ahne er sie voraus. Er hielt ohne nachzudenken mit den anderen Striking Scorpions Schritt. Auch wenn die anderen nichts zu seinen Fortschritten sagten, war er zufrieden und freute sich auf den allgegenwärtigen Geist des Teilens, den er spürte, wenn er mit dem Rest des Schreins übte. Er fühlt sich immer gestärkt, wenn er seine Rüstung anlegte, doch jetzt hatte er auch ein Gefühl der Erfüllung, wenn er sie wieder ablegte.

Als der neununddreißigste Zyklus anbrach, kam Kenainath gerüstet, aber ohne Helm in das karge Dormitorium, in dem Korlandril schlief. Er wies Korlandril an, seine Kriegsausrüstung anzulegen, und führte ihn in eine neue Kammer. Hier waren die Waffen der Striking Scorpion ausgestellt, sie hingen an den Wänden des runden Raumes. Zehn schlanke Kettenschwerter prangten neben passenden Shurikenpistolen.

Ohne genau zu wissen warum, ging Korlandril direkt auf die Waffen zu, von denen er wusste, dass sie zu seiner Rüstung gehörten. Er ließ die Finger über die Verkleidung des Kettenschwertes gleiten und konnte durch die empathische Verbindung mit seinem Handschuh die verschlungenen Verzierungen spüren, als berühre er sie mit bloßer Haut.

»Nimm deine Waffe, lass sie ein Teil von dir werden, spüre sie in der Hand«, deklamierte Kenainath.

Korlandril schloss die Finger um den mit einem Handschutz versehenen Griff des Kettenschwertes und hob es problemlos aus dem geschwungenen Wandhalter. Wie seine Rüstung war es erstaunlich leicht für seine Größe. Es lag gut in der Hand, wie eine Verlängerung seines Arms. Er drehte das Handgelenk und sah sich die schmalen Klingen an, die beide scharf genug waren, um mit einem Schlag Fleisch und Knochen zu durchtrennen. Er sah rote Spiegelbilder seines eigenen, bewundernden Gesichts in den Juwelen, die es säumten.

»Wie aktiviere ich es?«, fragte er.

»Wie schlägt dein Herz – deine Finger bewegen sich nach deinem Gutdünken, das ist die Antwort.«

Korlandril schritt in die Mitte der Kammer und nahm die als Sturmbiss bekannte, leicht vorgebeugte Position ein. Die Faust hatte er vor der linken Schulter erhoben, doch jetzt sah er, dass sich das Kettenschwert horizontal vor seinem Gesicht befand, unmittelbar unter Augenhöhe. Er wirbelte herum, zog den rechten Fuß zurück und die Waffe beschrieb einen blitzenden Bogen, um in der Verborgenen Klaue zu enden.

Mit wachsendem Selbstvertrauen vollzog Korlandril das erste Angriffsritual, schritt gleichmäßig durch die Kammer und schwang das Kettenschwert. In der fünften Position – Aufragender Fangzahn – erwachte das Kettenschwert aus eigenem Antrieb schnurrend zum Leben.

Schockiert stolperte Korlandril und die Waffe entglitt ihm fast. Kenainath gab ein seltsames, zischendes Geräusch von sich, und Korlandril wandte sich um, erwartete Verachtung im ungeschützten Gesicht des Exarchs zu sehen. Das Gegenteil war der Fall. Zum ersten Mal, seit Korlandril ihn kannte, lachte Kenainath leise.

»Wie bei mir, als ich vor so langer Zeit zum ersten mal eine Klinge führte.« Kenainaths Humor verflog rasch und er bedeutete Korlandril weiterzumachen.

Das Kettenschwert in seinen Händen war erstorben. Korlandril sammelte sich und begann wieder mit der ersten Position, und fast augenblicklich setzten sich die Zähne des Kettenschwerts sirrend in Bewegung, nicht lauter als das Summen eines Lavaflügels. Gelassen machte Korlandril weiter, hieb und schnitt, und seine Bewegungen wurden immer schneller, bis die Klinge ein grüngoldener Schimmer in der Luft war. Er führte Rückhandschnitte und geschwungene Hiebe über Kopf und rückte gegen unsichtbare Feinde vor.

Während er die Klinge um sich wirbeln ließ, wurden die Umrisse des schattenhaften Feindes, den er sich während seiner Katas vorgestellt hatte, immer schärfer umrissen. Seine Augen brannten noch immer rot, aber er selbst wurde klarer erkennbar, schmale Hüften, breite Schultern. Vor Korlandrils geistigem Auge hüpfte sein Feind, duckte sich, parierte und konterte, rückte vor und wich wieder zurück.

Korlandril stieß den Atem ruckartig aus und führte einen Todesstoß, indem er die Klinge unter das Kinn seines imaginären Gegners hochzog, um in einer perfekten Klaue des Gleichgewichts zu erstarren. Korlandril sog seine Lunge voll Luft, trat zurück und ging in Ruhestellung. Er wandte sich Kenainath zu.

Der Exarch ließ ihn nicht an seinen Gedanken teilhaben. Sein Gesichtsausdruck verriet weder Lob noch Tadel. Der Stolz auf seine Leistung, den Korlandril empfunden hatte, verflog unter diesem undurchschaubaren Blick schnell.

»Du hast begonnen, der Pfad führt weiter, du musst ihm folgen.«

Korlandril wagte einen Blick zu der Shurikenpistole an der Wand und sah dann wieder den Exarch an. Kenainath schüttelte den Kopf und wies auf das Kettenschwert in Korlandrils Hand.

»Meistere zuerst die Klaue, dann kommt der Giftbiss und zuletzt der Stich.«

Korlandril leckte sich die trockenen Lippen und nickte. Er kehrte in die Mitte der Kammer zurück und nahm die Klaue aus dem Schatten ein. Das Kettenschwert reagierte auf sein Drängen, ehe er auch nur einen Muskel bewegt hatte, und innerhalb weniger Augenblicke war er wieder in Bewegung.

In den folgenden Zyklen trainierte Korlandril allein, bis Kenainath überzeugt war, dass er sich mit den anderen Striking Scorpions messen konnte, ohne sie oder sich in unangemessene Gefahr zu bringen. Nach dreiundzwanzig Zyklen informierte der Exarch Korlandril, er sei nun bereit, bewaffnet mit den anderen Kriegern zu trainieren. Kenainath führte seinen Kriegerakolythen in einen Hain unweit des Schreins und bedeutete Korlandril sich auf einen moosbewachsenen Baumstamm zu setzen.

»Was kannst du mir über die Historie, die Geschichte des Skorpions, erzählen?«, fragte Kenainath. »Welche Mythen hast du über Karandras und Arhra, die ersten unserer Art, gehört?«

Korlandril fuhr sich mit den Fingern durchs Haar, während er in seiner Erinnerung kramte.

»Asurmen war der Erste, der Schöpfer des Weges des Kriegers«, sagte er. »Ich schätze, Asurmen entdeckte, wie man die Kriegsmaske anlegt. Er gründete den ersten Schrein und sammelte Jünger um sich, um sie zu lehren, darunter Arhra, den Vater der Skorpione. Arhra traf ein dunkles Schicksal – diese Geschichte kenne ich nicht – und sein Meisterschüler Karandras folgte ihm nach und verbreitete die Lehren des Striking Scorpions.«

»Wohl wahr, doch das war sehr kurz zusammengefasst, du solltest mehr wissen«, erwiderte Kenainath und kauerte sich mit brennendem Blick seinem Schüler gegenüber hin. »Arhra fiel in Ungnade, weil ihn die Dunkelheit des Chaos berührt hatte und er seine Geschwister verriet. Er wandte sich gegen die anderen und führte aus Machtgier Dämonen in den ersten Schrein. Die Asurya, die ersten Exarchs des Pfades, kämpften gegen Arhra. Sie verloren die Schlacht und wurden auf die fernen Sterne zerstreut, und Arhra entkam. Von seinem Ehrgeiz zerfressen wich er vom Pfad ab und fand neue Schüler, ward der Gefallene Phönix. Das ist ein großes Unrecht, das wir nicht vergeben dürfen, der schlimmste Verrat. Karandras jagt ihn von Stern zu Stern und durch das Netz der Tausend Tore, um Vergeltung zu üben.«

»Arhra lebt?« Die Geschichte vom Gefallenen Phönix war mit den anderen Mythen um den Fall verwoben. Nicht einmal die Eldar lebten so lange.

»Wer weiß das schon so genau, im Warp und im Netz der Tausend Tore vergeht Zeit auf seltsame Weise.« Kenainath seufzte und sein Gesichtsausdruck wurde traurig, eine krasse Veränderung zu seiner sonstigen Gleichgültigkeit oder Feindseligkeit. »Halte dich auf dem Pfad, befolge Karandras' Lehren, bleibe Korlandril.«

»Gab es andere?«, fragte Korlandril ängstlich. »Krieger, die den Pfad des Gefallenen Phönix gehen?«

»Nicht unter meinen Schülern, ich habe sie alle gut ausgebildet und angemessen unterwiesen«, sagte Kenainath, während er sich rasch aufrichtete. Der Exarch setzte wieder seinen vertrauten, strengen Gesichtsausdruck auf. »Geh zum Schrein zurück, morgen kämpfst du richtig, heute Nacht musst du ruhen.«

Nach dieser Entlassung ging Korlandril unter den düsteren Ästen der Bäume hindurch langsam wieder zurück zum Schreingebäude und fragte sich, warum der Exarch diesen Augenblick gewählt hatte, um die Wahrheit über die Gründung der Striking Scorpions zu enthüllen. Als im Schrein die Lichter für den Nachtteil des Zyklus heruntergedreht wurden, lag Korlandril wach und dachte darüber nach, was der kommende Zyklus bringen mochte.

Er erwachte früh und war voller nervöser Energie. Der Schrein lag noch im Zwielicht, er legte rasch eine weite Robe an und verließ sein einsames Dormitorium, weil er sich darin eingesperrt fühlte. Draußen lag der Sumpf still im Dämmer, wenn man vom ersten Quaken der Jadekröten absah. Er holte tief Luft, denn er war nun an die Feuchtigkeit und Hitze gewöhnt, auch wenn er sich in seiner gegenwärtigen Umgebung alles andere als zu Hause fühlte.

Damit wandten sich seine Gedanken dem Rest Alaitocs zu, wie üblich, wenn er Zeit zum Nachdenken hatte. Nur mit rudimentärem intellektuellem Interesse dachte er an Thirianna. Sie ging wahrscheinlich inzwischen den Pfad des Sehers. Auch wenn er nur eine kurze Zeitspanne her war, kaum einen Lidschlag im Leben eines Eldar, schien der Augenblick, in dem ihre Zurückweisung den Zorn in ihm entfacht hatte, in weiter Ferne zu liegen. Irrelevant. Er rang ja nicht mit Thirianna, Aradryan oder einem anderen Eldar. Er rang mit sich selbst.

Sein Körper und sein Geist waren auf genau eine Sache ausgerichtet – andere Lebewesen zu töten. Der Gedanke ließ ihn erschaudern. An diesem Tag würde er sich einem der anderen Mitglieder des Tödlichen Schattens stellen, aber es würde kein Kampf auf Leben und Tod sein. Es würde kontrolliert, diszipliniert, rituell sein. Er wusste zwar nichts über echten Krieg, doch er stellte ihn sich als verzweifelten, erschütternden Mahlstrom von Mut und Furcht, Handeln und Blut vor. In dieser Anarchie des Kampfes würde er töten. Er wusste nicht wann oder wie, aber so sicher, wie er erst Künstler gewesen war, nachdem er seine erste Skulptur geschaffen hatte, würde er erst wirklich den Pfad des Kriegers gehen, wenn er seinen ersten Feind getötet hatte.

Er wusste nicht, wie er sich dazu bringen sollte. Würde ihm das aus der Hand genommen werden? Ein lebensrettender Schutzinstinkt? Würde es kaltblütig geschehen, das geplante Töten eines anderen Lebewesens, das die Farseers und Autarchs zum Feind der Alaitocii erklärt hatten?

Korlandril begriff, dass dies die Kriegsmaske war, von der Kenainath und die anderen sprachen. Nur einmal war er bereit gewesen, im Zorn zuzuschlagen, und hatte einen anderen wirklich verletzen wollen; in jenem Zyklus im Sumpf, als sich Zorn und Hass zu einem Augenblick des reinen Handelns verbunden hatten. Er versuchte diesen Augenblick erneut zu erleben, doch all seine Gedächtnistricks halfen ihm nicht weiter. In jenem Herzschlag war sein gesamtes Wesen auf die eine Anstrengung, Kenainath zu treffen, und auf nichts anderes ausgerichtet gewesen.

Eine Weile wanderte er auf den Wegen rings um den Schrein umher, entfernte sich aber nicht zu weit. Er kannte die verschlungenen Pfade ebenso gut wie jeden anderen Teil Alaitocs, denn Kenainath hatte ihm ihre Geheimnisse enthüllt. Er fürchtete seine Umgebung nicht mehr. Wichtiger noch, er wusste, dass er sich durch die Überwindung seiner Abneigung gegen diesen Ort gegen zukünftige Furcht und Zweifel gestählt hatte, wenn er es mit dem Unbekannten und Undurchschaubaren zu tun bekam. Er war selbstreflektiert genug, um zu verstehen, welchen Prozess Kenainaths Lehren in ihm in Gang gesetzt hatte – sie woben Schicht um Schicht der Kriegsmaske, die eines Tages aus seinem Geist erstehen würde.

Als im Schrein eine dröhnende Glocke erklang und ihn zurückrief, war es schon viel heller.

Es war Bechareth. Er war bis auf seinen Helm gerüstet und hielt sein Kettenschwert lässig an der Seite. Seine Lippen waren schmal wie Klingen und Feuer loderte in seinem Blick, der Begeisterung für das anstehende Duell verriet. Er wirkte körperlich entspannt, aber seine Augen waren aufmerksam und wanderten locker, aber dennoch konzentriert zwischen Korlandril und Kenainath hin und her.

Während Korlandril sich rüstete und Kenainaths Mantra durch seine Adern zirkulierte, löste sich seine Anspannung. Mit jedem Schritt wurde er weniger Korlandril, an dessen Stelle der Aspekt des Striking Scorpions trat. Ein Teil seines Geistes beobachtete den anderen mit kalter Distanz und erinnerte ihn an die sieben Paradestreiche und die vier aufsteigenden Angriffe. Er wusste nichts über Bechareth, hatte ihn nur mit den anderen die Übungsrituale durchführen sehen. Würde er defensiv oder aggressiv sein? Bevorzugte er einen bestimmten Angriffsstil? Korlandril begriff, dass er nicht einmal wusste, wie lange Bechareth schon den Pfad des Kriegers ging. Er registrierte das kühl, ohne es zu beurteilen, ohne Angst.

Er war sich auch seiner eigenen Strategie nicht sicher. Es schien sicher, dass Bechareth erfahrener war. Täte Korlandril gut daran sich auf einen vorsichtigen Kampfstil zu beschränken, bis er seinen Gegner besser einschätzen konnte? Oder würde das diesem zu sehr die Initiative überlassen? Korlandril fragte sich, ob er gut genug auf Bechareths Angriffe würde reagieren können. Ein Teil von ihm überlegte, ob er länger als ein paar Herzschläge durchhalten würde.

Dieser Gedanke löste eine Reaktion aus: einen Stich, den ihm sein Stolz versetzte. Korlandril hatte hart daran gearbeitet die Kampfhaltungen und die Angriffs- und Verteidigungsposen zu erlernen. Nun war es Zeit zu zeigen, dass er gut gelernt hatte. Er war entschlossen sich gut zu verkaufen.

Auf Kenainaths wortloses Signal hin folgten die beiden dem Exarch eine geschwungene Rampe hinab in eine Kammer tief unter der Pyramide der oberen Stockwerke des Schreins. Die anderen folgten den dreien in kurzem Abstand im Gänsemarsch, nur mit der Unterkleidung ihrer Rüstung angetan.

Die Gänge hatten eine raue, stark bearbeitete Oberfläche, die Korlandril merkwürdig erschien. Der Teil seiner selbst, der zuvor Künstler gewesen war, erkannte das als die Heuchelei, die es war; alles auf Alaitoc war künstlich. Doch der Kriegerteil von Korlandrils Geist erkannte, was die sich verändernde Umgebung bedeutete. Sie war Tradition, ein Kriegerkodex, der bis auf die Zeit des Falls zurückging. Ein Schrein, der den Lehren des Gründers der Striking Scorpions oder vielleicht denen seines Meisterschülers, nachdem dessen Herr der Finsternis anheimgefallen war, geweiht war.

Das natürliche Licht, sofern es im Schrein so etwas gab, wich schmalen, flackernden Röhren. Hier wurde eine Anmutung geschaffen, die Korlandril durchschaute. Es war ein Nachbau des ersten Schreins, den Arhra erbaut hatte, nachdem er unter Asurmens Anleitung gelernt hatte. Der Tödliche Schatten erwies wie alle anderen Schreine Alaitocs und der vielen anderen Craftworlds nicht dem Geburtsort seiner Traditionen die Ehre, sondern versuchte, ihn nachzustellen. Alles war wie damals. Was es bedeutete Striking Scorpion zu sein hatte sich in den Tausenden Umläufen seit der Gründung nicht verändert.

All das war Korlandril klar und er sah es mit dem kleinen kritischen Auge in seinem Hinterkopf. Der größere Teil von ihm, der Großteil seines Geistes, der jetzt Krieger war, gab sich der Atmosphäre hin, die seine Vorfreude auf das kommende Duell noch steigerte.

Die Decke war absichtlich niedrig und verhinderte, dass die beiden den Boden verließen oder ihre Schwerter zu hoch über dem Kopf schwangen. In den Boden war ein Kreis eingelassen, dessen Durchmesser nicht viel größer war als der Platz, den die beiden einnahmen, und in seiner Mitte prangte die Rune des Schreins. Korlandril wusste, dass die Duellanten den Kreis nicht würden verlassen dürfen. Dies war ein Kräftemessen auf engstem Raum, es ging um Kontrolle und Präzision, die Grundlage des Ethos der Striking Scorpions.

Man hatte Korlandril keine Regeln erklärt, aber er wusste, dass es keinen Körperkontakt geben würde, dass kein Verletzungsrisiko bestand und die kostbaren Rüstungen nicht beschädigt werden würden. Er war nicht einmal sicher, ob es sich um einen Wettstreit handelte; er entnahm es allerdings Kenainaths nächsten Worten.

»Dies ist keine Prüfung, nicht der Ort, euch euch selbst oder mir gegenüber zu beweisen«, intonierte Kenainath und winkte die beiden Krieger in die Mitte der ovalen Kammer. Der Exarch gab mit einem Nicken das Startsignal und trat dann in die Schatten zurück. Die anderen Striking Scorpions sahen vom Rand der Kammer aus schweigend zu.

Die beiden bewegten sich sofort, Korlandril nahm das Schneidende Blatt ein, eine Verteidigungshaltung. Bechareth brauchte keine Extraeinladung, er trat nach links vorne und sein Kettenschwert summte auf Korlandrils Schläfe zu, bis er die sirrenden Klingen eine Handspanne vorher anhielt.

»Wunde!« Die kleine Kammer ließ das Wort dumpf klingen, das gleichzeitig aus den Kehlen aller anderen erklang.

Korlandril war erschüttert von dem Tempo, mit dem Bechareth angriff. Die beiden kehrten in ihre Ruhestellung zurück und starrten einander in die Augen. Bechareths loderten und Korlandril nahm an, dass für die seinen dasselbe galt. Dies war keine Kriegsmaske, sonst hätte der Hieb Korlandrils Schädeldecke abgetrennt und Bechareth hätte keinen weiteren Gedanken daran verschwendet.

Sie standen eine Weile reglos da, weil keiner sich zuerst bewegen wollte. Korlandril wechselte schnell in die Sturmwolke, täuschte hoch an, wirbelte dann herum und stieß mit seinem Kettenschwert tief in Richtung von Bechareths Magen. Sein Feind wehrte den Angriff ab, Breitseite der Klinge gegen Breitseite der Klinge, und trieb Korlandril ein winziges Stückchen seitwärts. Durch diese kaum erkennbare Öffnung trat Bechareth wieder vor und die Spitze seiner summenden Klinge zielte auf Korlandrils Kehle.

»Wunde!«, verkündeten die Zuschauer.

Bechareth trat zurück, ein winziges Lächeln auf den Lippen.

Immer wieder lief dasselbe Muster ab: Korlandril konterte oder versuchte einen Angriff, nur damit Bechareth innerhalb weniger Stellungswechsel eine Tötungsposition einnehmen konnte.

Korlandril schüttelte den Kopf und verlor schnell, was er an Selbstvertrauen hatte. Es war eine Sache, die Schläge und Paraden, die er gelernt hatte, ohne Gegner durchzuführen, aber eine ganz andere sie gegen ein Ziel einzusetzen, das alles versuchte, um ihn irrezuführen und aus dem Gleichgewicht zu bringen. Sein Geist, den er nie für besonders langsam gehalten hatte, schien Bechareths Bewegungen nicht schnell genug wahrnehmen zu können; jede Reaktion, die ihm einfiel, kam immer zu spät.

Als sie vor der siebten Runde innehielten, ließ ein Gefühl von Bewegung, vielleicht das kaum wahrnehmbare Geräusch eines Schrittes oder ein Atemhauch Korlandril herumwirbeln und sein Schwert zerteilte die Luft. Er stoppte die Klinge unmittelbar vor Kenainaths ausgestrecktem Arm. Der Exarch wirkte zufrieden. Er wandte seinen Blick von den sirrenden Zähnen des Kettenschwerts und sah Korlandril in die Augen.

»Denk nicht nach, handle ohne zu denken oder zu fühlen, zögere nie.«

Korlandril verstand die Lektion, aber als er sich wieder Bechareth zuwandte, war er nicht sicher, wie er die Lehre des Exarchs umsetzen sollte.

Bechareth bewegte sein Schwert aufwärts Richtung Korlandrils Oberschenkel, doch die Klinge des Novizen fuhr herab und hielt es auf. Abgelenkt hatte er besser reagiert als konzentriert. Es war keine Frage des Prozesses, es war eine Frage des Instinkts. Sein Körper, sein Inneres wussten besser, was zu tun war, als sein Bewusstsein.

Korlandril konzentrierte sich auf seine Atmung, entspannte sich, während Bechareth einen komplexen Angriff startete. Bei jedem Schlag hob sich Korlandrils Schwert, um mit dumpfem Klingen das Kettenschwert seines Gegners abzufangen. Korlandril konnte fast ohne Augen sehen, ohne Ohren hören. Wie nie zuvor fühlte er sich eins mit seiner Rüstung, das Kettenschwert war ein Teil von ihm, kein fremder Gegenstand, den seine Faust umschloss.

Nach drei weiteren Paraden ging Korlandril in die Offensive, schob einen Fuß vor und stieß nach Bechareths Bauch. Bechareth schlug Korlandrils Kettenschwert nach unten und drehte das Handgelenk, aber Korlandril hatte schon reagiert, indem er sich nach links duckte, während seine Klinge auf Bechareths Schulter zuschoss. Wieder prallten die Klingen mit einem kurzen Beben aufeinander und bewegten sich dann weiter, zuckten vor, suchten eine Öffnung. Korlandril fühlte sich, als stünde er bei den anderen und beobachte das Duell nur aus der Ferne, erstaunt über die Beweglichkeit und Agilität seines Körpers.

»Wunde!«

Das gebellte Wort störte Korlandrils Bewusstseinsstrom. Für einen Augenblick empfand er Triumph, denn der Ruf war ertönt, als er einen Hieb zur Kehle durchgeführt hatte. Aber Bechareth lächelte mit zusammengekniffenen Augen. Ein Blick nach unten zeigte, dass sich Bechareths Kettenschwert nur eine Fingerbreite von der Innenseite von Korlandrils Oberschenkel entfernt befand – ein Treffer, der die Arterie verletzt hätte und tief ins Becken gedrungen wäre.

Kenainath trat zwischen sie und hob die Hand, um das Duell zu unterbrechen. Er nickte Bechareth zustimmend zu, der sich leicht verneigte und zu den anderen zurückzog. Der Exarch wandte sich an Korlandril, eine Braue fragend hochgezogen, den Kopf ganz leicht zur Seite geneigt.

»Du hast deine Lektion gelernt, doch du bist noch Novize und musst mehr üben.«

»Ja«, erwiderte Korlandril. Er dachte einen Augenblick nach und erkannte dann, dass er sich seiner Niederlage nicht schämte, dass er den Kopf hoch trug und mit gestrafften Schultern dastand. Kurz sinnierte er über Kenainaths fragenden Gesichtsausdruck, dann wusste er, was dieser von ihm erwartete. »Ich werde die Klaue meistern. Ich bin bereit, den Pfad des Giftbisses zu beschreiten.«

Kenainath nickte zustimmend.

Korlandril empfand die Shurikenpistole – den Giftbiss des Striking Scorpions – als leichter einzusetzen als das Kettenschwert. Wie seine Klinge reagierte sie auf seine Gedanken und feuerte eine Salve monofilamentbeschichteter Scheiben ab, die Fleisch mit Leichtigkeit durchschnitten. Man konnte sie zwar auf die Entfernung einsetzen, doch in den Händen eines Striking Scorpions war die Shurikenpistole in erster Linie eine Nahkampfwaffe, die die Hiebe und Paraden des Kettenschwerts ergänzte. Korlandrils weitschweifige Bewegungen mit der linken Hand während der Rituale wurden zu kurzen Feuerstößen, um den Feind abzulenken oder kampfunfähig zu machen, während das Kettenschwert den Todesstoß führte.

Es war unmöglich sich mit geladenen Pistolen zu duellieren ohne schwere Verletzungen zu riskieren und so kämpfte Korlandril weiter nur mit dem Kettenschwert gegen die anderen. Mit jeder Begegnung verbesserten sich seine Fertigkeiten, bis er fast so oft eine Wunde erzielte wie seine Gegner. Dennoch lobte ihn Kenainath nicht und von den anderen Schreinmitgliedern machte ihm nur Elissanadrin gelegentlich Komplimente für seine wachsenden Fähigkeiten.

Mit einer Mischung aus Angst und Aufregung fand sich Korlandril achtundsiebzig Zyklen später wieder zusammen mit Kenainath in der Rüstkammer. Er sollte die letzte Phase seiner Ausbildung beginnen – den Skorpionstich. Er rüstete sich wie Dutzende Male zuvor, aber diesmal umfasste das Mantra, das der Exarch intonierte, eine weitere Zeile.

»Sieh nicht mit den Augen, sondern lass den Zorn fließen, lass dich von Khaines Gabe leiten.«

Korlandril setzte den Helm auf und war damit von Kopf bis Fuß von Rüstung umschlossen. Mit einem Zischen entweichender Luft versiegelte sich die Rüstung. Ihn ergriff schreckliche Klaustrophobie, als er im Helm gefangen war. Es war dunkel, er bekam schlecht Luft und hob die Hände, um ihn wieder abzunehmen, weil er Angst hatte zu ersticken.

»Sei ruhig, Krieger, lass dich nicht von deinen Ängsten leiten, sondern von deinem Willen.« Kenainaths Stimme drang in Korlandrils Bewusstsein, ihr Tonfall war beruhigend, geduldig.

Korlandril zwang sich, nicht weiter zu hyperventilieren und holte tief Luft, auch wenn er Angst hatte, es könnte sein letzter Atemzug sein.

»Sieh nicht mit den Augen, sondern lass den Zorn fließen, lass dich von Khaines Gabe leiten«, sagte Kenainath erneut.

Der Striking Scorpion vollführte eine geistige Kehrtwendung und verwandelte seine Angst – Verteidigung – in Zorn – Angriff. Er wollte den Schrecken beherrschen, der in ihm aufstieg, die listige Schlange, die sich in seinen Eingeweiden wand, die sein Herz zu umschlingen drohte, erschlagen.

Fast augenblicklich war da Licht, grelles Licht. Korlandril spürte, wie die Rüstung sich in seinen Geist schlängelte und Verbindung aufzunehmen versuchte. Er widerstand dem Drang zur Gegenwehr und ergab sich stattdessen ihrer sanften, aber unnachgiebigen Abtastung. Das Gefühl war extrem unangenehm – der Aspekthelm ging seine Erinnerungen und Gedanken durch und versuchte Halt zu finden. Fetzen vergangener Ereignisse zuckten durch Korlandrils Bewusstsein, immer zu kurz, um sie zu erkennen, in der Summe aber wühlten sie lange vergessene Gefühle auf.

Ein Schrei der Qual entrang sich Korlandrils Kehle, als die Erinnerung an Thiriannas Zurückweisung über ihm zusammenschlug. Dieser Urschrei provozierte einen Geschosshagel aus der im Helm eingebauten Waffenbatterie – den Mandiblastern, für die die Striking Scorpions berühmt und berüchtigt waren.

Plasmaenergie knisterte an den Leiternadeln entlang, die die im Helm integrierten Waffen verschossen, und spritzte in einer Demonstration von Korlandrils Wut durch die Rüstkammer. Der Zorn sprang zwischen Korlandril und der Rüstung hin und her, ließ ihn taumeln, und erneut hob er die Hände zum Helm, um ihn abzunehmen. Die Rüstung ließ es nicht zu, sondern zog ihn in ihre dunkle Umarmung hinab.

Schwärze umfing Korlandril, und er kollabierte und blieb als Häufchen Elend auf dem Boden liegen.

Erinnerung, Wirklichkeit, Hoffnung und Furcht wirbelten als kaleidoskopisches Chaos durch Korlandrils Geist. Nicht einmal sein erster Traum war so entsetzlich gewesen. Er fühlte sich wie ein Staubkorn in einem Wirbelsturm, ein winziger Lichtpunkt im Lohen eines Sterns. Ein Bild brannte sich in seinen Geist, weißglühend, unentrinnbar gewaltig. Die Rune des Striking Scorpions war wie ein Brandzeichen auf seiner Seele.

|Verloren|Allein|Weglos|Verlassen|

Lachen – Korlandril erkannte es mit Mühe als Aradryans – wurde von Spaß zu Spott. Thiriannas Augen – seltsam golden – betrachteten ihn mit Mitleid und Hohn. Kenainaths spöttische Worte, seine Verachtung. Korlandril war wie ein Kind, unsicher, wieder den überwältigenden Empfindungen des Universums ausgesetzt. Er konnte sich nirgends verstecken. Die Schatten bargen ihre eigenen Gefahren.

|Dunkelheit|Zorn|Hass|Tod|

Das Bedürfnis zu zerstören – alles und jeden auszulöschen – erfüllte Korlandril. Er würde dem lachenden Aradryan die Kehle herausreißen. Er würde Thirianna die intriganten Augen ausreißen. Er würde Kenainath den Kopf abschlagen und ihn als Trophäe behalten. Er würde die, die ihn schlecht behandelt hatten, zugrunde richten, weil sie seinen Ruf geschädigt und seine Avancen ausgeschlagen hatten.

|Licht|Hoffnung|Freundschaft|Liebe|

Wie eine Sturmflut, die sich in einen Strudel ergoss, wirbelten Zweifel, Angst und Zorn fort von Korlandril. Er hörte die Freude in Aradryans Lachen. Er sah die Zuneigung in Thiriannas Augen. Er empfand Respekt für Kenainaths Worte.

Er streckte die Hand nach dem Wegstein auf seiner Brust aus, dessen Kühle sich in seinen gesamten Körper ausbreitete, auf seine Haut übergriff, an seinen Nervenbahnen entlangwanderte und in jedes Organ, jeden Knochen eindrang.

|Ruhe|Stille|Disziplin|Frieden|

Korlandril erwachte auf seiner Pritsche im Dormitorium. Er war ungerüstet. Er war allein. Er erinnerte sich nur noch an das überwältigende Gefühl der Zufriedenheit. Das Halbdunkel war eine tröstende Umarmung ohne Reize, die ihn abgelenkt und verwirrt hätten.

Korlandril schloss die Augen und schlief. Er träumte nicht.

Korlandril brauchte sechs weitere Versuche, um den Skorpionstich schließlich zu meistern. Bei jeder Übungseinheit lernte er besser mit den psychischen Verbindungen der Rüstung umzugehen ohne die katastrophale Rückkopplung ihrer ersten Begegnung zu erleiden. Als er schließlich vor den anderen stand, voll gerüstet und bewaffnet, war er ruhig und beherrscht.

Bechareth gratulierte als erster, indem er sich ernsthaft und tief verbeugte. Dann kam Elissanadrin.

»Du bist nun, was du werden musstest«, sagte sie feierlich, und der Transmitter ihrer Rüstung trübte ihre melodische Stimme ein wenig. »Du hast die Trennung zwischen deinem Geist und deiner Kriegsmaske erreicht.«

»Das sind gute Nachrichten für uns«, sagte Arhulesh, der sich dem Paar anschloss.

»Inwiefern?«, fragte Korlandril.

»Du wirst dich uns auch außerhalb des Schreins anschließen können«, sagte Arhulesh. »Die Gläser in der Mondsichel haben nichts mehr von dir zu befürchten.«

Korlandril erinnerte sich leicht beschämt an den Vorfall, der ihn überhaupt erst in den Schrein des Tödlichen Schattens geführt hatte.

»Natürlich«, fuhr Arhulesh fort, »musst du immer zuerst austrinken, wenn dir danach ist etwas zu zerstören.«

Da erfasste er die Bedeutung dessen, was Arhulesh zuerst gesagt hatte.

»Ich werde den Schrein verlassen dürfen?«, fragte Korlandril. Seine erste Reaktion war Furcht. Was, wenn die anderen sich irrten? Was, wenn er seinen Zorn nicht unter Kontrolle hatte? Dann empfand Korlandril Peinlichkeit. Trotz allem, was er über sich als Krieger herausgefunden hatte, schämte er sich nach wie vor für die Reise, die ihn zu den Toren des Schreins geführt hatte. Was, wenn er Thirianna träfe?

»Wir werden bei dir sein«, sagte Min und legte tröstend eine Hand auf Korlandrils Arm. »Wenn ich deine Zweifel richtig einschätze, solltest du bedenken, dass Thirianna einst zu den Dire Avengers gehörte. Hast du nicht selbst die Kriegerin besonders hart beurteilt?«

Korlandril musste zugeben, dass er das den anderen gegenüber mehrfach gestanden hatte. Inzwischen sah er all das weniger klar, empfand aber dennoch eine gewisse Unsicherheit.

»Ich würde gern noch ein wenig üben, ehe ich mich hinaus wage«, sagte er.

»Unsinn!«, erklärte Min. »Du hast die Kunst der Heimlichkeit und Unauffälligkeit mehr als gemeistert. Es ist Zeit wieder ins Licht zu treten und Alaitoc zu genießen.«

»Hier vor dich hin zu brüten wie Kenainath wird dir nicht helfen«, sagte Arhulesh. »Was du wirklich brauchst, ist die Gesellschaft anderer.«

»Genau, und ein oder zwei Karaffen Sommerrebe!«, setzte Elissanadrin hinzu. Der Vorschlag erweckte in Korlandril den Wunsch sich ein wenig gehen zu lassen, sich in Gesprächen und Wein zu verlieren.

»Ihr habt recht, es ist Zeit zu feiern, nicht zu klagen«, verkündete Korlandril und lächelte in seinem Helm. »Khaine kann Kenainath hier behalten, aber ich bin voll der Lehren Kurnous'. Wein und Gesang, und vielleicht besuche ich sogar ein paar alte Freunde.«

Die anderen verstummten, und Korlandril spürte jemanden hinter sich, eine leichte Kälte, als hätte ein Windhauch seinen Nacken gestreift. Er drehte sich um und sah, dass Kenainath ihn anstarrte.

»Tut mir leid, ich wollte nicht …«

»Entschuldige dich nicht, ich will gar nicht, dass du bleibst, verfügst du doch noch immer über Freiheit. Finde jetzt Freude, genieße das Leben, solange du kannst – du hast es dir verdient.«

Kenainath fuhr herum, hielt dann aber inne und warf Korlandril noch einen langen Blick über die Schulter zu.

»Vergiss mich und den Tödlichen Schatten, der dir dieses Geschenk gemacht hat, nicht. Du hast einen Pakt mit dem blutbefleckten Gott geschlossen, er ist ein Teil von dir. Lebe wohl und trainiere hart, höre auf den grellen Ruf zur Schlacht und kehre zu mir zurück.«

Korlandril verbeugte sich tief, denn die Worte des Exarchs beschämten ihn.

»Ich werde morgen zurückkehren und wir werden weitermachen. Ich kann Khaines Geschenk nicht zurückweisen und deshalb brauche ich deine Führung.«

Der Exarch nickte einmal und schritt davon. Die Dunkelheit des Schreins verschlang ihn.

FURCHT

Vor dem Krieg im Himmel stellte sich Eldanesh, Schwertbruder und Falkenfreund, der albtraumhaften Horde der Autochtinii und hatte Angst. Zahllos waren die Feinde und die Eldar waren wenige. Eldanesh hatte keine Angst um sich selbst, sondern um das Leben seiner Krieger. Als Eldanesh sich für die bevorstehende Schlacht rüstete, erschien ein tobender Feuersturm in der Luft. Khaine selbst, mit eiserner Haut und Feuer als Blut, kam mit Speer und Schild und trat neben den sterblichen Prinzen. Obschon Khaine Eldanesh hasste und Eldanesh Khaine nicht liebte, beschützte der Blutbefleckte den Eldar vor seinen Feinden. So schwand Eldaneshs Furcht angesichts der Gegenwart des Kriegsgottes und die Eldar obsiegten über die Autochtinii.

Korlandril glättete eine leichte Unebenheit im Schwung des elfenbeinfarbenen Tons und formte den Oberschenkel der Statuette, die in seinen Händen Gestalt annahm. Der alte Teil seines Selbst, die Essenz des Künstlers, die in Korlandril, dem Krieger, weiterlebte, erkannte sie als krudes Werkstück, doch die Finger des Striking Scorpions besaßen noch immer das Geschick und die Kunstfertigkeit seines früheren Weges.

Die Skulptur stellte Isha dar, genau wie die vier anderen, die er seiner Sammlung hinzugefügt hatte, seit er das erste Mal den Schrein verlassen hatte. Sie half ihm, sich auf einen Augenblick der Reinheit mit Thirianna zu konzentrieren. Korlandril hatte sich auch mit der Kluft ausgesöhnt, die sich zwischen ihm und Aradryan aufgetan hatte, und erkannt, dass ihre Entfremdung nicht erst bei seiner Vernissage begonnen hatte.

Es war kindisch gewesen nicht zu akzeptieren, dass sein Freund nicht mehr der Eldar war, den er vor Aradryans Reise gekannt hatte. Mit dem pragmatischen Blick des Kriegers statt dem idealistischen des Künstlers erkannte Korlandril, dass er sich in Aradryans Abwesenheit genauso verändert hatte. Er blickte zurück auf den eingebildeten Bildhauer, der er gewesen war, und fragte sich, warum er sich so an die Vergangenheit geklammert hatte.

Das Türsignal läutete und Korlandril erhob sich und bedeutete dem Portal sich zu öffnen. Er sah nicht nach, wer ihn besuchte, während er in die Reinigungskammer schritt, um die Reste des Tons von seinen Händen zu waschen. Es waren wahrscheinlich Min oder Elissanadrin, die ihn beide regelmäßig besuchten.

»Wieder ändern sich die Dinge.« Die Stimme des Besuchers war nicht die Elissanadrins oder Mins, auch wenn sie ihm seltsam vertraut vorkam. Korlandril drehte sich um, um seinen Gast willkommen zu heißen.

Es war Aradryan.

Er trug einen engen Anzug in wechselnden Grün- und Blautönen, der seine Silhouette verschwimmen ließ. Darüber hatte er einen Gürtel und eine Schärpe mit vielen

Taschen und Beuteln daran an und an seiner Hüfte hing ein langes Messer. Rangerkleidung.

»Wieder ändern sich die Dinge«, pflichtete ihm Korlandril bei. Er besann sich seiner guten Manieren und bedeutete Aradryan Platz zu nehmen. Der Ranger lehnte dies mit einem leichten Kopfschütteln ab.

»Ich komme aus Respekt vor der Freundschaft, die uns einst verband«, sagte Aradryan. »Ich hielt es für falsch nach Alaitoc zurückzukommen und dich nicht zu besuchen.«

»Ich bin froh, dass du da bist«, sagte Korlandril. »Ich schulde dir eine Entschuldigung für mein Benehmen bei unserem letzten Zusammentreffen.«

»Wir haben einander nie absichtlich beleidigt und keiner von uns schuldet dem anderen etwas anderes als Respekt.«

»Ich nehme an, deine Reisen waren ertragreich?«

Aradryan nickte lächelnd.

»Ich kann dir gar nicht beschreiben, was ich alles gesehen habe, welches Gefühl von Abenteuer in meinen Adern floss. Die Galaxis lag mir zu Füßen und ich habe einen winzigen Bruchteil der Freuden und der Finsternis erlebt, die sie zu bieten hat.«

»Auch ich bin gereist«, sagte Korlandril und wusch sich die Hände.

»Ich habe es gehört«, sagte Aradryan. Korlandril sah ihn an, eine Braue fragend hochgezogen. Zögernd und leise fuhr Aradryan fort: »Thirianna. Ich habe zuerst sie besucht. Sie sagte mir, du seist jetzt ein Aspect Warrior.«

»Ein Striking Scorpion vom Schrein des Tödlichen Schattens«, sagte Korlandril. Geziert spülte er sich die Hände ab und trocknete sie unter einer Warmluftdüse über dem Waschbecken. »Es ärgert mich nicht, dass du Thirianna zuerst besucht hast. Mein Abschied von ihr liegt in der Vergangenheit, mit der ich vollkommen abgeschlossen habe.«

Aradryan ließ den Blick durch die Wohnräume schweifen und registrierte die Isha-Statuen, die überall im Raum standen. Er lächelte wieder und warf Korlandril einen zweifelnden Blick zu.

»Nun, vielleicht nicht *vollkommen*«, gab der Krieger mit einem kurzen Lachen zu. »Aber ich werfe dir wirklich wegen deiner Rolle in den Umständen, in denen ich mich damals befand, nichts vor, zumal du ja auch gar nichts dafür konntest.«

»Hast du sie in letzter Zeit gesehen?«

Korlandril schüttelte den Kopf.

»Es ergäbe keinen Sinn. Wenn unsere Wege sich zufällig kreuzen, ist mir das recht, aber es ist derzeit nicht an mir, ihre Gesellschaft zu suchen. Wir reisen an verschiedene Orte und bestimmen unsere Wege dorthin selbst.«

»Ist da jemand anders?«, erkundigte sich Aradryan.

Korlandril wollte das gerade verneinen, da hielt er inne, denn seine Gedanken waren ungebeten zu Elissanadrin abgeschweift. Er war schockiert und Aradryan musste es ihm angesehen haben.

»Aha!«, lachte Aradryan.

»Es ist ganz anders«, sagte Korlandril rasch. »Sie ist Kriegerin im selben Schrein wie ich, es wäre gänzlich unangemessen, wenn wir eine tiefere Beziehung eingingen.«

Aradryans Gesicht drückte sein mangelndes Einverständnis mit dieser Auffassung besser aus, als Worte es je gekonnt hätten, aber er schwieg. Wortlos standen die beiden da, die Stille war nicht unangenehm, aber auch nicht schön, dann wurde Aradryans Gesichtsausdruck ernster. »Ich bin auch gekommen, um dich vorzuwarnen, dass man dich bald in deinen Schrein rufen wird.«

»Woher willst du das wissen?«, fragte Korlandril und runzelte die Stirn. »Hast du mit Kenainath gesprochen?«

»Ich würde nie einen Fuß in einen Aspektschrein setzen! Dein Exarch kommt aber auch nicht heraus. Nein, ich weiß das aus erster Hand. Ich komme gerade von Eileniliesh zurück. Das ist eine Exoditenwelt ganz in der Nähe. Orks sind nach Eileniliesh gekommen, und die

Bevölkerung bittet Alaitoc um Hilfe. Ich komme als ihr Bote. Während wir sprechen, debattieren die Autarchs und Farseers über die beste Vorgehensweise. Ich habe keine Zweifel, dass sie den Krieg erklären werden.«

»Ich werde bereit sein«, sagte Korlandril.

»Ich selbst muss mich auch vorbereiten«, sagte Aradryan und ging einen Schritt Richtung Tür. »Andere Rangers sammeln sich hier, um uns mitzuteilen, was sie über den Feind wissen. Ich muss mich ihnen anschließen.«

Korlandril nickte verstehend. Erst als Aradryan an der Tür war, sprach Korlandril wieder.

»Ich bin froh, dass du lebst und dass es dir gut geht, mein Freund.«

»So geht es mir mit dir auch, Korlandril. Ich weiß nicht, ob wir uns auf Eileniliesh oder vor meinem Aufbruch sehen. Wenn nicht, wünsche ich dir bis zu unserem nächsten Zusammentreffen viel Glück und Wohlstand.«

»Viel Glück und Wohlstand«, wiederholte Korlandril.

Er sah dem Ranger nach, bis sich die Irisblendentür hinter ihm geschlossen hatte. Er fragte sich, ob er direkt zum Schrein aufbrechen oder auf Kenainaths Befehl warten sollte. Korlandril entschied sich für Letzteres; er hatte es nicht eilig seine Kriegsmaske aufzusetzen.

Korlandril arbeitete bis zum Zwielicht des Zyklus weiter an seiner Skulptur, ohne etwas von Kenainath zu hören. Er machte gerade die letzten Handgriffe an den Sandalen seiner Göttinnen-Miniatur, als ihn etwas innehalten ließ. Etwas hatte sich verändert. Er war nicht sicher, was ihn abgelenkt hatte; eine kaum merkliche Empfindung im Hinterkopf.

Er tat sie als irrelevant ab und arbeitete weiter, nur um einige Augenblicke später von dem deutlicheren Gefühl gestört zu werden, dass etwas nicht stimmte. Es war ein reines Bauchgefühl. Sein Herz schlug schneller, sein Puls beschleunigte sich synchron zu seiner Atmung. Beunruhigt lehnte sich Korlandril in seinem hochlehnigen Stuhl zurück und konzentrierte sich, suchte nach der Quelle seines Unwohlseins.

Es fühlte sich an wie ganz schwache Vibrationen, die aber nicht durch seinen Körper, sondern durch seinen Geist liefen. Etwas stimulierte seine Nervenenden, Teile seines Geistes, die außerhalb des Schreins sonst keine Rolle spielten.

Einen flüchtigen Lidschlag lang glaubte er Blut und Rauch zu riechen und spürte einen Hitzeschwall, der über ihm zusammenschlug. Er sah sich in seiner Kammer um, konnte aber die Quelle nicht ausmachen. Die Hitze kam aus ihm heraus.

Ungebeten zuckte das Bild seines imaginären Trainingskampfpartners durch seinen Geist. Als schlösse sich ein Kreis, löste das Bild eine Kettenreaktion in Korlandrils Körper und Geist aus. Energie durchflutete ihn, während er gleichzeitig ein Kribbeln hinter den Augenlidern verspürte, als seine Nerven sich mit etwas zu verbinden versuchten, das nicht da war.

Er erkannte, dass er nach seiner Rüstung suchte. Beim Gedanken an den Schrein hallte in seinem Hinterkopf ein widerwärtiges Brüllen wider, das alle anderen Wahrnehmungen überdeckte. Der plötzliche Ansturm von Zorn und Hass in diesem tierhaften Brüllen raubte Korlandril fast die Sinne. Er wusste sofort, was geschah und dass er so schnell wie möglich zum Schrein des Tödlichen Schattens musste.

Der Krieg hatte Alaitoc erreicht. Der Avatar Kaela Mensha Khaines erwachte.

Vor Korlandrils Tür lag ein kleines Kästchen, ein einfacher weißer Würfel, nicht größer als seine Handfläche, unverpackt und ohne Karte. Korlandril beugte das Knie, um es aufzuheben, und als seine Finger sich dem Päckchen näherten, spürte er Wärme. Er zuckte leicht zurück, denn diese Empfindung überraschte ihn. Es fühlte sich nach

Thirianna an, auch wenn sich mit dem seltsamen Hauch ihrer Präsenz, der das Geschenk umgab, noch etwas anderes vermischte.

Er hob es auf und öffnete den Deckel.

Darin lag eine Rune aus silbergrauem Wunschstein. Er erkannte sie sofort: das Symbol der Dire Avengers. Die martialische Disziplin dieses Kriegeraspekts hatte sich mit Thiriannas sanften Gedanken verbunden. Korlandril legte sie auf seine Handfläche, konzentrierte sich und lockte den Gedankenstrom, der die Rune erfüllte.

Er fühlte vorübergehende Traurigkeit und Sehnsucht; Bedauern über ihre Trennung; Stolz auf seine Taten. Vor allem spürte er Verständnis. Korlandril entschlüsselte die Botschaft. Thirianna selbst hatte einst Khaines Ruf gehört und ihn auf seinem gegenwärtigen Weg unterstützt. Korlandril ließ die Finger über die Stege der Rune gleiten und wusste, dass sie sie als Souvenir von ihrer Rüstung abgenommen hatte, und nun hatte sie sie ihm als Symbol ihrer Freundschaft zukommen lassen – von einem Krieger zum anderen.

Er schloss die Finger um das Geschenk und lächelte.

Korlandril hatte sich zum ersten Mal mit dem Ziel, wirklich in die Schlacht zu ziehen, gerüstet. Kenainath stand mit einer flachen Schale vor ihm, in der Rechten eine schmale Klinge.

»Wir geben unser Blut, wenn Khaines Ruf um uns erschallt und uns zum Krieg beordert.«

Der Exarch nahm das Messer und schnitt Korlandril in die rechte Handfläche, sodass das Blut des Kriegers in die Schale fiel und sich mit dem der anderen Striking Scorpions mischte.

Dann machte Kenainath die Runde beim gesamten Trupp und malte jedem die Rune des Striking Scorpions auf die Stirn. Korlandril war der Letzte und sah mit einer gewissen Furcht, wie sich die Augen seiner Gefährten umwölkten, ihre Muskeln zuckten und sie die Zähne bleckten.

Dann spürte er das Blut auf seiner eigenen Haut. Es fühlte sich an, als würde der Exarch mit einem glühenden Zweig die Rune in seine Haut brennen, und Schmerz loderte in Korlandrils Geist. Der Schmerz wurde zu Zorn, der tief in ihm emporquoll. Der Zorn nährte sich aus den tief sitzenden Enttäuschungen und Beschämungen, die Korlandril verdrängt hatte, und weckte diese vergessenen Gefühle.

Zitternd tat Korlandril gar nichts, als die Kriegsmaske aus ihm hervorbrach. Das Blut rauschte in seinen Ohren und der Schnitt in seiner Handfläche brannte heftig. Die Luft knisterte, als wäre sie lebendig, und Energie kribbelte auf seiner Haut. Wie bei einer obszönen Geburt brach Korlandrils Kriegergeist durch die Barrieren, die er errichtet hatte, weißglühend und hungrig.

Kenainaths Stimme durchdrang Korlandrils Sinne.

»Der Friede ist gebrochen, Harmonie zerfällt zu Zwietracht, es bleibt nur Krieg.«

Korlandril begann das Ritual der Bewaffnung, führte jeden Schritt aus ohne nachzudenken. Es war, als ginge er auf ein loderndes Feuer zu und bereitete sich darauf vor die Flammen zu durchschreiten. Er stärkte seinen Geist, konzentrierte sich auf das Mantra des Exarchs.

»Nun kleiden wir uns in die Gewänder Khaines des Blutbefleckten, als wahre Krieger.«

Korlandril konnte seine Erregung nicht zurückhalten. Dies war der Augenblick, vor dem er sich seit Beendigung seiner Ausbildung gefürchtet und den er doch herbeigesehnt hatte. Einen Moment lang empfand er Scham ob seines eigenen Blutdurstes, doch bald schwand das Bedauern, während er sich weiter rüstete.

»In Khaines Eisenhaut kleiden wir uns für den Kampf, während das Feuer in uns brennt.«

Wie nie zuvor fühlte sich die Rüstung wie ein Teil Korlandrils an. Er zog nicht einfach seine Rüstung an, er wurde er selbst. Statt Rüstungsplatten anzulegen streifte er die Anmaßungen der Zivilisation ab, mit deren Hilfe er seinen Zorn kontrollierte.

»Khaines Geist, aus dem wir unsere Entschlossenheit beziehen, stärkt uns von innen heraus.«

Die Rune auf seiner Stirn war jetzt eiskalt. Ihre frostige Berührung breitete sich in ihm aus, bis sein Herz fast stillstand. Mit ihren eisigen Fingern wischte sie Bedauern und Mitleid fort, zermalmte Anteilnahme und Schuld.

»Der Krieg kommt über uns, wir müssen seine dunkle Last auf unseren Schultern tragen.«

In der Tat – Khaines Eisenhaut! Korlandril fühlte sich stark, stärker denn je zuvor. Er zog die Schultern hoch und spannte seine Brustmuskulatur an, die Rüstung zog sich enger um ihn zusammen, war tröstlich mit ihrer harten Umarmung.

»Wir stehen vor Khaine, folgen unbeirrbar unserer Berufung, ohne Zweifel und Furcht.«

Korlandrils Herz schlug wie eine Trommel, endlos, kriegerisch, trieb ihn voran. Er ballte die Fäuste und spürte die Kraft seiner Arme. Es fühlte sich gut an so mächtig zu sein, so lebendig.

»Wir fliehen nicht vor dem Tod, wir wandeln stolz und furchtlos im Schatten Khaines.«

Die Rüstung knarzte, als sie sich weiter an seinen Körper anschmiegte. Während sie sich schloss, spürte er, wie sie sich mit ihm verband und seinen Geist mit dem ihren erfüllte. Er hörte ein Keuchen und begriff halb, dass es sein eigener rascher Atem war. Er schloss die Augen und sah, wie die glutäugige Verkörperung seines Zorns ihn umwirbelte, ihn ebenso umschloss wie die Rüstung.

»Wir schlagen aus dem Dunkel heraus zu, schnell wie der Skorpion, mit tödlicher Berührung.«

Korlandril spürte, dass seine Hände leer waren, und sehnte sich nach dem Gefühl des Schwerts und der Pistole in seinen Fingern. In Vorfreude spreizte er die behandschuhten Finger.

»Sieh nicht mit den Augen, sondern lass den Zorn fließen, lass dich von Khaines Gabe leiten.«

Als die Dunkelheit des Helms Korlandril umgab, erstarrte er in Raum und Zeit. Das Universum zögerte, hielt den Atem an. Er stand da im Dunkeln, genoss es, erinnerte sich voller Abscheu der Furcht, die er empfunden hatte, als er erstmals hierhergekommen war. Dieser Ort hatte ihn ganz gemacht.

Jemand legte etwas in seine rechte Hand und er umfasste es sanft. Scharfe Klingen erwachten sofort summend zum Leben und verstummten dann. Mit einem Klicken wurde etwas an der Verbindungsschnur an seinem linken Arm befestigt und seine Hand schloss sich um einen Pistolengriff. Thiriannas Rune hing daran, eine kleine eigene Verzierung.

Dann sein Wegstein, der auf seiner Brust an seinen Platz glitt, um seinen Geist gegen die Verdammnis zu schützen. Er war sein letztes Rüstungsteil, sein eigentlicher Schutz vor dem, wozu er wurde, der Kreatur, die er werden wollte.

Die Finsternis war in ihm und um ihn, die flammenden Augen blickten aus seinem eigenen Gesicht. Er hatte die ganze Zeit gewusst, was die Schattengestalt war, gegen die er gekämpft hatte, doch erst jetzt vermochte er sie richtig zu sehen. Er hatte gegen die Triebe und Begierden angekämpft, die er im Herzen empfand. Er hatte so sehr versucht seinen Zorn zu kontrollieren, doch sein Kampf war aus der Ahnungslosigkeit erwachsen.

Die Finsternis war nicht mehr als Korlandrils geschlossene Augen. Er öffnete sie und betrachtete die Welt mit neuen Augen durch die rubinroten Linsen seines Helms.

Geduckt machte er einen Schritt vorwärts und nahm Kampfhaltung ein. Er war nicht mehr aus Fleisch und Blut, kein sterbliches Wesen voller Falschheit und roher Leidenschaft. Er war ein Krieger. Er war Teil des blutbefleckten Gottes, ein Aspekt Kaela Mensha Khaines.

Korlandril gab es nicht mehr.

An seiner Stelle stand ein Striking Scorpion des Tödlichen Schattens.

Die Hauptgalerie des Kriegsschiffs war eine gewaltige Halle mit Kuppeldecke und rippenartigen Strukturen, die sich zu hohen, schmalen Durchgängen in die Seitenkammern teilten. Energieströme tanzten am Wraithbone-Kern entlang und verschmolzen mit hinter blaugrün changierenden Wänden verborgenen Psi-Schaltkreisen. Die gewölbten Kammern des Schiffs hallten von den Schritten gestiefelter Füße, dem schrillen Geräusch die Luft durchschneidender Klingen und gelegentlichen Explosionen oder Laserfeuerstößen im Rahmen von Waffentests wider. Krieger aus den Dutzenden Aspektschreinen Alaitocs übten ihre Rituale in je einer eigene Halle, die von der Hauptverkehrsader abging, und die Mantras der Exarchs hallten in einer vielschichtigen Kriegssymphonie von den hohen Decken wider.

Korlandril stand in einer Reihe mit den anderen Kriegern des Tödlichen Schattens und hörte nur Kenainaths Stimme und seinen eigenen Herzschlag.

Der Avatar war an Bord. Der blutbefleckte Gott wandelte unter ihnen. Korlandril spürte seine Anwesenheit am Rande seiner Wahrnehmung. Sie beschleunigte seinen Puls und erfüllte jede Bewegung mit mehr Energie. Sein Denken war auf ein einziges Ziel ausgerichtet – die Auslöschung der Orks, die Eileniliesh schändeten.

Der Gedanke an Kampf erfüllte ihn mit Erwartungen. So sehr seine Kriegerrituale ihm auch erlaubten seinen Zorn von seinem Alltagsleben zu trennen, würde er doch erst im Krieg Erlösung finden. Die Aussicht auf Blutvergießen, der ewige Widerstreit von Leben und Tod, erregte Korlandril. Sie versprachen einen noch größeren, erfüllenderen Rausch als die Fertigstellung einer Skulptur oder der Höhepunkt eines Traums, auch wenn er sich an diese früheren Triumphe nur noch vage erinnern konnte.

Als die Exerzitien beendet waren, entließ Kenainath sie. Korlandril zögerte, denn er war nicht sicher, was er nun tun sollte. Elissanadrin trat zu ihm und nahm den Helm ab. Sofort wanderte Korlandrils Blick zu der Rune aus getrocknetem Blut auf ihrer Stirn. Sein rubinrot gefärbter Blick glitt zu ihren Augen, und er sah das leidenschaftslose Starren, das er inzwischen als die Kriegsmaske erkannte.

Zögernd und gehemmt nahm Korlandril den Helm ab, voller Angst, er würde zugleich auch seine Kriegsmaske verlieren. Unbehelmt fühlte er sich nicht anders. Die Rune auf seiner Stirn band ihn an seinen Geisteszustand, ein Anker seines Zorns.

Er folgte den anderen, als sie die Kammer verließen und hintereinander dem Mittelgang des Raumschiffs nach achtern folgten. Dann und wann fiel ein Lichtschimmer durch die durchscheinenden Wände, ein heller Fleck im fahlorangen und gelben Leuchten. Das Schiff hatte keine Unendlichkeitsmatrix, auch wenn in seinem Wraithbone-Kern sanft Psi-Energie pulsierte und mit Korlandrils Nervenenden spielte. Die weit krassere, eisen- und blutbefleckte Präsenz des Avatars überlagerte sie fast.

Auch andere Trupps sammelten sich, trafen sich zu Fuß und auf Schwebeplattformen an den Arterien des Schlachtschiffs: Dark Reapers in ihrer schweren, schwarzen Rüstung und den Helmen mit den lamellierten Seiten, knochenbleiche Howling Banshees, in deren Helmbüschen Psi-Energie wogte, und viele Dire Avengers in Blau, deren Exarchs hellgelbe und weiße Gonfanons auf dem Rücken trugen. Es waren auch noch viele andere da, die alle für eine Facette des Kriegsgottes standen; alle pflegten einen bestimmten Kampfstil und waren vereint in einem Einklang der Zerstörung.

»Wir brauchen acht Zyklen bis Eileniliesh«, sagte Min und verhielt seinen ausgreifenden Schritt, um Elissanadrin und Korlandril aufschließen zu lassen.

Das erschien Korlandril als lange Wartezeit bis zum Beginn des Blutvergießens, doch er wusste, dass es im Vergleich zu den meisten anderen eine kurze Reise war. Die Tatenlosigkeit störte ihn und er fragte sich, wie er die Zeit herumbringen sollte.

»Ich sehe den Hunger in dir«, grinste Min zähnefletschend. »Es ist bald so weit, nur die Ruhe.«

»Wie oft habt ihr schon gekämpft?«, fragte Korlandril.

»Dies ist meine dreizehnte Expedition«, sagte Elissanadrin.

»Zwanzigmal«, erwiderte Min.

Korlandril sah sich nach Arhulesh, der sich ein wenig hatte zurückfallen lassen, und Bechareth, der noch ein paar Schritte weiter zurückhing, um.

»Zweimal«, sagte Arhulesh. »Dieses mitgerechnet.«

Korlandril lachte und verstummte dann, überrascht, dass er Humor zur Schau stellen konnte. Arhulesh knurrte.

»Du wirktest erfahrener«, erklärte Korlandril. »Mir war nicht klar, dass du so ein Kleinkind bist, was Waffen angeht.«

»Du bist der Jüngling hier, Neuer«, sagte Arhulesh. »Brennst darauf die verbotene Lust zu kosten, bist aber zögerlich wie eine lybraesilianische Jungfrau, was das volle Erblühen angeht. Sei gewiss, niemand erwartet, dass du beim ersten Mal perfekt bist.«

»Mein erster Vorstoß in die fleischlichen Gelüste war erfolgreich und trug mir großen Dank meiner Partnerin ein«, sagte Korlandril. »Ich habe keine Angst, dass meine Jungfräulichkeit in der Schlacht mich behindern könnte.«

»Ehrlich gesagt bin ich sicher, du hast vor beidem gleich viel geübt«, lachte Arhulesh.

Sie gingen ein Stück weiter, umgeben vom Geplauder der anderen Trupps.

»Ich habe Hunger«, sagte Korlandril, als er die nagende Leere in seinem Bauch bemerkte. Er kam sich vor wie ein Motor, der den Großteil seines Treibstoffs verbraucht hatte.

»Den haben wir alle«, sagte Min. »Seltsam, denn in

einem Zyklus wird sich dein Magen anfühlen wie ein endloser Knoten und du wirst keinen Bissen wollen. Iss, soviel du kannst, so lange du noch kannst. Solange du die Kriegsmaske trägst, verbrennt dein Körper viel mehr Energie, deshalb ist es wichtig für Nachschub zu sorgen.«

Korlandril nickte verstehend.

Ihr Weg führte sie an gewaltigen Hangars vorbei, in denen im Schatten die dunklen Umrisse von Kundschafterschiffen aufragten. Ein paar waren leer, weil ihre Ranger-Piloten das Kriegsschiff durch den verschachtelten, halbrealen Irrgarten des Netzes der Tausend Tore lotsten. Andere Hallen waren auch ungenutzt: In ihnen wurden sonst Panzer und anderes Kriegsgerät transportiert. Solche Unterstützung gab es auf dieser Mission nicht – dies war ein schneller Schlag, um die Ork-Bedrohung im Keim zu ersticken. Man hatte nur die Aspect Warriors gerufen, weil die Farseers die Situation als nicht so kritisch einschätzten, dass man die Bürgermiliz – die Guardians – mobilisieren musste.

Min führte sie in ein Restaurant, in dem Hunderte von Aspect Warriors an langen Tischen saßen, während sich andere geschäftig zwischen den runden Tresen bewegten und sich an den angebotenen Speisen bedienten. Über ihren Köpfen glitzerte eine Energiekuppel und gewährte Einblick ins Netz der Tausend Tore. Ein gekrümmter Tunnel aus Energie umgab das Schiff mit festen Wänden aus schimmernden Farben, zwischen denen hier und da der besternte Himmel aufblitzte. Das Netz der Tausend Tore war aus dem Material des Warpraums gefertigt und grub sich zwischen der materiellen und der immateriellen Welt hindurch, aber auch durch beide, war Teil beider und dennoch eigenständig.

Dann und wann passierten sie eine Abzweigung, wo sich das Netz der Tausend Tore mittels hängender Tore aus Gold und Wraithbone teilte, die Runen trugen, die die Psi-Energie des Warpraums kanalisierte und formte.

Es gab auch noch andere Bestandteile: kleine Tunnel, die große Schleifen der Hauptkanäle abschnitten; große Ansammlungen rohen Wraithbones lagerten hier und da um den substanzlosen Tunnel, das einzige Anzeichen für Reparaturen; gelegentlich knickten die Energiewände ein, bogen sich und schillerten im Licht, wenn eine bösartige Kreatur aus dem Warpraum das Netz der Tausend Tore schnitt und von den Psi-Schutzzeichen zurückgeworfen wurde.

Man sah keine anderen Schiffe, denn die Rangers hatten den Weg nach Eileniliesh freigemacht, damit das große Kriegsschiff gut durchkam.

Der Gedanke an die Dämonen und anderen Kreaturen, die ganz in der Nähe herumhingen, beunruhigte Korlandril. Das Netz der Tausend Tore war weit sicherer als der offene Warpraum, aber die Vorstellung, dass nur die durchscheinenden Energiebarrieren die nichtstofflichen Bestien in Schach hielten, bereitete ihm Sorge. Er wandte den Blick ab und sah die Aspect Warriors an, die sich truppweise in der runden Halle versammelt hatten.

»Warum hat der Tödliche Schatten im Vergleich zu den anderen Schreinen so wenige Krieger?«

»Kenainath nimmt immer nur einen Schüler auf einmal an«, erklärte Elissanadrin. »Du hattest Glück, dass er zum Zeitpunkt deines … Dilemmas keinen Akolythen hatte. Sonst hätte ich dich nicht zu ihm bringen können.«

Korlandril bemerkte auch, dass die meisten anderen Schreine ihre Exarchs dabeihatten. Soweit Korlandril wusste, war Kenainath in der den Tödlichen Schatten zugewiesenen Schreinhalle geblieben. Er erspähte eine andere Gruppe Striking Scorpions, mehr als zwanzig. Ihr Exarch saß am Kopfende des Tisches. Ein langes, zweischneidiges Kettenschwert hing an einer Schlinge über seinen Rücken.

»Der Tödliche Regenschauer«, sagte Arhulesh. »Das ist Exarch Aranarha. Wir sollten ihm unseren Respekt zollen.«

Der Exarch sah auf, als sie sich näherten; seine Augen

waren tiefblau, die Züge glatt wie eine von Korlandrils Skulpturen. Sein Haar war barbarisch kurz geschnitten, nur zwei lange Zöpfe fielen ihm ins Gesicht.

»Die Kinder Kenainaths – und ein neues Mitglied habt ihr auch!«, hieß sie der Exarch mit schiefem Grinsen willkommen. Er erhob sich und deutete eine Verbeugung in Korlandrils Richtung an.

»Es ist mir eine Ehre«, sagte Korlandril und erwiderte die Verbeugung. »Ich bin Korlandril.«

»Jetzt bist du ein Tödlicher Schatten, der sich bei Kenainaths düsterem Geflüster in seinem Schrein verbirgt. Warum bist du nicht zu mir gekommen, meine Tür stand offen und ich bin viel weniger furchterregend.«

»Ich …«, begann Kenainath, doch Elissanadrin unterbrach ihn.

»Ich brachte Korlandril in den Tödlichen Schatten und es war gut so«, sagte sie hitzig. »Kenainath unterweist uns gut.«

»Das bestreite ich gar nicht, aber das ist nicht alles, im Leben gibt es mehr als nur Krieg.«

»Er lässt uns diese Lektionen selbständig lernen«, konterte Min.

Aranarha lächelte freundlich und bedeutete ihnen sich zu setzen.

»Ihr seid allein hergekommen, ohne Exarchs, also genießt unsere Gesellschaft.«

Korlandril sah die anderen an, da er nicht wusste, wie er sich verhalten sollte.

»Hier ist so gut wie überall anders«, sagte Aranarha und setzte sich zwischen zwei Krieger des Tödlichen Regenschauers. Er nahm sich ein paar Bissen vom Teller des Kriegers zu seiner Linken. »Sonst haben wir ja nicht viel zu tun.«

»Wir werden uns euch gleich anschließen«, erklärte Elissanadrin und wandte sich der nächsten Speisetheke zu. Korlandril folgte ihr in kurzem Abstand, irritiert von dem Gespräch.

»Ich spüre Feindseligkeit«, sagte er. »Hast du ein Problem mit Aranarha?«

Elissanadrin schüttelte den Kopf und nahm sich einen ovalen Teller von unter der beheizten Essensausgabe. Mit geschickten Bewegungen ihres Handgelenks lud sie einen Haufen dampfenden, bunten Getreides auf den Teller. Korlandril nahm sich eine Schale und wanderte zu einem niedrigen Gebüsch hinüber, das aus einem schwammigen Stück Boden wuchs. Mit flinken Fingern pflückte er die Beeren von den lebenden Zweigen und ging dann zu einem kleinen Teich weiter, auf dessen Oberfläche duftende Blüten trieben. Er nahm sich ein paar Blüten und verteilte ihre Blätter auf seinem Essen.

»Aranarha und Kenainath sind seit einer Weile Rivalen, aber es herrscht keine Feindschaft zwischen ihnen«, gab Elissanadrin kund, während Korlandril ein schmales Messer verwendete, um Fleischscheiben vom Leib eines toten Schattenhorns zu schneiden. »Kenainath ist alt – sehr alt –, und manchmal missfallen ihm Aranarhas Methoden. Aber wir sind hier alle Krieger und das ist ein unzerreißbares Band. Bei allen Differenzen achten wir einander.«

»Aber das erklärt nicht deinen Tonfall und deine Taten«, sagte Korlandril und füllte seine Schale mit einer großen Portion gespaltener Pflanzensamen und Engelsharzlocken. Er war heißhungrig und musste sich beherrschen, um die Schale nicht zu voll zu häufen.

»Kenainath sieht sein Gefangensein als Exarch als Fluch, Aranarha aber als Segen. Der Ältere hätte lieber keine Schüler, der Jüngere bewirbt seinen Kult und rekrutiert aktiv neue Krieger.«

»Warum will Kenainath keine Schüler? Verachtet er uns so?«

Elissanadrin sah Korlandril scharf an.

»Wenn Kenainath keine Schüler hätte, bräuchte man ihn nicht – dann wären andere frei vom Makel der Gabe Khaines. Wenn du glaubst, Kenainath verachte dich, siehst du etwas, das mir verborgen bleibt. Vielleicht ist es nur ein Abglanz eines Rests von Scham, den du empfindest.«

»Ich scheine ihm nicht viel zu bedeuten«, sagte Korlandril achselzuckend. »Vielleicht verwechsle ich Gleichgültigkeit mit Verachtung.«

»Kenainath gräbt tief, dringt ins Herz dessen vor, was dich zu ihm führt.« Elissanadrin sprach leise, weil sie sich dem Tisch mit den anderen Striking Scorpions wieder näherten. »Aranarha lehrt die Rituale als Massenabfertigung und hat kein persönliches Interesse an den einzelnen Kriegern. Was glaubst du, welcher der beiden ist engagierter?«

Korlandril dachte darüber nach, während er sich hinsetzte, um mit den anderen zu essen. Bald war seine Schale leer und er ging Nachschlag holen. Dann verspeiste er eine dritte Portion.

»Dieses Feuer brennt in der Tat hell, ein Festmahl Kurnous' würde seinen Hunger nicht stillen«, bemerkte Aranarha.

Korlandril blickte auf das Essen hinab, das sich vor ihm türmte. Er sah darin nichts Falsches. Min hatte ihm geraten zu essen so viel er konnte, so lange er Hunger hatte.

»Ich sollte besser nicht vom Hunger geschwächt in meine erste Schlacht ziehen«, sagte er, ehe er sich voller Appetit an seinen letzten Gang machte.

»Wenigstens gibt unsere Rüstung nach«, lachte Arhulesh. »Sie wird nicht enger sitzen!«

Korlandril grinste und griff nach einem Kelch gewürzten Aderfruchtsafts. Er prostete Arhulesh zu und trank ihn in einem Zug aus. Dann leckte er sich die Lippen und knallte den Kelch wieder auf den Tisch.

»Wenn die Schlacht so süß schmeckt, dann steht uns ein größeres Bankett noch bevor!«, erklärte er.

Die Netzseherin stand vor einem ovalen, goldgesäumten Portal, einem von mehreren dieser Tore, die aus dem Wraithbone-Boden der Kammern des Netzes der Tausend

Tore im hinteren Bereich des Kriegsschiffs ragten. Sie trug eine weite, tief purpurne Robe. Ihr weißes Haar war in der Mitte gescheitelt und fiel in zwei langen Strähnen über ihre Schultern, beschwert mit blauen Metallringen. Um ihre ausgestreckte Hand kreisten fünf weiße Runen, die sich in der Psi-Brise sanft drehten, die sie schuf, als sie den Zugang in Übereinstimmung mit einem zeitweiligen Strang des Netzes der Tausend Tore im stofflichen Universum brachte. Der spiegelnde Energiestrang im Rahmen des Portals schimmerte gelegentlich und ließ die Runen einen Augenblick lang heftiger tanzen, ehe sie ihr ruhiges Kreisen wieder aufnahmen.

»Es ist fast so weit, das Portal wird sich öffnen, wir sind die Vorhut«, sagte Kenainath. Er bedeutete dem Trupp die Helme aufzusetzen.

Der Rotschleier, der seine Sicht trübte, erinnerte Korlandril an einen seine Augen bedeckenden Blutfilm. Er war voller Energie; nicht ängstlich, nur dienstbeflissen. Dies war der Höhepunkt einer so langen Zeit, so vieler mühsamer Übungen, und nun, da sich der Warpportalfokus öffnete, spürte er, dass sich auch eine neue Tür in sein Leben öffnete. Er sehnte sich danach hindurchzurennen und alle Gelegenheiten zu ergreifen, die dahinter seiner harrten.

Korlandril widerstand dem Drang herumzuzappeln und zwang sich ruhig dazustehen und zu warten, bis die Netzseherin ihr Ritual beendet hatte. Dabei überprüfte er beiläufig die Systeme seiner Rüstung. Genauer gesagt gestattete er es einem Teil seines Bewusstseins etwas intensiver als sonst mit der Rüstung zu verschmelzen. Er hatte nicht das Gefühl, dass irgendetwas nicht stimmte.

Mit einem Anflug von Langeweile löste er sich von den Rhythmen der Rüstung und berührte sachte den Abzug seiner Pistole, wodurch er die Psi-Verbindung aktivierte. Sofort erschien in seinem linken Auge ein Bild im Bild, wie ein Schlüsselloch in seiner Sicht. Durch diese kleine Öffnung konnte er den grün geäderten Boden der Portalkammer sehen. Er hob den Arm, bewegte den Lauf der Pistole einmal quer über den Warpportalfokus und zielte schließlich auf die Netzseherin, deren Bild ihm das Sichtjuwel der Zielvorrichtung der Pistole übermittelte. Eine kleine Rune – das Symbol Alaitocs – tauchte neben der Netzseherin auf und zeigte an, dass sie eine Freundin und keine Feindin war.

Es war eine Vorsichtsmaßnahme, wahrscheinlich unnötig, aber vielleicht hatten die Konstrukteure der Pistole in turbulenteren Zeiten gelebt, als selbst die Craftworlds die Waffen gegeneinander erhoben hatten. Der Sucher war auf die Ferne nützlich, aber im Nahbereich ablenkend. Korlandril schloss ihn mit einem Gedanken und seine Sicht wurde wieder normal.

Leise Schritte ließen ihn sich zu dem bogenförmigen Eingang der Kammer umdrehen. Sieben Gestalten traten ein, schattenhaft und undeutlich: Rangers in Chameolin-Mänteln, die jetzt das Weiß und das Hellgrün der Kammer hatten und deren Silhouetten kaum auszumachen waren. Eine schlug ihre Kapuze zurück, enthüllte ein schönes Gesicht mit der Tätowierung einer roten Träne unter dem linken Auge und zwinkerte Korlandril zu. Doch trotz all ihres guten Aussehens und ihrer Frivolität störte ihn etwas an der Rangerin. Sein Blick fiel auf ihren Wegstein und dort spürte er etwas Jenseitiges. Sie wandelte nicht auf einem Pfad, ihre Sinne und ihr Geist konnten sich frei in die höchsten Höhen emporschwingen und in die tiefsten Tiefen abstürzen.

»Wie Aradryan«, dachte Korlandril. »Frei, aber verletzlich.«

»Ihr werdet uns nach Eileniliesh folgen«, sagte sie und wandte ihre Aufmerksamkeit Kenainath zu. Der Exarch nickte kommentarlos.

Die anderen Rangers waren nicht zu erkennen. Korlandril fragte sich, ob einer von ihnen Aradryan war. Verstohlen richtete er seine Pistole auf die Rangers und aktivierte in der Hoffnung ihre Gesichter zu sehen das Skorpionauge. Er ging mehrere Spektren, sichtbare und unsichtbare, durch und stellte fest, dass die Mäntel der Rangers nicht nur normales Licht zerstreuten, sondern auch Wärme und andere Signaturen, die ein Feind hätte orten können. Mit einem enttäuschten Seufzen schaltete er es ab und wandte sich wieder dem Portal zu.

Die flache Ebene füllte sich jetzt langsam mit wirbelnden Farben, in erster Linie Blau- und Grüntöne, dazwischen gelegentlich rote und schwarze Wirbel. Das Bild war hypnotisch und Korlandril fühlte sich davon angezogen. Aus Neugier richtete er seine Pistole auf das Portal, aber Min trat vor ihn und legte ihm die Hand auf den Arm.

»Unklug«, sagte der Krieger kopfschüttelnd.

Korlandril nahm die Warnung ernst und senkte den Arm.

»Das Portal ist offen«, erklärte die Netzseherin. Die Runen schwebten in einer vertikalen Linie über ihrer offenen Handfläche.

Die Rangerin zog ihre Kapuze hoch, sodass ihre feinen Züge nicht mehr zu sehen waren. Mit einer Geste, die ihr langer Mantel vage erscheinen ließ, schritt sie in die miasmische Ebene des Portals und verschwand. Die anderen Rangers nahmen Gewehre von der Schulter, die fast so lang waren wie sie, und folgten ihr.

Kenainath sah die Striking Scorpions der Reihe nach an, als wollte er sie abschätzen. Ihren Gesichtsausdruck sah er nicht, aber Korlandril fragte sich, ob der Exarch über Sinne verfügte, die über die eines normalen Eldars hinaus gingen. Ohne ein Wort der Anweisung sprang Kenainath hinter den Rangers her.

Korlandril warf dem Rest des Trupps einen Blick zu, den aber keiner erwiderte. Er fragte sich, ob sie wie er das Gefühl hatten etwas erreicht zu haben, jetzt, da er kurz davorstand sich in seine erste Schlacht zu stürzen. Der Reihe nach betraten sie das Netz der Tausend Tore.

Korlandrils Erregung erreichte einen Höhepunkt, als er ihnen folgte.

Der Strang des Netzes der Tausend Tore, eine abgeflachte Röhre, die etwas durchschnitt, was wie wogendes Wasser anmutete, erreichte zwischen dem realen Universum und der Anderswelt des Warp die Oberfläche Eileniliesh. Es war unmöglich durch seine Linsen die wahre Farbe des Tunnels zu erkennen, aber er wäre nicht überrascht gewesen, wäre es Meergrün oder Blau gewesen. Halb erwartete er einen Feuerfisch wie einen roten Blitz vorbeihuschen zu sehen – oder auch den Silberschimmer einer Schule Sternflossen.

Das Einzige, was seltsam war, war das fehlende Gefühl von Bewegung. Er schritt zwar zügig hinter den anderen her, doch seine Umgebung veränderte sich nicht. Es fühlte sich an, als ginge er auf der Stelle. Der Netzstrang wogte gelegentlich, aber Korlandril wusste nicht, ob das an einer Bewegung in dem Warptunnel oder einfach an einer Verschiebung der Energien lag, die seine immateriellen Wände in Schach hielten.

Angestrengt spähte Korlandril durch die unsichtbare Energiewand und konnte vage die Fäden anderer Netzstränge wahrnehmen, die sich um diesen und umeinander wanden, sich trafen und wieder trennten wie die Stränge eines Seils. Er sah nichts von den Trupps, die jene anderen Tunnel nutzten.

»Wie lange dauert das?«, fragte er und seine Stimme wurde an die anderen Mitglieder seines Trupps übertragen.

»Es ist nur eine vorübergehende Grabung«, erwiderte Arhulesh. »Wir sind gleich unten auf der Oberfläche.«

Korlandril spähte an den Schultern der Eldar vor ihm vorbei, denn er hoffte auf diese Weise etwas sehen zu können. In seiner Fantasie war es ein schimmernder Schleier, durch den er die Bäume und das Gras Eileniliesh würde sehen können.

Stattdessen verschwanden die anderen aus seinem Blickfeld, wenn sie einen bestimmten Punkt überschritten, und als Korlandril einen Schritt weiterging, stellte er fest, dass er plötzlich auf weicher Erde ging. Er war irgendwie enttäuscht.

»Waffen bereit machen, die Schlacht beginnt gleich, Khaines blutiger Spielplatz.«

Korlandril nahm seine Position inmitten des Trupps unmittelbar hinter Kenainath ein und sah sich um. Über ihm war ein wolkenverhangener Himmel, durch dessen Düsternis sich trübe das Licht zweier großer Monde einen Weg bahnte. Sie standen auf einem Hügel, vor ihm ging es sanft nach oben und auf dem Gipfel erhob sich ein schlanker, einsamer Turm. In seiner Spitze brannte Licht, das die über die Hügelflanke verstreuten Felsen und Bäume lange Schatten werfen ließ. Korlandril suchte die Hügelflanke nach Rangers ab, doch sie waren schon weg oder so gut versteckt, dass er sie nicht mehr sehen konnte.

Sein Mund war trocken und er leckte sich die Lippen, während er die Finger an den Waffengriffen spreizte, um locker zu bleiben und einen winzigen Teil der Energie in ihm abzubauen. Er fragte sich, wie weit sie von den Orks entfernt waren, erkundigte sich aber nicht. Seine Frage wurde beantwortet, als sie den Hügel überquerten und einen schwarzen Rauchschleier zu sehen bekamen, der niedrig über dem Wald im dahinter liegenden Tal hing.

Korlandril hörte das wütende Knurren eines der anderen, war sich aber nicht sicher, wer es ausgestoßen hatte. Vielleicht war er es sogar selbst gewesen. Der Anblick der hässlichen Rauchschwaden der Orks, die die schönen Bäume verhüllten, verfinsterte Korlandrils Seele. Der Gedanke an die glorreiche Schlacht verflog und es blieb nur der Wunsch die Kreaturen zu vernichten, die diese Welt angegriffen hatten.

»Folgt dem Fluss«, kam die Stimme der Rangerführerin aus dem Kommunikationskristall unmittelbar neben Korlandrils rechtem Ohr.

Kenainath wandte sich nach rechts und führte sie zu einem schmalen, schnell fließenden Wasserlauf, der irgendwo im Hügel entsprang und einen felsigen Abhang hinunterplätscherte. Der Exarch und sein Trupp überquerten ihn problemlos am Austrittspunkt und eilten die Hügelflanke hinunter zwischen die weit auseinander stehenden Bäume am Waldrand.

Außer dem Gurgeln und Plätschern des Flusses hörte Korlandril das Rascheln der Blätter über ihren Köpfen und das Seufzen des Windes im üppigen Gras zu seinen Füßen. Von seinen Gefährten hörte er nichts, sie bewegten sich lautlos wie Schatten. In der Ferne, noch kaum hörbar, ertönte ein lauteres Geräusch – der Lärm kruder Motoren und grausames Gelächter.

»Die Orks haben Hirith-Hreslain eingenommen«, berichtete die Rangerin.

Eine weitere Stimme drang an Korlandrils Ohr. Er kannte sie nicht, aber sie sprach mit düsterer Autorität.

»Die Siedlung liegt zu beiden Seiten des Flusses«, intonierte der Sprecher. »Der Großteil der Feinde befindet sich auf der netzwärtigen Seite, ganz dicht bei unseren Positionen. Ihre Anführer sind am anderen Ufer. Firuthein, stationiere deine Krieger hinter ihnen am Fluss entlang und bereite dich darauf vor alle Fahrzeuge auszuschalten, die von der anderen Seite kommen. Kenainath, führe deinen Trupp zur Brücke, ihr kümmert euch um potenzielle Überlebende des Schlags der Fire Dragons.«

»Es soll geschehen, wie du befiehlst, nach Khaines Willen«, erwiderte eine sonore Stimme, wahrscheinlich die Exarch Firutheins.

»Die Skorpione warten, wir werden aus dem Schatten heraus zuschlagen, keiner wird uns überleben.« Kenainaths Tonfall und Intonation waren ihm sofort vertraut.

»Das war der Autarch«, erklärte Min, als Korlandril fragte, wen er da gehört hatte. »Er koordiniert den Hauptangriff, und wir müssen gegnerische Verstärkungen aufhalten.«

»Ein Hinterhalt«, sagte Arhulesh. »Genau unser Kampfstil.«

Als der Fluss den Talgrund erreichte, wurde er rasch breiter und flacher. Die Bäume wuchsen dicht am Ufer, aber jetzt trennte eine große Fläche die beiden Seiten und das trübe Licht des Nachthimmels wirkte in Korlandrils Augen dunkelorange. Je weiter die Striking Scorpions vorrückten, desto weiter entfernten sie sich vom Rest der Armee, die auf die größere Ansammlung von Orks am anderen Flussufer zumarschierte. Korlandril sah über die linke Schulter und sah den Trupp von Firutheins Fire Dragons entschlossen am anderen Flussufer entlangschreiten.

Eine plötzliche Bewegung – oder vielmehr das plötzliche Erstarren des restlichen Trupps – machte Korlandril klar, dass etwas nicht stimmte. Er erstarrte seinerseits, verharrte in der Position des Schneidenden Blatts.

Die unbewegte Oberfläche des Wassers kräuselte sich ein wenig und darauf folgte ein schmaler Strom von Luftblasen. Etwas kam auf den Trupp zu, unmittelbar unter der Wasseroberfläche. Mit einem Gedanken schaltete Korlandril die Breitbandsicht seines Helmes ein und blickte unter die spiegelnde Wasseroberfläche. Das ›Etwas‹ war groß und schlangenartig, fünfmal so lang wie ein Eldar und hatte drei Flossenpaare und einen breiten Schwanz. Zwei große Herzen schlugen nebeneinander in seiner Brust und Korlandril sah die Knorpel, die in seinem Körper verliefen, überlagert von einem Labyrinth von Arterien und seltsamen Organen. Korlandril sah Wärme von diesen in die Extremitäten strömen, als die Kreatur träge vorbeischwamm. Er hätte problemlos mit der Pistole auf sie schießen können.

Sie schenkte den Striking Scorpions, die sich zwischen den Bäumen am Flussufer vor dem Mondlicht verborgen hatten, keinen Blick. Korlandril sah sie an sich vorbeigleiten und nickte Kenainath zu, der signalisierte, dass man gefahrlos weitergehen konnte.

Im Schutz der sich zuziehenden Wolkendecke – es gab nun fast kein Mondlicht mehr – kam der Trupp gut voran und sah bald die geschwungene Brücke, die die beiden Teile Hirith-Hreslains miteinander verband. Am anderen Ufer – der netzwärtigen Seite unmittelbar bei der Eldararmee – erhoben sich hohe Türme über die Bäume. Rauch quoll aus schmalen Fenstern und helle Wände waren rußverschmiert. Auf dieser Flussseite waren die Gebäude weniger dicht gedrängt und man hatte eine große Lichtung im Wald gerodet. Hier hatten einst die Herden der Exoditen geweidet. Nun war das Land verwüstet, die Kadaver der großen, grasfressenden Reptilien waren zu lodernden Scheiterhaufen aufgetürmt oder man hatte sie im zertrampelten Schlamm liegen lassen, wo sie auch gestorben waren. Krude Standarten mit flachen Metallsymbolen und zerlumpten Bannern steckten im Boden und waren an die gesprungenen Ziegeldächer der Wirtschaftsgebäude gebunden.

Windschiefe Fahrzeuge mit Rädern rumpelten über die Erde, ihre dicken Reifen warfen Dreckfontänen auf und schnitten Furchen in den fruchtbaren Grund. Die Luft war erfüllt von ihren Abgasen. Schuppen mit Metallwänden und -dächern waren auf den Trümmern von Gehöften und Scheunen errichtet worden. Aus ihnen hallte Hämmern durch die Nachtluft und die hellen Funken von Schweißbrennern mischten sich mit dem Flackern offener Feuer und dem grellen Licht von Scheinwerfern. Das Freigelände war von Schrotthaufen übersät: verbogene mechanische Bauteile, krumme Holzbalken, geplatzte Reifen, die Knochen toter Beutetiere und dampfende Misthaufen. Schiefe Kamine ragten aus den Arbeitsschuppen und spien öligen Rauch aus, der die Rauchwolke bildete, die über dem dreckigen Lager hing.

Mithilfe seiner Linsenfilter konnte Korlandril durch den Dunst die Orks sehen, die ersten, die er traf, auch wenn die anderen im Trupp Geschichten erzählt hatten. Ihre

Schauergeschichten wurden den brutalen Aliens nicht einmal im Ansatz gerecht.

Es gab mehrere Dutzend der grünhäutigen Monster. Die meisten waren viel größer als Korlandril, selbst jetzt, da sie gebückt um die Feuer hockten. Manche waren riesig, vielleicht anderthalbmal so groß wie die Aspect Warriors und drei- bis viermal so breit. Sie knurrten und kicherten einander in ihrer primitiven Sprache zu und unterstrichen ihre Aussagen mit Schlägen.

Ein Schwarm kleinerer Kreaturen huschte durch das Lager und um es herum, brachte Nahrung und Waffen oder raufte einfach miteinander, um irgendwelche unbedeutenden Konflikte auszutragen. Ihre schrilleren Stimmen durchschnitten dissonant das grollende Gekläff und Gebrüll der Orks und taten Korlandril in den Ohren weh.

Ohne nachzudenken hob Korlandril, den anwiderte, was er da sah, die Waffen.

»Es ist noch nicht Zeit, zügle deinen Zorn und deinen Hass, bald nehmen wir Rache«, warnte Kenainath.

Die Augenblicke verstrichen langsam, während die Striking Scorpions auf der Lauer lagen. Sorgsam darauf achtend nicht entdeckt zu werden beobachtete Korlandril die Orks, aber kein einzelner grünhäutiger Krieger und keiner ihrer winzigen Diener warfen einen Blick Richtung Fluss. Er wandte seine Aufmerksamkeit wieder den Türmen der Hauptsiedlung zu. Dort war die Verwüstung durch die Orks noch augenfälliger.

Die Monster mit den vorspringenden Kinnen hatten ihr Lager in den Ruinen der Siedlung aufgeschlagen. Sie hatten Wände niedergerissen, um Türen und Fenster zu verbreitern, und überall stapelte sich der Müll der fremdartigen Invasoren. Sie waren erst seit Kurzem hier und hatten mit Metallblechen, die sie an die eleganten Steingebäude genietet hatten, hässliche Reparaturen und ›Verbesserungen‹ vorgenommen und rohe Holzplanken angebracht, um Balkone und Palisaden zu schaffen.

Hunderte der Kreaturen waren unterwegs, stritten und kämpften, aßen und schrien. Mit jedem Herzschlag verachtete Korlandril sie mehr. Sie waren ein Affront gegen alles, was er schätzen und lieben gelernt hatte. Sie waren dummes, grobes, undiszipliniertes Gesindel. Sie waren der Inbegriff von Anarchie und Gewalt, kannten keine Kultur, keine Raffinesse und keine Kunst. Ihre Brutalität war ihre Stärke, ihre Ignoranz ihre Rüstung gegen die dunkleren Dinge des Universums, die es auf zivilisiertere Spezies abgesehen hatten.

Auch wenn alles in Korlandril danach schrie Khaines Zorn zu entfesseln, diese barbarischen Gestalten auszulöschen, die noch aus den ältesten Legenden der Eldar stammten, sagte ihm ein kleiner, vernünftiger Teil seines Hirns, das werde nie stattfinden. Wenn die Eldar den Schandfleck der Orks nicht aus der Galaxis hatten tilgen können, als ihre Zivilisation sich auf dem Höhepunkt ihrer Macht befunden hatte, vor der Finsternis des Falls, bestand darauf jetzt erst recht wenig Hoffnung. Sie waren im Vergleich zu den grunzenden, brodelnden Horden, die jetzt so viele Welten beherrschten, die einst den Eldar gehört hatten. so wenige, so weit verstreut.

Korlandril fand Trost in einem einzigen Gedanken: Wenn die Sonne wieder aufging, würde es weniger Orks geben, die die Sterne schänden konnten. Mit etwas Geschick und Entschlossenheit würden einige durch seine eigene Hand sterben. Diese Aussicht erneuerte seine Vorfreude auf die Schlacht, auch wenn noch kein Schuss gefallen und keine Klinge im Zorn geschwungen worden war.

Er konzentrierte sich darauf, sich die Kampftechniken vorzustellen, die er gegen die unansehnlichen Monster einsetzen würde. Er stellte sich vor ihren ungeschickten Schlägen auszuweichen, während seine eigenen Waffen sie locker niederstreckten. Diese Rohlinge hatten andere Eldar erschlagen – zugegeben, es waren hinterwäldlerische Exoditen gewesen, aber dennoch Eldar – und es war an ihm den roten Tribut für dieses Verbrechen einzufordern.

Es kamen keine weiteren Befehle mehr, doch das war auch nicht nötig. Die Exarchs kannten ihre Rollen und die Krieger verstanden zu kämpfen. Die einzige Ankündigung des Beginns der Schlacht war eine dröhnende Explosion auf der netzwärtigen Seite des Flusses. Dampfwölkchen zeigten die Flugbahn der Geschosse der Dark Reapers an, dann verschluckten Blüten weißglühender Verderbnis die Orks.

Das leise Tickern von Shurikenkatapultfeuer verlor sich bald im Tumult der Alarmsignale der Orks – quakende mechanische Sirenen, dröhnende Metalltrommeln und ohrenbetäubendes Gebrüll.

Korlandril wollte sich ins Getümmel stürzen und schob sich vorwärts neben Kenainath. Das Wasser schlug sanft gegen die Knie des Exarchs, der bewegungslos am seichten Flussufer stand, die Augen auf die Orks am rechten Ufer gerichtet. Korlandril sah ebenfalls hin und stellte fest, dass die Grünhäute sich schnell organisierten. So unkultiviert sie auch waren, sie reagierten schnell auf den Angriff; die Aussicht auf Blutvergießen weckte in ihnen eine gemeinsame, destruktive Zielstrebigkeit.

Buggys mit schweren Waffen auf Drehgelenken schwenkten hin und her, sammelten sich zu improvisierten Schwadronen und fuhren Richtung Brücke. Hinter ihnen erwachten rumpelnd zwei Halbkettenkriegsmaschinen zum Leben, beide so groß wie die Werkstattschuppen und ähnlich krude zusammengenagelt. Große Reifen schleuderten Erdklumpen in die Luft und Ketten klackerten über rostige Räder, als die Maschinen auf die Brücke zu torkelten.

Die massigsten Orks kletterten über Tritte und Leitern auf ihre offenen Transportplattformen, während andere hinterherhetzten. Munitionsgurte wurden in großkalibrige Waffen eingeführt, während kleinere Waffen, mit denen die mobilen Festungen geradezu übersät waren, Richtung

Fluss schwenkten. Einige der Grünhäute feuerten vor lauter Aufregung wild ihre Waffen ab und sie alle johlten und stießen Kriegsgeschrei aus. Die gepanzerten Transportfahrzeuge erbrachen dichte Rauchwolken aus ihren vielen Auspuffen und der frische Wind trieb die Abgase rasch Richtung Fluss. Die mechanischen Bestien wühlten sich unerbittlich voran, mitten durch die Schutthaufen und die verfaulenden Leichenberge.

Der erste Buggy erreichte die Brücke und raste darüber, zwei weitere waren knapp dahinter. Am netzwärtigen Ende der Brücke rückten Firuthein und seine Fire Dragons vor, verborgen in den geborstenen Ruinen eines turmhohen Torhauses, das die Brücke überspannte. Der Exarch stieg in die gezackten Überreste eines Fensters und legte seine lanzenartige Feuerpike an.

Ein gleißender Energiestrahl brach aus der Waffe hervor und schoss auf den vordersten Buggy zu. Er erwischte das leichte Fahrzeug auf der dem Torhaus zugewandten Seite über dem Vorderrad und detonierte mit der Wucht einer Miniatursonne. Die Vorderachse zerbarst, der Buggy schwankte dramatisch und schabte an der Stützmauer des Brückenbogens entlang, wodurch er einen Funkenschweif hinter sich herzog. Korlandril lächelte, als er sah, wie der Fahrer des Buggys gegen die Wand knallte und durchgeschüttelt wurde wie die Puppe eines Kindes, während der Bordschütze zerquetscht und über den weißen Stein der Barriere verschmiert wurde.

Die nahenden Fahrzeuge umkurvten die rauchenden Trümmer, ihre schweren Geschütze knatterten und Mündungsfeuer erhellte die brüllenden, fangbewehrten Gesichter der Orks. Die Kugeln rissen Stücke aus den Wänden des Torhauses, doch Firutheins Krieger hielten dem wilden, sporadischen Feuer stand. Als der vorderste Buggy in Reichweite kam, entfesselten die Fire Dragons ihren tödlichen Odem und weißglühende Strahlung aus ihren Fusionsstrahlern ließ die Luft brodeln.

Der Bordschütze des nächsten Buggys explodierte zu einem Nebel schnell verdampfender Organe und Blut, seine Beine und sein Unterleib kippten aus seinem Sitz. Der Motor des Buggys ging in Flammen auf, rasch gefolgt von einer Explosion im Tank, die das Fahrzeug in einen trudelnden Feuerball verwandelte, der sich in das zerstörte Torhaus bohrte, ehe er in einer Wolke aus Schutt und mechanischen Teilen explodierte.

Die größeren Transportfahrzeuge hatten Fahrt aufgenommen. Das nächste hatte vorn eine große, pflugartige Ramme und schleuderte die Trümmer des ersten zerstörten Buggys beiseite. Von seiner Ladefläche ließ seine Kriegerfracht in rasender Gewalttätigkeit einen Hagel ungezielter Schüsse in alle Richtungen regnen. Schwerere Waffen spien einen eher stakkatohaften Takt, als sie ihre Munition gezielter in Richtung der Fire Dragons verschossen.

Korlandril sah entsetzt, wie eine Salve ihr Ziel fand und große Rüstungsteile eines der Fire Dragons wegfetzte. Der Körper des Kriegers – der, wie Korlandril annahm, tot war – wurde außer Sicht in den Trümmerhaufen des zerstörten Turms geschleudert.

Einen Augenblick lang empfand Korlandril widerstreitende Gefühle. Er war nicht sicher, was er denken sollte. Ein ferner, flüsternder Zweifel sagte ihm, dass das furchtbar war. Er hatte gerade gesehen, wie ein anderer Eldar brutal abgeschlachtet worden war. Das war das vielleicht Traumatischste, was er je sehen würde. Die leise Stimme wurde von einem viel barbarischeren Brüllen übertönt, das lautstark von Korlandril forderte den Tod des gefallenen Fire Dragons zu rächen.

In den paar Herzschlägen des Zögerns war viel geschehen. Am diesseitigen Ende der Brücke schlug Feuer unter den Ketten des Transportfahrzeuges mit der Ramme vorn hervor, weil Firutheins Feuerpike sein Getriebe in geschmolzene Schlacke verwandelt hatte. Die Orks purzelten über die Seitenwände und aus der Heckklappe und sammelten sich um ein besonders gewaltiges Wesen, das eine metallene Fahnenstange auf dem Rücken und eine Kette aus eingeschlagenen Schädeln um den Hals trug. In einer Hand trug es eine kurze, schwere Pistole, in der anderen eine Doppelaxt mit schwirrenden Kettenblättern.

»Der Kriegshäuptling zeigt sich, jetzt ist es Zeit rasch zuzuschlagen und die Bestie zur Strecke zu bringen!«, schrie Kenainath. Der Exarch stürmte durchs Wasser vor, während er noch rief. Korlandril folgte ihm auf dem Fuße, die anderen dicht dahinter.

In der Dunkelheit und dem Rauch erreichten die Striking Scorpions die Brücke schnell und ungesehen. Die Orks hatten sich bemüht die Überreste ihres Transportfahrzeuges beiseitezuschieben, angetrieben vom Gebrüll ihres Anführers und der Bedrohung durch seine Pistole und seine Axt.

Plötzliche Lichtblitze von rechts zogen Korlandrils Blicke an, jenseits des Kriegshäuptlings und seines Leibwächters. Wie winzige Supernovas öffneten sich rings um die Orks schillernde Portale. Geleitet von Geisterleuchtfeuern, die die Rangers platziert hatten, kam der Rest der Eldarstreitmacht aus dem Netz der Tausend Tore und umzingelte die Rohlinge, um sicherzustellen, dass keiner entkam. Mit blitzenden Waffen brachen Truppen aus dem Äther hervor; Trupps von Shining Spears auf Jetbikes, deren Laserlanzen vor Energie glühten, stürmten aus den flimmernden Portalen hervor; die zwischen den vorrückenden Truppen gefangenen Orks starben scharenweise.

Unter der Brücke sah Korlandril dunkle Gestalten und hielt sie zunächst für Gegner. Bei näherem Hinsehen erkannte er weitere Striking Scorpions: Aranarhas Tödlicher Regenschauer. Sie schnitten den Orks am netzwärtigen Ende der Brücke den Weg ab, während der Tödliche Schatten von hinten kam.

Jenseits von Aranarhas Trupp tobte die Schlacht. Energieblitze und jaulende Kugeln schossen zwischen den

Exoditen-Türmen hin und her. Die Aspect Warriors griffen mit entschlossener, bewusster Gewalt an, fällten alles, was ihnen im Weg stand und folgten im Kielwasser des Avatars. Das Kreischen von Banshee-Masken mischte sich mit einem unirdischen, ohrenbetäubenden Geheul.

Der Avatar Khaines schritt unter den Orks einher und das grauenerregende Geräusch kam von dem Speer mit der Feuerspitze in seiner rechten Hand – dem *Suin Daellae*, dem Klagenden Untergang. Die Inkarnation des blutbefleckten Gottes war doppelt so groß wie die sie umgebenden Aspect Warriors, eine albtraumhafte Vision aus Metall und Feuer. Ihre unirdische Haut leuchtete von innen in einem rötlichen Licht, ihr Gesicht war eine gegossene Fratze reinen Zorns, ihre Augen lodernde, weißglühende Schlitze. Der Avatar warf seinen Speer durch die Leiber eines Dutzends Feinde, ehe die Waffe kehrtmachte und in seine Hand zurückkehrte. Künstliche Blitzstrahlen aus seltsamen Orkwaffen spielten knisternd über die Metallhaut des Avatars, während ringsum Kugeln und Abpraller durch die Luft schwirrten.

Korlandril hatte keine Zeit mehr die tobende Gewaltorgie zu beobachten – deren Anblick seinen eigenen Wunsch Blut zu vergießen noch verstärkte –, denn sie hatten die Wendeltreppe erreicht, die zur Brücke emporführte. Kenainath begann zu rennen und stürmte die Treppe empor, der Rest des Trupps folgte ihm rasch.

Die Stufen endeten knapp hinter dem Kriegshäuptling, der gerade auf die Hauptstreitmacht der Eldar losmarschierte, völlig ohne sich der Bedrohung in seinem Rücken bewusst zu sein. Sieben seiner brutalen Untergebenen drängten sich um das Alien und schrien ihren kleineren Lakaien, die der Eldarangriff reihenweise fällte, Ermutigungen zu.

Kenainath überbrückte die Distanz rennend, während seine Shurikenpistole einen Hagel rasiermesserscharfer Scheiben ausspie. Korlandril folgte ihm auf dem Fuße und feuerte eine

Salve auf den nächststehenden Ork-Mentor ab, die eine Linie zerfetzten Fleisches über das linke Schulterblatt der Kreatur zog. Sie wandte sich um und funkelte Korlandril aus ihren Knopfaugen unter der hohen, gerunzelten Stirn an, dann öffnete sie den mit Reißzähnen gefüllten Mund und bellte eine Warnung. Ihre Zähne waren so lang wie Korlandrils Finger und Speichel flog in riesigen Klumpen durch die Luft. Die Kreatur schwang in beiden Händen ein schweres Hackmesser, über dessen gezackte Klinge schimmernd Energie spielte. Alles an dem Ork, von seinen Augen über die Haltung bis zum Gebrüll, verriet seine mörderischen Absichten.

Es war ein Anblick, mit dem Korlandril nicht gerechnet hatte, und einen Augenblick lang flatterte sein Herz, erfüllt von primitiver Furcht vor dem riesigen Monster, dem er gegenüberstand. Wie zuvor reagierte Korlandril auf seine Furcht mit einer Woge des Hasses und des Zorns. Er stürmte vor und löste sich von Kenainath, um den Feind seiner Wahl zu erreichen. Die Klingen des Kettenschwerts des Striking Scorpions erwachten schwirrend zum Leben, von Korlandrils Zorn so beschleunigt, dass sie kreischten, als sie die Luft durchschnitten.

Der Ork schwang seine Waffe im hohen Bogen in Richtung von Korlandrils Kopf. Er duckte sich problemlos unter dem schwerfälligen Angriff weg und sein Kettenschwert fuhr hoch in Richtung Unterarm des Orks und die Zähne durchschnitten Muskeln und Adern. Blut spritzte aus der Wunde in Korlandrils behelmtes Gesicht, als er vorbeiwirbelte. Durch die Aspektrüstung roch er die stinkenden Körpersäfte des Orks und schmeckte das Eisen in seinem Blut.

Korlandrils Mandiblaster spien Laserfeuer, als er seitlich hinter den Ork trat, und zerfetzte das Fleisch seines Rückens und seiner Schultern. Die Kreatur schwang behäbig nach rechts herum und suchte nach der Ursache seines Schmerzes, die Klinge hoch erhoben. Korlandril stand nicht lang genug still, als dass der Hieb ihn hätte treffen können. Er beugte die Knie, kauerte sich in den Schlummernden Blitz und stieß sich dann mit den Zehenspitzen ab, um den Fluss des Leids zu entfesseln. Sein Shurikenpistolen-Feuer zerstörte die linke Gesichtshälfte des Orks, während Korlandrils Kettenschwert durch den dicken Muskel seines rechten Oberschenkels sägte und auf den Knochen traf. Wieder sprang der Aspect Warrior an seinem ungeschlachten Feind vorbei.

Grunzend brach der Ork zusammen, und das Hackmesser entglitt ihm, als die Muskeln des Aliens in seinen Todeszuckungen krampften. Korlandril gab ihm den Gnadenstoß, indem er sein Kettenschwert mit einem Rückhandstoß in die linke Schläfe des Orks trieb, den Knochen durchstieß und tief ins Hirn drang.

Siegestaumel erfüllte Korlandril. Das zerfetzte Fleisch, das da auf der Steinbrücke lag, war das größte Kunstwerk, das er je geschaffen hatte. Kein Traum war der Lebendigkeit, der herzzerreißenden Wirklichkeit des Kampfes gleichgekommen. Korlandril stand über seinem gefallenen Gegner und bewunderte die Muster der Blutspritzer auf der hellen Straße. Er sah seine eigene Rüstung an, die mit Dreck beschmiert war, und frohlockte. Korlandrils Wegstein pulsierte im Takt seines rasenden Herzens.

»Korlandril!«, rief Min.

In seiner Ekstase hörte Korlandril seinen Namen kaum. Er wandte sich zum Rest des Trupps um.

Etwas Gewaltiges ragte vor ihm auf und verdunkelte mit seinem riesigen Schatten den Himmel. Korlandril hob sein Kettenschwert zur Himmelswacht, aber die Verteidigung war armselig gegen die verheerende Wucht der Axt des Kriegshäuptlings. Fangzahnartige Kettenklingen durchtrennten Korlandrils Waffe, sodass Splitter in alle Himmelsrichtungen flogen, und bissen tief in die Eingeweide des Aspect Warriors.

Die Wucht des Schlages schleuderte Korlandril in die Luft und dann gegen die Seitenwand der Brücke.

Voller Entsetzen sah Korlandril den Kriegshäuptling einen Schritt auf sich zukommen. Der Striking Scorpion war vor Grauen wie gelähmt und brach zusammen, als er plötzlich seine Beine nicht mehr spürte. Er konnte den Blick nicht von dem schwerfälligen Ork abwenden, der sich ihm näherte, spürte aber, wie durch die klaffende Wunde in seinem Bauch das Leben aus ihm herausfloss. Seine Rüstung tat ihr Bestes die Wunde zu schließen, aber der Schaden war zu groß.

Kenainath trat zwischen Korlandril und den Ork-Kriegshäuptling, die knisternde Klaue seiner rechten Faust trotzig erhoben. Der Kriegshäuptling brüllte eine wortlose Herausforderung und Kenainath reagierte mit einer Offensive, schmetterte die Skorpionklaue gegen das Kinn des Kriegshäuptlings und Knochen brach, als ihr Energiefeld Fleisch zerriss.

Dann kam der Schmerz, raste an Korlandrils Rückgrat empor und sandte ein Beben der Agonie durch sein Hirn. Er biss die Zähne zusammen, um einen Schrei zu unterdrücken, und hatte Tränen in den Augen.

Der Rest des Trupps vollführte einen tödlichen Tanz um seinen Exarch herum und deckte den Kriegshäuptling, der hoffnungsvoll nach seinen schnelleren Gegnern schlug, mit Treffern ein. Blut floss aus Dutzenden Wunden in seiner Brust und den Oberarmen.

Das Letzte, was Korlandril sah, war Aranarhas lange Klinge, die sich in den Arm des Kriegshäuptlings grub und ihn oberhalb des Ellbogens abtrennte.

Korlandril kam blinzelnd wieder zu sich. Einen Moment lang glaubte er zu ertrinken, dann erkannte er die wirbelnden Energien des Netzes der Tausend Tore. Überall waren Hände, die ihn trugen. Er drehte den Kopf nach links und erkannte Bechareths Rüstung. Er hörte Stimmen in seinem Kopf, begriff aber nicht, was sie sagten. Sie waren streng, unnachgiebig. Der Schmerz war stark, ließ seinen gesamten Körper erzittern.

Er hielt es nicht mehr aus. Er litt zu sehr.
Er wurde wieder bewusstlos.

SCHMERZ

Während des Krieges im Himmel erschlug Khaine der Blutbefleckte viele Eldarkrieger. Mutter Isha hatte Angst, er werde die Eldar auslöschen, also ging sie zu Asuryan dem Allsehenden und bat ihn einzugreifen. Auch Asuryan hatte Angst, Khaines Zorn könne nicht nur die Eldar, sondern auch die Götter vernichten. Er willigte ein Isha zu helfen, verlangte dafür aber eine Locke ihres unsterblichen Haars von ihr. Diese Haarlocke flocht Asuryan in Eldaneshs Haar, damit Ishas Liebe für sie ihn und all seine Nachfahren heilen konnte.

Sanftes Klingeln weckte Korlandril. Er stellte fest, dass er auf einer festen, sich seinem Körper anpassenden Matratze lag, die sich warm anfühlte. Ein kühler Windhauch strich über sein Gesicht. Er hielt die Augen geschlossen und genoss das Gefühl der Ruhe. Am Rande seines Hörbereichs nahm er leise Töne wahr, eine Musik im Wind, die ihn umgab, seinen Geist koste.

Als Korlandril wieder zu sich kam, störte ein Konflikt seine traumartigen Gedanken. Ein Bild drängte in seine Erinnerung, beharrlich, aber ungeformt. Er hielt dagegen, versuchte die Erinnerung in Schach zu halten.

Durch seine Lider spürte Korlandril ein pulsierendes Rotlicht. Er atmete im Takt karmesinroter Energie, die in sein Hirn floss. Zuerst war es langsam, doch als es sich beschleunigte, wurden auch Korlandrils Atmung und Puls schneller. Er hatte kein Zeitmaß außer der kurzen Pause zwischen zwei Atemzügen, zwei Herzschlägen.

Das Rotlicht war zum flackernden Stroboskop geworden, das zwischen grellem Rot und sanftem Gelb hin- und herzuckte. Korlandril hyperventilierte, keuchte schnell, und seine Brust schmerzte vor Anstrengung, obwohl der Rest seines Körpers reglos blieb. Seine Nasenflügel bebten, als er versuchte seine Lunge zu füllen, doch das blitzende Licht ließ ihn jeden Atemzug wieder ausstoßen, ehe er ihn richtig eingesogen hatte.

»Wach auf«, sagte eine sanfte Stimme. »Erinnere dich.«

Die Worte drangen in seinen Geist und er hatte dem Befehl nichts entgegenzusetzen.

Die Schranke in seinen Erinnerungen brach und eine gewaltige, grüne Bestie mit rasiermesserscharfen Klauen stürmte auf ihn ein. Blut troff von ihren Fängen. Schmerz flackerte auf.

Korlandril schrie mit dem bisschen Atem, das er hatte, und fiel zurück in die Dunkelheit.

Er schwebte, sein Körper war schwerelos, mit dem Universum nur über das haarfeine Band seines Bewusstseins verbunden. Wieder erklang die Stimme, aber diesmal gab es keine anderen Geräusche, kein Licht außer einem trüben, fernen Fahlgrün.

»Du bist in der Obhut von Ishas Heilern«, sagte die Stimme. Korlandril wusste nicht, ob es eine männliche oder eine weibliche Stimme war, so sanft klang sie. »Hier kann dir nichts passieren. Du bist in Sicherheit. Du musst gesund werden. Du musst Kraft aus Ishas Locke ziehen.«

»Es tut weh«, wimmerte Korlandril dumpf. Er erkannte seine eigene Stimme kaum wieder.

»Der Schmerz wird vergehen, aber deine Wunde kann erst heilen, wenn du dich ihr gestellt hast.«

»Es tut zu weh«, flüsterte Korlandril.

»Der Schmerz sitzt nicht in deinem Körper, sondern in deinem Geist. Ishas Locke wird dich vom Schmerz befreien. Ich bin Soareth und ich werde dir helfen.«

»Ich will nicht sterben«, sagte Korlandril düster.

»Dann musst du gesund werden«, erwiderte Soareth. Der Heiler war männlich, stellte Korlandril fest, und jung. Soareth verwendete die Sprache der Jugend. Er wollte keinen Novizen als Heiler.

»Was weißt du schon vom Tod?«, verlangte er zunehmend verärgert zu wissen.

»Nichts«, erwiderte Soareth. »Ich bin ein Fürsprecher des Lebens. Hör mir gut zu, Korlandril. Du trägst noch deine Kriegsmaske. Du kannst nicht eine Hand an Khaines Schwert und die andere an Ishas Gabe haben. Du musst die Maske abnehmen.«

»Das würde mir jede Verteidigung nehmen!«

»Dein einziger Feind bist im Augenblick du selbst.« Soareth sprach so leise, dass Korlandril ihn kaum hören konnte. Oder vielleicht klang des Heilers Stimme auch aus einem anderen Grund so fern. »Hier gibt es keinen anderen Kampf, Korlandril. Du bist schwer verwundet, doch du hast die Kraft das zu überstehen. Ich werde dir helfen.«

»Du bist fast noch ein Kind, ich verlange, dass sich jemand mit mehr Erfahrung um mich kümmert«, sagte Korlandril schlicht. Er spürte, wie er die Stirn runzelte.

»Ich bin darin ausgebildet, dir beim Gesundwerden zu helfen, Korlandril. Die Kraft zu überleben ruht nicht in mir, sondern in dir. Körper und Geist sind eins. Du musst deinen Geist stärken, um deinen Körper zu stärken. Ich werde es dir zeigen und dich zu Ishas Locke geleiten. Mit ihrer Macht wirst du gesund werden. Zuerst musst du dich beruhigen, dich aus Khaines Griff lösen.«

»Ich kann nicht«, fauchte Korlandril.

»Was liebst du, Korlandril?«

Der Krieger beantwortete die Frage nicht. Im Kampf gab es keine Liebe.

Soareth wiederholte die Frage, aber diesmal veränderte sich das Timbre seiner Stimme leicht. Liebe. Das Wort begann in Korlandril nachzuhallen. Einst, ehe Khaine ihn angenommen hatte, hatte er etwas geliebt. Wenn er sich nur hätte erinnern können …

Ein sanftes Beben begann in Korlandrils Fingern. Es war kaum merklich, doch es erfüllte seine Fingerspitzen mit Gefühl. Er spürte, wie sie durch etwas strichen. Etwas mit feinen Strähnen. Sie strichen durch Haar.

Er streichelte Thiriannas Kopf, während sie weißgefiederte Schneefinken beobachteten, die in den Klippen der Kuppel der endlosen Gezeiten hin- und herflatterten. Es war eine geistesabwesende, absichtslose Geste. Ihre Hand lag auf seinem Knie, als sie im Schneidersitz am Schieferstrand saßen und zu den hochragenden, blassen Felsen aufsahen. Auch wenn die sanfte Liebkosung absichtslos gewesen war, weckte die Empfindung Gefühle in Korlandril. Begierde stieg in ihm auf und er streichelte erneut ihr Haar und schwelgte in der Nähe zwischen ihnen. Er wandte ihr den Kopf zu, bewunderte ihr schönes Profil, das sich im Dämmerlicht der gegenüberliegenden Kuppelwand abzeichnete. Ihr Blick ruhte auf etwas in weiter Ferne, sie sah die Vögel gar nicht. Korlandril zog seine Hand zurück, weil ihm seine Geste plötzlich peinlich war. Trotz des unangenehmen Gefühls hatte er seinen Frieden mit den Empfindungen gemacht, die ihn nun regierten.

Blut spritzte Korlandril ins Gesicht, ertränkte ihn in einer Woge dicker, roter Flüssigkeit. Er prustete und spuckte, kratzte es von seinen Wangen, wischte es sich von den

Lippen und aus den Augen. Doch es kam immer mehr Blut, es strömte aus seinen Augen, troff aus seinem Mund, tropfte aus seiner Nase und drang aus allen Poren. Er hustete, spie Blut und Gewebe aus und befleckte seine Haut mit klebrigen Bröckchen.

Korlandril erwachte mit dumpfen Schmerzen im gesamten Körper und einem schärferen Schmerz im Unterleib. Plötzlich erkannte er, wo er war, und schrie auf, ein wortloser Angstschrei, der rings um ihn grell widerhallte. Noch immer konnte er die Augen nicht öffnen. Er war nicht sicher warum. Vielleicht brachte er es nicht über sich die Quelle seines Schmerzes zu betrachten, die große Bauchwunde, aus der das Leben aus ihm herauslief.

»Schlaf«, flüsterte ihm eine sanfte Stimme ins Ohr. Er glaubte sie zu erkennen, doch ehe er einen Namen mit der Stimme verbinden konnte, verschluckte ihn sanfte Schläfrigkeit.

Ein rhythmisches Pulsieren, begleitet von einem langsamen Auf- und Abschwellen blauen Lichts hinter Korlandrils Augen. Er spürte winzige, federleichte Bewegungen auf seiner Haut, wie die huschenden Füße eines Insekts. Sie bewegten sich synchron von seinem Nacken aus an beiden Armen und seinem Rückgrat entlang, verzweigten sich an seiner Hüfte und liefen weiter bis zu seinen Füßen.

»Willkommen unter den Lebenden, Korlandril.«

Soareth. Korlandril zerrte den Namen aus einer dunklen Nische seiner Erinnerungen. Etwas gebot ihm, nicht tiefer zu graben. Ihm würde nicht gefallen, was er sah.

»Geht es mir wieder gut?«, fragte er, überrascht von der Heiserkeit seiner Stimme.

»Nein, noch nicht«, sagte Soareth. »Aber du bist aus dem Griff Khaines zu uns zurückgekehrt. Du kannst die Augen öffnen.«

Korlandril hob mühsam und vorsichtig ein schweres

Lid, denn er fürchtete die Helligkeit. Der Raum war dezent erleuchtet, kaum umgab ihn ein Zwielicht. Er öffnete das andere Auge und sah sich um. Soareth mit seinem rasierten Schädel stand am Fußende des Bettes, von seinen knochigen Schultern hing lose eine weiße, einteilige Robe. In der Hand hielt er ein juwelenbesetztes Tablett. Seine Finger tanzten über die bunten Edelsteine und der Raum um Korlandril veränderte sich; das heißt, die Farben veränderten sich, schufen tiefere Schatten und intensivierten das Licht. Die Kammer wirkte nun kleiner.

»Keine Angst«, ermutigte ihn Soareth.

Korlandril versuchte sich aufzusetzen, um auf das hinabblicken zu können, was er sich als Trümmerfeld seines Bauches vorstellte. Er konnte sich nicht bewegen und sagte das auch.

»Ich habe dich zu deiner eigenen Sicherheit gelähmt«, sagte Soareth. »Die Wunde hat sich erst ganz wenig geschlossen. Du musst deinem Körper helfen den Heilungsprozess abzuschließen. Du musst dich Ishas Locke bedienen.«

Korlandril versuchte zu nicken.

»Was muss ich tun?«, fragte er.

»Konzentriere dich auf die Decke und entspanne dich«, sagte Soareth.

Korlandril sah nach oben, erblickte aber nur perlmuttartiges Grauweiß. Er war sich des Schmerzes in seinem Unterleib bewusst und versuchte ihn zu verdrängen, damit er sich konzentrieren konnte.

»Verstecke dich nicht vor dem Schmerz«, warnte Soareth. »Du musst dich ihm stellen, nicht ihn unterdrücken.«

Die Farben der Decke veränderten sich, zuerst fast nicht wahrnehmbar, ein langsames Hinzutreten von Pastelltönen, die von dem Weiß kaum zu unterscheiden waren. Die Farben flossen ineinander und verwirbelten ohne klare Trennlinie, was den Eindruck einer aus ihnen allen bestehenden, seltsamen Metafarbe hinterließ.

»Sing mit mir«, sagte Soareth. Er intonierte leise, nur bedeutungslose Silben, langsam und entschlossen. Korlandril stimmte ein, übernahm Tonhöhe und -länge von dem Heiler. Der Klang vibrierte in seiner Kehle und sandte abwechselnd Wogen der Ruhe und der Anspannung durch seinen Körper.

Der Gesang fluktuierte, doch Korlandril hatte den Rhythmus jetzt erfasst und skandierte in völligem Einklang mit Soareth. Über dem Krieger pulsierte die gefleckte Decke vor Leben, langsame Blitze, die im Mahlstrom der Farbenergie verborgen waren.

Korlandril erzitterte und stöhnte, als die in seine Sinne strömenden, erwachenden Frequenzen seine Synapsen überluden. Der Knoten in seinem Magen war schmerzhaft, die Pein zerrte ankerschwer an seinen Gedanken. Er wollte gewichtslos fliegen, doch die unsichtbare Kette hielt ihn am Boden.

Mit schwer werdenden Lidern ergab sich Korlandril dem lähmenden Einfluss des Lichts und der Klänge. Ihm war nur halb bewusst, dass sich Soareth um ihn herum bewegte, noch immer singend, und einen kantigen Kristall über Knotenpunkte in Korlandrils Körper führte. Psi-Energie floss zwischen Korlandril und dem Heiler, flackerte kurz an schmerzerfüllten Nerven entlang, ließ Zellen krampfen und erweiterte Arterien.

Der Raum wurde schwarz wie das Nichts zwischen den Sternen und verschlang Korlandril. Er sah nur noch tintenschwarze Tiefen. Er hob die Hand, konnte aber nicht einmal die Finger sehen, die er bewegte. Er hatte das Gefühl, nicht mehr Herr seines Körpers zu sein und versuchte nach oben zu schweben, von seiner eigenen Leichtigkeit Auftrieb zu bekommen. Etwas packte ihn und hielt ihn fest.

Links von ihm blinkte ein Stern und er wandte sich ihm zu. Andere stecknadelkopfgroße Lichter erwachten blitzend zum Leben, eins nach dem anderen, bis ihn eine sich sanft drehende Konstellation von Millionen Lichtern umgab. Manche waren rötlich gefärbt, andere hellblau oder grellgelb. Ein goldener Stern unmittelbar über ihm zog ihn an. Er streckte die Hand aus und stellte fest, dass er im Sternenlicht sehr undeutlich ihren Umriss sehen konnte. Die Sterne waren nah, nah genug, um sie zu berühren. Seine Finger schlossen sich um das warme Gold und das Licht fiel dazwischen hindurch, leuchtete durch seine Haut.

Der Stern berührte seine Handfläche und Korlandril war in seinen Gemächern und blickte zu seiner Mutter auf. Ihr langes, silbrig-schwarzes Haar verbarg ihr halbes Gesicht, doch sie lächelte. Korlandril spielte mit seiner Anima-Puppe, hielt sie in den Händchen, ließ sie mit seinen Säuglingsgedanken mit den schlaffen Armen wedeln. Die knetartige Gestalt tanzte ruckartig, ein Spiegelbild der ebenfalls noch ungelenken Bewegungen Korlandrils. Ihr nasenloses Gesicht verzog sich zu einem Lächeln.

»Dort wirst du deinen Schmerz nicht finden.« Korlandrils Mutter sprach mit Soareths Stimme.

Er öffnete die Hand und ließ den goldenen Stern davonschweben. Er suchte nach einem anderen, schreckte vor dem bedrohlichen rötlichen Leuchten hinter ihm zurück, und seine Finger griffen nach einem blassblauen Funken. Er hüpfte und kurvte herum, versuchte ihm zu entkommen, und Korlandril lachte über sein Gehabe, weil er noch immer dachte wie ein Kind.

Schließlich umschloss seine Hand das schwer fassbare Licht.

Die Lichter der Halle der inneren Harmonien waren hell und bunt, sie warfen ein lebendiges Farbfleckmuster auf den marmorartigen Boden. Korlandril tanzte an der Reihe lachender, singender Eldar entlang und reichte ihnen im Vorbeigehen die Hand, während Aradryan auf der anderen Seite der Reihe entlangtanzte. Die Musik war schnell und lebhaft, Korlandrils Füße hüpften rasch über den harten Boden, berührten ihn kaum.

»Du suchst keine Freude, Korlandril, du suchst deinen Schmerz«, warnte Soareth aus dem Mund einer jungen, hübschen Feiernden.

Zögernd wirbelte Korlandril von der Gala davon, ließ den Erinnerungsstern los. Ausgelassen drehte er sich noch ein paarmal, doch sein Wirbeln brachte ihm dem gleißenden roten Licht näher, von dem er wusste, dass es die Erinnerung an seinen Schmerz enthielt.

Er wollte es nicht anfassen. Er konnte seine Hitze, sein Gift spüren.

»Du musst«, sagte Soareth zu ihm.

Korlandrils Hand zitterte, als er sie ausstreckte und gleichzeitig seinen Körper ängstlich von seinem blutigen Leuchten fernhielt. Seine Hand ballte sich zur Faust und wollte ihm nicht mehr gehorchen.

»Ich kann nicht«, zischte er.

»Du wirst sterben.« Soareths Tonfall war drängend.

Das Licht des roten Sterns verblasste, entfernte sich flackernd. Die Konstellation um Korlandril wurde dunkler, die Finsternis und die Schatten gewannen an Macht, hüllten ihn ein. Er war zwischen zwei Ängsten hin- und hergerissen, seine Hand weigerte sich die Erinnerung an seinen Schmerz zu ergreifen, während sein Geist vor der ihn umhüllenden Finsternis zurückschreckte.

Die fast verschwundenen Sterne begannen langsam zu oszillieren und Musik drang in Korlandrils Gedanken. Soareth sang leise, jeder Ton war ruhig und gemessen und baute eine Resonanz rings um Korlandril mit auf, die ihn mit ihren Schwingungen erfüllte. Die Sterne wurden heller und Korlandrils Hoffnung wuchs und gab ihnen neue Energie.

Der rote Stern war fast unsichtbar, nur ein winziger, verschmierter Fleck in der Finsternis. In wenigen Augenblicken würde er verschwunden sein.

Korlandril sprang mit zugekniffenen Augen vor und griff nach dem sterbenden Stern.

Wie ein Blitz durchfuhr ihn die untragbare Last. Er öffnete die Augen und fand sich mit Silberketten gefesselt wieder. Ein riesiger Schatten ragte über ihm auf, während er sich in seinen Ketten wand und sie abzustreifen suchte. Er war gewaltig und zeichnete sich gegen einen Himmel aus tropfendem Blut ab. Seine Augen waren rotglühende Kohlen, seine Hände reißzahnbewehrte Kiefer. Der Himmel knurrte Korlandril an, als er sich zu befreien suchte, stimmlos und machtlos. Er erschlaffte und rollte sich auf die Seite, schloss die Augen und wartete auf den Todesstoß.

»Stelle dich deiner Angst!« Soareths Stimme war ein wildes Fauchen, das Korlandril in Bewegung brachte.

Mit einem gequälten Jaulen setzte sich Korlandril auf, die Silberketten lösten sich und gesprengte Kettenglieder flogen durch die Luft.

Korlandril sprang auf und sah hinter dem Schattenork etwas leuchten, dessen goldene Aura den Blutvorhang zurückschob, der seinen Geist erfüllte.

Korlandril wich nach rechts aus, denn er hoffte den Schattenork überlisten zu können, doch wo immer er sich auch hinbewegte, das goldene Leuchten war immer hinter seinem Feind.

»Ich habe keine Waffen!«, rief Korlandril klagend aus. »Meine Kriegsmaske ist weg!«

Seine Worte hallten dumpf nach. Dann: Stille.

»Soareth? Wo bist du?«

Keine Antwort.

»Ich brauche dich, Soareth!«

Verzweifelt tastete Korlandril nach einer Waffe, fand aber nichts, nur eine graue Staubebene ohne jegliche Merkmale, so weit das Auge reichte. Es gab kein Entkommen; Korlandril saß zusammen mit seinem Möchtegern-Mörder hier fest.

Der Schattenork ging nicht auf ihn los, er stand nur mit funkelnden Augen zwischen Korlandril und seiner Beute.

Seine Zahnfinger knirschten gelegentlich metallisch, was an Korlandrils Nerven zerrte.

Plötzlich stolperte Korlandril und fiel in den Staub. Es war gar kein Staub, sondern Asche, und er spie sie aus. Er spürte, wie seine Kraft verrann.

Er starb.

Korlandrils Augen und Glieder waren schwer. Es wäre leicht gewesen in der Asche zu versinken, den Kopf hineinzulegen und auf den Tod zu warten. Sein Schmerz wäre vorbei, genau wie seine Ängste und seine Qual. Er würde Frieden finden.

Dann hörte er es. Es war ein donnerndes Dröhnen, aber ganz weit weg. Er wartete ewig, bis er es wieder hörte. Es war ein Doppelschlag wie ein Herzschlag. Er schien so langsam. Aber er hörte nicht sein Herz. Es war etwas anderes, etwas, das viel größer war als er, etwas, das so gewaltig war wie die Galaxis. Doch ein Teil davon war in ihm. Unbewusst legte er die Hand auf die nackte Brust und spürte dort einen glatten, ovalen Gegenstand. Seinen Wegstein. Er blickte nach unten und sah ihn durch seine Haut brechen, feucht von seinem Blut.

Tod.

»Noch nicht!«, schrie Korlandril und rappelte sich auf.

Er rannte mit erhobenen Fäusten auf den Schattenork zu. Hieb um Hieb versetzte er seiner körperlosen Gestalt, kratzte ihn, schlug mit den Knöcheln auf ihn ein. Rasch versiegte seine Kraft; er spürte, wie der letzte Rest seines Lebens davonflatterte wie Motten.

Mit einer letzten Anstrengung trieb Korlandril seine Faust in die Brust des Schattenorks, durch das Herz. Es blähte sich zu einer formlosen Wolke auf, die ein heulender Wind davontrug.

Da sah Korlandril die goldene Spirale, die sich hinter dem Scheusal verborgen hatte. Es sah aus, als ringle sich eine leuchtende Haarlocke um den verschlungenen Zwillingsstamm einer roten Rose mit spitzen Dornen. Der mögliche Schmerz war Korlandril egal. Er sprang vor und seine Finger schlossen sich fest um die Rose und ihre goldene Haarlocke.

Die Dornen durchbohrten seine Haut, doch er ignorierte sie, denn er spürte nur die weißglühende, goldene Haarlocke.

Licht explodierte. Korlandril zerfiel, verströmte sich als eine Million Partikel im Wind, löste sich auf in eine Galaxis wirbelnder Lichtfünkchen.

Jedes Lichtfünkchen wurde zu Korlandril. Er sah sich von innen, raste an seinen Nerven und Synapsen entlang; betrachtete jede Faser und Zelle, jede Ader und Sehne, jeden Knorpel und jedes Protein. Das goldene Leuchten, das Korlandril war, raste durch die Systeme seines Körpers, reinigte und vernichtete den schwarzen Fleck der Infektion, die ihm die schmutzige Klinge des Kriegshäuptlings eingetragen hatte. Das läuternde Feuer seiner Wiedergeburt brannte ein erblühendes Neoplasma in seinen Eingeweiden aus und kauterisierte die ausgefaserten Blutgefäße in seinem Unterleib.

Korlandril löste sich auf, verlor Energie, vermochte seinen Geist nicht länger zusammenzuhalten und glitt von dannen, ließ Ishas Locke ihr Werk tun.

Soareth wartete auf Korlandril, als dieser erwachte. Der Heiler saß am Fußende der Matratze, den Juwelenblock in der Hand, und beobachtete den Krieger aufmerksam.

»Gut gemacht«, sagte der Heiler und lächelte freundlich.

Korlandril ächzte. Sein Unterleib tat immer noch weh, aber es war nicht so schlimm wie die schreckliche Agonie, die am Rande seiner Erinnerungen verharrte.

»Werde ich leben?«, fragte er zögernd. Soareth antwortete mit einem Nicken und einem noch breiteren Lächeln.

»Wie lange muss ich hierbleiben?«

»Deine körperliche Verletzung heilt schnell«, sagte Soareth. Er erhob sich und trat neben Korlandril, um ihm die

Hand auf den Arm zu legen. »Die Wunden deines Geistes werden länger brauchen.«

Verwirrt dachte Korlandril darüber nach.

»Mir geht es gut«, widersprach er.

»Weil deine Ängste und dein Kummer in dem Teil von dir eingeschlossen sind, der deine Kriegsmaske bildet«, sagte Soareth mit mitleidigem Gesicht. »Du musst sie auslöschen, sonst werden sie chronisch, ein ätzender Schandfleck in deiner Psyche, der wachsen und alle anderen Teile deines Geistes beflecken wird.«

»Muss ich … muss ich dafür wieder meine Kriegsmaske anlegen?«

Soareth schüttelte den Kopf und ergriff Korlandrils Arm einen Augenblick lang fester, bot ihm Ermutigung.

»Ich kann dir helfen die Teile deines Geistes zu erforschen, die jetzt in deiner Kriegsmaske eingeschlossen sind. Es ist nicht ohne Risiko, aber ich werde dir helfen.«

In den Wänden, die durchgehend cremefarben gewesen waren, flackerten kurz rote Adern auf. Soareth wandte sich zur Tür des kleinen Raums und Korlandrils Blick folgte ihm.

In einem eng anliegenden Ganzkörperanzug in Dunkelgrün und Orange stand Aranarha in der Tür.

»Geh!«, ereiferte sich Soareth. Der kalte Blick des Exarchs glitt über den Heiler und blieb an Korlandril hängen. Der Raum erzitterte unter der Präsenz des Exarchs, erregte Lichter huschten über die Decke.

»Wie geht es unserem Krieger heute? Ich hoffe gut, denn es gibt viel für ihn zu tun«, sagte Aranarha.

»Deinesgleichen ist hier nicht willkommen«, grollte Soareth und trat zwischen Korlandril und Aranarha. »Noch einmal: Du musst gehen.«

Der Exarch schüttelte den Kopf, wobei seine Zwillingszöpfe um seine Schultern tanzten.

»Wir werden jetzt auf unsere Weise mit dem Schmerz umgehen, wie es sich für einen Krieger gehört.«

»Nein«, sagte Korlandril. Er zuckte zusammen, als Aranarha finster dreinblickte, blieb aber hart. »Ich werde hierbleiben, bis ich bereit bin. Dann werde ich zum Tödlichen Schatten zurückkehren.«

»Dies ist nicht der Ort für solche Worte, solche Ideen«, zischte Soareth, dessen Hand zu seinem dunkelblauen Wegstein zuckte. »Sprich an einem Ort der Heilung nicht vom Krieg.«

»Kenainath hat dich schon einmal im Stich gelassen, er geht den falschen Pfad, einen, der dich verwundbar gemacht hat. Komm mit mir in meinen Schrein zurück, ich werde dich gut unterweisen, dich stärker machen als zuvor.« Der Exarch ging an Soareth vorbei, achtete allerdings darauf ihn nicht zu berühren, und streckte Korlandril die offene Hand hin, als wollte er ihm aufhelfen.

»Nein«, sagte Korlandril und ballte die Fäuste an seinen Seiten. »Soareth wird mir helfen gesund zu werden. Ich vertraue ihm.«

»Er wird deinen Zorn zerstören, dich zu einem schwachen Feigling machen und dir deine Kriegsmaske herunterreißen. Der Krieger kämpft gegen seine Feinde, er verhandelt nicht und sucht keine Kompromisse. Ich werde dir den wahren Pfad, den Pfad des Kriegers, zeigen, damit du dich den Ängsten in dir stellen kannst.«

Aranarhas Ton war unerbittlich und er beugte sich zu Korlandril hinunter, die Hand immer noch ausgestreckt.

Korlandril schloss die Augen und sagte nichts. Der Exarch knurrte missbilligend und Korlandril wartete, bis seine schweren Schritte den Raum verlassen hatten, ehe er die Augen öffnete. Die Wände waren wieder in ihren friedlichen Zustand zurückgekehrt.

»Ich kann nie wieder zurück«, wimmerte er.

Soareth sah ihn zweifelnd an.

»Findest du, ich sollte zum Schrein zurückkehren?«, fragte Korlandril verblüfft.

»Du bist erst die ersten Schritte auf dem Pfad deiner

Wahl gegangen«, sagte Soareth. »Es ist unklug ihn zu früh zu verlassen, wenn noch Fragen offen oder unsere Träume und Wünsche unerfüllt sind. Deine Reise ist noch nicht beendet. Ich werde dir helfen gesund zu werden, damit du sie fortsetzen kannst.«

»Du heilst mich, um mich wieder in die Schlacht zu schicken?«

Soareth seufzte.

»Viel zu oft ist es die Bürde meines Weges, das zu kitten, was über kurz oder lang wieder zerbrochen wird.«

Darüber dachte Korlandril lange nach, ehe er wieder sprach.

»Das muss doch deprimierend sein. So oft umsonst zu arbeiten.«

Der Heiler zuckte lächelnd die Achseln.

»Den Pfad des Heilers zu gehen heißt sich seinen Hoffnungen zu ergeben und der Angst vor der Zukunft den Rücken zu kehren. Hoffnung ist ein nie versiegender Quell, aus dem ich trinke, und sie schmeckt allzeit süß.«

Er verließ den Raum, in dem es dunkler wurde, als er die Tür durchschritt. Im Dunkeln sah Korlandril vage Gestalten, die sich am Rande seines Bewusstseins bewegten und sich immer unmittelbar außerhalb des Sichtbereiches aufhielten. Er zitterte und wusste, dass es noch eine Weile dauern würde, bis er in der Lage war in den Schrein zurückzukehren.

RIVALITÄT

Habicht und Falke, beide Götterboten, waren enge Freunde. Unentwegt durchstreiften sie miteinander den Himmel und tanzten zwischen den Wolken. Obgleich sie einander achteten, maßen sie sich auch gern miteinander und forderten einander zu wagemutigen Prüfungen ihres Geschicks heraus. Sie flogen um die Wette zum Mond und zurück, um zu sehen, wer schneller war. Sie provozierten einander das Reich Khaines des Blutbefleckten zu umkreisen und forderten einander auf, sich dem Kriegsgott immer mehr zu nähern. Eines Tages erspähten Habicht und Falke in der Abenddämmerung Beute, die gewandt auf den Gebirgswinden segelte. Der Falke erklärte, er werde sie zuerst erwischen, doch der Habicht behauptete, er sei der schnellere Jäger. Die beiden stießen auf ihre Beute hinab. Zuerst war der Habicht schneller, doch der Falke schlug kräftiger mit den Flügeln und überholte ihn. Der Habicht wollte gewinnen und so raste er weiter und setzte sich vor den Falken. Verärgert über das Manöver seines Freundes schlug der Falke mit einem Flügel nach dem Schwanz des Habichts und warf so seinen Rivalen aus der Bahn. Rasch kehrte der Habicht zurück und rammte den Falken, um seinen Sturzflug zu bremsen. Ihre Flügel verhedderten sich, und die beiden stürzten ab. Fröhlich lachend flog ihre Beute davon und in jener Nacht mussten beide Hunger leiden.

Die Stille des Schreins unterschied sich vom Frieden der Halle der Heilung. Im Tödlichen Schatten herrschte dumpfe Stille, das Schweigen war erstickend, voller Melancholie statt Trost.

Korlandril ging zwischen den hochragenden Bäumen hindurch, denn er wollte den Schrein betreten wie beim ersten Mal, nicht auf den direkteren Wegen, die unter der Kuppel hindurch zum Schreingebäude führten. Er war eine Weile weggewesen und war nicht sicher, wie willkommen er Kenainath und den anderen sein würde. Es überraschte ihn nicht, dass ihn niemand von ihnen in den Hallen der Heilung besucht hatte. Aranarhas Besuch hatte gegen jede Tradition verstoßen und Soareth war danach mehrere Zyklen lang ganz aufgeregt gewesen.

Deshalb ging Korlandril mit einer gewissen Befangenheit leise die gewundenen Pfade entlang, auch wenn es nicht annähernd so schlimm war wie damals bei seiner Ankunft im Schrein. Er bekam langsam wieder ein Gefühl für diesen Ort, spürte, wie die Nähe des Schreins wieder in sein Bewusstsein sickerte und schlummernde Gefühle wiedererweckte. Er entspannte sich, als ihm klar wurde, dass er nicht die Reaktion seiner Waffenbrüder fürchtete, sondern unablässig Zweifel gehegt hatte, ob er seine Kriegsmaske würde wiederfinden können. Die wogenden Nebel und seltsamen Ächz- und Hustgeräusche aus den düsteren Sümpfen weckten langsam etwas in Korlandril, brachten

Erinnerungen zurück, die er gemieden hatte, solange er in den Hallen der Heilung gewesen war.

Er erreichte die schwarze Öffnung des Hauptportals des Schreins und zögerte, spähte in die seltsame Finsternis, die den Eingang erfüllte. Der Inbegriff des Tödlichen Schattens, die Düsternis des Todes und des Krieges erfüllte den Schrein. Wenn er sie betrat, würde er wieder den Pfad des Kriegers gehen.

Er machte einen weiteren zögernden Schritt, dann lenkte ihn ein Geräusch zu seiner Linken ab. Min schob sich durchs Blattwerk und verließ die Zikkurat durch eine Seitentür. Er fuhr auf, überrascht Korlandril zu sehen. Min erholte sich aber rasch von seinem Schreck, lächelte freundlich und streckte zum Gruß die Handfläche aus.

»Wie ist es dir ergangen?«, fragte Korlandril und erwiderte die Geste. Min zögerte, ehe er antwortete.

»Es ist schön zu sehen, dass du dich von deiner Verletzung erholt hast«, sagte er.

»Ich brenne darauf meine Ausbildung fortzusetzen«, erwiderte Korlandril. Einen Augenblick lang betrachtete er Mins Gesicht, denn er las Zweifel und Sorge in den Falten auf seiner Stirn und den zusammengebissenen Zähnen. »Du hast meine Frage nicht beantwortet.«

Min wandte einen Herzschlag lang ausweichend den Blick ab, dann schlich sich Resignation in seine Züge.

»Ich werde nicht mehr mit dir trainieren, Korlandril«, gab Min zu. Er blickte zwischen den Mangroven hindurch weg vom Schrein. Sein Blick blieb in die Ferne gerichtet, als er fortfuhr: »Ich habe den Pfad des Kriegers verlassen.«

Korlandril stockte der Atem.

»Wie das? Ich kenne außer Kenainath keinen anderen Krieger, der dem Tödlichen Schatten treuer ergeben ist.«

»Das ist das Problem«, sagte Min seufzend. »Meine Kriegsmaske verblasst. Nein, das stimmt nicht. Mein wahres Gesicht verblasst, es weicht meiner Kriegsmaske. Ich stelle fest, dass ich mich immer häufiger an das erinnere, was unerinnert bleiben sollte. Ich liebe die Erinnerungen an den Kampf, die Wogen der Erregung, die ich im Kampf spüre. Das ist nicht gut.«

Korlandril nickte, denn er wusste nicht, was er sagen sollte. Die Kriegsmaske des Aspect Warriors hatte zwei Zwecke. Zum einen erlaubte sie dem Krieger die Energie seines Zorns, seines Hasses und anderer negativer Gefühle zu nutzen, ihnen im Kampf Luft zu machen. Zum zweiten, und das war gewissermaßen noch wichtiger, diente sie als Scheide zwischen Krieg und Frieden. Wenn ein Krieger seine Kriegsmaske nicht trug, wusste er nichts von den grauenhaften Gewalttaten, die er beging, während er seinen Aspekt verkörperte. Er konnte ohne Schuld töten und verstümmeln; ansonsten hätte Schuld die Psyche eines Eldars zertrümmert, hätte er sich gestattet sich damit aufzuhalten. Dass Gefühle seiner Kriegsmaske Min quälten, war ein ernstes Problem.

»Du hast die richtige Entscheidung getroffen, Min«, sagte Korlandril und trat vor, um seinem Gefährten den Arm zu tätscheln. »Ich werde dich im Training an meiner Seite vermissen, aber ich bin sicher, wir werden einander draußen sehen. Was hast du als nächstes vor?«

Mins Augen glitzerten fiebrig und er packte Korlandrils Handgelenke, starrte ihm ernst in die Augen.

»Wir werden einander wohl nicht wiedersehen, Korlandril. Ich bin der Versuchung nahe gekommen und dich und die anderen zu sehen wäre unklug, solange ihr Aspect Warriors seid. Ich bin beinahe in die Falle gegangen, wäre fast wie Kenainath und Aranarha geworden. Ich muss mich selbst für eine Weile verlassen und glaube, ich werde den Pfad des Traums einschlagen. Versprich mir, Korlandril, dass du deine Kriegsmaske immer verachten wirst. Lass nicht zu, dass du sie begehrst, wie ich es beinahe tat. Erkenne, dass sie Macht über dich hat und dass du ihre Versprechungen nicht glauben solltest.«

Korlandril lachte und löste sich sanft aus Mins festem Griff. »Ich habe nur eine Schlacht geschlagen, ich glaube, mir stehen noch viele Schritte auf diesem Pfad bevor, ehe seine Verlockungen mich zum Bleiben zu bringen suchen.«

»Handle nicht vorschnell! Bewahre jenen Ort des Friedens, der dich vom Zorn zurückholt, stets gut in deinen Gedanken. Furcht lauert in deiner Kriegsmaske, egal, welche Heilung du hinter dir hast. Lass sie nicht deinen Hass nähren oder deinen Zorn zu sehr anfachen.«

Korlandril tat Mins Warnungen mit einer Handbewegung ab.

»Ich wünsche dir gute Gesundheit und eine gute Reise, Min«, sagte Korlandril. »Ich hoffe, wir sehen uns wieder, wenn meine Zeit als Krieger vorüber ist. Bis dahin gehen wir verschiedene Wege. Wenn du einen Führer für deine Träume brauchst, empfehle ich Elronfirthir von Taleheac. Sprich mit den Spirit Seers, sie werden ihn für dich finden.« Er kehrte Min den Rücken zu und schritt in den Schrein, dessen kalte Schatten ihn erschauern ließen.

Die inneren Kammern des Schreins waren ihm sofort wieder vertraut. Korlandril durchschritt ohne Zögern die Dunkelheit, begab sich durch äußerste Schwärze in die Rüstkammer. Das Licht darin war gedämpft, nicht mehr als ein rötliches Leuchten, das von den Wänden ausging, und im Halbdunkel sah er die an der Wand aufgereihten Rüstungen.

Korlandril ging zu seiner Rüstung. Die in ihre Platten eingelassenen Edelsteine spiegelten das an das Morgenrot gemahnende Leuchten im Raum wider und schimmerten heller, als er sich näherte. Er legte die rechte Hand auf die Brustplatte, über das leere Oval, in das sein Wegstein passte, und die linke wanderte unbewusst zu dem Wegstein auf seiner Brust. Vielleicht bildete er sich die Verbindung ein oder vielleicht verband ihn ein unsichtbarer Faden mit seiner Rüstung und umgekehrt.

»Nun bist du wieder da, uns heil und unversehrt zurückgebracht durch Isha.«

Korlandril wandte den Kopf und sah Kenainath auf dem Sims an der Stirnwand der Kammer kauern, die Ellbogen auf die gebeugten Knie gestützt, das Kinn in den Händen. Der rote Schimmer des Raums wurde etwas heller, wurde weniger diffus und zeichnete die Schatten schärfer. Korlandril schwieg und sah wieder seine Rüstung an, ließ die Fingerspitzen an den Kanten der einander überlappenden Teile entlanggleiten, verharrte bei den Fingerspitzen der Handschuhe, streichelte sanft die Mandiblaster an den Seiten des Helms.

»Die Rüstung ruft, sucht ihren früheren Herrn, will wieder ganz sein. Kannst du ihren Willen spüren, der in deinen Geist drängt und sich von deinen Gedanken nährt?«

»Wer schuf sie?«, fragte Korlandril und trat zurück, irritiert von Kenainaths Worten.

»Ich und nicht ich. Sie entstand nach dem Fall, durch den ersten Kenainath.«

Der Tonfall und die Wortwahl des Exarchs verblüfften Korlandril. Er wechselte zwischen den Zeiten, beschrieb sich – Kenainath – als jemanden, der lebte, aber auch tot war.

»Der erste Kenainath?«

»Ich bin nicht der erste, doch es waren nicht viele, die diese Rüstung trugen. Ich bin Kenainath, aber auch nicht, weder einer noch die Summe.«

»Ich verstehe nicht.«

»Das ist auch besser so, hoffe, dass es so bleibt und du dich nicht verlierst.«

Korlandril hatte noch ein Dutzend weiterer Fragen, aber er schwieg und ging stattdessen in die Mitte der Kammer, um vor dem Exarch niederzuknien.

»Ich will wieder trainieren.«

Kenainath sah Korlandril lange an, in seinen Augen schimmerte ein seltsamer, goldener Glanz. Er sah dem Krieger tief in die Augen, suchte etwas von dem, was in Korlandrils Gedanken vor sich ging, sah vielleicht Dinge, die nicht einmal Korlandril wusste.

»Fang morgen an, heute Nacht musst du ruhen, das Training wird hart werden«, sagte Kenainath im Aufstehen. Er wandte sich der verhüllten Tür am Ende des Schreins zu und sah dann wieder Korlandril an. Er schürzte abschätzend die Lippen und hob fragend eine Braue. Dann nickte der Exarch, schien zufrieden. »Willkommen, Krieger Korlandril, der du in den Tödlichen Schatten zurückgekehrt bist.«

Der Exarch verschwand im Halbdunkel und ließ Korlandril mit seinen Schlussfolgerungen und Befürchtungen allein. Trotz aller Sorgen und aller Vorfreude, die in Korlandrils Geist brannten, war sein Körper müde. Schlaf kam ihm wie eine sehr gute Idee vor.

Korlandril hatte Schmerzen. Jeder Körperteil war gedehnt, jeder Muskel, jede Sehne zitterte und stach. Ihm wurde klar, wie austrainiert sein Körper vor dem Kampf gegen die Orks gewesen war und welchen Tribut seine Untätigkeit im Schrein der Heiler gefordert hatte. Seine Wunde war zwar verheilt, doch es würde eine Weile dauern, bis er wieder die körperliche Vollkommenheit erlangte, die er zuvor im Schrein erreicht hatte.

Es war seltsam ohne Min zu trainieren. Es nagte an Korlandril, als sähe er ein vertrautes Lächeln, dem aber ein Zahn fehlte. Es war ein Makel in seiner Welt, eine Abweichung von dem, was er gekannt hatte, als er zum Krieger geworden war. Im Versuch die Ablenkung zu ignorieren richtete Korlandril während des Trainings seine Gedanken nach innen. Dass er fast gestorben war, hatte gezeigt, dass er in den tödlichen Künsten noch nicht so bewandert war, wie er gedacht hatte. Er bemühte sich herauszufinden, was an seiner Kampftechnik noch gefehlt hatte, und analysierte sich selbst, während er die Hiebe und Stöße ausführte und von Haltung zu Haltung wechselte.

Mit seiner Kraft und Elastizität kehrten auch Korlandrils Präzision und Stil zurück. Er war sicher, dass seine gemessenen Schläge genaue Abbilder derer waren, die ihm Kenainath zeigte. Nicht seine Technik hatte ihn im Stich gelassen, es war etwas anderes gewesen.

Es war schwierig, aus einer Erfahrung zu lernen, an die er sich nicht erinnerte. Objektiv war ihm klar, was mit ihm geschehen war – der Kampf mit dem Ork und dann der vernichtende Hieb des Kriegshäuptlings –, aber er konnte seine Gefühle dabei nicht nachvollziehen, wusste nicht mehr, was er gedacht hatte. Diese Erinnerungen hingen in seiner Kampfpersönlichkeit fest, waren hinter seiner Kriegsmaske verborgen. Auch wenn er sich von ihnen nicht bei seinen Übungen und Duellen stören ließ, tauchten in Korlandrils Gedanken Fragen auf, wenn er außerhalb des Schreins war, wenn er mit den anderen aß oder in seinen Gemächern bildhauerisch tätig war.

Welchen Fehler hatte er gemacht? Hatte er einen begangen oder war seine Verletzung schlicht Pech gewesen? Hatte er gezögert oder Angst gehabt? War er zu vorsichtig oder zu selbstbewusst gewesen?

Es nagte an Korlandril, dass er die Antworten auf diese Fragen nicht fand. Er konnte sich nur ganz auf seine Kampftechnik und seine Entscheidungen in den Duellen konzentrieren. Letzteres war schwierig. Er kämpfte ohne bewusste Anstrengung, ließ Reaktionen und Instinkte seine Waffen führen.

Er erkannte, dass das möglicherweise das Problem war. Machten seine Instinkte ihn berechenbar? Musste er gelegentlich eingreifen, um den Stil zu wechseln, seinen Instinkten zuwiderzuhandeln? Hatte das Ritual selbst sich als fatal erwiesen?

Dreiundsechzig Zyklen waren seit seiner Rückkehr in den Schrein vergangen, in denen Korlandrils Körper wieder den Gipfel seiner Geschwindigkeit und Kraft erklommen hatte. Seine Aktionen waren ihm wieder in Fleisch und Blut übergegangen, seine Waffen wieder eine Verlängerung seines Willens. Er sollte sich Bechareth in einem Übungszweikampf stellen. Korlandril beschloss, während des Übungskampfes zu versuchen sich seiner Handlungen etwas bewusster zu bleiben.

Die beiden kämpften in der Kammer unter dem Schrein, Kenainath war im Schatten verborgen, Elissanadrin und Arhulesh sagten die entscheidenden Treffer an. Korlandril begann wie immer, reagierte und agierte ohne an Bechareths Angriffe und Paraden zu denken. Der Kampf war ausgeglichen, vielleicht gewann Bechareth leicht die Oberhand.

Während Korlandril sich duckte und wand, zuschlug und zustach, erlaubte er sich, sich näher mit seinem Körper zu befassen. Er sah ihn vor seinem geistigen Auge als Lichtkugel, stellte sich seine Kriegerinstinkte als Minisonne vor, die vor Energie pulsierte und um die und in der sich sein Körper bewegte. Sein bewusstes Denken, seine Vernunft sah Korlandril als weitere Kugel, deren Oberfläche unbewegt und ruhig war. Während er kämpfte, versuchte Korlandril die beiden Kugeln in Einklang zu bringen, damit das Bewusste und das Unbewusste sich überlappten.

Er stockte und gestattete Bechareth einen Schlag in den Unterleib, der seine alte Wunde aufgerissen hätte. Korlandril zögerte, als ein Erinnerungsfetzen in seine Gedanken drang. Er zog sich ins Ritual zurück, nahm die Verborgene Klaue ein und verdrängte die Erinnerungsfetzen.

Korlandril begann erneut, formte die Kugel des ruhigen Bewusstseins, aber statt sie dem Feuer seiner Intuition überzustülpen, versuchte er die beiden zu verschmelzen, sie eins werden zu lassen. Er parierte und ging zum Gegenangriff über, erkannte die Bewegung, die sein Körper gewählt hatte, und die ruhige Kugel glitt etwas näher an ihren Bestimmungsort. Er drängte stürmisch voran, denn sein Wille hatte ohne nachzudenken eine Blöße erkannt.

Langsam, Atom um Atom, verschmolz Korlandril die beiden Teile seines Bewusstseins. Seine geistige Übung war alles andere als beendet, als Kenainath die beiden aufforderte ihren Zweikampf zu beenden. Korlandril kehrte in die Ruhestellung zurück und hielt das letzte Bild, eine teilweise Verdunkelung seiner Kriegerinstinkte durch die Vernunft, im Geiste fest, denn er hoffte es beim nächsten Duell wieder heraufbeschwören zu können.

Bechareth senkte anerkennend und dankbar den Kopf. Sein Blick war wissend. Korlandril bezeigte ihm denselben Respekt ohne den Blickkontakt mit seinem Gegner zu unterbrechen.

»Du schreitest voran, bewegst dich schnell auf dem Pfad, um deinen Willen zu bekommen«, wandte sich Kenainath an ihn und bedeutete den anderen zu gehen. »Dein Geist reagiert darauf; ich spüre, wie er sich entwickelt, wie er eins mit deinem Körper wird. Wir sind alle innerlich zerrissen, viele Teile von uns wetteifern um den Sieg, doch darf keiner obsiegen. Du musst das Gleichgewicht finden, in allen Dingen, nicht nur im Kampf, um wieder heil zu werden.«

Korlandril nickte stumm.

»Übe deine Konzentration, betreibe Innenschau und beherrsche deinen Willen. Der Pfad ist Weisheit, ist die Kontrolle über das, was uns verspottet, damit wir wahre Freiheit finden.«

»Werde ich am Ende frei von Zorn sein?«

»Wir sind nie frei, denn das würde bedeuten keine Gefühle zu haben – wir hoffen auf Kontrolle. Unser Geist schwebt in luftigen Höhen, auf einer steifen Brise der Emotion, die uns ständig bedroht. Lerne diesen Wind zu beruhigen und darauf dahinzugleiten, wenn du es willst, ohne dich zu verirren.«

»Ich hätte nie gedacht, dass mir Mins schlechte Wortspiele fehlen würden«, sagte Korlandril.

Sein Blick wanderte zu dem freien Platz auf der gegenüberliegenden Bank, angezogen von dem gesellschaftlichen Vakuum, das die Abwesenheit seines früheren Gefährten erzeugt hatte. Arhulesh schien ähnlich verstört, er saß neben dem freien Platz, spielte mit dem Essen auf seinem Teller und starrte geistesabwesend über den Balkon der Mondsichel der heraufdämmernden Zeitalter hinaus. Korlandril sah ihm über die Schulter. In einer in einem unsichtbaren Kraftfeld gefangenen blaugrünen Blase hüpften Schulen gelber Wolkensterne auf und ab, deren schlanke Tentakelapparate in Gasströmungen wogten. Üblicherweise brachten ihre Bewegungen dem Beobachter einen fast hypnotischen Frieden, aber Korlandril war erregt.

»Es ist schade, dass Min gehen musste, der Trupp fühlt sich unvollständig an«, sagte er, um die drückende Stille zu beenden.

»Es ist gut, dass Min einen anderen Pfad eingeschlagen hat«, erwiderte Elissanadrin. Sie sah Korlandril an. »Es ist angemessen so. Wir ziehen weiter, wir wachsen, wir verändern uns. Du mochtest Veränderungen noch nie, oder?«

Korlandril antwortete nicht, doch er wusste, sie hatte recht.

»Zukunftsängste lassen uns an der Vergangenheit festhalten«, sagte Arhulesh. »Vielleicht hat Korlandril Angst, er könne zu einem anmaßenden Langweiler werden!«

»Wovor hast du denn Angst?«, verlangte Korlandril zu wissen, der plötzlich sehr genervt klang. »Ernst genommen zu werden?«

Arhuleshs verletzter Gesichtsausdruck versetzte Korlandril einen Stich der Schuld und er streckte entschuldigend die Hand aus. Arhulesh winkte ab und lächelte wieder.

»Hart, aber vielleicht wahr«, sagte er. Sein Lächeln verblasste. »Wenn ich mich selbst nicht ernst nehmen kann, wie kann ich es dann von anderen erwarten?«

»Du bist Krieger, das ist eine große Verantwortung«, gab Elissanadrin zu bedenken. »Sicher kannst du doch daraus eine gewisse Selbstachtung ziehen.«

Arhulesh zuckte mit den Achseln.

»Wenn ich meine Kriegsmaske trage, sicher. Sonst … ich würde über mich selbst lachen, wenn es nicht so deprimierend wäre.«

»Du bist doch gewiss Aspect Warrior geworden, um eine gewisse Gravität zu entwickeln«, sagte Korlandril.

Arhulesh lachte, aber es klang bitter und humorlos.

»Ich bin wegen einer Wette dabei«, sagte er. Er senkte traurig den Blick, während die anderen die Stirn runzelten und ungläubig die Köpfe schüttelten. »Es ist wahr. Ich ging wegen einer Wette zu Kenainath. Ich dachte, er würde mich abweisen.«

»Ein Exarch kann die, die zu ihm kommen, nicht abweisen«, sagte Elissanadrin.

»Heute wünschte ich, ich hätte das gewusst. Er behielt mich dort, wie euch beide, bis er in meinen Geist eingedrungen war und die Saat gesät hatte, die er dann nährte.«

»Warum bist du nicht gegangen?«, fragte Korlandril. »Ich meine, nach deinem ersten Kampf?«

»Ich bin vielleicht irrtümlich auf den Pfad des Kriegers gestolpert, aber ich bin nicht so egozentrisch, dass ich ihn einfach mir nichts, dir nichts wieder verlassen würde. Vielleicht musste ich diese Lektion lernen. Muss sie immer noch lernen.«

Korlandril sah nach links über eine Reihe leerer Tische und Bänke hinweg zu Bechareth hinüber, der dasaß und auf den Park und die Seen unter der Wolkensternblase hinabschaute.

»Von seiner Geschichte weißt du nichts?«, fragte Korlandril.

»Nichts«, sagte Arhulesh. »Ich weiß mehr über Kenainath als über Bechareth, und das ist nicht viel.«

»Ich glaube, er war einer der ersten Exarchs Alaitocs«, sagte Korlandril. »Er sagte mir, er sei nicht der erste gewesen, aber der Tödliche Schatten habe nicht viele gehabt.«

»Das passt zu dem, was ich gerüchteweise gehört habe und was mir andere zuflüsterten, die einst an seiner Seite kämpften«, sagte Elissanadrin.

»Warum um alles in der Galaxis hast du von allen Schreinen, in die du hättest gehen können, um deine Wette einzulösen, ausgerechnet Kenainaths gewählt?«, fragte Korlandril.

»Ich kann es nicht begründen«, erwiderte Arhulesh und zuckte erneut leicht mit den Achseln. Er runzelte die Stirn. »Er ist ein harter Ausbilder. Ich habe mit Kriegern anderer Schreine gesprochen; sie trainieren nur halb so viel wie wir.«

»Ich wäre lieber über- als untertrainiert«, sagte Elissanadrin. »Zumindest in der Schlacht.«

»Ja, vielleicht in der Schlacht, aber unsere Kriegsmasken tragen wir nur einen Bruchteil unseres Lebens – das kommt mir vor wie Zeitverschwendung.«

»Er ist ernst und das gefällt mir«, warf Korlandril ein. »Nimm beispielsweise Aranarha. Er wirkt übereifrig. Ich glaube, ihm könnte ich nicht vertrauen.«

»Er war einst ein Tödlicher Schatten«, vertraute ihm Arhulesh leise an. »Ich habe mehrfach mit Aranarha gesprochen, und ich glaube, er mag den alten Exarch nicht. Er hängt auf dem Pfad fest, steht in Khaines blutigem Dienst, aber tief in sich trägt er ein Körnchen Wut auf Kenainath, weil dieser zuließ, dass er in diese Falle ging.«

»Ich glaube, da ist eher die Hand des Schicksals am Werk als ein Fehlverhalten Kenainaths«, sagte Elissanadrin. »Es ist unvermeidlich, dass manche nach langer Zeit beginnen den Kampf zu lieben, genau wie ein Farseer nach Äonen zu Kristall wird. Wenn niemand Exarch würde, wer würde dann künftige Generationen ausbilden?«

Darüber dachte Korlandril eine Weile nach und versuchte sich ein Universum vorzustellen, das Khaine nicht berührt hatte. Die anderen sprachen weiter, doch er hörte ihre Worte nicht. Er stellte sich Alaitoc ohne Blutvergießen vor, ohne die Eisenbestie in seinem Herzen, das pulsierende Blutzornfragment Khaines, das in jedem Eldar war, genau wie es in seiner Kammer im Herzen der Craftworld schlummerte.

Dann stellte er sich Alaitoc überrannt vor, vielleicht von Orks, Menschen oder einer anderen Spezies von Emporkömmlingen. Ohne Khaine, ohne Krieg wären die Eldar wehrlos. Es war schon wenig genug von ihrer großen Zivilisation übrig, nur nachhallende Überreste. Ohne Zorn und Hass würden sie ausgelöscht.

»Es ist ein hoffnungsloser Traum«, grollte er schließlich. »Friede ist nur eine Illusion, die momentane Abwesenheit von Konflikten. Wir leben in einem Zeitalter blutiger Kriege, zwischen denen Khaine zum Atemholen innehält. Ich glaube, ich verstehe Kenainath jetzt ein bisschen besser. Es ist richtig, sich ein anderes Universum zu wünschen, aber es ist töricht zu glauben, es werde sich je ändern.«

»Siehst du?«, kicherte Arhulesh. »Du bist jetzt Krieger und fürchtest eine Zukunft, in der du keinen Platz mehr hast.«

»Dinge verändern sich«, sagte Elissanadrin. »Du solltest von deinem Heiler lernen; in deinem Geist sollte immer Platz für Hoffnung sein.«

»Alle Dinge verändern sich und doch ändert sich nichts«, sagte Korlandril übermannt von philosophischen Gedanken. »Wir wissen, alles ist ein großer Kreislauf. Ein Stern wird zu Sternenstaub, aus dem ein neuer Stern entsteht. Der Krieg wird zum Frieden, aus dem ein neuer Krieg entsteht. Das Leben wird zum Tod …«

»… aus dem ein neues Leben entsteht?«, fragte Arhulesh. »Ich hoffe, du beziehst dich nicht darauf, dass mein Geist in der Unendlichkeitsmatrix umherirrt, wenn dieser hübsche, aber zerbrechliche Leib schließlich zerfällt. Das ist kein Leben, oder?«

Korlandril hatte darauf keine Antwort. Er war nicht ganz sicher, worauf er hinausgewollt hatte, und als er sich seine Worte noch einmal durch den Kopf gehen ließ, erinnerte er sich nicht mehr an die kurze Erleuchtung, die er gehabt zu haben glaubte.

»Als Krieger können unsere Tode Leben bewahren – die

anderer Krieger und derer auf Alaitoc, die wir beschützen«, sagte Elissanadrin.

»Ich glaube, darauf wollte ich nicht hinaus«, antwortete Korlandril. Er streckte sich und stand auf. »Abgesehen davon denke ich, es reicht jetzt.«

Als er die Mondsichel der heraufdämmernden Zeitalter durchquerte, spürte Korlandril einen Blick auf sich ruhen und schaute zurück. Bechareth starrte intensiv in seine Richtung. Der Striking Scorpion machte keine Anstalten sein Interesse zu verhehlen und hob seinen Kelch, um ihm wortlos zuzuprosten. Korlandril winkte halbherzig zurück und eilte hinaus, irritiert von der Aufmerksamkeit des stummen Kriegers.

Der Lebenszyklus nahm seinen Lauf. Korlandril übte und duellierte sich, und wenn er nicht im Schrein war, bemühte er sich all seine alten Lieblingsplätze auf Alaitoc zu besuchen – er nahm die Luftkutsche über das wirbelnde Meer der Kuppel der unendlichen Sonnen, erklomm die Klippenpfade des Ewigen Turms, schwamm im schwerelosen Brunnen der morgigen Sorgen.

Er war auch bildhauerisch tätig, wandte sich von seinem Isha-Fetisch Porträts all seiner Schreingefährten zu, die er ihnen schenkte – außer Kenainath, dessen Essenz sich weigerte sich von dem Psi-Ton in einer für Korlandril zufriedenstellenden Weise einfangen zu lassen. Er spielte mit der Idee eine Weile zu träumen, zögerte aber sich einen Partner zu suchen, denn er kannte die düsteren Orte gut, an die ihn solche Mem-Reisen führen mochten. Er traf sich sogar ein paarmal mit Soareth, aber nicht in den Hallen der Heilung. Sie gingen am Sandstrand um das kreisrunde Meer der Wiederherstellung und sprachen über andere Dinge als Korlandrils Verletzung und Soareths Heilungen.

Korlandril genoss die Normalität all dessen. Er wusste, dass er irgendwann in naher oder ferner Zukunft wieder aufgefordert werden würde seine Kriegsmaske zu tragen.

Er wusste nicht, was ihn dann erwartete. Er glaubte zufrieden zu sein, auch wenn er manchmal mit einer vagen Erinnerung an einen Traum erwachte, einem flüchtigen Nachbild einer schattenhaften, rotäugigen Gestalt, das in seinen Gedanken verblieb.

Als das künstliche Licht eines neuen Zyklus heraufdämmerte, kehrte er in den Tödlichen Schatten zurück, nur um festzustellen, dass seine Gefährten sehr aufgewühlt waren. Sie waren in der Zentralkammer versammelt, wo Kenainath aggressiv auf seinem Podest auf und ab ging. Rötliche Finsternis umhüllte alles und wogte in beunruhigenden Wellen durch die Kammer.

»Was ist los?«, fragte Korlandril leise, als er seinen Platz neben seiner Rüstung einnahm.

»Eine schwere Entehrung meiner selbst, die auch euch alle betrifft und auf die wir reagieren müssen«, knurrte Kenainath. »Eine Beleidigung für uns alle, ein Affront gegen unseren wahren Kodex, ein Zweifel, den es auszumerzen gilt.«

Korlandril bat Elissanadrin um eine Erklärung.

»Arhulesh hat den Tödlichen Schatten verlassen und sich dem Tödlichen Regenschauer angeschlossen«, erwiderte sie in angespanntem Flüsterton und mit zusammengekniffenen Augen. »Er zieht Aranarhas Lehren denen Kenainaths vor.«

Korlandril wandte seine Aufmerksamkeit wieder dem Exarch zu, der stehenblieb und sich an den vorderen Rand seines Podests kauerte, wobei sein Blick von einem seiner Anhänger zum nächsten wanderte. An Korlandril blieb er hängen.

»Du wirst als Champion dieses großen Schreins gegen Arhulesh antreten. Bestätige, um diesen Disput zu beenden, den Tödlichen Schatten als Schrein der ersten Wahrheit.«

»Ich habe keinen Disput mit Arhulesh«, erwiderte Korlandril. »Mir kommt es so vor, als wärst du mit Aranarha ebenso zerstritten wie jeder andere. Wenn es ein Duell geben soll, dann sollten es die Exarchs der Schreine untereinander austragen.«

»Nicht mein Geschick steht in Frage, es geht um eine Frage der Kampfkunde, die meinen Lehren spottet. Schüler gegen Schüler, die Technik dieses Schreins gegen ihre, um den wahren Pfad zu erkennen.«

»Es wäre unklug mich in einem Ehrenduell für den Tödlichen Schatten antreten zu lassen«, sagte Korlandril. Er verhielt sich weiter ruhig, doch in ihm flatterte sein Herz bei der Aussicht die Ehre des Schreins zu verteidigen. Es war eine Last, die zu tragen er sich außerstande sah. »Bechareth ist nach dir der beste Krieger unter uns. Er sollte dein Champion sein.«

Kenainath schüttelte den Kopf.

»Ich wähle dich, meinen neuesten Schüler, und ich glaube an dich. Ich glaube an Korlandril, unseren neuesten Zugang. Es gibt keine bessere Demonstration, keine größere Lektion als deinen Sieg.« Kenainath machte eine hackende Geste mit der Hand, um zu zeigen, dass alles gesagt war und er nichts mehr hören wollte. Die Erregung des Exarchs wich der Zufriedenheit über seine Aussage. »In sechs Zyklen trittst du auf neutralem Boden gegen Arhulesh an. Bereite dich gut vor, kämpfe tapfer und geschickt, ficht mit Ehre.«

Korlandril stand wie vom Donner gerührt, als der Exarch aus der Kammer schritt. Er zuckte zusammen, als ihm Bechareth eine Hand auf die Schulter legte. Der Krieger zwinkerte und nickte zustimmend. Elissanadrin war ihrem Gesichtsausdruck nach zu urteilen weniger überzeugt. Sie legte den Kopf schief und sah Korlandril prüfend an.

»Es würde den letzten Rest von Kenainaths Ruf zerstören, wenn du scheitertest«, sagte sie streng. »Nicht nur die Ehre des Tödlichen Schattens ruht auf deinen Schultern, sondern die gesamte Zukunft des Schreins. Wenn du Arhulesh besiegst, muss er seinen Sinneswandel revidieren und zurückkehren. Wenn du ihm unterliegst, wird er beim Tödlichen Regenschauer bleiben.«

»Ich verstehe«, sagte Korlandril instinktiv. Er rieb sich mit schlanken Fingern das Kinn. »Nein, eigentlich nicht. Arhuleshs Verlust ist doch keine große Sache.«

»Zähl uns«, widersprach Elissanadrin. Korlandril tat es: er, Bechareth und Elissanadrin sowie Kenainath. Vier …

»Oh, ich *verstehe*«, sagte Korlandril. »Wenn Kenainath Arhulesh nicht zurückholt oder schnell ersetzt, sind wir zu wenige, um als Trupp zu agieren.«

»Die Tradition wird Kenainath zwingen uns fortzuschicken und den Schrein aufzulösen.«

»Was geschähe mit Kenainath? Was tun Exarchs ohne Krieger?«

Elissanadrin zuckte mit den Achseln und schüttelte traurig den Kopf.

»Ich weiß nicht, aber es kann nichts Gutes sein. Es wäre sicher Kenainaths Ende. Seit einem Zeitalter schwindet sein Ruf; vielleicht wäre das der Todesstoß für ihn.«

Korlandril sah zum Portal hinüber, das in die Privatgemächer des Exarchs führte. Er hatte Kenainath seit ihrer ersten Begegnung nicht gemocht. Aber er achtete ihn und das, was er Korlandril gelehrt hatte. Etwas anderes ging ihm durch den Kopf. Arhulesh hatte nicht nur den Exarch im Stich gelassen, sondern sie alle und die Erinnerungen an die, die früher zum Tödlichen Schatten gehört hatten. Der Gedanke, der Tödliche Schatten könne nicht mehr sein, missfiel Korlandril, und Arhuleshs Launen geopfert zu werden erschien ihm vollkommen sinnlos. Die Schlange von Korlandrils Zorn, die eine Weile geschlummert hatte, züngelte und kostete seine Verärgerung. Langsam entrollte sie sich und schwelgte in ihrer Rückkehr in seine Gunst. Korlandril kämpfte nicht gegen die Kreatur, sondern gestattete ihr sich in sein Herz zu schlängeln und um seine Gliedmaßen zu legen. Ihre Umarmung brachte Entschlossenheit, brachte Kraft.

»Dazu wird es nicht kommen«, erklärte Korlandril und starrte Elissanadrin an. »Dafür sorge ich.«

Die Krieger des Tödlichen Schattens folgten ihrem Exarch in gemäßigtem Tempo durch den engen Tunnel. Kenainath trug ein Zepter, dessen Kopf ein leuchtendes Abbild der Rune des Schreins war. Sie bot das einzige Licht und tauchte die nächsten Wände in ihren roten Schein.

Sie hatten den Schrein des Tödlichen Schattens durch ein nebelerfülltes Portal unter der Rüstkammer verlassen, das keiner von ihnen zuvor gesehen hatte. Korlandril versuchte zu erfassen, in welche Richtung sie gingen, konnte es aber nicht genauer bestimmen, als dass sie sich randwärts bewegten. Der Gang war mit kleinen Glaskacheln in unterschiedlichen Farben gefliest, die insgesamt so dunkel waren, dass sie schwarz wirkten, aber mit winzigen Einschlüssen von Purpur, Blau, Grün und Rot. Korlandril nahm kein Farbmuster wahr, doch am Rande seines Sehbereichs erinnerten sie ihn an die Mangroven des Schreins des Tödlichen Schattens, deren Schatten und triste Farben sie andeuteten, aber nicht wirklich abbildeten.

Die gepanzerten Schritte des Trupps wurden von einer Erdschicht am Boden erstickt, während sie sich durch den geraden Gang bewegten. Im Vergleich zur Feuchtigkeit unter der Kuppel des Schreins war die Luft kühl, sodass ihr flacher Atem kondensierte, während sie sich fortbewegten.

»Überlasse Arhulesh nicht die Initiative«, flüsterte Elissanadrin von hinten, eine Wiederholung des Ratschlags, den sie Korlandril seit fünf Zyklen ständig gab. »Der Stil des Tödlichen Regenschauers setzt weniger auf die List des Tödlichen Schattens und mehr auf Aggression.«

»Ja, ich verstehe«, sagte Korlandril ohne den Blick von Kenainaths Rücken zu wenden.

»Aber pass auf, Arhulesh ist nach wie vor Schüler Kenainaths und er hat oft gegen dich gekämpft.«

»Nicht häufiger oder seltener als ich gegen ihn«, erwiderte Korlandril mit einem schiefen Grinsen. Sein Witz beruhigte Korlandrils Nerven ein wenig, auch wenn er Elissanadrins Irritation spürte und über die Schulter sah, nur um festzustellen, dass sich ihr Gesicht verfinstert hatte.

»Er wird sich in der kurzen Zeit bei Aranarha nicht so sehr verändert haben, aber vielleicht ausreichend, um es dir schwer zu machen.«

»Es mag mir zum Vorteil gereichen, ein Konflikt in seinen Gedanken, in seiner Technik«, sagte Korlandril, der versuchte in Elissanadrins Warnungen etwas Positives zu sehen. Er sah wieder nach vorn. Dann spürte er Elissanadrins Hand auf seiner Schulter.

»Du wirst der bessere Krieger sein«, sagte sie fest. Korlandril zog Kraft aus ihrer Überzeugung, zumal er keinen falschen Zungenschlag wahrnahm.

Vor ihnen flackerte Licht, was Korlandril mit dem Drang erfüllte schneller zu gehen, denn nervöse Energie trieb ihn voran. Er beherrschte sich aber und blieb in der Reihe hinter dem Exarch. Er konzentrierte sich auf bewusstes Gehen und verwandelte seine Schritte von einem Quell der Frustration in ein entschlossenes Gleichmaß, das seinen Puls und seine Atmung mit den feierlichen Schritten synchronisierte.

Der Tunnel führte sie in eine breite, achteckige Kammer, deren Wände wie der Korridor gefliest waren. Der Kreis in ihrer Mitte bestand aus einer niedrigen, eng mit Runen beschriebenen Rundmauer. Aus drei anderen Richtungen führten rechtwinklig zueinander drei weitere Portale in die Duellkammer. Als Kenainath über die Schwelle trat, kam von links Aranarha herein, der auch die leuchtende Sigle seines Schreins trug.

Die beiden Exarchs bedeuteten ihren Anhängern sich an der Wand links und rechts ihres Eingangs aufzustellen und traten dann aufeinander zu, standen einander im Kreis gegenüber. Der Tödliche Regenschauer hatte weit mehr Mitglieder als der Tödliche Schatten.

»Die Herausforderung ist ausgesprochen, um der Ehre Genüge zu tun und die Wahrheit ans Licht zu bringen«, intonierte Kenainath. Es lag kein Zorn in seiner Stimme, nur die Feierlichkeit des Anlasses.

»Die Herausforderung ist angenommen, um der Ehre Genüge zu tun und unseren Streit beizulegen«, erwiderte Aranarha ebenso gravitätisch.

Sie wandten sich ihrem jeweiligen Champion zu. Beide verbeugten sich und winkten ihre Kämpen in den Duellbereich, während sie selbst sich zurückzogen, um Seite an Seite in einigen Schritten Entfernung zu stehen. Korlandril schritt in den Kreis, das Kettenschwert locker in der Hand, die Augen fest auf den sich nähernden Arhulesh gerichtet. Das Gesicht seines Gegners war ernst, aber Arhulesh konnte das leise Grinsen nicht von seinen Lippen verbannen. Korlandril freute sich, dass Arhulesh amüsiert war; er hielt es für ein Zeichen der Selbstüberschätzung.

Die beiden nickten einander grüßend zu, den Blick auf den jeweils anderen gerichtet, und das Licht der beiden Schreintotems warf lange Schatten auf den Boden. Langsam hoben die beiden die Köpfe und nahmen ohne Eile Kampfhaltung ein: Korlandril den Drohenden Sturm, Arhulesh eine leicht modifizierte Version der Erhobenen Klaue.

In Korlandrils Hinterkopf schwebten die beiden Kugeln des Instinkts und der Vernunft durcheinander und umeinander herum. Mit seiner Kriegerintuition spürte er, dass Arhulesh sein Gewicht leicht nach links verlagert hatte, während sein vernünftiger Blick berechnete, dass ein Hieb von oben nach unten dem anderen aus dieser Position die größten Probleme bereiten würde.

Wortlos trat Korlandril in einer fließenden Bewegung in Aktion, trat vor und nahm des Mondes fallenden Zorn ein, wobei sein Kettenschwert auf Arhuleshs Brust zuzuckte. Sein Gegner reagierte rechtzeitig und stieß im letzten Moment das Kettenschwert beiseite, ehe er einen Treffer einstecken musste, doch er hatte das Gewicht nach rechts auf den hinteren Fuß verlagert.

Korlandril täuschte einen Stoß nach hinten gegen Arhuleshs vorderes Bein an, trieb ihn zurück und drehte sich dann auf einem Fuß, duckte sich unter der Klinge seines Gegners hindurch und schlug nach dem Knie von Arhuleshs Standbein.

»Wunde!«, riefen die umstehenden Krieger. Korlandril hörte einen triumphierenden Unterton in den Stimmen der Tödlichen Schatten hinter ihm. Sein Kriegergeist pulsierte vor Stolz, während sein vernünftiger Geist Korlandril sagte, der Treffer sei nur die Belohnung für eine gute Strategie gewesen.

Die beiden Exarchs nickten die Wertung ab und neigten kurz den Kopf in Korlandrils Richtung. Die beiden Kämpfer richteten sich auf und kehrten in die Ruhestellung zurück.

In plötzlicher Vorausschau erriet Korlandril, dass Arhulesh erwartete, er werde wieder als erster zuschlagen. Korlandril senkte die linke Schulter eine Winzigkeit, und als Arhuleshs Kettenschwert als Reaktion darauf an seiner Brust vorbeizuckte, warf sich Korlandril nach rechts, wobei seine Füße rasch über den gefliesten Boden tänzelten. Arhulesh wirbelte herum und schaffte es mit knapper Not den Hieb gegen sein Steißbein abzublocken und führte dann einen schlecht gezielten Stoß gegen Korlandrils Kehle. Der Krieger des Tödlichen Schattens verzögerte seine Reaktion um Sekundenbruchteile und wich dem Hieb im letzten Augenblick aus, sodass Arhulesh aus dem Gleichgewicht kam. Ein einfacher Hieb brachte Korlandrils Klinge auf Fingerbreite an Arhuleshs Hals heran.

»Wunde!« Der Ruf des Tödlichen Schattens war erregt, der des Tödlichen Regenschauers eher bedrückt. Wieder schrieb das Nicken der Exarchs Korlandril den Treffer zu.

Der dritte Treffer ging an Arhulesh, der sofort einen Sturmangriff führte und Korlandril mit seinem wilden

Ausbruch überraschte. Der nächste Ansturm zählte für Korlandril, der eine Wiederholung erwartet hatte, sodass er Arhulesh zu einem hübschen Tänzchen zwingen konnte, indem er sich verteidigte und parierte, aber keinen Gegenangriff führte, bis sein Gegner völlig aus dem Gleichgewicht war und den Schlag nicht mehr abwehren konnte.

Korlandril hatte keine Ahnung, wie das Duell enden würde. Gab es eine Mindesttrefferzahl, ein Ergebnis, das er erzielen musste? Oder ging es einfach nur darum, dass ein Exarch sich in das Unvermeidliche fügte?

Von dieser Überlegung abgelenkt fing sich Korlandril einen Hieb nach seinem linken Schenkel ein. Innerlich ob seiner Unkonzentriertheit fluchend hob Korlandril sein Kettenschwert zum Gruß, um etwas Zeit zu gewinnen, sich zu sammeln.

Von da an war das Duell wieder so einseitig, wie es begonnen hatte. Arhuleshs Schläge waren gut geführt, manche sogar regelrecht tückisch, aber Korlandril hatte seinen Gegner im Griff. Als Arhulesh in der Trefferwertung zurückfiel, wurde er immer aggressiver und strebte nach dem Sieg.

Korlandril versuchte geduldig zu sein, aber die immer verzweifelteren Angriffe Arhuleshs waren wie ein Köder für ihn. Die feurige Sonne seines Kriegerinstinkts wurde heller, während der bleiche Mond seiner Vernunft abnahm. Korlandril erkannte: Es reichte. Arhulesh kämpfte jetzt rein instinktiv, reduzierte das Duell auf eine Frage von Reaktion und tierischen Instinkten.

»Wunde!« Wieder hallte der Ruf durch die Kammer. Korlandril hatte acht Treffer erzielt, Arhulesh drei. Kenainath hob eine Hand, um den Vorgang zu unterbrechen.

»Es ist erledigt, der Tödliche Schatten obsiegt: Uns gebührt die Ehre.«

Aranarhas Blick wanderte zuerst zu Korlandril, dann zu Arhulesh. Der Exarch des Tödlichen Regenschauers öffnete den Mund, um etwas zu sagen, doch Arhulesh schnitt ihm mit einem mühsamen Krächzen das Wort ab.

»Nein! Ich kann das!« Wieder wandte sich Arhulesh mit fiesem Grinsen gegen Korlandril. »Wenn ein Ork ihn schlagen kann, kann ich es auch …«

Korlandril kniff die Augen zusammen, als etwas in ihm hochkochte. Arhulesh griff an, zielte auf Korlandrils Bauch, hoffte Nutzen aus seiner Ablenkung ziehen zu können. Korlandrils Waffe schlug den vorhersehbaren Angriff beiseite und ging zum Gegenangriff über, ließ Hiebe auf Arhuleshs Kettenschwert herabregnen. Das Rot seines Helms erfüllte Korlandrils Sichtfeld und er hatte ein seltsames, schwirrendes Geräusch in den Ohren, während er unablässig auf Arhulesh eindrang, von links und rechts, von oben und unten mit seiner Klinge zuschlug.

Arhulesh riss entsetzt die Augen auf, während er verzweifelt jeden der brutalen Angriffe abwehrte.

Hände packten Korlandrils Schultern und zerrten ihn aus dem Kreis, während andere Arhulesh in Sicherheit zogen. Als Korlandrils Rücken gegen die Fliesen stieß, spürte er schlagartig wieder etwas. Mit wachsendem Entsetzen erinnerte er sich, dass er seinen Helm nicht trug; der rote Nebel war in seinem Geist gewesen. Das schwirrende Geräusch war von seinem Kettenschwert gekommen, das sein Zorn aktiviert hatte.

Er war kurz davor gewesen in einem Duell seine Kriegsmaske anzulegen.

FALLE

Mit Khaine an seiner Seite besiegte Eldanesh die Feinde der Eldar. Niemand vermochte der Macht des Blutbefleckten und seines Jüngers zu trotzen. Eines Abends, als sich die Krähen an Eldaneshs erschlagenen Feinden labten, gratulierte Khaine Eldanesh zu seinen Siegen und verhieß ihm viele weitere. Der Kriegsgott schenkte Eldanesh eine Zukunftsvision, indem er einen Tropfen seines feurigen Blutes auf Eldaneshs Stirn fallen ließ. Eldanesh sah, was unter Khaines Herrschaft geschehen würde. Zahllose Feinde fielen durch Eldaneshs Klinge, und die Macht der Eldar erreichte ihren Zenit. Alle Kreaturen duckten sich vor Eldaneshs Kraft und alle Eldar zollten Eldanesh für seine Herrschaft Respekt. Als die Vision endete, sagte Khaine Eldanesh, der Kriegsgott werde seine Abneigung gegen die Kinder Ishas vergessen, wenn Eldanesh dem Blutbefleckten nur Treue schwüre. Eldanesh aber missfiel die blutige Zukunft aus Khaines Träumen und er weigerte sich dem Kriegsgott seinen Eid zu leisten. Erzürnt streckte Khaine Eldanesh nieder, und der Krieg im Himmel begann.

Obschon Korlandril am Ende des Duells die Beherrschung verloren hatte, war man sich einig, dass er den Sieg errungen hatte. Korlandril war der Erste, der Arhulesh wieder willkommen hieß, als er ihn in der Rüstkammer begrüßte.

»Du gehörst zum Tödlichen Schatten«, sagte Korlandril. »Wenn du unter uns bist, sind wir komplett.«

Arhulesh musterte Korlandril, suchte nach einem Anzeichen von Hohn oder Prahlerei. Korlandril stellte keines von beiden zur Schau.

»Tut mir leid, dass ich dich beleidigt hatte«, wandte sich Arhulesh an ihn. »Es war ein heimtückisches Vorgehen, das der Striking Scorpions nicht würdig war.«

»Es war keine gute Idee, aber ich bin froh, dass ich dich für deinen Fehler nicht zu teuer habe bezahlen lassen. Ich entschuldige mich für meine Reaktion, ich habe mich nicht betragen wie ein Krieger, der seinesgleichen gegenübersteht.«

Arhulesh streckte die Hand mit gestreckten Fingern aus und Korlandril berührte mit den Fingerspitzen die seinen, um ihre Einigung zu besiegeln.

»Kenainath lässt mich momentan wieder allein trainieren«, gestand Korlandril. »Mir ist auch für die nächsten zwanzig Zyklen verboten den Schrein zu verlassen. Ich glaube, er traut mir, will aber etwas klarmachen. Ich wäre nicht überrascht, wenn er auch etwas mit dir vorhätte.«

»Ich hätte es verdient«, sagte Arhulesh bedrückt. »Zu Aranarha rennen, um Kenainath zu trotzen? Manchmal bin ich wirklich selbst mein schlimmster Feind. Was für ein Narr.«

Korlandril schwieg. Arhulesh runzelte missbilligend die Stirn.

»Hätte ich widersprechen sollen?«, fragte Korlandril und verbiss sich ein Lächeln.

»Als nächstes werde ich Philosoph und begründe einen neuen Pfad«, sagte Arhulesh. Er hob in einer parodistisch nachdenklichen Pose einen Finger ans Kinn. »Auf diesem Pfad wird man das genaue Gegenteil dessen tun müssen, was man für richtig hält. Ich werde ihn den Pfad des Idioten nennen.«

Korlandril lachte und schlug Arhulesh auf die Schulter. »Ich werde dein erster Jünger sein. Ich habe mich zwar schon mehrfach an der Idiotie versucht, doch ich sollte ihre feineren Nuancen wirklich unter einem Großmeister lernen. Außer davonzurennen und mich den Harlequinen anzuschließen fällt mir nichts ein, womit ich deine letzten Taten noch übertrumpfen könnte.«

»Verspotte die Harlequine besser nicht«, ermahnte ihn Arhulesh, der plötzlich ernst wurde. »Schließlich pirscht Cegorach noch immer durch das Netz der Tausend Tore. Es ist besser, keine Aufmerksamkeit auf sich zu ziehen.«

Etwas in Arhuleshs Tonfall verriet, dass seine Worte einen tieferen Sinn hatten, doch er erschloss sich Korlandril nicht. Da war eine Geschichte verborgen, die Arhulesh nicht erzählen wollte.

»Du solltest die anderen treffen, ehe Kenainath dich erwischt«, sagte Korlandril mit gezwungener Leichtigkeit, »und bevor er uns zusammen sieht und meine Strafe um weitere zwanzig Zyklen verlängert!«

»Gute Gesundheit und Wohlstand, Korlandril. Wenn wir beide Glück haben, sehen wir uns in zwanzig Zyklen.«

Korlandril sah Arhulesh nach. Als er sicher war, allein zu sein, nahm er die Erhobene Klaue ein und setzte sein Ritual von der Stelle an fort, an der ihn Arhulesh unterbrochen hatte. Aus dem Augenwinkel sah Korlandril ein zweifaches rotes Leuchten aus der Finsternis des Durchgangs zum inneren Schrein und Kenainaths Gemächern. Gleich darauf waren sie verschwunden.

Korlandril ertrug seine Isolationsstrafe klaglos. Als ihn Kenainath daraus befreite, war sein erster Impuls zu den anderen Kriegern zu gehen. Er entschied sich dagegen und befand, er brauche weniger kriegerische Gesellschaft. Ihm fiel ein, dass es jemanden zu besuchen galt, den er recht lange nicht gesehen hatte.

Thiriannas Überraschung war an sich schon eine Belohnung. Nach einem kurzen Vorstoß in die Unendlichkeitsmatrix – die Geister darin wurden gar nicht gern von aktiven Aspect Warriors gestört – fand Korlandril sie im Garten der Himmlischen Freuden, wo sie unter dem weiß blühenden Ast eines Schneeblatts über einer Schriftrolle brütete. Thirianna trug eine blaue Robe mit tiefen Falten und war mit Runenamuletten und Armbändern geschmückt, die aus sich selbst heraus leuchteten. Ihr Haar war in einem langen Zopf zurückgenommen, dunkel mahagonifarben gefärbt und mit rubinroten Edelsteinen geschmückt. Sie stand rasch auf, legte ihren Text weg und umarmte Korlandril. Überrascht zögerte er, ehe er sie in die Arme schloss.

»Ich hörte, du seist verletzt worden«, sagte Thirianna und trat zurück, um Korlandril kritisch zu mustern und sich zu versichern, dass mit ihm alles in Ordnung war.

»Ich bin wieder heil«, erwiderte er lächelnd. »Zumindest körperlich.«

Korlandril wies auf die Bank und sie setzten sich nebeneinander. Thirianna öffnete den Mund, um etwas zu sagen, schloss ihn aber wieder. Sorge huschte über ihre Züge.

»Was ist?«, fragte Korlandril.

»Ich wollte dich besuchen, aber es gibt etwas, das du wissen solltest. Mir wäre es lieber gewesen, wenn wir erst über andere Dinge gesprochen hätten, aber du hast mich unvorbereitet erwischt. Es gibt keine angenehme Weise, dies zu sagen. Ich habe deine Runen gelesen. Sie sind wirr, aber viele deiner Zukünfte verheißen nichts Gutes.«

»Keine Angst. Ich hatte in letzter Zeit meine Probleme, aber ich komme klar.«

»Das macht mir ja solche Sorgen«, sagte Thirianna. Sie streckte die Hand aus und legte die Handfläche kurz auf seine Wange, aber er zuckte zurück. »Ich spüre Zerrissenheit in dir. Du siehst jede Begegnung als Kampf, den es zu gewinnen gilt. Der Pfad des Kriegers fordert seinen Tribut von dir.«

»Es war ein kurzer Konzentrationsmangel, sonst nichts«, sagte Korlandril und erhob sich. Er wich vor Thirianna zurück, als er den Vorwurf in ihren Augen sah. »Ich bin gestolpert, aber der Pfad geht weiter.«

»Ich habe keine Ahnung, wovon du redest. Ist sonst noch etwas passiert?«

Korlandril spürte einen Stich – Scham bei der Erinnerung an seinen Fehler beim Duell. Er fand, das ginge Thirianna nichts an; darum musste sich der Tödliche Schatten kümmern.

»Es ist nicht wichtig, geht Leute wie dich nichts an.«

»Leute wie mich?« Thirianna war eher aufgebracht als wütend. »Es geht eine Freundin nichts an?«

Korlandril lenkte ein und senkte den Blick.

»Ich hätte bei einem rituellen Duell beinahe einen richtigen Schlag geführt.«

»Oh, Korlandril.«

Ihr mitleidiger Tonfall traf ihn tiefer als der Tadel Kenainaths und Aranarhas.

»Was?«, grollte er. »Du redest mit mir wie mit einem Kind. Es ist passiert. Ich werde daraus lernen.«

»Wirst du das? Vergiss nicht, dass ich ein Dire Avenger war. Diese Zeit liegt zwar in den Nebeln meiner Vergangenheit, doch sie liegt nicht so lange zurück, dass ich sie ganz vergessen hätte. Bis vor Kurzem ging ich den Pfad des Warlocks. Als Kriegerseherin habe ich mir viele meiner Erinnerungen an Schlachten noch einmal angesehen, habe Entschlossenheit und Kraft aus ihnen gezogen. Ich erinnere mich an den Lockruf des Weges des Kriegers; die klaren Ziele, die er vorgibt und den Trost der Rechtschaffenheit.«

»An einer gefestigten Überzeugung ist nichts Falsches.«

»Dieses Gefühl der Macht und Überlegenheit ist eine Droge. Die Kriegsmaske erlaubt dir in der Schlacht deine Schuld und deinen Zorn zu kontrollieren, sie soll nicht außerhalb des Krieges jedes Gefühl ausmerzen. Ich spüre, dass du selbst jetzt wütend auf mich bist.«

»Na und? Du sitzt da und redest über Dinge, von denen du nichts verstehst. Es ist egal, ob du den Pfad des Kriegers gegangen bist, denn wir sind nicht gleich. Das hast du mir klargemacht, ehe ich mich dem Tödlichen Schatten anschloss. Vielleicht hat *dich* die Macht in Versuchung geführt. Mein Wille ist stärker.«

Thiriannas Lachen war harsch und verletzte Korlandrils Stolz.

»Du hast dich nicht verändert. Du hast nichts gelernt! Ich biete Trost und du hörst Kritik. Vielleicht hast du recht. Vielleicht macht dich nicht der Pfad des Kriegers so arrogant; du warst schon immer so selbstsüchtig.«

»Selbstsüchtig?« Korlandrils Ungläubigkeit ließ seine Stimme schrill klingen. Er holte Luft und riss sich zusammen. »Du flattertest im Licht meiner Aufmerksamkeit umher, versprachst viel, warst aber letztlich nicht bereit etwas zu geben. Wenn ich selbstsüchtig bin, dann weil du mir das genommen hast, dem ich mich gern hingegeben hätte.«

»Ich habe mich geirrt, du bist nicht selbstsüchtig. Du machst dir etwas vor! Du hast zu deiner Verteidigung nur Rechtfertigungen und Erklärungen zu bieten. Sieh dich mal in aller Ruhe an, Korlandril, und dann sag mir, das sei meine Schuld.«

Korlandril ging eine Weile steifbeinig auf und ab und analysierte Thiriannas Worte, wälzte sie in seinem Geiste hin und her und versuchte ihre wahre Bedeutung zu erkennen. Er sah in ihr erzürntes Gesicht und erkannte die Wahrheit.

»Du bist eifersüchtig! Einst war ich in dich verschossen

und jetzt erträgst du den Gedanken nicht, dass ich ein Leben außerhalb deines Schattens führen könnte. Vielleicht Elissanadrin? Du glaubst, ich hätte Gefühle für eine andere entwickelt, und plötzlich hast du das Gefühl, du müsstest meine Zuneigung teilen.«

»Ich hatte keine Ahnung, dass dein Ehrgeiz jetzt einer anderen gilt. Das freut mich. Es wäre mir lieber, wenn du die Gesellschaft einer anderen suchtest, da du in meiner nicht mehr erwünscht bist.«

»Das war ein Fehler. Du bist weder den Kummer wert, den du bereitest, noch die Zeit, die du kostest.«

Thirianna begann zu schluchzen und vergrub ihr Gesicht in den Händen. Es war jämmerlich; ein unverkennbares Heischen um Mitleid und Aufmerksamkeit. Korlandril hatte Thiriannas Manipulationen satt. Ohne Abschied duckte er sich unter den Zweigen des Schneeblatts hindurch und ging.

Nach seinem Streit mit Thirianna versuchte Korlandril die Episode mit einer Skulptur aus seinen Gedanken zu verbannen. Er kehrte dazu in seine Gemächer zurück, fand aber keine Ruhe. Er ging im Wohnbereich auf und ab, umgeben von seinen Isha-Darstellungen, deren schöne Gesichter ihn alle an Thirianna erinnerten. Wenn er mit weißem Ton in den Händen auf seiner Bank saß, fiel ihm nie ein Motiv ein. Sein Geist war voller Ecken und Kanten. Seine bildhauerischen Versuche waren weit davon entfernt Schönheit zu erschaffen, die ihn beruhigt hätte, sie erinnerten ihn nur an die Dinge, die ihn am meisten quälten.

Ruhelos kehrte Korlandril in den Schrein des Tödlichen Schattens zurück. Er fand Elissanadrin schattenboxend in der Rüstkammer vor.

»Hättest du vielleicht gerne ein Ziel?«, fragte er und begann seine Rüstung anzulegen.

Elissanadrin lächelte und antwortete mit einem Nicken. Sie sprach leise, während Korlandril sich rüstete.

»Ich empfinde vertraute Erregung in dir. Thirianna, würde ich sagen.«

Korlandril schwieg, denn er war auf das Rüstmantra konzentriert. Er legte seine Brustplatte an und schenkte Elissanadrin ein kaum wahrnehmbares Nicken.

»Leider entfernen wir uns von denen, die wir lieben, doch vielleicht tröstet es dich, dass andere kommen werden, mit denen du dich teilen kannst, während du dich veränderst, während das Leben weitergeht«, sagte Elissanadrin.

Korlandril aktivierte die Rüstung und spannte seine Arme an, als sie sich um ihn zusammenzog.

»Ist das ein Angebot?«, fragte er.

»Du bist heute sehr direkt«, erwiderte sie. »Ich würde mich nicht als Ersatz für Thirianna anbieten. Ich bin nicht sie, also musst du mich nehmen, wie ich bin.«

»Ich würde nicht wollen, dass du wie Thirianna bist«, sagte Korlandril kalt. Er ballte die Fäuste und lockerte seine Handgelenke. »Das bist du auch nicht. Ich würde dir sehr gerne den Hof machen und wenn alles gut geht, könnten wir intim werden.«

Elissanadrin lachte leise.

»Du bist manchmal so traditionell, Korlandril. Vielleicht sollten wir ›intim werden‹ und dann sehen, ob wir einander den Hof machen wollen? Ich achte sehr auf körperliche Kompatibilität.«

Beide gingen schweigend in die Waffenkammer und nahmen ihre Kettenschwerter. Wortlos folgten sie dem Gang hinab ins Herz des Schreins.

»Ich fühle mich mit deinem Körper schon kompatibel«, sagte Korlandril. Er hob sein Kettenschwert an die Stirn. »Vielleicht wird dich die Intimität der Klingen überzeugen.«

Elissanadrin erwiderte den Gruß und nahm ihren Platz im Duellring ein. Sie warf ihr Haar zurück und lächelte schüchtern.

»Ich bezweifle weder deine Energie noch deine Ausdauer, doch ich fürchte, deine Technik könnte eingerostet sein.«

»Lass mich dir beweisen, dass ich mich noch gut der in der Vergangenheit mühsam erlernten Tricks und Kniffe entsinne.«

Korlandril betrat den Kreis und stand Elissanadrin gegenüber, so dicht, dass er ihren Atem spürte und ihre Haut roch. Sein Herz raste bei der Aussicht auf das Duell und die Freuden danach.

Das Geräusch eines Kratzens auf Stein ließ beide in Richtung des Durchgangs zur Duellkammer herumwirbeln. Da stand Kenainath, gerüstet, aber ohne Helm. Seine dunklen Augen betrachteten sie ohne zu zwinkern, sein Mund war schmal wie eine Klinge.

»Keine Zeit für Duelle, die Schlacht ruft; der Autarch wartet.«

Aus ihrem Flirt jäh herausgerissen warfen Korlandril und Elissanadrin einander einen Blick zu und folgten dem Exarch eilig, der durch den Durchgang verschwand.

»Die Schlacht gegen wen?«, fragte Elissanadrin. Kenainath antwortete nicht.

Die anderen warteten ungerüstet in der Hauptkammer. Kenainath sagte nichts, als sie sich hinter ihrem Exarch formierten. Er führte sie durch einen schmalen Durchgang und eine lange Rampe hinunter, die in eine runde Kammer führte. Rasch erwachten Lichter zum Leben und enthüllten vier schlanke Transporter im selben Grün wie die Rüstungen des Trupps. Sie schwebten dicht über dem Metallboden und ihre nach hinten gebogenen Flügel und der hohe Bogen des Rückenstabilisators warfen Schatten auf den Trupp.

Arhulesh eilte zum nächsten Transporter und berührte eine Rune an seiner Seite, um die flache Kuppel zu öffnen. Leichtfüßig sprang er an Bord und begab sich zum Bug des Schiffs. Korlandril wartete, bis die anderen sich ins Heck gesetzt hatten, ehe er sich neben Bechareth setzte, weil er es angesichts des spielerischen Flirts, den sie gerade hinter sich hatten, für besser hielt nicht zu nah bei Elissanadrin zu sitzen. Arhulesh schloss die Kanzel und der Schweber erwachte zum Leben; ein leises Summen war das einzige Anzeichen, dass er jetzt aktiv war.

Gelenkt von Arhulesh drehte sich das Schiff in Richtung einer Öffnung auf der anderen Seite der Kammer, jenseits derer eine Reihe gelber Lichter den Weg durch einen gewundenen Tunnel wiesen. Arhulesh steuerte das Schiff mühelos die Startbahn entlang und nahm Tempo auf, bis die vorbeirauschenden Lichter eine durchgehende, verschwommene Linie waren.

»Wohin fliegen wir?«, fragte Korlandril. Vor ihm drehte sich Elissanadrin um und ließ einen Arm über ihre Rückenlehne hängen.

»In die Kammern der Autarchs«, sagte sie. »Dort versammeln sich die Schreine üblicherweise, um von den Farseers Neuigkeiten zu erfahren, ehe wir unsere Kriegsmasken anlegen.«

Korlandril verarbeitete diese Information schweigend. Er hatte noch nie von den Kammern der Autarchs gehört und fragte sich, wo auf Alaitoc sie wohl lagen. Der Schweber flog durch Tunnel und Röhren, die er noch nie gesehen hatte, und er ging davon aus, dass sie sich in tieferen Schichten von Kanalsystemen befanden, die nur in Kriegszeiten Verwendung fanden.

Drei weitere, ähnlich aussehende Transporter kamen vor ihnen in Sicht; sie waren in dunklen Blautönen und Schwarz gehalten.

»Dark Reapers«, sagte Elissanadrin. Sie beugte sich vor, um sich die Markierungen anzusehen, als sich die Schweber trafen. »Die Schreine des Dunklen Neumonds, des Kalten Todes und des Undurchdringlichen Schleiers.«

Den letzten kannte Korlandril – es war der Schrein, zu dem Maerthuin und Arthuis gehörten.

Schiffe anderer Schreine kamen hinter ihnen in Sicht

und reihten sich in die Kolonne der Schweber ein, die sich rasch zu den Kammern der Autarchs begaben. Der Konvoi endete in einem weitläufigen Raum, dessen Kuppel eine schwarze Hemisphäre war, durch die man nichts sah. Der Boden neigte sich zu einem Amphitheater. Drei Gestalten standen auf einem runden Podest im Herzen der Halle, zwei in schwerer Robe, die dritte in blaugoldener Rüstung mit einem Helm mit Helmbusch unter dem Arm und einem langen, scharlachroten Umhang um die Schultern.

Die sich versammelnden Aspect Warriors stiegen in der oberen Ebene der Halle aus ihren Transportern, während Trupps ihre Plätze um den Autarch und die Farseers einnahmen. Korlandril betrachtete den weißen Stein der breiten Stufen und sah in ihre Oberfläche geätzte goldene Runen, die jeweils den Standort eines Schreins anzeigten, angeordnet nach Aspekt. Mehrere hundert Krieger standen bereits dort und noch einmal so viele folgten ihren Exarchs an ihre Standorte.

»Arhathain«, sagte Arhulesh und deutete auf den Exarch. »Ehe er Autarch wurde, trug er die Masken des Dark Reapers, der Howling Banshee und des Dire Avengers.«

»Sein Name klingt vertraut«, sagte Korlandril. Kenainath blieb stehen und Korlandril sah nach unten und erblickte die Rune des Tödlichen Schattens zu seinen Füßen.

»Befehlshaber Alaitocs in der Schlacht des Flüsterns und Mitbefehlshaber Urulthaneshs während der Tausendundein Stürme«, sagte Elissanadrin.

Korlandril kannte die Namen beider Schlachten, beides lange Feldzüge, die einen schweren Blutzoll unter Alaitocs Kriegern gefordert hatten.

»Die Farseers erkenne ich nicht«, sagte Arhulesh. Beide waren stattliche Männer. Der eine war jünger als Korlandril, was diesen überraschte. Der andere war sehr alt und selbst auf diese Entfernung war das seltsame Schimmern seiner Haut zu erkennen, das erste Anzeichen, dass sein

Körper kristallisierte und die Wandlung durchlief, die seine Psi-Fähigkeiten auslösten.

»Die Zeit drängt, deshalb muss ich mich kurz halten«, verkündete Arhathain, dessen Stimme die Luft erfüllte, weil ein Schallfeld sie in alle Bereiche der Halle projizierte. »Farseer Kelamith«, der Autarch wies auf den ältlichen Farseer, »und sein Akolyth haben eine schreckliche Tragödie für Alaitoc vorausgesehen. Ein silberner Fluss wird schwarz und seine brodelnden Wasser fließen auf Alaitoc zu. Der Tod tanzt an den Gestaden eines weißen Meeres, in sein Haar sind die Schädel unserer Kinder geflochten. Sie, die dürstet, richtet ihre gierigen Augen auf die Sterne und in der Zukunft wird ihr höllischer Blick auf unser Leben fallen.

Es ist überlebenswichtig, dass wir verhindern, dass es so weit kommt. Die finsteren Götter haben wieder Einfluss auf die Herzen und Hirne der leicht korrumpierbaren Menschen gewonnen. Sie wissen es zwar noch nicht, doch sie begeben sich auf einen Weg, der nicht nur ihre eigene Welt in die Verdammnis stürzen, sondern auch einen Schwarm der Geschöpfe der finsteren Götter hervorbringen wird. Sie sind so ahnungslos, dass sie in nur drei ihrer kurzen Generationen einen Kataklysmus entfesseln werden, der Planeten verwüsten und den Untergang an Alaitocs Schwelle tragen wird. Das dürfen wir nicht zulassen.«

»Die Neugier der Menschen wird ihr Untergang sein, wenn wir nicht eingreifen«, fuhr Kelamith fort. Seine Stimme war brüchig und leise, belastet von einer Ewigkeit der Betrachtung möglicher Zukünfte, die letztlich alle zum Tode und der Vernichtung Alaitocs führten. Korlandril fragte sich, was für ein Geist solchem Unheil immer wieder ins Antlitz blicken konnte, um jedes Desaster abzuwenden, sobald er es erkannte. »Wir können sie nicht vor zukünftigen Gefahren warnen, denn damit riskieren wir, just die Begierde zu wecken, die wir vermeiden wollen. Rasches Handeln, blutig, aber notwendig, wird jetzt die Bedrohung Alaitocs ausschalten und zukünftige Menschengenerationen retten.

Wir müssen nur wenige ausschalten und wenn wir hart und schnell zuschlagen, werden sie keine Verstärkung erhalten. Unsere Übermacht wird zu rascher Kapitulation führen. Die, die wir vernichten wollen, besitzen ohne es zu wissen ein Artefakt, das wir bergen und kontrolliert zerstören müssen. Ihr werdet es erkennen, wenn ihr in seiner Nähe seid. Ihr dürft euch unter keinen Umständen dem Artefakt selbst nähern und bemüht euch stets nicht daran zu denken, sonst wird es auch euren Geist in Bande schlagen. Es geht um das, wovon wir nicht reden – nur damit ihr versteht, dass dies keine unnötige Vorsichtsmaßnahme ist.«

Korlandril erzitterte beim Gedanken an Sie, die dürstet. Sein Wegstein pulsierte einmal mit kaltem Mitleid, und andere Aspect Warriors tauschten Blicke und nickten einander beruhigend und tröstend zu.

»Wir werden heimlich in den Orbit eintreten und temporäre Warpportalfoki erzeugen, um im Herzen der gegnerischen Befestigungen zuzuschlagen«, sagte Arhathain. »Ihre Armee wird reagieren und wir müssen bereit sein uns unter Beschuss zurückzuziehen. Geschwindigkeit ist entscheidend, sonst werden sie unsere Schiffe im Orbit entdecken und sie zwingen ihre Verbindungen zum Netz der Tausend Tore zu unterbrechen. Die Rangers werden an Informationen über diesen Menschenplaneten und den Ort, wo sie dieses widerwärtige Beutestück lagern, zusammentragen, was sie können. Detaillierte Schlachtinformationen wird jeder Exarch auf dem Weg zu dem Menschenplaneten erhalten.«

Der Autarch hob eine Faust und drehte sich langsam, sah all die versammelten Krieger an.

»Alaitoc muss sich wieder Khaines blutigen Boten zuwenden. Ihr werdet uns nicht im Stich lassen.«

»Es ist Zeit zu gehen, Rüstung und Kriegsmasken anzulegen, den Blutdruck zu erhöhen«, wandte sich Kenainath an die Seinen und bedeutete ihnen wieder in den Transporter zurückzukehren.

Korlandril hatte zwar keine Ausbildung zum Farseer, doch er kannte die Prinzipien ihres Tuns: Jede Aktion erzeugte eine Reaktion und es war die Pflicht der Farseers die Waffen der Aspect Warriors zu lenken, um das beste Schicksal für Alaitoc herbeizuführen. Er hatte ein wenig Mitleid mit den wilden Menschen, die bei diesem Angriff würden sterben müssen, denn sie schienen nicht zu wissen, welchen Schaden sie zukünftig anrichten würden. Doch es war eine unabwendbare Tragödie Menschenblut zu vergießen, um Eldarleben zu retten.

Einen Augenblick lang fragte er sich, ob das Töten eines Menschen schwerer sein würde als das eines Orks. Der Ork war eine Kreatur reiner Bosheit, die niemandem nutzte oder Vorteil brachte. Menschen waren zwar primitiv und ungezogen, gaben aber nützliche Marionetten ab und hatten innere Werte, die es zu schätzen galt. Dass sie körperlich wie geistig schwach und leicht korrumpierbar waren, war beklagenswert, aber als Art waren sie als Nachbarn vielen anderen in der Galaxis vorzuziehen. Als er sich in den Transporter setzte, um in den Schrein zurückzukehren, fragte sich Korlandril, wie es sich anfühlen würde seinen ersten Menschen zu töten. Der Gedanke ließ ihn an dem Pfad zweifeln, den er gewählt hatte. Orks zu töten war einfach Auslöschung; Menschen zu töten konnte man als eine Art Mord sehen, wenn auch eine minder schwere. Dann erkannte er, wie lächerlich die Frage war.

Er würde seine Kriegsmaske tragen; er würde keine Schuld verspüren und sich an fast nichts erinnern.

Korlandril trat hinter Kenainath aus dem Warpportalfokus, Kettenschwert in der Hand und Shurikenpistole schussbereit. Sie fanden sich in einem weitläufigen Bereich wieder, der von Mauern umgeben war, die Korlandril um ein Vielfaches überragten. Das Schimmern anderer Warpportalfoki knisterte in der Nachtluft. Die schattenhaften Gestalten der Aspect Warriors traten aus dem Dämmer. Die Luft war bitterkalt, sanft fiel Schnee aus den dunklen Wolken am Himmel; eine Frostschicht bedeckte die geborstenen Steinblöcke, mit denen der Hof gepflastert war; an den Backsteinwänden rings um das Freigelände glitzerten gefrorene Rinnsale.

Laserfeuergeräusche ertönten von der Krone der umlaufenden Mauer, der Beschuss galt einem Trupp von Dire Avengers, der sich eine innere Rampe emporarbeitete. Sie reagierten mit tödlichen Feuerstößen ihrer Shurikenkatapulte und streckten mehrere Menschen in dicken grauen Mänteln und breitkrempigen Pelzmützen mit Ohrenklappen nieder.

Die Striking Scorpions sollten unterstützt von anderen Aspect Warriors den Angriff gegen die Menschenstellung anführen. Während andere Truppen die äußeren Verteidigungsstellungen einnahmen, würden der Tödliche Schatten und andere gegen die Zentralgebäude vorgehen und suchen, bis sie das verfluchte Artefakt gefunden hatten, das ihr Ziel war. Auch wenn viele Krieger Alaitocs an dem Angriff teilnehmen sollten, sollte es keinen ausgedehnten Feindkontakt geben; dies war eine Menschenwelt und beheimatete sicher ein Vielfaches der Eldar. Es war ganz wichtig, dass Alaitocs Kriegstrupp sich nicht in eine lange Schlacht verwickeln ließ, die den Raub des Artefakts gefährdete.

Kenainath führte den Trupp weg von den Mauern auf einen Komplex von vier Gebäuden im Herzen der Anlage zu. Drei davon waren einstöckig und aus rauen, grauen Backsteinen erbaut. Das vierte war fünfstöckig, sechseckig, fensterlos und aus einem felsartigen Baustoff, der kreuz und quer mit Metallträgern verstärkt war. Es ragte über der Anlage auf, die Nabe, um die herum alles andere erbaut war.

Diesmal fühlte sich die Schlacht anders an. Kälter, nicht nur von der Temperatur her, sondern auch emotional. Korlandril empfand nichts von seinem früheren brennenden Zorn, nichts von dem Hass, den die Orks erzeugt hatten, oder dem ungeheuren Blutdurst des Avatars, der ihn abgelenkt hatte. Distanziert beobachtete er, wie die elfenbeinfarbenen Howling Banshees heulend auf das nächstgelegene Gebäude der Anlage zusprinteten und ihre schimmernden Energieschwerter sich mühelos durch die Menschen schnitten, die aus seinem großen Tor strömten.

Der Tödliche Schatten schwenkte nach links, stürmte Seite an Seite mit den Dire Avengers vom Schrein des Sterns der Gerechtigkeit und Fire Dragons von Khaines Zorn auf das nächstgelegene Lagerhaus zu. Schwere Türen schlossen sich, um ihnen den Zutritt zu verwehren, und aus dem immer schmaler werdenden Spalt zuckte sporadisches Laserfeuer, das aber kein Ziel unter den Eldar fand.

Mit einem lauten Knall schlossen sich die Türen. Die Dire Avengers richteten ihre Waffen auf die grellen Lampen am Rande des Dachs und schossen sie aus. Kenainath bedeutete dem Trupp an der Wand des Gebäudes in Deckung zu gehen, während die Fire Dragons sich mit Thermalsprengladungen in der Hand den Türen näherten.

Von den Mauern wurde nun nur noch wenig geschossen. Ein Rundblick zeigte, dass die Dire Avengers drei Viertel der Mauern von Verteidigern befreit hatten. Schwarz gekleidete Trupps von Dark Reapers gingen in Feuerstellung und richteten ihre Granatwerfer auf den Bereich außerhalb der Anlage.

Mit weißen Feuerbällen verwandelten die Thermalsprengladungen der Fire Dragons die Lagerhaustüren in einen Fluss rasch abkühlender Schlacke. Die Aspect Warriors duckten sich durch die so entstandenen Löcher und das rote Leuchten ihrer Waffen warf lange Schatten zurück in die Anlage.

»Schlagt ohne Gnade zu, schwelgt in Khaines Blutzoll,

lasst niemanden am Leben!«, schrie Kenainath und bedeutete dem Trupp mit seiner leuchtenden Energieklaue vorzurücken. Arhulesh warf sich als erster in die Bresche, gefolgt vom Exarch. Korlandril folgte Bechareth durch das verbogene Metall, Elissanadrin war dicht auf seinen Fersen.

Das Lagerhaus war leer bis auf ein paar fein säuberlich aufgestapelte Metallkisten links von Korlandril. Eine dünne Wand teilte rechts einen separaten Bereich ab. An seinen schmalen Fenstern und zwei engen Durchgängen waren immer wieder kurz behelmte Köpfe zu sehen.

Die Fire Dragons entfesselten den Zorn ihrer Fusionsstrahler und Energiestrahlen zerfetzten die dünne Wand. Im Schutze dieses Feuers stürmte der Tödliche Schatten los und nur gelegentlich zischte ein Laserstrahl an den Kriegern vorbei oder wirbelte Dampfwölkchen vom Boden auf.

An der nächstgelegenen Tür richteten drei Menschen ihre Waffen auf Arhulesh und Kenainath. Ohne nachzudenken oder einen Befehl seines Exarchs abzuwarten hob Korlandril seine Shurikenpistole und feuerte einen Hagel todbringender Scheiben in den Durchgang, wo sich sein Feuer mit dem der anderen traf. Zwei der Menschen fielen mit zerfetzten Oberkörpern und Gesichtern; der dritte feuerte seine Waffe ab und verpasste Kenainath einen Streifschuss an der rechten Schulter. Der Exarch geriet aus dem Gleichgewicht, machte einen kurzen Schritt, um sich zu fangen, und ließ Bechareth an sich vorbeistürmen. Er und Arhulesh erreichten die Tür und ihre Kettenschwerter trafen den dort verbliebenen Menschen gleichzeitig, enthaupteten ihn und schlitzten ihn auf.

Instinktiv wandte sich Korlandril vor dem Durchgang nach rechts und hechtete durch die zersplitterten Überreste eines Fensters. Die Menschen drinnen hatten sich ohne Rückendeckung Arhulesh und Bechareth zugewandt. Korlandrils surrende Klinge schnitt den ersten vom Genick bis zur Hüfte entlang der Wirbelsäule auf, was den Aspect Warrior mit Blut und Splittern von Wirbeln bedeckte und ein harmonisches Muster aus nassen Spritzern und Knochenfragmenten schuf. Er durchtrennte die Kniesehnen eines zweiten Menschen, indem er ihm das Kettenschwert schnell über beide Kniekehlen zog.

Korlandril wandte seinen Blick einem anderen Menschen zu und aktivierte seine Mandiblaster. Die Magazine an beiden Seiten seines Helms spien Splitterwolken, und blaue Energiebögen schossen hervor und erdeten sich durch das linke Auge seiner Beute, wobei sie azurne Blitze über das sich schwarz verfärbende Gesicht des Mannes spielen ließen. Er brach zusammen, wobei sich Rauch aus seinem offenen Mund und der verheerten Augenhöhle kräuselte. Fast wie als nachträgliche Idee drehte sich der Aspect Warrior um und stieß die Spitze seiner Waffe in die Kehle eines vierten Menschen.

Korlandril schloss seinen Angriff mit einer schwungvollen Bewegung ab, schüttelte Blut von seiner Klinge in die Augen eines weiteren Feindes und blendete ihn so kurz. In dem Sekundenbruchteil, in dem der Mensch die Hände zu seinem Gesicht hob, glitt Korlandril zur Seite und riss sein Schwert unter dem linken Arm seines Gegners hoch, durchbohrte seitlich den Brustkorb und stieß es in Herz und Lunge. Das Kettenschwert verkantete sich kurz und vibrierte zornig in Korlandrils Hand, dann riss er es heraus.

Korlandril hörte panische Rufe von rechts und wandte sich um, um zu erkennen, dass drei weitere Menschen versuchten hinter ihm aus dem Fenster zu klettern. Einer fiel einem Pistolenschuss Korlandrils zum Opfer, die anderen beiden explodierten in rötliche Wolken überhitzter Materie, als die Fire Dragons im Hauptbereich des Lagerhauses das Feuer eröffneten.

Korlandril hielt inne, seine Augen und Ohren suchten nach Beute. Er hörte ein Ächzen und erinnerte sich an den Menschen, dem er die Kniesehnen durchtrennt hatte. Er wandte sich wieder dem verkrüppelten Soldaten zu; er kroch gerade auf den Durchgang zu, wobei er eine schmierig-rote Blutspur hinterließ. Korlandril sah ihm einen Augenblick zu, denn die roten Wirbel, die das verzweifelte Krabbeln des Menschen auf den Boden zeichnete, faszinierten den Künstler in ihm. Der Aspect Warrior sah sein verschwommenes Spiegelbild im Lebensblut seiner Feinde, ein verzerrtes, blutiges Porträt.

Der Augenblick verging und Korlandril ging seinem verwundeten Feind nach, doch Bechareth kam ihm zuvor und tötete ihn. Der Striking Scorpion ließ seine Pistole fallen, sodass sie an ihrer Versorgungsleitung baumelte, und fasste dem Menschen ins Haar, um ihn auf die verletzten Knie zu zerren. Ein rascher Hieb enthauptete ihn und der Körper kippte in das Blut, das sich zu Bechareths Füßen sammelte.

Den abgeschlagenen Kopf noch in der Hand blickte Bechareth auf und sah Korlandril. Sie konnten den Gesichtsausdruck des jeweils anderen nicht erkennen, doch beiden war klar, dass Bechareth einen Todesstoß geführt hatte, der rechtmäßig Korlandril zugestanden hätte. Bechareth verneigte sich zur Entschuldigung tief – das Gesicht abgewandt, die Beine über Kreuz – und hielt Korlandril das Haupt hin.

»Es gibt mehr als genug Gegner für alle«, sagte Korlandril. »Ich bin dir seinetwegen nicht böse.«

Bechareth richtete sich auf und warf den Kopf nonchalant durch den Durchgang. Er nickte dankbar.

»Das Gebäude ist sauber, Khaines Zorn wächst noch immer mächtig, vorwärts zu weiterem Tod«, verkündete Kenainath und winkte sie mit seiner Klaue weiter.

Eine rasche Durchsuchung ergab zwei Hintertüren des Lagerhauses, die beide auf einen kleinen, ummauerten Hof führten, der an den Zentralturm der Anlage grenzte. Eine Metalltür in der Turmwand erwies sich als nicht ernstzunehmendes Hindernis; Kenainaths Energieklaue zerriss sie mit zwei Schlägen.

Dahinter befand sich ein Chaos aus Räumen und Korridoren. Menschen eilten in Deckung, als der Trupp des Sterns der Gerechtigkeit eintraf und Salven seiner Shurikenkatapulte über die olivfarbenen Wände fetzten, wobei sie zwanzig Menschen in Wintermänteln fällten, die keine Deckung mehr hatten finden können. Die Striking Scorpions folgten ihnen und erledigten alle Gegner, die den tödlichen Hagel der Dire Avengers überlebt hatten. Raum für Raum arbeiteten sich die beiden Trupps methodisch in einem Kreis durch das Erdgeschoss vor und ließen niemanden am Leben. Hinter ihnen stürmten andere Trupps in den Turm und hasteten die Treppe hoch.

Detonationen ließen Staubwolken von der mit Röhren überzogenen Decke herabregnen, was auf ernstzunehmenderen Widerstand in den höheren Geschossen schließen ließ. Korlandril schaltete auf Wärmesicht um und sah zu, wie die Schuttbrocken auf die erkaltenden Leichen seiner gefallenen Gegner fielen und der Staub sie bedeckte wie ein Leichentuch.

Sie fanden ein Treppenhaus mit einer Wendeltreppe und Kenainath ging voran, sodass die Striking Scorpions an den Dire Avengers vorbeieilten, um den engen Raum zu ihrem Vorteil zu nutzen. Sie waren erst ein paar Stufen hochgerannt, als vier kleine Gegenstände über ihnen aus der Wand fielen und die Treppe herabhüpften.

Kenainath reagierte als erster: Er warf sich nach vorn, um aus dem Sprengradius der Granaten zu gelangen, während der Rest des Trupps hastig hinter der Mittelsäule Deckung suchte. Schrapnell und Wandbruchstücke regneten die Treppe herab, aber die Striking Scorpions blieben unverletzt. Das Geräusch von Laserstrahlen hallte von den Wänden wider und der Trupp sprang vor, um zu seinem Exarch zu gelangen.

Sie fanden Kenainath mit den Überresten eines toten Menschen im Griff seiner Klaue, er hatte dem Soldaten den linken Arm glatt abgetrennt. Eine enthauptete Leiche war zu Kenainaths Füßen auf der Treppe zusammengebrochen. Ein paar Lasertreffer hatten Krater in der Rüstung des Exarchs hinterlassen, Dampfwolken umwaberten ihn träge.

Eine weitere Lasersalve kreischte die Treppe herab und trieb den Trupp ein paar Schritte zurück. Korlandril schloss sich Kenainath an und die beiden umrundeten mit schussbereiten Shurikenpistolen rasch die Krümmung des Treppenhauses. Über ihnen drängte sich auf einem Sims eine Gruppe Menschen – Korlandril zählte acht, als er um die Biegung sah, ehe er sich wieder in Sicherheit brachte.

»Mein Zorn wird sich nach links richten, wende dein Feuer nach rechts und wir werden sie töten«, befahl der Exarch.

»Wie es Khaine gefällt«, erwiderte Korlandril. Er rief sich noch einmal die Positionen der Menschen ins Gedächtnis, die er gesehen hatte, und verankerte sie so fest in seinem Geist, als stünde er vor ihnen. Er brauchte nur einen Augenblick, um den besten Schussverlauf zu berechnen, um sie alle mit einem Feuerstoß zu erwischen.

»Ich bin bereit«, teilte er Kenainath mit.

Die beiden sprangen um die Krümmung der Treppe herum, während tödliche Scheiben zischend aus ihren Pistolen schwirrten. Korlandrils Feuerstoß traf zwei kniende Menschen in den Hals und tötete sie sofort. Er schoss weiter, während er sich nach links bewegte und höher zielte, um einen Geschosshagel in den Magen derer zu jagen, die weiter von der Treppe entfernt standen. Sie fielen mit hässlichem Grunzen und Korlandrils Wärmesicht nahm die Blutspritzer als hellgelb wahr.

Korlandril und Kenainath stiegen mit erhobenen Kettenschwertern über die Leichen, ehe der letzte der Menschen auf dem Boden aufschlug.

Zwei Durchgänge führten von dem Treppenabsatz weiter, einer links und einer rechts. Sie hörten die Schritte der anderen auf der Treppe hinter sich nahen und Kenainath neigte den Kopf ruckartig nach links und bedeutete Korlandril dicht bei ihm zu bleiben.

Der offene Durchgang führte zu einer Reihe kleiner, zellenartiger Räume, spartanisch eingerichtet und mit kahlen Wänden. Korlandril vermutete, es handle sich um Dienstbotenquartiere; es sah den Menschen ähnlich, ihresgleichen im Versuch, ihre eigene Überlegenheit zu demonstrieren, herabzusetzen. Echte Zivilisation erkannte jeden als gleich wichtiges Individuum an. Ein Eldar, der sich entschloss anderen zu dienen, tat dies, um Bescheidenheit und Pflichtgefühl zu entwickeln – was Korlandril bisher nicht interessiert hatte.

Er verwarf die philosophischen Überlegungen als Ablenkung und sah sich rasch die vor ihm liegenden Durchgänge an, suchte nach Wärmesignaturen. Nichts. Die menschlichen Diener waren wahrscheinlich beim ersten Anzeichen eines Angriffs geflohen, vielleicht in der Hoffnung, die Schusswaffen ihrer Herren könnten ihnen Sicherheit erkaufen. Welch ein Irrtum! Jeder, der mit dem Chaosartefakt in Berührung gekommen war, war potenziell korrumpiert und deshalb durften sie niemanden am Leben lassen.

Eine gründlichere Suche bestätigte, dass im gesamten Stockwerk keine Feinde zu finden waren, auch nicht in den Küchen und Lagerräumen. Kampfgeräusche von oben verrieten, dass weitere Trupps vor dem Tödlichen Schatten und dem Stern der Gerechtigkeit vorrückten.

»Wir werden höher steigen, ganz bis oben hinaufgehen, um unsere Feinde in der Defensive zu erwischen«, verkündete Kenainath. Uriethial, Exarch des Sterns der Gerechtigkeit, stimmte rasch zu. Die beiden Trupps kehrten zur Treppe zurück und ließen die beiden nächsten Stockwerke, in denen offenbar weit schwerere Kampfhandlungen stattfanden, links liegen. Der Treppenabsatz war jeweils mit Menschenleichen übersät, aber dazwischen lagen zerbrochene Eldarwaffen, Rüstungsteile, und hier und da waren Spritzer hellen Eldarbluts.

Korlandril fragte sich geistesabwesend, ob er wohl einen

der Gefallenen kannte. Doch dies war nicht die Zeit zu trauern.

Mehrere weitere Trupps, die aus dem dritten und vierten Stock heranströmten, schlossen sich dem Angriff aufs obere Stockwerk an. Während Korlandril die Treppe emporstieg, wurde er immer unruhiger. Etwas nagte am Rande seines Bewusstseins und sein Wegstein begann auf seiner Brust zu kribbeln.

»Tötet sie kaltblütig und schnell, genießt das Töten nicht, denn Sie, die dürstet, sieht uns zu!«, warnte Kenainath, als sie die letzte Biegung der Treppe erreichten.

Das obere Stockwerk war eine einzige offene Kammer, üppig möbliert und vertäfelt. Menschen schossen hinter umgekippten Couchen und umgestürzten Regalen hervor auf sie und Folianten mit simpler Menschenschrift lagen zerfetzt auf dem Boden verstreut. Blaue Energiestöße durchzuckten den Raum, als Dire Avengers und Howling Banshees über mehrere Treppen in die Kammer stürmten.

Eine Menschengruppe kauerte hinter einem großen, auf der Seite liegenden Schreibtisch, vor dem sich auf dem Boden heruntergefallene Papierfetzen, primitive Schreibgeräte und vollgekritzelte Hauptbücher stapelten. Von dort sickerte etwas in den Raum und berührte Korlandrils Psyche. Das Dröhnen des Laserfeuers gellte in seinen Ohren und die drangvolle Enge seiner Rüstung war wie die Umarmung einer Geliebten. Der Geruch nach Lack und Blut, das wiehernde Geräusch des Shurikenfeuers und die Schmerzensschreie – all das verband sich für Korlandrils Sinne zu einer Symphonie.

Angespornt von diesem Sinnesreiz schoss er mit seiner Pistole auf einen Menschen, der hinter den zerfetzten Überresten eines Sessels kauerte. Die blitzenden Scheiben bohrten sich in seine Stirn, manche schnitten durch seine Augäpfel in sein Gehirn. Die Leiche sackte langsam zu Boden und ihre Schusswaffe klapperte laut aufs Holz.

Am anderen Ende der Halle lauerten gedeckt von

einem Team grau gekleideter Wachen drei menschliche Männer in dicken, purpurnen und roten Roben mit Pelz- und Goldbesatz. Das Trio war nach menschlichen Begriffen schon älter, die runzligen Gesichter waren zu Grimassen des Schocks und des Entsetzens verzerrt. Ihre prunkvollen Gewänder kennzeichneten sie als Mächtige in der Hierarchie der Menschen, wenn auch nicht in den Augen der Eldar.

Bald war nur noch diese Gruppe übrig.

Einer von ihnen – dessen dicke Kapuze ihm auf die Schultern gefallen war, was einen kahlen, altersfleckigen Schädel zum Vorschein gebracht hatte – erhob sich und rief etwas in seiner unverständlichen Sprache, wobei er eine Kiste schwenkte, die nicht größer als seine Hand und mit blassblauen und rosa Juwelen besetzt war. Seine Augen waren vor Furcht oder Zorn, das war unmöglich zu erkennen, weit aufgerissen. Sein verzerrtes Gesicht war eine groteske Karikatur von Mimik, eine krude Parodie von Emotion.

Korlandrils Blick wanderte wieder zu der Kiste und in seinem Hinterkopf erklang ein leises Flüstern. Der Mensch fiel auf die Knie und seine Leibwächter ließen die Waffen fallen und ergaben sich mit erhobenen Händen. Seine beiden Amtsbrüder kippten nach vorn und erniedrigten sich vor den Eldar, wobei sie flehend zu den sie umgebenden Kriegern aufblickten.

Die Kiste rief nach Korlandril und er trat vor ohne auf die menschlichen Soldaten zu achten. Die Juwelen auf der Oberfläche schillerten so hell, dass es ihn in eine Art Trance versetzte. Er hörte die anderen Aspect Warriors rings um sich murmeln.

Sie wäre in der Tat eine verlockende Beute gewesen. Korlandril stellte sich den blutigen Trümmerhaufen vor, in den er die altersschwache Kreatur verwandeln würde, die ihm die schöne Kiste vorenthielt. Korlandril würde dem Menschen die Eingeweide herausreißen und sie als Girlanden verwenden. Seine Knochen würden zu wunderbaren Skulpturen werden, wenn er sie erst entsprechend bemalt und umarrangiert hatte.

Fasst nichts an. Befreit euren Geist von Begierde und Versuchung.

Korlandril erkannte die Gedanken des Farseers Kelamith. Sie durchschnitten den seltsamen Nebel, der seinen Geist umgab, seit er den Raum betreten hatte.

Hinter den sich ergebenden Menschen knisterte die Luft. Wo eben noch nichts gewesen war, tauchten sieben schwer gerüstete Krieger auf. Sie trugen Rot und Schwarz, und breite, käferartige Plattenrüstungen mit weißen Spinnwebinsignien umschlossen ihre Schultern und Rücken. In den Händen hatten sie wuchtige Waffen, Monofilamentschleudern, die von innen heraus leuchteten und deren Mündungen sich drehende, klauenartige Fortsätze umgaben.

Wie ein Mann eröffneten die Warp Spiders das Feuer auf die letzten Menschen. Die Mündungen ihrer Waffen blitzten hellblau auf, als Gravitativimpeller daraus hervorwirbelten. Eine wirbelnde, schwer wahrzunehmende, nebelartige Wolke erfüllte die Luft. Das zuckende Monofilament-Drahtgeflecht, das die Monofilamentschleudern ausgespien hatten, umschloss die Menschen und durchschnitt mühelos Haut, Fleisch und Knochen. Die graue Wolke wurde blutrot, als sich die Menschen in Tausende winziger Teilchen auflösten, von denen die dampfende Drahtwolke jedes noch weiter zerschnitt und zerteilte, bis nur noch ein feiner, roter Nebel blieb.

Der Anblick trieb eine Träne in Korlandrils Auge. Welche Verwüstung, und wie schnell und schön umgesetzt. Einen Augenblick lang vergaß er die Kiste völlig, bis sie zu Boden fiel und die Reste der Finger des Menschen von den verlockenden Juwelen troffen.

Korlandril nahm eine Präsenz wahr und trat beiseite, denn er spürte im Durchgang hinter sich Neuankömmlinge. Die Aspect Warriors machten Platz und ließen Kelamith und Arhathain eintreten. Drei Dutzend Runen umkreisten den Farseer gemächlich, schnitten die Bahn der jeweils anderen und machten ihnen Platz, als er näher schritt. Arhathain trug seine blaue Rüstung und hatte in der rechten Hand einen Speer, der fast doppelt so hoch war wie der Autarch selbst und dessen blattförmige Spitze Tausende winziger Runen zierten, die alle aus sich heraus leuchteten.

Mit ihnen kam eine Gruppe grimmig dreinblickender Propheten, alle in schlichtem Weiß und vollkommen kahl rasiert. Zwischen ihnen schwebte ein eiförmiges, dunkelrotes Behältnis mit silbernem Runenmuster. Korlandril erkannte das Material als Wraithbone – ein Psychoplastik, das die Wraithsingers hervorbrachten und aus dem der lebende Kern Alaitocs und aller anderen Eldarschöpfungen bestand. Korlandrils Wegstein pulsierte warm, als das Behältnis langsam vorbeiglitt.

Aus den Trümmern rechts von Korlandril sprang ein Mensch hervor, dessen einer Arm schlaff an seiner Seite hing und der in einem Oberschenkel eine lange Wunde hatte, aus der Blut spritzte, als er durch den Raum auf das Artefakt zusprintete.

Arhathain reagierte am schnellsten, sein Speer schnellte durch die Halle und traf den Menschen in der Brust, was ihn rückwärts durch die Luft schleuderte. Einen Augenblick später rauschten mehrere Shurikensalven und Laserstrahlen dort durch die Luft, wo der Mann gerade noch gewesen war. Arhathain winkte dem Speer, und er drehte sich, riss sich aus dem toten Menschen los und flog zurück in seine Hand. Unerschüttert näherte sich der Autarch der Kiste und ging daneben auf ein Knie, um sich das Artefakt aus der Nähe anzusehen.

Die weißen Propheten umringten ihn, wobei sie Schutzmantras flüsterten, und ihre Roben versperrten allen anderen die Sicht, während ihre zischenden Anrufungen lauter wurden. Als sie einen Augenblick später zurücktraten, wurde es still. Die Kiste war nicht mehr zu sehen, doch das Wraithbone-Behältnis leuchtete in einem düstereren Licht und eine Aura öliger Energie quoll daraus hervor. Korlandril wich einen weiteren Schritt zurück, denn er wollte nun, da er von ihrem Lockruf frei war, den verfluchten Inhalten nicht zu nahe kommen.

Die weißen Propheten verließen mit ihrer befleckten Fracht den Raum.

»Menschen sammeln sich draußen in Massen, um uns zu vernichten«, verkündete Arhathain und erhob sich. »Die gesamte Besatzung des Stützpunktes ist tot. Kehrt ins Netz der Tausend Tore zurück, und wir sind fort. Nehmt unsere Toten mit, wir dürfen sie nicht an diesem trostlosen Ort zurücklassen.«

Zusammen mit den anderen stieg Korlandril ins Stockwerk darunter hinab. Hier fanden sie mehrere tote Eldar, deren Rüstungen von Bajonetten durchstochen oder von einem Laserstoß oder einer Kugel durchbohrt waren. Korlandril bückte sich und hob die Überreste eines Bansheekriegers auf. Seine Gesichtsplatte war gebrochen und enthüllte eine leere Augenhöhle und eine blutige Wange. Korlandril hob ihn sanft auf seine Arme und trug ihn zurück zum Warpportalfokus.

Feierliche Flötenklänge und ein langsamer, monotoner Trommelschall kündeten von der Ankunft des Leichenzugs. Drei lange Schlangen zogen langsam unter die Kuppel der ewigen Stille; zwei Reihen Eldar flankierten die Leichen der Toten auf ihren Schwebekatafalken. Die Leichen waren mit weißen Tüchern bedeckt, auf die ihre Namen gestickt waren. Zur Linken jedes Katafalks trug der Wächter den Seelenstein des Toten: den jetzt mit seiner Essenz erfüllten Wegstein des toten Eldar, bereit für das Aufgehen in der Unendlichkeitsmatrix. Zur Rechten jedes Verstorbenen ging der Trauernde mit dichtem, weißem Schleier, der schluchzte und gelegentliche Klagelaute ausstieß – ein Eldar, der den Pfad des Leids ging. Andere Eldar Alaitocs versammelten sich zu Tausenden, um Zeugen der Prozession zu werden, Tränen in den Augen und Erinnerungen an die Gefallenen klar und deutlich im Geiste.

Sie beklagten den Tod derer, die sie gekannt hatten, konnten aber ihrem Kummer keinen freien Lauf lassen, damit er sie nicht verzehrte. Das oblag den Trauernden, die sich dem Ausleben der Emotionen, die der Tod mit sich brachte, verschrieben hatten und anderen die Freiheit verschafften sich in ruhigem Bedauern der Gefallenen zu erinnern, ohne dass die Schuld sie auffraß.

Korlandril sah trauervoll zu, wie ein zugedeckter Leichnam nach dem anderen an ihm vorbeiglitt, doch das Knurren und die erstickten Schreie der Trauernden fielen bei ihm auf taube Ohren. Er erinnerte sich an den Kummer früherer Anlässe, empfand diesmal aber kaum etwas. Es schien ihm eine reine Frage der Zahlen zu sein, auch wenn jede Zahl für ein beendetes Leben stand. Vierundzwanzig waren bei dem Angriff gestorben.

In künftigen Zyklen würde es weitere Beisetzungen geben, doch keines würde der allgemeinen Trauer gleichkommen, die gerade herrschte. Zwanzig weitere waren in den Hallen der Heilung und einige davon kämpften mit sehr geringer Hoffnung gegen Wunden, die selbst Ishas Locke nicht zu heilen vermochte. Diese Beisetzung diente dazu, dass ganz Alaitoc seinen Schmerz ausleben konnte. Danach würden kleinere Zeremonien für Freunde und Familie stattfinden, wenn die Seelensteine der Verschiedenen eins mit der Unendlichkeitsmatrix wurden.

Ein Grabtuch mit der Rune Arthuis' kam vorbei. Korlandril schloss die Augen, als ihn Erinnerungen übermannten.

Es war der Vorabend des Lichterfests. Korlandril tanzte mit Thirianna, während Arthuis und Maerthuin aus einem schwarzen Kristalldekanter großzügig eingossen.

»Was habt ihr da mitgebracht?«, fragte Thirianna heiter. »Ist es eine besondere Köstlichkeit?«

Sie trank seit der Mitte des Zyklus Sommerrebe und war etwas wacklig auf den Beinen. Korlandril freute sich über die Gelegenheit sie an sich zu drücken, während er sie stützte, wenn auch nicht so eng, dass es unangemessen gewesen wäre.

»Es ist ein geheimes Familienrezept«, sagte Arthuis. Er hielt Korlandril und Thirianna zwei halbvolle Gläser hin. Die Tanzenden lösten sich voneinander und setzten sich an einen niedrigen Tisch neben dem sanft murmelnden Bach, der sich durch das Tal der mitternächtlichen Erinnerungen schlängelte. Die Kuppellichter waren noch hell, sie leuchteten über ihren Köpfen wie hundert Sonnen, doch bald würde alles so schwarz werden wie die tiefsten Schatten zwischen den Sternen, mit Ausnahme des geisterhaften Lichtes der Wegsteine und der glitzernden Schmuckstücke, die sie im Haar und um den Hals trugen. Es war die Zeit der Schatten, der Zyklus vor dem Lichterfest; die Nacht vor dem Tag, Zeit verborgener, dunkler Freuden vor dem entlarvenden Licht. Es war die Nacht, in der alle ihren Leidenschaften ohne Bedauern nachgehen konnten, sie aber zugleich aus den Erinnerungen des nächsten Zyklus' zu tilgen.

Korlandril kostete die dicke Flüssigkeit, die so schwarz war wie die Flasche, aus der sie kam. Sie perlte ein ganz klein wenig und hatte eine leicht bittere Note, die einem süßen Nachgeschmack wich.

Er prostete Arthuis und Maerthuin zu.

»Ich gratuliere eurer Familie, dass sie ein so köstliches Tröpfchen so lange geheim gehalten hat!«

»Es ist nur Dämmerwasser und Nachttraube, gemischt mit Feuerwurz, Wolkenfrucht und Staubzucker«, lachte Arthuis. »Vorsicht, es schmeckt harmlos, aber es knallt im Nachgang wie Anacondins Speer!«

»Nachttraube?«, fragte Thirianna und stellte ihr Glas unberührt wieder auf den Tisch. Ihre Augen sprühten vor Zorn. »Das ist respektlos. Früchte des Gartens des unsterblichen Trosts zu nehmen und zu vergären! Was würdet ihr tun, wenn man Grabblumen so nutzen könnte?«

Arthuis grinste, nahm das Glas und leerte es in einem Zug.

»Wenn sie von meinem Grab wären, würde ich hoffen, dass du daran erstickst!«

Die Erinnerung verstörte Korlandril. Er hätte sich ihrer nicht entsinnen sollen – das Lichterfest hätte alle Erinnerungen tilgen sollen. Welche anderen Türen in seinem Geist hatte er geöffnet, als er sich Ishas Locke bedient hatte?

Korlandril schloss die Augen und stellte sich Arthuis als Statue vor, in schwarzem Edelstein verewigt, voller schroffer Kanten, aber mit einem Hohlraum im Inneren, der eine Phiole seines geheimen Mitternachtscocktails enthielt. Es wäre ein angemessener Tribut an einen, der seine dunkle Seite so offen ausgelebt und sich doch so sehr bemüht hatte, das Leben anderer mit Licht zu erfüllen.

Sein Tod war ein Unglück, wie so viele andere geopfert, damit zukünftige Generationen in Frieden leben konnten.

Korlandril öffnete die Augen und ließ den Blick über die Menge schweifen. Viele waren Aspect Warriors, die meisten aber waren es nicht. Kein Exarch war anwesend, denn die Tradition besagte, dass die Priester Khaines bei diesen Zeremonien nicht willkommen waren. Die Höker der Zerstörung durften ihr Werk nicht betrauern. Für den Rest Alaitocs waren die Exarchs schon tot, und niemand hätte ihren Tod betrauert, auch wenn man ihre Taten ehrte und pries. Die Menge sah in züchtigem Schweigen zu, wie die ruhmreichen Toten das Tor der Abschiede durchquerten, einen weißen Torbogen, auf dessen Scheitelpunkt die goldene Rune Alaitocs prangte.

Die Stille störte Korlandril. Diese Eldar hatten ihr Leben nicht für stille Kontemplation und respektvolle Ruhe gegeben, sondern für das Leben, für die Freuden, die ihre Zeitgenossen und die, die noch gar nicht geboren waren, erleben konnten. Ihr Tod war traurig, aber die Errungenschaft ihres Lebens wurden durch ein solches Ende nicht wertlos. Selbst ihr Geist würde in der Unendlichkeitsmatrix weiterleben. Das war ein Übergang vom Körperlichen zum Körperlosen, nicht das endgültige Lebensende, und zum ersten Mal sah Korlandril die Beisetzungsriten mit anderen Augen.

»Leb wohl, Arthuis!«, rief Korlandril aus und hob eine Hand zum Gruß der davonschwebenden Leiche seines Freundes, als sie im Leuchten des Tors verschwand. »Du lebtest, wie du wolltest, und starbst höchst ehrenhaft! Ich werde dich bald besuchen!«

Korlandril spürte die Hitze der Erregung ringsum und das Starren der anderen. Er wandte sich dem Eldar neben ihm zu, einem jungen Mann, der vielleicht gerade erst seinen ersten Pfad beschritt. Der junge Mann runzelte tadelnd die Stirn.

»Stimmt es nicht?«, verlangte Korlandril zu wissen. »Wirst du eines Tages wie mein Freund bereit sein dein Leben zu opfern? Würdest du wollen, dass die, denen der Tod dich entriss, jammern und wimmern oder dass sie dir ihren Tribut nachbrüllen?«

»Dies ist nicht der Ort …«, sagte eine gestrenge Eldar links von Korlandril. Sie legte ihm eine Hand auf den Arm und zog ihn zu sich, um ihm ins Ohr zu flüstern: »Du entehrst dich und den Geist deines Freundes.«

Korlandril entwand ihr seinen Arm und stieß sie weg. Er hatte es sanft tun wollen, doch sie fiel und schlug schwer auf. Korlandril beugte sich vor und streckte ihr die Hand hin, doch andere stießen ihn mit geschürzten Lippen und vorwurfsvollem Funkeln beiseite.

Als die Eldar wieder stand, strich sie ihre Robe glatt und wandte sich an Korlandril.

»Du bist nicht willkommen«, sagte sie streng und kehrte

ihm bewusst und langsam den Rücken zu. Andere folgten ihrem Beispiel und Korlandril blieb in einem sich ausweitenden Kreis der Isolation zurück.

»Was brauche ich die liebedienernde Aufmerksamkeit anderer?«, fauchte er. »Einst suchtet ihr alle meine Bekanntschaft und ich tat euch den Gefallen. Ihr seid weniger als Arthuis. Ihn nannte ich Freund und verurteilte ihn nicht, und dafür verurteilte er mich nicht und nannte mich Freund. Wer hier kann dasselbe von sich sagen?«

Mit einem letzten Knurren stapfte Korlandril über die blumenübersäte Wiese auf den wartenden Luftreiter zu.

Teil Drei

Exarch

FOKUS

In der Zeit des Kriegs im Himmel entfesselte Khaine zahllose Schrecken gegen die Eldar. Ulthanesh weigerte sich zunächst zu kämpfen, denn er behauptete, Khaine habe nur Streit mit dem Haus Eldanesh, nicht mit allen Eldar. Khaines Zorn war aber nicht so klar begrenzt und es gab Mitglieder des Hauses Eldanesh, die sich an den bitteren Abschied Ulthaneshs erinnerten. Diese von Khaine Befleckten fielen über Ulthaneshs Anhänger her und die internen Auseinandersetzungen der Eldar begannen. Khaine gefiel dies, aber schließlich gab Ulthanesh seinen Pazifismus auf und ergriff seinen Speer, nicht um sich dem Haus Eldanesh zu stellen, sondern um Krieg gegen den Blutbefleckten zu führen. Haus Eldanesh sah, dass der Kriegsgott ihr gemeinsamer Feind war, schloss Frieden mit Ulthanesh, und Seite an Seite kämpften die beiden wie die Krieger in alter Zeit. Aber in beiden Häusern gab es jene, die den Krieg so sehr liebten, dass Khaine sie gegeneinander ausspielen konnte, und sie erschlugen ungeachtet seiner Loyalität jeden Gegner. Sie wurden zu Kreaturen des Blutbefleckten und wandten sich gegen Ihresgleichen.

Je mehr Zeit Korlandril im Schrein verbrachte, desto weniger dachte er an den Tod. Er war jetzt davon umgeben, sein Bote und sein Ziel. Vage erinnerte er sich an Bilder aus dem Kampf gegen die Menschen: kurze Vignetten der Zerstörung und des Tötens, die nie mehr als einen Lidschlag verweilten. Die Erinnerungen waren nicht von Sinneswahrnehmungen begleitet, wie ein Schauspiel ohne Text oder eine stumme Oper. Sie waren einfach vergangene Geschehnisse.

Irgendwann nach dem Training erwähnte Korlandril dies beiläufig Arhulesh gegenüber. Der andere Striking Scorpion verhielt seinen Schritt und warf Korlandril einen durchdringenden Blick zu.

»Du erinnerst dich an Szenen des Blutvergießens?«

»Nur an Bilder«, erwiderte Korlandril. »Du nicht?«

»Nein! Das wollte ich auch gar nicht. Ich spüre diese Erinnerungen in mir, tief in den Schatten meines Geistes, und das reicht, um mich ganz krank vor Schuld und Kummer zu machen.«

»Das verstehe ich nicht. Wir alle wissen, dass wir Blut vergossen und getötet haben. Das ist eine unausweichliche Tatsache. Wir sind Aspect Warriors; dafür sind wir ausgebildet. Ich bin kein Künstler mehr, aber ich kann die Skulpturen, die ich schuf, noch immer anschauen gehen.«

»Es gibt einen Unterscheid zwischen intellektuellem Anerkennen und emotionaler Bindung. Deine Skulpturen waren Ergebnisse deines Tuns, nicht die Erinnerung an sie. Sag, Korlandril, wie hat es sich angefühlt dein erstes Meisterwerk zu schaffen?«

»Es war …« Korlandril fand keine Worte. Er war sich der Antwort nicht sicher. »Es war zweifellos das Gefühl etwas erreicht zu haben, und eine Erlösung. Ja, definitiv ein Augenblick der schöpferischen Erlösung, als es fertig war. Ganz ähnlich der Woge von Energie, die ich in meiner ersten Schlacht spürte.«

»Das ist gefährlich!«, schrie Arhulesh und wich vor Korlandril zurück.

»Fürchte dich nicht«, sagte Korlandril und streckte eine Hand aus, um seinen Gefährten zu beruhigen. »Was schockiert dich denn so?«

»Du vergleichst Akte der Schöpfung und der Zerstörung. Das ist ungesund. Wenn du so weitermachst, wirst du dich an die Freude erinnern, die du empfandest, und das hätte in der Tat sehr schwerwiegende Bedeutung.«

»Warum scheidest du so willkürlich den Tod vom Leben, die Zerstörung von der Schöpfung?«

»Weil man Schöpfung ungeschehen machen kann, nicht aber Zerstörung! Du kannst einer Statue überdrüssig werden, die du schufst, und sie in tausend Stücke zerschlagen, aber die Erinnerung daran bleibt. Mit dem Tod ist es anders. Die Toten kehren niemals wieder; du kannst ihnen Ishas Gabe nicht gewähren. Da der Akt nicht ungeschehen gemacht werden kann, darf keine Erinnerung daran bleiben.«

»Korlandril trägt seit der letzten Schlacht noch immer seine Maske und kann sie nicht abnehmen.«

Korlandril und Arhulesh wirbelten herum und sahen Aranarha aus Kenainaths Gemächern kommen. Der Exarch des Tödlichen Schattens war dicht hinter ihm.

»Es wäre zu früh, schneller, als ich vorausgesehen habe, ich bin mir nicht sicher«, widersprach Kenainath.

»Er hat es selbst eingestanden, sieht, was unsere Augen sehen, äußerte, was wir in uns hören«, erwiderte Aranarha.

»Nein, das stimmt nicht!«, blaffte Korlandril. »Ich habe die Rituale durchgeführt; ich habe meine Kriegsmaske abgenommen.«

»Dann hast du nichts zu befürchten, verlasse diesen

dunklen Ort, geh nach draußen ins Licht«, sagte Aranarha herausfordernd.

»Das werde ich!«, erklärte Korlandril. Er wandte sich Arhulesh zu, der ihn noch immer misstrauisch beäugte. »Komm, mein *Freund*, lass uns auf die Wiesen der Erfüllung gehen, und du kannst mir mehr über Elissanadrin erzählen.«

Er hakte Arhulesh unter und zog ihn zur Tür. Als sie den Gang entlanggingen, verfolgte sie Kenainaths mahnende Stimme, dessen Worte an seinen Mit-Exarch gerichtet waren.

»Das war ein Fehler, Konfrontation erfüllt sein Denken; er wird sich einen Gegner suchen.«

»Ignorier sie«, sagte Korlandril mit gezwungenem Lachen. »Sie neiden uns unsere Freiheit.«

Arhulesh schwieg.

Arhulesh entschuldigte sich, kurz nachdem die beiden den Schrein verlassen hatten, mit Hinweis auf eine ältere Verabredung. Korlandril dachte nach, welche Möglichkeiten ihm nun blieben.

Er hatte keine Lust auf Bildhauerei, denn in seinen Gemächern standen bereits drei halbfertige Werke, und ihm war nach keinem davon. Er war weder hungrig noch durstig. Sein Versuch Arhulesh zu einem Ausflug zu überreden, war mehr aus Langeweile geboren gewesen als aus dem Wunsch nach Gesellschaft.

Er kam zu dem Schluss, Elissanadrin werde die Langeweile vertreiben können, die sich seit der letzten Schlacht langsam in ihm aufgestaut hatte. Sie war ein Striking Scorpion und würde den Überdruss verstehen, den Korlandril empfand.

Er fand ganz in der Nähe des Portals des Schreins ein Terminal der Unendlichkeitsmatrix und hoffte auf diesem Wege Elissanadrin zu finden. Korlandril legte seine Hand auf die Kristallschnittstelle und versuchte, sich auf die darin pulsierenden Geister einzustimmen. Die Verbindung war schwach, die Energie der Unendlichkeitsmatrix zögerte seinen Bitten nachzukommen. Korlandril war kein Spirit Seer und konnte nicht mit der Unendlichkeitsmatrix kommunizieren, um den Grund für ihre Erschütterung herauszufinden. Er nahm die Finger vom Kristall, konzentrierte sich stärker auf Elissanadrin und versuchte es erneut.

Wie zuvor erlebte Korlandril ein ganz kurzes Aufblitzen Alaitocs, stellte sich die gesamte Craftworld vor, konnte aber Elissanadrin nicht spüren. Verstört trat er von der Schnittstelle zurück. Im Gang waren keine anderen Eldar, die ihm hätten helfen können, also begab sich Korlandril zur Kuppel der Mitternachtswälder, die nicht weit weg war.

Das helle Licht des Weges wich dem diffuseren Zwielicht der Kuppel, als Korlandril durch den breiten Durchgang zwischen die Bäume trat. Dieses Stück Parkfläche wurde aufgrund seiner Nähe zu mehreren Aspektschreinen selten besucht. Korlandril ging auf die Seen in ihrer Mitte zu, die er als beliebten Aufenthaltsort vieler Künstler und Dichter kannte. Vielleicht würde er dort Abrahasil treffen. Er hatte seinen Mentor nicht mehr gesehen, seit er sich erstmals in den Tödlichen Schatten begeben hatte.

Während Korlandril zwischen den Bäumen hindurchging, wanderten seine Gedanken in allerlei Richtungen. Erinnerungen an Begegnungen unter dem schattenverhangenen Laubdach zuckten ihm durchs Hirn, aber er verweilte bei keiner davon länger. Die Farbtöne der Blätter, die in herbstliches Purpur übergingen, faszinierten ihn. Die Weichheit des Grases unter seinen Füßen war einladend. Er ließ die Hände über die raue Borke eines Lianderins gleiten und seine Finger spürten jeden Wirbel, jeden Knoten.

All diese Gedanken beschäftigten ihn, doch sie konnten seine jüngsten Erfahrungen nicht überlagern. Ein Lichtfleck hätte ihn verraten können und er hielt sich im Schatten. Er wechselte in unregelmäßigen Abständen die Richtung, um sich seinem Ziel nicht in gerader Linie zu nähern. Ständig suchte er Wurzelhöhlen und Zweige nach Anzeichen von Gefahr ab, auch wenn es in der Kuppel der Mitternachtswälder keine größeren Raubtiere als Dämmerfalken gab.

Korlandrils Paranoia wuchs, als er von vorn leise Stimmen hörte. Er hatte eine beträchtliche Entfernung zurückgelegt, hatte jegliches Zeitgefühl verloren. Das Zwielicht, das durch das dichte Laubdach fiel, wurde immer schwächer, was den Beginn des Nachtzyklus der Kuppel ankündigte. Er war kurz nach der Zeit der Läuterung in der Zyklusmitte eingetreten.

Er sah das Schillern von Wasser zwischen den Bäumen. Etwas bewegte sich und vor ihm auf einem Weg erschien eine Gestalt.

Korlandril war in die Deckung eines Baumstamms getreten, ehe er sichs versah, und klammerte sich an dessen Schatten wie eine Spinne an ihr Netz. Aus seinem Versteck heraus betrachtete Korlandril den offenbar weiblichen Neuankömmling. Sie war etwas kleiner als er, mit schwarzgoldenem Haar, das sie aus der hohen Stirn gekämmt hatte. Ihre weiche, weiße Tunika hatte eine lange Schleppe, die in der sanften Brise der Kuppel tanzte, sich um sich selbst wand und einladend hinter ihr herwirbelte. Sie lachte, hatte ein Kristalllesegerät in der Hand und die Augen auf sein blasses Display gerichtet.

»Verzeih meine Aufdringlichkeit«, eröffnete Korlandril das Gespräch und trat auf den Weg.

Die junge Frau kreischte und das Lesegerät entglitt ihrem Griff. Sie fing es auf, ehe es auf die Holzborke des Weges prallte, und richtete sich rasch auf, während Korlandril näher kam, eine Hand entschuldigend ausgestreckt.

»Ich wollte dich nicht erschrecken«, sagte er.

»Warum schleichst du dich so an mich an?«, verlangte sie zu wissen. Nun, da sie einen Augenblick Zeit gehabt hatte, um Korlandril zu mustern, wich sie furchtsam einen Schritt zurück. Ihre Stimme war kleinlaut. »Was willst du?«

Korlandril verstand nicht, warum sie so beunruhigt war. Er hatte sie überrascht, aber das rechtfertigte nicht eine derartig vorsichtige Reaktion.

»Ich habe eine Frage. Hattest du in letzter Zeit Probleme mit der Unendlichkeitsmatrix?«

»Nein«, sagte sie steif. Ihr Ton war kurz angebunden, ihre Sprechweise formell und kalt. Sie waren zwar Fremde, doch es gab keinen Grund für derart schlechte Manieren.

»Es war nur eine einfache Frage«, gab Korlandril zur Antwort. »Ich verstehe nicht, warum du so feindselig bist.«

»Dasselbe könnte ich von dir sagen«, sagte sie und wandte sich ab. »Lass mich allein.«

Korlandril stand wie vom Donner gerührt da, während sie rasch wieder auf die Seen zuschritt. Er nahm sich einen Augenblick Zeit, um das Geschehene im Geiste durchzugehen.

Korlandril war in die Deckung eines Baumstamms getreten, ehe er sichs versah, und klammerte sich an dessen Schatten wie eine Spinne an ihr Netz. Aus seinem Versteck heraus betrachtete Korlandril den offenbar weiblichen Neuankömmling. Sie war etwas kleiner als er, mit schwarzgoldenem Haar, das sie aus der hohen Stirn gekämmt hatte. Ihre weiche, weiße Tunika hatte eine lange Schleppe, die in der sanften Brise der Kuppel tanzte, sich um sich selbst wand und einladend hinter ihr herwirbelte. Sie lachte, hatte ein Kristalllesegerät in der Hand und die Augen auf sein blasses Display gerichtet.

»Verzeih meine Aufdringlichkeit«, eröffnete Korlandril das Gespräch und nahm die Klaue mit Aufgehender Sonne ein, den rechten Arm verteidigungsbereit angewinkelt, den linken zum Schlag erhoben.

Die junge Frau kreischte und das Lesegerät entglitt ihrem Griff. Sie fing es auf, ehe es auf die Holzborke des Weges prallte, und richtete sich rasch auf, während Korlandril näher kam, sich im Krabbengang vorwärtsbewegte, den rechten Arm zur Zustoßenden Schlange ausgestreckt.

»Ich wollte dich nicht erschrecken«, sagte er und ging in Ruhestellung.

Korlandril sah ihr nach und fragte sich, wie er so mühelos die rituellen Haltungen hatte annehmen können und warum es ihm nicht bewusst gewesen war. Die beiden Versionen desselben Ereignisses prallten in seinem Geist aufeinander – einmal das, was geschehen war, und zum anderen das, woran er sich beim bewussten Nachdenken erinnerte.

Die ängstliche, zornige Reaktion der Fremden bewies, dass seine Erinnerung an das Geschehen zutraf; sein Erleben war inkorrekt gewesen. Er hatte sich an sie angepirscht wie an Beute. Besorgt wandte sich Korlandril von den Seen ab und ging wieder in die Wälder, während das Licht nachließ und die Mitternachtswälder ihrem Namen alle Ehre machten.

Korlandril konnte nicht denken. Es gab zu viele Ablenkungen: raschelnde Blätter, huschende Insekten, schreiende Vögel, jaulende Kreaturen.

Er versuchte, sich zu konzentrieren, aber jede Bewegung sprach seine Instinkte an und er war sofort wieder sensibilisiert, sein Blick richtete sich auf einen schnüffelnden Dornenfresser oder er spitzte die Ohren, um den nächsten Flügelschlag über seinem Kopf zu hören. Selbst das leise Wiegen der Bäume und Mirianathirs Lichtpunkte erforderten seine Aufmerksamkeit, jeder sich bewegende Schatten wollte genau in Augenschein genommen werden, ehe er sich wieder niederlassen konnte.

Den Großteil des Nachtzyklus über saß er frustriert in dem Hain, fernab der Wege, die die Liebenden und Philosophen nutzten, und versuchte ein gewisses Maß an Gleichgewicht zu erreichen.

Als sich das Feld der Kuppel depolarisierte, um mehr Strahlung des sterbenden Sterns durchzulassen, gab Korlandril seine Meditationsversuche auf und begab sich in den Tödlichen Schatten.

Korlandril fand den Schrein oder zumindest die Teile, zu denen er Zugang hatte, leer vor. Er vermutete Kenainath irgendwo im Gebäude – wo sonst hätte der Exarch sein sollen? –, doch die Rüst- und die Waffenkammer waren leer. Schweigend rüstete sich Korlandril zum Training und das erforderliche Mantra lief in seinem Kopf ab.

Problemlos ging er seine Aufwärmroutinen durch und reihte einige Angriffe und Verteidigungen aneinander, um seine Muskeln zu lockern, die sich durch das beunruhigende Erlebnis im Wald verkrampft hatten. Während er diese Bewegungsabläufe durchging, begann er sich den Schattenfeind vorzustellen und bereitete sich auf extremere Anstrengungen vor.

Er fand den Bereich der Kontrolle und des Instinkts, den er suchte, und sein Kettenschwert zuckte nach seinem Gutdünken vor und zurück, vollführte an der Seite imaginärer Shuriken und Schüsse aus seinen Mandiblastern einen tödlichen Klingentanz.

Auf halbem Weg zwischen Erhobener Klaue und Schlange aus dem Schatten hielt Korlandril inne.

Seine Schattenbeute hatte ein Gesicht. Um genau zu sein, mehrere. Die Gesichter der Menschen, die er getötet hatte. Er sah sie miteinander verschmelzen, tote Augen, klaffende Münder.

Lachend schlug Korlandril nach dem Hals der Erscheinung und köpfte sie mit einem Streich. Der Geist löste sich in nebulöse Schlieren auf und verschwand. Korlandril setzte sein Training ohne ihn fort. Er brauchte keinen imaginären Gegner; er hatte echtes Blut vergossen und echte Leben genommen.

Er übte für den Großteil des Zyklus und war recht erschöpft, als er sein Kettenschwert weghängte und seine Rüstung ablegte. Trotz seiner Müdigkeit brannte sein Geist noch immer, war durch die Anstrengung in keiner Weise befriedigt. Hunger und Durst nagten an ihm, aber er begehrte nicht nur Speise und Trank. Er wollte etwas, um sich zu beschäftigen. Er brauchte Unterhaltung.

Er fand die anderen in der Mondsichel der heraufdämmernden Zeitalter und setzte sich zu ihnen, eine volle Schale vor sich auf dem Tisch.

»Ich bin in der Stimmung für einen Vortrag oder vielleicht für ein Theaterstück«, teilte er den anderen zwischen zwei Bissen mit. »Etwas Rührendes, Dramatisches und vielleicht ein wenig Sinnliches.«

»In der Kuppel der harten Winter wird *Aeistians Stelldichein* aufgeführt«, informierte ihn Elissanadrin und nahm sich eine Karaffe Sommerrebe, die Arhulesh an den Tisch gebracht hatte.

»Zu textlastig«, erwiderte Korlandril.

»In der Halle der endlosen Mühe gibt es ein *Filigrangeflecht*«, schlug Arhulesh vor. Sein Blick huschte suggestiv zwischen Elissanadrin und Korlandril hin und her. »Vielleicht könntet ihr beide daran teilnehmen.«

Korlandril dachte einen Augenblick darüber nach, verwarf die Idee dann aber. Er wollte sich bei seiner ersten privaten Begegnung mit Elissanadrin nicht ablenken lassen. Je länger er darüber nachdachte, desto weniger attraktiv schien ihm die Aussicht auf körperliche Intimität mit seiner Gefährtin.

Er schüttelte den Kopf.

»Wir könnten auf Himmelsgleitern ein Rennen entlang der Smaragdstraßen fliegen, das wollte ich immer schon mal versuchen«, schlug Elissanadrin vor.

Korlandril seufzte.

»Das ist nicht so gefährlich oder spannend, wie es aussieht, nicht, wenn man ein wenig Erfahrung mit Himmelsgleitern hat.«

»Ich werde damit nicht meine Zeit verschwenden«, sagte Arhulesh und erhob sich. »Du hast eindeutig auf keinen meiner Vorschläge Lust. Genießt die Sommerrebe.«

»Warte!«, rief Korlandril aus. »Ich bin sicher, uns fällt

etwas ein. Ich brauche nur etwas, um die Zeit totzuschlagen.«

Alle in Hörweite wandten sich Korlandril zu. Eine schockierte Stille senkte sich auf die Mondsichel der heraufdämmernden Zeitalter herab.

»Warum starrt ihr mich alle so an?«, krächzte Korlandril und erhob sich zornig. »Hat keiner von euch je unter plötzlicher, unüberwindlicher Langeweile gelitten?«

Jemand packte ihn hart am Ellbogen und Korlandril spürte, wie er wieder auf die Bank gedrückt wurde.

»So etwas darfst du nicht sagen!«, zischte Elissanadrin. Ihr Gesichtsausdruck war eine Mischung aus Schock und Verzweiflung.

»Lag es an meinem Tonfall? Habe ich zu laut gesprochen?«

Elissanadrins Gesichtsausruck verwandelte sich in Ungläubigkeit, und ihr Mund öffnete sich wortlos doppelt so weit. Korlandril hielt seine Worte für recht unbedenklich, aber das Erlebnis unter der Kuppel der Mitternachtswälder ließ ihn kurz zweifeln. Er dachte noch einmal über die vergangenen paar Augenblicke nach.

»Wir könnten auf Himmelsgleitern ein Rennen entlang der Smaragdstraßen fliegen, das wollte ich immer schon mal versuchen«, schlug Elissanadrin vor.

Korlandril seufzte, und seine Lippen verzogen sich zu einem Hohnlächeln.

»Das ist nicht so gefährlich oder spannend, wie es aussieht, nicht, wenn man ein wenig Erfahrung mit Himmelsgleitern hat.«

»Ich werde damit nicht meine Zeit verschwenden«, sagte Arhulesh und erhob sich. »Du hast eindeutig auf keinen meiner Vorschläge Lust. Genießt die Sommerrebe.«

»Warte!«, rief Korlandril aus. »Ich bin sicher, uns fällt etwas ein. Ich brauche nur etwas zum Totschlagen.«

Schockiert tauchte Korlandril wieder aus seiner Erinnerung auf.

»Um die Zeit totzuschlagen!«, bellte er. »Ich brauche etwas, um die Zeit totzuschlagen.«

Elissanadrin wirkte nicht überzeugt. Korlandril wollte seinen Standpunkt, dass es sich um einen harmlosen Versprecher gehandelt hatte, gerade verteidigen, da unterbrach er sich.

Korlandrils surrende Klinge schnitt den ersten vom Genick bis zur Hüfte entlang der Wirbelsäule auf, was den Aspect Warriors mit Blut und Splittern von Wirbeln bedeckte und ein harmonisches Muster aus nassen Spritzern und Knochenfragmenten schuf.

Es war ein wahrlich einzigartiger Augenblick gewesen. Zuvor hatte er sich nur an die Gesichter erinnert, aber jetzt fiel Korlandril wieder ein, wie kunstvoll er seine Waffen eingesetzt hatte, und das Gefühl … schon der Gedanke daran ließ ihn erschaudern, brachte sein Blut in Wallung, ließ jedes Detail seiner Umgebung sich schärfer abzeichnen. Elissanadrins Atem an seiner Wange und der Duft der Lichtungssonnen in ihrem Haar. Ihre Körperwärme. Selbst das Blut, das durch ihre Arterien und Venen floss, rot, unmittelbar unter der Haut.

Was für eine schöne, tiefrote Farbe es abgäbe.

»Mir gefällt nicht, wie du mich anstarrst«, sagte sie und zog sich von Korlandril zurück.

Schaudernd zwang sich Korlandril sich zu konzentrieren. Er erhob sich, verbeugte sich steif zur Entschuldigung und floh.

Der Schrein des Tödlichen Schattens ließ Korlandril nicht wieder ein. Er hatte die Eingänge probiert, die er kannte, und keiner hatte sich bei seinem Näherkommen geöffnet. Selbst die Unendlichkeitsmatrix weigerte sich seine Gegenwart zur Kenntnis zu nehmen. Unsicher, was das bedeutete oder was er tun sollte, verlegte sich Korlandril darauf zum Haupttor zurückzukehren und mit der Faust an die Irisblende zu hämmern.

»Ist das dein Werk, Kenainath?«, verlangte er zu wissen und seine Stimme hallte im Eingangskorridor kalt wider.

Stille beantwortete seine Frage und er stand eine Weile schäumend und machtlos da. Als er sich gerade abwenden wollte, öffnete sich die Tür einen Spalt breit und dahinter stand Kenainath in voller Rüstung samt Helm.

»Du bist nicht willkommen; ich bin Exarch hier. Dein Schrein ist anderswo.«

Kenainaths Stimme war ausdruckslos, empfindungslos. Korlandril trat einen Schritt vor, hielt aber inne, als der Exarch die Klaue hob.

»Hier gehöre ich her! Du kannst mich nicht verstoßen.«

»Du hast dich verirrt, du musst einen anderen Schrein findet, so ist die Tradition. Dein Pfad endet; Khaine hat sich deiner Seele bemächtigt, du bist Exarch.«

»Unsinn!«, lachte Korlandril schroff. »Niemand wird nach zwei Schlachten Exarch. Das ist lächerlich.«

»Deine Reise war kurz, aber nun ist sie vollendet, und das musst du akzeptieren. Es gibt andere Schreine, leer und führerlos – einer davon wird dich rufen. So war es bei mir, so war es bei uns allen, die wir auf dem Pfad gefangen sind. Wir werden uns wiedersehen, nicht als Meister und Schüler, sondern als Gleiche.«

»Da…«

Die Tür schloss sich lautlos und schnitt Korlandrils Antwort ab. Er ließ sich gegen die Wand sacken, den Kopf in den Händen. All das ergab keinen Sinn für ihn. Er war kaum einmal zwei Schritte auf dem Pfad des Kriegers gegangen. Er konnte nicht gefangen sein. Etwas war schiefgegangen, aber er war kein Exarch.

Korlandril holte tief Luft und richtete sich mit geballten Fäusten auf. Das würde er nicht kampflos hinnehmen.

Er entfernte sich mehrere Schritte von der Tür und hielt dann inne. In ihm erblühte die Selbsterkenntnis. Je mehr er gegen dieses Schicksal ankämpfte, desto mehr hatte es ihn im Griff. Wogegen kämpfte er? Gegen sich? Gegen

Thirianna? Gegen Aradryan? Dieses Streben nach Konfrontation war sinnlos. Die Lustlosigkeit, die Korlandril seit seiner Rückkehr aus der Schlacht gegen die Menschen erfüllte, nagte an ihm. Würde sie ewig anhalten? Würde er das unstete, schwer greifbare Gefühl, das ihn verzehrte, je loswerden?

Kenainath hatte recht. Korlandril sehnte sich nach dem Tanz zwischen Leben und Tod mehr als nach allem, was er in seinem Leben je begehrt hatte – Bewunderung, Anerkennung, Selbsterkenntnis, all das war trivial im Vergleich zu dem Rausch des Krieges, der sein Blut erfüllt hatte, und dem exquisiten Vergnügen einen Feind zu erschlagen und einen Sieg zu erringen.

Es gab noch einen Ort, an dem er die gesuchten Antworten vielleicht finden konnte. Korlandril entfernte sich vom Tödlichen Schatten und fand ein Gestell mit Himmelsgleitern. Er nahm einen, schaltete das automatische Leitsystem ein und gab als Ziel die Kammer der Autarchs ein. Mit schwirrendem Kopf startete er die Motoren und raste von dannen.

Die gewaltige Audienzhalle war bis auf Korlandril leer. Er schritt auf den breiten Stufen auf und ab und betrachtete die weiten Runenkreise um die Zentralplattform, die je einen Aspektschrein repräsentierten. Manche waren von Generationen von Füßen abgenutzt, andere so hell wie am Tag ihrer Gravur. Während er langsam seine Kreise zog, erkannte er das Muster. Die ältesten Schreine waren in der Mitte, viele davon gehörten den Dire Avengers, Striking Scorpions, Howling Banshees, Swooping Hawks und Dark Reapers. Es gab Ableger, deren Runen leichte Variationen ihrer Mutterschreine waren und sich jeweils weiter vom Podest entfernt befanden. Neue Runen von zuvor unbekannten Aspekten erschienen – Crystal Dragons, Warp Spiders, Shining Spears. Die Geschichte der Krieger Alaitocs bewegte sich spiralförmig nach außen weiter.

Auf der innersten Stufe hielt Korlandril inne. Er stand auf einer Rune der Striking Scorpions. Er sah sie sich genauer an, las den Namen in den schlichten Bögen und geschwungenen Querstrichen. Verborgener Tod. Er war ihm nicht vertraut, doch er war sicher, die Namen aller Aspektschreine Alaitocs zu kennen.

Verborgen war er zu den Aspect Warriors gekommen und im Tod saß er gefangen. Das schien einen gewissen Sinn zu ergeben. Hatte Kenainath das gemeint?

Rasch kehrte Korlandril zum Himmelsgleiter zurück und gab den Schrein des Verborgenen Todes als Ziel ein. Der Himmelsgleiter erhob sich in die Luft, flog einen Halbkreis und schoss dann auf den randwärtigen Ausgang der Kammer zu. Er führte in das Tunnellabyrinth, das Korlandril gesehen hatte, als er vom Tödlichen Schatten gekommen war. Links, rechts und dann über eine vertikale Gabelung nach oben – der Himmelsgleiter schraubte sich in Richtung der dockseitigen Bereiche Alaitocs und beschleunigte. Der Wind riss an Korlandrils Haar und Gesicht und zerrte unablässig an seiner wehenden Robe, als der Himmelsgleiter um eine scharfe Kurve nach rechts schoss und sich wieder abwärts schraubte, wobei er an anderen Kreuzungen vorbeiraste.

Trotz der beträchtlichen Geschwindigkeit des Himmelsgleiters konnte sich Korlandril den Weg merken und brannte sich jede Abbiegung und jeden Richtungswechsel ins Gedächtnis. Je weiter er flog, desto größer wurde seine Hoffnung. Nicht der Geschwindigkeitsrausch erfüllte ihn, sondern das Zugehörigkeitsgefühl, nach dem er sich so gesehnt hatte. Der Himmelsgleiter trug ihn durch die Tunnel und Hallen immer weiter seiner Bestimmung entgegen. Sie sang zum Rhythmus seines Herzens in seinen Ohren und durchströmte jede Faser seines Körpers.

Das war der Ruf, den Kenainath erwähnt hatte.

Erst in der Zeit der Kontemplation wurde der Himmelsgleiter langsamer, etwa der halbe Rand Alaitocs lag zwischen dem Tödlichen Schatten und diesem Ort, also beinahe die maximal mögliche Entfernung. War das Zufall? Korlandril glaubte nicht an Zufälle. Sie spielten hier keine Rolle. Die Unendlichkeitsmatrix, Alaitocs großer Geist, hatte ihn auf die eine oder andere Weise hierher geführt. Korlandril machte sich nicht vor, er verstünde alles, was geschehen war, war aber für den Augenblick damit zufrieden, so zum Spielball der Gezeiten zu werden. Er war vom Weg abgekommen und hatte sich verirrt; es war egal, wer ihn jetzt führte. Es blieb nur eine Hoffnung – den Frieden der Schlacht zu finden, den er so schmerzlich vermisste.

Der Himmelsgleiter hielt vor einem unauffälligen Torbogen an; das massive, geschlossene Tor darin schimmerte in einem tiefen Smaragdgrün. Korlandril stieg ab, entließ den Himmelsgleiter, und dieser schoss um eine Kurve des Korridors davon. Zögernd und voller Angst, auch dieser Ort könnte ihn ablehnen, näherte sich Korlandril dem Tor.

Mit einem Seufzen schwang es nach innen auf und ein warmer Luftschwall drang heraus und schloss Korlandril in seine unsichtbaren Arme. Er schloss die Augen und genoss den Geruch starker Gewürze und die sanfte Berührung der Brise auf seiner Haut, die Helligkeit, die durch seine Augenlider drang, als wäre eine Sonne in unmittelbarer Nähe. Er öffnete sie wieder, blinzelte zweimal, um wieder klar zu sehen, und betrachtete seine neue Heimat.

Niedrige, rote Sanddünen erstreckten sich durch die gesamte Kuppel, deren Grenzen in der Ferne verschwanden. Hier wuchsen struppige Kerzenholzbüsche, deren violette Blüten klein waren, aber penetrant rochen. Eine brennende Kugel stand niedrig zu seiner Linken wie eine unmöglich nahe Sonne, und vor Korlandrils Augen sank sie immer tiefer, bis nur noch ein Dämmerlicht blieb, auch wenn der Rest Alaitocs vielleicht noch nicht viel weiter als bei der Zyklusmitte war.

Korlandril zog seine Stiefel und seine Robe aus und öffnete sein Haar, sodass es ihm frei über die Schultern fiel. Barfuß und nackt überschritt er die Schwelle und betrat den breiten, sandigen Bereich, sodass er die einzelnen Körner unter den Sohlen und zwischen den Zehen spüren konnte.

Unbemerkt schloss sich das Tor hinter ihm.

Korlandril wanderte eine Weile durch seine neue Welt, gewöhnte sich an seine Position und deren Atmosphäre. Sie war wie keine andere Kuppel, die er je gesehen hatte. Die künstliche Sonne war verschwunden und hatte nur einen roten Schimmer hinterlassen. Weit in der Ferne sah er das Glitzern eines Kraftfelds und das Leuchten Miriana-thirs. Er ging darauf zu.

Korlandril näherte sich der Mitte der Wüste und die sanfte Brise verwehte seine Spuren im Sand, da spürte er ein Beben. Er blieb stehen und verortete die Quelle der Erschütterung ein Stück zu seiner Linken. Während er in diese Richtung marschierte, wurden die Beben stärker und ließen Sandwogen die Dünenflanken hinabrieseln.

Korlandril erreichte den Gipfel einer besonders hohen Düne und stieß dort auf eine tiefe, kraterartige Mulde, die mit einer hohen, dünnen Mauer umrandet war. Der Sand innerhalb der Mauer tanzte und hüpfte erregt. In einer Woge von Sand brach etwas aus der Mulde hervor und die roten Körner rieselten von den terrassenartigen Ebenen des sich erhebenden Bauwerks. Es war eine Zikkurat aus gelbem Stein, etwas kleiner als der Schrein des Tödlichen Schattens. Die Wucht ihres Auftauchens riss Korlandril um, als der Sand unter ihm wegrutschte.

Weißes Licht leuchtete aus den Schießscharten und Durchgängen des Erdgeschosses. Mit einem Freudenschrei rannte Korlandril den Hang hinunter auf den Schrein zu. Am niedrigen Eingang – der kaum hoch genug war, dass er hindurch gehen konnte ohne sich zu bücken – blieb er stehen und holte tief Luft. Doch das linderte seine Erregung nicht. Dieser Ort war wie ein wahr gewordener Traum. Korlandril berührte die raue Oberfläche des Durchgangs, um sich zu versichern, dass dies kein Trugbild war. Das Licht, das sich aus dem Schrein ergoss, fühlte sich in seinen Händen zähflüssig und auf seiner Haut schwer an, doch die Steine waren durchaus echt.

Als er fast geblendet in den Durchgang trat, verschwand das Licht und tauchte alles in Finsternis. Korlandrils Herz flatterte einen Augenblick lang und er hielt inne, irritiert von der plötzlichen Veränderung. Als sich seine Augen an die Dunkelheit gewöhnten, bemerkte er ein rotes Leuchten, das von hinter einer Ecke direkt vor ihm kam. Schnell folgte er dem Fleck düsteren Lichts und bog vom Hauptgang links in eine Seitenkammer ab. Hier war das Leuchten stärker, es drang aus einem gegenüberliegenden Durchgang, durch den sieben steile Stufen in den Schrein hinabführten. Korlandril erreichte einen U-förmigen Flur und stand dort zwei weiteren Durchgängen gegenüber. Das Licht kam aus dem linken und war jetzt hell genug, dass er die Wände zu beiden Seiten sehen konnte.

Korlandril folgte dem immer stärker werdenden Leuchten durch weitere Korridore und Durchgänge, bis es ihn in einen Raum mit niedriger Decke führte, der der Duellkammer des Tödlichen Schattens sehr ähnelte. Auf dem Boden gab es keinen Kreis, aber auf einem Ständer hing eine Prunkrüstung. Von den roten Edelsteinen, mit denen ihre dunkelgrünen Platten besetzt waren, kam das Licht. Im Licht war Bewegung; die Edelsteine waren Seelensteine. Insgesamt waren es sieben und jeder enthielt die Essenz eines toten Eldar.

Korlandril stand vor der Rüstung und bewunderte den Schwung ihrer Platten, ihre solide Ausstrahlung. Er streckte eine Hand aus und berührte die Brustplatte. Als Reaktion flammte sein Wegstein auf und sein Licht verschmolz mit dem der Seelensteine der Rüstung. Erinnerungsfetzen huschten durch Korlandrils Bewusstsein und er riss die Hand zurück.

Die Erinnerung war fort. Vielleicht hatte er sie sich eingebildet.

Korlandril umrundete die Rüstung und sah sie sich genau an. Sie war schwerer als eine normale Aspektrüstung, denn ihre Platten waren mit zusätzlichen Graten und vergoldeten Sicken verstärkt. Sie war hervorragend gearbeitet, jeder Schwung, jede Linie zeugte von Funktionalität und Stil im Einklang. Korlandril ließ einen Finger über den Rücken des Handschuhs gleiten und bebte dabei vor Spannung.

Wieder ließ ihn ein Erinnerungsfunke zurückzucken.

»Sie gehört mir«, flüsterte er, und die Kammer verschluckte seine Stimme.

Dir …

Die Stimme war keine, sie war ein Gedanke. War es Korlandrils Gedanke oder der eines anderen?

»Ich werde der Verborgene Tod sein.«

Verborgener Tod …

Das Gedankenecho erklang einen Augenblick lang und verschwand dann ohne Spuren in seinem Gedächtnis zu hinterlassen.

Korlandril starrte die Rüstung lange an und fragte sich, wer sie geschaffen, wer sie getragen hatte und welche Feinde ihren Trägern zum Opfer gefallen waren.

Antworten …

Die Zeit des Zögerns und Grübelns war vorbei. Was auch immer sich daraus ergeben würde, Korlandril war hierher gekommen – geführt worden? –, und hier würden sich die Dinge ändern. Für jemanden, der Veränderung so fürchtete wie er, war das die endgültige Antwort: er würde sich nicht mehr verändern. Er würde der Verborgene Tod werden und bleiben, bis er fiel. Er konnte sich freiwillig ergeben, die Zweifel hinter sich lassen, es würde ihm keine Mühe mehr machen sich anzupassen, in dem Krieg, der in ihm tobte, würde ein Waffenstillstand geschlossen werden.

Er musste nur akzeptieren, wozu er geworden war, und die Rüstung anlegen.

»Krieg, Tod und Blut sind alles, was bleibt. Ich bin Exarch Korlandril.«

Exarch Morlaniath.

Der Name sagte Korlandril nichts, doch er weckte in ihm eine ganz vage Erinnerung, die er allerdings nicht einordnen konnte. Es war die Erinnerung eines anderen an einen Mythos, den Korlandril einmal gehört hatte, oder der Name, den man für sich behält und nie einem anderen mitteilt.

Die Zeit war gekommen.

Als er die Rüstung vom Ständer nahm, flüsterte er das Mantra, das ihn seine Kriegsmaske für immer würde anlegen lassen. Ungebeten veränderten sich die Worte zwischen Gehirn und Zunge, aber er sprach sie sicher aus, als hätte er sie immer so sagen wollen.

»Der Friede ist gebrochen, Harmonie zerfällt zu Zwietracht, es bleibt nur Krieg.«

Eine Schattenstimme fiel ein, als er die ersten Rüstungsteile anlegte.

»Nun kleiden wir uns in die Gewänder Khaines des Blutbefleckten, als wahre Krieger.«

Nun kleiden wir uns in die Gewänder Khaines des Blutbefleckten, als wahre Krieger.

Bilder zuckten ihm durchs Hirn: Erinnerungen, die nicht aus seinem Leben stammten. Sein Geist brannte, sein Bewusstsein erweiterte sich, um die Erfahrungen eines gesamten weiteren Lebens aufzunehmen. Gesichter von Freunden, die er nie getroffen hatte, von Eltern, die nicht die seinen waren, von Feinden, die er nie erschlagen hatte. So viele tote Gesichter, Tausende, in einer Flut des Leids und des Todes, und die ganze Zeit erfüllte triumphales Lachen seine Ohren.

Dann, schließlich, ein Augenblick der Schwärze, der Agonie und des Endens.

Wie ein Automat legte Korlandril weiter die Rüstung an, die nächste Zeile des Mantras war kaum ein Hauch von seinen Lippen, eine andere Stimme nahm sie in seinem Geist auf.

»In Khaines Eisenhaut kleiden wir uns für den Krieg, während das Feuer in uns brennt.«

In Khaines Eisenhaut kleiden wir uns für den Krieg, während das Feuer in uns brennt.

Ein weiterer Erinnerungssturm, mehr Schmerz, mehr Tod. Korlandril versuchte sich an etwas zu klammern, das er als sein eigenes Leben erkannte.

Er ließ die Finger durch Auriellies saphirblaues Haar gleiten, küsste ihren Hals, und das Licht des Feuers spielte auf ihren hohen Wangenknochen.

Nein! Das war nicht seine Erinnerung. Das hatte er nie getan. Er kannte Auriellie gar nicht. Er versuchte es erneut, doch das Mantra ergoss sich weiter aus ihm und eine weitere Flutwelle falscher Erinnerungen riss ihn mit sich.

»Khaines eisernes Blut, aus dem wir unsere Kraft beziehen, wächst in uns.«

KHAINES EISERNES BLUT, AUS DEM WIR UNSERE KRAFT BEZIEHEN, WÄCHST IN UNS.

»Der Krieg kommt über uns; wir tragen seine dunkle Last auf unseren breiten Schultern.«

DER KRIEG KOMMT ÜBER UNS; WIR TRAGEN SEINE DUNKLE LAST AUF UNSEREN BREITEN SCHULTERN.

Immer kleiner, bald nur noch ein winziger Punkt. Korlandrils Individualität versank in der Flut der Persönlichkeiten aus den Seelensteinen. Er ertrank in Finsternis, rang verzweifelt darum ein Ich-Gefühl gegen die Flut zu behaupten, die seinen schwachen Geist bestürmte.

»Wir stehen vor Khaine, unbeirrbar in unserer Berufung, ohne Zweifel und Furcht.«

WIR STEHEN VOR KHAINE, UNBEIRRBAR IN UNSERER BERUFUNG, OHNE ZWEIFEL UND FURCHT.

Es waren Zehntausende Tote. Zahllose Leben, ausgelöscht von den Händen derer, die diese Rüstung getragen hatten. Kreaturen aller Spezies, manche Krieger, andere nicht. Opfer von Khaines blutigen Mordtaten.

Korlandril verlieh klagend den letzten Resten seines Kummers Ausdruck, schenkte den Getöteten sein letztes Mitleid, bis keines mehr für die künftigen Toten blieb.

»Wir fliehen nicht vor dem Tod, wir wandeln stolz und furchtlos im Schatten Khaines.«

WIR FLIEHEN NICHT VOR DEM TOD, WIR WANDELN STOLZ UND FURCHTLOS IM SCHATTEN KHAINES.

WIR SCHLAGEN AUS DEM DUNKEL HERAUS ZU, SCHNELL WIE DER SKORPION, MIT TÖDLICHER BERÜHRUNG.

SIEH NICHT NUR MIT DEN AUGEN, SONDERN LASS DEN ZORN FLIESSEN, LASS DICH VON KHAINES GABE TRÖSTEN.

Korlandril war fast vergangen, ein Staubwirbel in einem viel größeren Bewusstsein.

Morlaniath kehrte wieder. Der Exarch öffnete Augen, die ein Zeitalter lang geschlossen gewesen waren, und wandte sich der großen, zweihändigen reißenden Klinge zu, die hinter ihm an der Wand hing. Morlaniath nahm sie und erinnerte sich an den Namen der Waffe: *Zähne der Dissonanz.* Wie zwei Liebende, die sich nach langer Zeit wiedertreffen, verschmolzen Morlaniath und das gewaltige Kettenschwert, während der Exarch mit der Hand über das Gehäuse strich. Morlaniaths Fingerspitzen tanzten über jede Spitze der Klinge. Morlaniath nahm eine Bereitschaftshaltung ein und sein Wille erweckte die Waffe zum Leben, riss sie aus ihrem langen Schlaf. Ihr Surren war noch so gleichmäßig wie bei ihrer ersten Bluttaufe.

Zusammen würden sie wieder den Tod bringen.

WIEDERGEBURT

Auf dem Höhepunkt des Kriegs im Himmel hatte Khaine zahllose Anhänger. Sie waren unerbittliche Feinde der Kinder Eldaneshs und Ulthaneshs, denn sie hatten sich ganz ihrem Blutdurst ergeben. Doch einer nach dem anderen fielen die Champions Khaines. So leicht aber gab Khaine seine Diener nicht auf, und er bewahrte ihre Seelen und rüstete und bewaffnete sie, sodass sie den Krieg fortsetzen konnten. Sie waren zwar ebenso blutbefleckt wie ihr Herr, doch auch diese Krieger wurden besiegt und fielen. Doch noch immer wollte Khaine sie nicht loslassen. Trotz Khaines Drohungen und Folter schuf der Schmiedegott Vaul keine weiteren Rüstungen und Waffen, mit denen der blutbefleckte Gott seine Armeen hätte erneuern können. Khaine aber ließ die nicht los, die sich seiner Sache verschworen hatten, sondern zermalmte sie in seiner eisernen Faust, sodass danach mehrere wie ein Mann kämpften und an Waffen teilten, was Khaine erübrigen konnte. Erfüllt von Khaines Zorn töteten die Geisterkrieger viele Kinder Eldaneshs und Ulthaneshs. Doch ihr Zorn war so groß, dass diese Geister schließlich aufeinander losgingen. Jeder Seelenteil rang um Kontrolle über das Ganze und sie zersplitterten. Khaines Geisterarmee zerfiel, als die Seelen schließlich seinem Griff entkamen.

Es war ein Ort der Knochen und der Schädel, wo es Blut aus sturmdurchtosten Himmeln regnete, wo der Zusammenprall von Klingen und die Schreie der Sterbenden über eine endlose Ebene hallten.

Er stolperte durch die Knochen, rutschte und fiel bei jedem zweiten Schritt. Er versuchte verzweifelt sich zu orientieren, sah aber nur Tod. Er rief, doch der Wind riss seine Stimme weg, sobald sie seine Lippen verlassen hatte. Er war verloren. Allein. Wie hieß er? Wer war er?

Er untersuchte die kleinen und großen Schädel: Eldar, Menschen, Threeshan, Orks, Demiurg, Tyraniden und viele andere. Winzige Geisterlichter leuchteten in ihren Augenhöhlen. Er hob einen deformierten Schädel mit vorspringender Schnauze, weit auseinanderstehenden Augen und einem Kamm knöcherner Knötchen auf der Stirn auf. Er starrte tief in die Augenhöhlen und verband sich mit den Überresten des Geistes darin.

Der Himmel stand in schwarzen Flammen, während grellgelbe Strahlen kreuz und quer durch die Trümmer einer uralten Siedlung zuckten. Die Hrekh strömten aus ihren Pfahltürmen, rannten auf krummen Beinen, und die Waffen in ihren langen Armen knatterten. Er sprang lässig zur Seite und schlammiges Wasser spritzte um seine Beine, als er durch den träge dahinfließenden Fluss rannte. Vyper-Jetbikes heulten vorbei, deren Schützen Laserstreufeuersalven auf die Türme aus Holz und Stein richteten und die Hrekh dutzendweise niedermähten. Er sprang auf einen Laufsteg über dem flachen See und schwang sich in einer geschmeidigen Bewegung übers Geländer. Der Verborgene Tod folgte ihm mit knisternden Mandiblastern und Geschosse speienden Shurikenpistolen. Verfolgt von den schimmernden Jetbikes der Shining Spears kam ein Klan-Oberhaupt der Hrekh um die Ecke geeilt und sah dabei über die Schulter. Er sprang ihn an und trieb die *Zähne der Dissonanz* zwischen die erigierten Brustwarzen der Kreatur, sodass sie zum Rücken wieder herauskamen. Er befreite die reißende Klinge und trat die Leiche ins Wasser.

Der Schädel fiel ihm aus den Fingern und die Erinnerung verschwand.

Wie viele tausend Tode waren hier gesammelt? Wie sollte er einen finden, den er kannte?

Er hob einen anderen Schädel auf, den eines Menschen, wusste aber sofort nach dem ersten Erinnerungsfetzen, dass er nichts damit zu tun hatte. Er warf ihn auf den Boden und trat darauf, doch der Schädel hüpfte nur unter seinem nackten Fuß weg.

Irgendwo war eine Erinnerung, die ihm gehörte. Er musste weitersuchen.

Mattrotes Licht brach sich an den Kunststeinwänden der Kammer. Er sah nach unten und erblickte sandige Fußabdrücke auf dem Boden. Seine Fußabdrücke. Das war verwirrend. Seit drei Generationen wartete er in der Kammer darauf, dass ihn der fand, der seinem Ruf gefolgt war.

Wer war er?

Wir sind Morlaniath.

Es waren seine Gedanken, aber nicht nur. Andere sahen mit ihm durch seine Augen, spreizten seine Finger um das Heft des langen Kettenschwerts in seiner Hand, spürten, wie Luft in seine Lunge drang.

Wer war ich?

Wir waren Morlaniath und Idsresail und Lecchamennon und Ethruin und Neruidh und Ultheranish und Korlandril.

Korlandril.

Der Name bündelte seine Aufmerksamkeit. Es war nicht sein einziger, aber der jüngste. Dieser Körper, diese Gliedmaßen, dieses Hirn, diese Nerven und Knochen hatten Korlandril geheißen. In diesem Wissen tauchte er in seine Erinnerungen ein, suchte nach dem, was wirklich geschehen war.

Er wartete. Ewig lange war nur Geist. Ultheranishs Körper war gestorben. Sie hatten die Rüstung hierher getragen – Kenainath, Aranarha, Liruieth und die anderen Exarchs der Striking Scorpions. Der Sand hatte sich vor den Türen aufgetürmt und das Licht war verschwunden. Egal. Früher oder später würde einer kommen. Was war schon Zeit? Ein bedeutungsloses Maß der Sterblichen.

Der Schrein bebte. Winzige Bewegung. Er erwachte. Er spürte den Zorn. Der Schrein hallte davon wider. Der Avatar hatte sich erhoben. Noch immer war keiner gekommen. Er schlief wieder ein.

Wieder wurde der Avatar entfesselt, weckte das Bewusstsein seiner Geister. Keiner kam. Er schlief nicht. Ein Flüstern hallte durch den Schrein. So weit weg, so leise. Er lauschte und lernte. Es würde einer kommen. Er hatte die Gedanken des Neuen gehört. Er teilte seinen Zorn und seine Wut, spürte den Schmerz seiner Wunde. Bald, erkannte er. Bald würde er kommen.

Er wartete.

Der Sand bewegte sich. Der Neue kam. Seine Gedanken schallten wie Beckenschläge durch die Kammer.

Komm zu mir. Ich bin Frieden. Ich bin Auflösung. Ich bin das Ende.

Der Silberfaden zwischen ihnen wurde kürzer und er zog fester. Der Schrein reagierte, warf den Schutt von Generationen ab. Bald. So bald.

Der Neue trat ein. Er erkannte sich. Er berührte seine Rüstung und für einen Augenblick verschmolzen seine beiden Teile.

Du bist wir und wir sind du.

»Sie gehört mir«, flüsterte, hörte und erwiderte er.

Dir …

Der Neue sprach und er hörte zu.

»Ich werde der Verborgene Tod sein.«

Verborgener Tod …

Es gab einen Augenblick des Zweifels, des Überlegens. Er wusste, was er suchte. Er hatte immer dasselbe gesucht. Er war, was er suchte.

Antworten …

Der Neue nahm die Rüstung, und Morlaniath stimmte den Gesang an. Die ruhmreiche Rückkehr war nah.

Er begriff jetzt, wo er herkam. Er war Nicht-Korlandril. Er war Nicht-Morlaniath. Er war beide und noch andere. Er war alle und sie waren er.

Er forschte in seinen Erinnerungen. Sie gehörten alle ihm, aber manche hatte er noch nie gesehen. Die Zeit verging in einem Wirrwarr vertrauter Beziehungen, verlorener und gewonnener Schlachten, langer und kurzer Freundschaften, erschlagener und entkommener Feinde, von Liebe und Hass, Geburten, Liebeleien, Enttäuschungen, alten Hoffnungen und neuen Träumen und einem halben Dutzend schmerzensreicher Tode. Er huschte mühelos von einer Erinnerung zur nächsten, sah nichts Auffälliges.

Er stieß auf eine, die ihn innehalten ließ. Ein bekanntes Gesicht. Er erkannte alle Gesichter, aber dies war eine der alten Erinnerungen, diesem Körper zuvor unbekannt. Er versah das Gesicht mit einem Namen.

Bechareth.

Es passte nicht zu den anderen Erinnerungen. Der Bechareth dieses Körpers war ein Striking Scorpion. Der Bechareth aus der Erinnerung war etwas anderes. Er suchte weiter in der Vergangenheit, forschte nach dem Entstehen der Erinnerung, dem Anfang der Geschichte.

Er war Ultheranish, das Gefäß vor dem aktuellen. Sie waren im Netz der Tausend Tore, an Bord eines Schiffs.

Durch hohe Spitzbogenfenster sah er die leuchtenden Psi-Energiefäden vorbeiwirbeln.

Alarmsirenen erklangen. Es war noch etwas anderes im Netz der Tausend Tore. Er gehörte zum Verborgenen Tod, nur ein Krieger wie jeder andere, bereit das Raumschiff zu verteidigen. Nicht-Neruidh war Exarch. Er wechselte zwischen den beiden Mem-Fäden hin und her und sah sich durch die Augen des Exarchs. Der Verborgene Tod folgte dem Exarch in die äußeren Korridore und wartete auf den Angriff. Ein weiteres Schiff kam längsseits, ein mit Klingen versehenes, finsteres Spiegelbild ihres eigenen Kriegsschiffs: die Commorragh-Sippe. Mit Schneidbrennern und Kraftfeldern brachen sie die Hülle auf, ein Schwarm Plünderer mit Splitterkatapulten und knisternden Klingen. Die Aspect Warriors leisteten Gegenwehr, an vorderster Front der Verborgene Tod.

Er geriet in ein Schwertduell mit einer Angehörigen der verlorenen Sippe, einer abgesehen von ein paar Riemchen und geschwungenen Schulterpanzern fast nackten Wyches mit grausamem Blick. Seine Gegnerin war schneller als er, ihre Zwillingsdolche zuckten und wirbelten um sein Kettenschwert herum. Seine Rüstung fing den Großteil ihrer Stiche ab und ihre Klingen schlugen bei jedem Treffer Energiefunken. Er hielt ihr seine Pistole ins Gesicht und sie duckte sich in die Spitze seines Kettenschwerts hinein, die er gleichzeitig nach oben zog. Es spaltete ihr Gesicht und sie ging zu Boden; ihre schönen Gesichtszüge waren nur noch eine blutige Ruine.

Andere folgten den Wyches. Auch sie trugen Rüstungen, die der seinen ähnelten, aber schwarzweiß waren. Er erkannte sie sofort. Incubi. Eine Perversion der Aspekte Khaines, amoralisch und minderwertig. Söldner ohne Prinzipen und Kodex.

Zornig warf er sich auf den nächstbesten und sein Kettenschwert zielte auf den behelmten Kopf. Der Incubi zuckte zurück, und seine Energiegleve ob sich, um den

Angriff zu parieren. Der Incubi wirbelte herum, trat nach dem Rumpf seines Gegners und ließ ihn taumeln. Sein Kettenschwert fuhr hoch, um einen Schlag nach seiner Brust abzuwehren, was den strahlenden Kopf der Gleve an seiner rechten Schulter vorbeijaulen ließ.

Die beiden lösten sich voneinander und umkreisten einander, führten mit ihren Waffen Finten durch und stachen zu. Die Augenlinsen des Incubi leuchteten geisterhaft gelb. Krank vor Zorn führte er in rascher Folge einige weitere Angriffe, seine Mandiblaster spien Feuer und das Kettenschwert zuckte nach links und rechts. Der Incubi duckte sich und wich jedem Schlag seitlich aus, und die Spitze seiner Gleve zeichnete vor ihm Achten in die Luft.

Ein Glückstreffer der Pistole des Striking Scorpions erwischte den Incubi am Oberschenkel. Er ließ dem eine Reihe wütender Schläge gegen den Kopf und die Kehle folgen, die der Incubi jeweils im letzten Augenblick mit dem Schaft seiner Waffe abfing. Eine plötzliche Richtungsänderung und eine Drehung nach links trieben die Zähne des Kettenschwerts ins Kreuz des Incubi, woraufhin Splitter seiner zerfetzten Rüstung zu Boden spritzten.

Ein Rückhandschlag streifte den Gegner an der Schläfe, scherte einen Teil seiner Rüstung ab und zertrümmerte die linke Augenlinse, was einen Blick auf die Kreatur unter der Rüstung ermöglichte.

Der Incubus sah entsetzt zu ihm auf, die Hand abwehrend erhoben. Es war das Gesicht, das Nicht-Korlandril als Bechareth kannte.

Der Striking Scorpion hatte keine Zeit für den Todesstoß; weitere Krieger strömten aus dem Piratenschiff und verwickelten den Verborgenen Tod in einen hin und her wogenden Nahkampf.

Die Erinnerungen Ultheranishs und Nicht-Ultheranishs warfen nicht mehr Licht auf das Geschehene. Er stürzte sich in die Vergangenheit Nicht-Neruidhs.

»Er muss aufgenommen werden, man schickt Schüler

nicht weg; wir haben keine Wahl.« Kenainath stand mit Nicht-Neruidh, Aranarha, Liruieth, Kadonil und Elronihir in der Kammer der Autarchs. Neben dem Exarch des Tödlichen Schattens stand der frühere Incubi Bechareth, die Augen niedergeschlagen, schweigend und ernst. Er trug eine schlichte, weiße Robe aus den Hallen der Heilung, mehrere den Geist ordnende Edelsteine waren daran befestigt, die seine Genesung unterstützen sollten.

»Er ist der Feind, gehört zu einer der dunklen Sippen. Er kann nicht zu uns gehören!«, sagte Kadonil vehement.

»Dies ist keine Diskussion, meine Entscheidung steht fest. Ich werde sie nicht umwerfen.«

»Was du sagst, ist wahr, er gehört dir«, warf Liruieth leise, aber mit fester Stimme ein. »Beobachte ihn genau, sag es keinem und nimm ihn hart ran.«

»Er wird schweigen, nur wir werden es wissen, ein Geheimnis der Skorpione«, versicherte ihnen Kenainath.

Kadonil wandte sich angewidert ab. Aranarha schritt wortlos von dannen. Die restlichen Exarchs nickten zustimmend und gingen.

Er hatte es zwar immer gewusst, doch die Erinnerung war ein Schock. Bechareth, mit dem er sich angefreundet, dem er in der Schlacht vertraut hatte, stammte nicht von Alaitoc. Nicht einmal von den Craftworlds.

Er fühlte sich verraten. Kenainath hatte dies ihnen allen vorenthalten, hatte Bechareth zum Schweigen verpflichtet, um seinen eigenen Ruf zu schützen.

Überstürzt.

Es ist entschieden. Eine Mehrheit. Diese Entscheidung ist unumstößlich.

Sie war immer fragwürdig. Aber ihr wolltet nicht auf mich hören.

Du stellst alles in Frage.

»Ruhe!«, dachte Nicht-Korlandril.

Die Stimmen verstummten, als Morlaniath sich konzentrierte. Jemand näherte sich dem Schrein.

»Hallo?«, rief eine bebende Stimme.

Begrüß ihn.

Lass ihn warten.

Wer ist er?

Dein erster Schüler.

Einer, den es zu unterrichten gilt.

So bald?

So ist es immer. Ein neuer Exarch braucht neue Anhänger. Der Schrein ruft sie.

Bringt ihr Blut in Wallung. Bei den meisten fällt mein Ruf auf taube Ohren.

Wie unterrichte ich ihn?

Wir haben schon viele unterrichtet.

Erinnere dich.

Der erste von vielen. Der Verborgene Tod wird sich wieder erheben.

Mit zitternden Händen nahm Morlaniath den Helm ab. Langsam und sorgfältig löste er die Schnallen seiner Rüstung und legte sie Stück für Stück ab, hängte jedes Teil ehrerbietig wieder auf den Ständer.

Die anderen Stimmen verstummten, blieben aber gegenwärtig. Sein Kopf enthielt immer noch Namen derer, die er nie getroffen hatte, Gesichter, die er mit diesen Augen nie gesehen hatte, Feinde, die andere Hände als seine im blutigen Zweikampf erschlagen hatten.

In seiner Unterkleidung wandte sich Morlaniath nach links, denn er wusste, dass die Treppen durch den Torbogen dort direkt in die Hauptkammer des Schreins führten. Er spürte die Anwesenheit seines ersten Akolythen; ängstlich, frustriert und zornig. Genau wie er einst.

Er stieg rasch und leise die Treppe hoch und betrat die Hauptkammer hinter dem Aspiranten. Der Neuankömmling war jung – jünger, als er gewesen war, als er vor Kenainath trat. Er spürte seine Angst, die in Wellen von ihm ausging.

»Wir sind der Verborgene Tod; du, dessen Geist Sorgen trüben, bist unserem Ruf gefolgt.« Morlaniath erkannte seine eigene Stimme kaum und war nicht sicher, ob er diese Worte gesprochen hatte. Sie hatten einen rituellen Klang, Sätze, die in der Vergangenheit so oft erklungen waren, dass sie sich selbst sprachen.

»Ich träumte von einem Fluss aus Blut und ich badete darin«, sagte der junge Eldar mit quengeliger Stimme. Sein Blick war auf Morlaniath gerichtet, der langsam durch die Kammer auf ihn zuschritt.

»Träume von Tod und Blutvergießen, Khaines heiße Berührung in deinem Geist, glühende Kampfeslust. Sie haben dich zu mir geführt, zu Exarch Morlaniath, dem Hüter dieses Schreins. Ich werde dich zur Wahrheit führen, dich auf diesen dunklen Pfad geleiten, in die Schatten deines Geistes.«

»Ich habe Angst, Exarch.« Die Unterwürfigkeit des Jünglings war erfrischend und doch zugleich vertraut. Als Aspect Warrior hatte sich Morlaniath rasch an den Argwohn und die Bestürzung anderer, die nicht den Pfad des Kriegers gingen, gewöhnt. Nun war er Exarch, gefürchtet und verehrt.

Er nahm den anderen beim Arm und zog ihn hoch. Er warf dem zukünftigen Krieger einen langen, harten Blick zu und schätzte seine Stimmungslage ab. Er fragte sich, ob er Kenainath auch so jämmerlich vorgekommen war. So voller Ahnungslosigkeit und Angst vor sich selbst.

»Der Pfad wird blutig sein. Du gehst an Khaines Seite und erreichst das Ende vielleicht nicht.«

Der Eldar nickte begriffsstutzig und fummelte an seiner weiten Robe herum.

»Der Drang, Blut zu vergießen und Tod zu bringen, ist stark in dir; du musst nach Kontrolle streben. Wir werden deine Kriegsmaske finden, deinen Todesgeist entfesseln, damit er sich nicht verbergen kann. Du wirst seinen Zorn kontrollieren, er wird keine Gewalt mehr über dich haben, du wirst frei sein.«

»Warum ist mir das widerfahren?«

Welch vertraute Frage! Er kannte sie von seinen eigenen Lippen und von denen Dutzender wie ihm. Alle rangen in ihren Seelen mit denselben Schatten, alle hatten es mit Khaines zweischneidiger Gabe zu tun. Warum hielt sich jeder von ihnen für besonders? Glaubten sie wirklich, sie wären frei von Khaines Berührung oder es würde eine Zeit geben, da sich die Eldar ein für allemal aus Khaines Griff lösen würden?

»Du bist nichts Besonderes, weil du diese finstersten aller Stimmungen hast und ihnen nachgehen willst. Du bist so oder so nur ein Sterblicher mit dem Wesen eines Sterblichen. Lerne diese Gabe zu lieben, ergib dich Khaines finsterem Vermächtnis, und du wirst es meistern.«

»Ich … ich bin so schwach …«, schluchzte der Eldar.

»Du warst nie schwächer, also werden wir dich stärken, dich stark genug machen, um zu bestehen.«

Morlaniath ging auf den Torbogen zu, der in den Zentralkorridor des Schreins führte, und bedeutete seinem Aspiranten ihm zu folgen.

»Schwach an Körper und Geist, voller Zweifel und Kummer, doch wir werden sie überwinden. Ein Abschied von der Schuld, weder Bedauern noch Klage, ein wahrer Krieger.«

Er führte den Jüngling hinaus in die Wüstenhitze und die Wärme auf seiner Haut war wie eine Heimkehr. Hier hatte er von Nelemin den Pfad des Striking Scorpions gelernt, der ihn von Karandras, dem Phoenix Lord, gelernt hatte. Leben für Leben war er hierher gekommen, erst, um zu lernen, dann, um zu lehren, hatte sich jedes Mal neu erfunden, eine unendliche Kette bis zur Gründung der Striking Scorpions.

»Ich bin Milathradil.«

Morlaniath betrachtete den Jüngling ausdruckslos.

»Du bist Milathradil vom Schrein des Verborgenen Todes, ein Striking Scorpion.«

Der Nachtzyklus der Wüstenkuppel war trocken und eisig kalt. Morlaniath stand am Tor des Schreins und blickte hinaus über den Sand, fühlte sich heimisch. Die Felder der Kuppel dämpften den sterbenden Stern und ließen nur den mattesten scharlachroten Schimmer die Dünen erleuchten, die sich in den künstlichen Winden unablässig bewegten. Konstant, aber veränderlich – wie Morlaniath. Jeden Zyklusbeginn blickte er in der Zeit des Erwachens über seine Domäne. Seit einem Zeitalter gehörte dieser Ort ihm. Es war noch immer sein Ort, wenn auch in diesem neuen Körper.

Der Schrein informierte ihn über die Anwesenheit Kenainaths und Aranarhas. Er spürte, wie sie aus den Tunneln im Untergrund kommend die Schwelle überschritten. Er drehte sich um und begab sich in seine Gemächer, ging mechanisch durch abgetretene Gänge und uralte Stufen hinab.

Die beiden Exarchs erwarteten ihn in seiner privaten Rüstkammer, gekleidet in weite Roben, und ihre Seelensteine leuchteten im Halbdunkel.

»Eine willkommene Rückkehr aus der Leere der Somnolenz, erfüllt mit neuem Leben«, sagte Kenainath und verneigte sich höflich.

Morlaniath lächelte.

»Es ist gut wieder da zu sein, du hast diesen Körper gut ausgebildet; ich bin wieder ganz.«

»Doch der Geist war schwächer, er ist bei uns gefangen, dazu verurteilt diesen Pfad mit uns zu gehen«, erklärte Aranarha.

»Früher oder später kommt immer ein anderer – so ist Khaines Gabe.«

Morlaniath spürte, wie sich sein neuester Jünger droben in den Kammern bewegte. Draußen, überall auf Alaitoc, reagierten andere auf seine Anwesenheit, besorgt über ihre Gedanken und voller Angst vor dem eigenen Zorn. Sie wussten es noch nicht, doch sie würden bald zu ihm kommen.

»Spürt ihr seine Qual, seine dunkle Bestimmung, das Feuer in seinem Blut?«

Die anderen nickten.

»Er wird einen guten Schüler abgeben, so voller Zorn – seine Ablehnung ist der Schlüssel«, sagte Aranarha. »Er wird wild trainieren, du musst ihn gut beobachten, forme ihn mit viel Geduld.«

Morlaniath nickte zustimmend. Die drei Exarchs wechselten Abschiedsgesten, dann war Morlaniath allein.

Er spürte, wie der Schrein von ängstlicher Erforschung widerhallte. Milathradil war wach und suchte ihn. Es war nicht gut für ihn führerlos durch den Schrein zu wandern. Gestärkt von seinem neuen Leben ging Morlaniath die Treppe hoch, um seinen neuen Schüler zu suchen.

Die Schüler waren anstellig und wurden immer mehr. Im Laufe der vergangenen sechzig Zyklen hatten sich Milathradil Euraithin, Lokhirith und Nurianda angeschlossen und die vier lauschten aufmerksam Morlaniaths Unterweisungen, der ihnen die Kampfrituale beibrachte. Ein Großteil des Unterrichts fand im Stile des Verborgenen Todes statt, doch manchmal waren die gelehrten Haltungen und Schläge subtil weiterentwickelt, weil sie Techniken des Tödlichen Schattens aus Nicht-Korlandrils Erfahrungen mit aufnahmen.

Die Wüste des Verborgenen Todes war das Gegenteil der feuchten Sümpfe des Tödlichen Schattens, aber Morlaniath hatte seine früheren Leben in dieser trockenen Kuppel verbracht und passte sich ansatzlos an seine Umwelt an. Er lernte neu, was er schon wusste, und der Instinkt der in ihm lebenden Seelenüberreste lenkte ihn mühelos durch die Dünen, führte ihn zu den Trainingsbereichen und den Prüfungen, die er seinen Akolythen auferlegen musste. Er kannte die Gruben der Sandschlangen, die sich unter die Dünen gruben, den pfeifenden Ruf der Windspringer, die Pfade der huschenden Wurmjäger und die gewundenen Segmente, die ihre Beute hinterließ.

Ohne seine Rüstung wanderte er über die Verwehungen, getröstet von seinem Zugehörigkeitsgefühl und der Restpräsenz seiner anderen Ichs. Sie waren immer da, stumm zwar, doch leiteten sie ihn indirekt an, steuerten ihn hierhin oder dorthin.

Die früheren Exarchs waren stärker, wenn Morlaniath seine Rüstung trug. Ihre Seelensteine verliehen nagenden Zweifeln und unterbewusstem Wissen eine Stimme. Manchmal widersprachen ihre Ratschläge dem, wozu Morlaniath neigte, oder gar einander, auch wenn alle vorgaben ein gemeinsames Ziel zu verfolgen.

Nachts schlief Morlaniath nicht, sondern zog sich in sein Privatgemach zurück und legte seine Rüstung an, um seinen Leib auszuruhen und mit seinen anderen Ichs zu kommunizieren. In einem solchen Nachtzyklus legte Morlaniath seine Rüstung an, in Gedanken bei den Fortschritten seines heranwachsenden Trupps.

Du bist zu weich zu deinen Schülern. Sie sind nicht konzentriert. Sie schwatzen sinnloses Zeug, wenn du nicht bei ihnen bist.

Unsinn! Wir streben nach Gleichgewicht, nicht nach weiteren Exarchs. Sie können Krieg und Frieden immer besser trennen.

Ein erschöpfter Geist macht Fehler. Ich zeige ihnen die Vorzüge der Kontrolle, die Freiheit, die sie erringen werden, wenn sie ihren Kriegergeist vereinzelt, ihre Kriegsmasken entwickelt haben.

Ich spüre hier Kenainaths Hand. Er hat zu großen Einfluss auf dich.

Auch ich lernte im Tödlichen Schatten. Kenainaths Lehren bieten Perspektive und stellen eine Herausforderung dar.

Ich werde lehren, wie ich will.

Töricht, unsere Erfahrung so rasch abzutun.

Ich teile eure Erfahrung, sie ist auch meine. Der Verborgene Tod wird wiedergeboren, aber das dauert seine Zeit. Ich werde geduldig sein, wie es Aranarha vorschlug.

Noch so ein Emporkömmling!

Du bist eifersüchtig auf ihn. Er ist bei seinen Kriegern beliebt. Deine Distanziertheit war schon immer deine Schwäche.

Manche werden sterben. Es tut Meister wie Schüler nicht gut sich zu sehr an Personen zu gewöhnen. Krieger kommen und gehen. Der Verborgene Tod ist ewig.

Das wird er auch unter meiner Führung bleiben. Ich bin jetzt der Verborgene Tod.

Wir werden sehen.

Bei aller Geduld brannte Morlaniath darauf, dass sein Trupp die ersten Phasen seiner Ausbildung hinter sich brachte. Im Wissen, dass er alles aufs Spiel setzte, wenn er die Dinge überstürzte, wartete er, bis alle vier seiner Schüler für den nächsten Schritt bereit waren. Er machte sie mit ihrer Rüstung bekannt, ließ sie je eine aussuchen. Er empfand ein perverses Vergnügen, als Milathradil die Rüstung wählte, die Nicht-Ultheranish getragen hatte, als er noch ein einfacher Striking Scorpion war. Das weckte eine Erinnerung, ein Informationsbruchstück, mit dem er sich zuvor nicht befasst hatte, als er seine erste Rüstung gewählt hatte und das jetzt mit einem älteren Wissensfragment in Konflikt geriet.

Sein erster Impuls war neben Elissanadrin zu treten, das Vertraute zu suchen, doch er widerstand diesem Drang. Er brauchte Wandel und Erneuerung, nicht das Bequeme. Aus dem Augenwinkel glaubte Korlandril die Augen einer Rüstung kurz aufblitzen zu sehen. Er wandte sich ihr zu. Nichts unterschied sie von den anderen, aber etwas an ihr zog Korlandril an.

»Die«, sagte er und schritt auf die Rüstung zu. Er trat neben sie und wandte sich dem Exarch zu.

»Das ist eine gute Wahl, du hast eine edle Rüstung ausgesucht, die uns gute Dienste geleistet hat«, erklärte Kenainath. »Du bist nun körperlich, wenn auch noch nicht geistig, bereit deine Rüstung anzulegen.«

»Die uns gute Dienste geleistet hat?«

Kenainath sprach von sich, dem Exarch, nicht dem Schrein als Wesenheit. Er hatte einst die Rüstung getragen, die sich Korlandril ausgesucht hatte. Der Gedanke ließ Morlaniath innehalten, sich fragen, ob es ihm vielleicht bestimmt gewesen war er selbst zu werden, von dem Augenblick an, da er den Tödlichen Schatten erstmals betreten hatte.

Er leitete die anderen beim Rüsten an, lehrte sie das Mantra des Verborgenen Todes, das er von den Geistern seiner Vorgänger gelernt hatte, als er seine Exarch-Rüstung angelegt hatte.

Es war faszinierend zu beobachten, wie seine Schüler reagierten und sich wieder als den Novizen zu sehen, der zum ersten Mal Rüstung trug. All das wiederholte sich erneut, nachdem er es schon ein halbes Dutzend Male erlebt hatte. Wieder spürte er die Woge der Macht, der Kraft, die ihn durchströmt hatte, und das erste Aufblitzen seiner Kriegsmaske schimmerte durch.

Milathradil war am eifrigsten. Morlaniath spürte seine Kriegsmaske unmittelbar unter der Oberfläche. Sie fand Widerhall beim Exarch, nährte ihn und gleichzeitig sich von ihm. Morlaniath würde Milathradil genau im Auge behalten müssen; seine Leidenschaft konnte sein Ende bedeuten.

Nurianda und Euraithin waren zögerlicher, sie empfanden zu gleichen Teilen Erregung und Furcht, wie es sein sollte. Lokhirith hatte Angst. Er fürchtete sich vor seiner eigenen Macht, davor, seine Kriegsmaske anzulegen, er zügelte die Flut von Gefühlen, denen er freien Lauf lassen musste, ehe er sie kontrollieren konnte. Morlaniath beschloss Lokhirith eine Weile mit Milathradil zusammenzuspannen; sie befanden sich in einem seltsamen Gleichgewicht und würden einander der inneren Harmonie näherbringen.

Als die Krieger voll gerüstet waren, begann Morlaniath wieder mit den Ritualen. Er bewegte sich mechanisch, rief die Namen der Haltungen auf. Der Teil seines Geistes, der nicht mit dem Training beschäftigt war, fragte sich, welcher seiner Anhänger Schattenfeinde hatte und welcher nicht. Sie bewegten sich konzentriert und präzise, aber Morlaniath achtete nicht auf ihre Technik, als er den Stachel aus der Finsternis aufrief. Er war verbunden; verbunden mit dem Schrein und durch ihn mit den Striking Scorpions, denen, die jetzt vor ihm standen und denen, die vor ihnen gewesen waren.

Er las die winzigen Veränderungen ihres Gesichtsausdrucks und spürte ihre Gefühle. Euraithin war zu konzentriert auf seinen Körper; jede Bewegung war streng kontrolliert. Er musste seinen Instinkten freien Lauf lassen, um besser auf seine Umgebung achten zu können. Nurianda war ein Musterbeispiel für Gleichgewicht, gleichzeitig ein wirbelnder Strudel und ein stilles Wasser. Milathradil war unkonzentriert, zu sehr befasst mit der Schaffung seines Schattenfeindes. Morlaniath konnte die intensive Visualisierung in seinen Gebärden lesen, in der Entschlossenheit seiner Gedanken und der leicht abgehackten, kantigen Art seiner Bewegungen. Lokhirith war unsicher, traute seinem Körper immer noch nicht, seine Augen wanderten ständig zu Morlaniath oder seinen Gefährten, sahen zu viel von der wirklichen Welt, als dass er sich ganz im Kampf hätte verlieren können.

Sie machten Fortschritte, aber der Weg war noch weit.

Morlaniath kommunizierte, ruhte seinen Körper in seiner Rüstung aus, während seine Seelen die Ereignisse des Zyklus durchgingen. Plötzlich wurden seine Überlegungen unterbrochen.

Jemand kommt.

Morlaniath spürte eine Präsenz an den Grenzen seiner Domäne, am Hauptportal zu seiner Wüstenkuppel. Es war kein Aspirant, auch wenn er große Anspannung in seinem Gast spürte. Es war kein Exarch: Seinesgleichen hätte er sofort erkannt. Die Präsenz hatte etwas Vertrautes; sie ähnelte jemandem, der in seinen Erinnerungen eingeschlossen war, aber nicht genug, um auszumachen, um wen es sich handelte. Die Person kam näher und ging dann wieder, dann kam sie wieder näher. Sie zögerte, eine Mischung aus Angst und Zweifel.

Er öffnete die Augen und spürte, dass eine Veränderung bevorstand.

Noch immer gerüstet holte Morlaniath einen Himmelsgleiter aus den Tiefen des Schreins und raste durch die Wüste, zog eine Sandwolke hinter sich her. Er flog direkt zum Hauptportal, und das Gefühl des Wiedererkennens war auf diese kurze Distanz quälend, auch wenn er immer noch nicht festmachen konnte, um wen es sich handelte. Er stieg ab und öffnete mit einem gedachten Befehl das breite Tor.

Ein weiblicher Farseer wandte sich rasch zu ihm um, überrascht von seiner Ankunft. Die Seherin trug eine lange, rein schwarze Robe, die am Saum und den Manschetten mit silbernen und weißen Symbolen bestickt war. Ihre Finger spielten nervös mit einem Beutel an ihrer Hüfte, während sich ihre Augen in einer Mischung aus Überraschung und Abscheu weiteten.

Er kannte diese Augen. Es war Thirianna.

Oh, sie ist es. Eine Unruhestifterin.

»Bist du es, Korlandril?«, fragte sie.

»Ich bin nicht Korlandril, doch ist er Teil von mir, ich bin Morlaniath.«

Du solltest sagen ›wir‹. Es ist sehr unhöflich uns andere zu ignorieren.

Wir sind eins. ›Ich‹ ist korrekt.

Ignorier sie. Dieser Streit hört niemals auf.

Thirianna trat einen Schritt zurück und ließ die Schultern hängen.

Was will sie?

Sie gehört nicht hierher. Schick sie weg!

Schau, wie viel Angst sie vor uns hat.

»Warum störst du uns, indem du ungebeten hierher kommst und die goldene Stille brichst?«

Sie wich noch ein paar weitere Schritte zurück und schüttelte den Kopf.

»Das war ein Fehler. Ich hätte nicht kommen sollen. Du kannst mir nicht helfen.«

Gute Reise.

Sie hat uns schon geweckt. Wir haben nichts zu verlieren, wenn wir ihr zuhören.

Wir haben genug Zeit verschwendet. Lass sie gehen.

Sie könnte zurückkehren und uns wieder stören.

»Da du nun schon einmal da bist, hier Beistand und Wahrheit suchst, sprich frei. Wenn ich dir helfen kann, wenn du schwere Fragen hast, kann ich sie vielleicht beantworten.«

Thirianna kam näher und starrte an Morlaniath vorbei, nahm das Wüstenpanorama in sich auf. Ihr Blick kehrte zum Exarch zurück.

»Können wir uns woanders unterhalten?«

Immer dasselbe. Farseers wollen alles wissen. Lass sie nicht hinein. Sie ist nicht willkommen.

Der Schrein ist in blutige Erinnerungen getränkt. Sie kann dort nicht hin.

»Der Schrein wäre nicht angemessen, ihn zu betreten ist riskant für Farseers, und ich möchte nur ungern weg.«

»Können wir vielleicht ein Stück gehen? Ich möchte die Dinge ungern auf deiner Schwelle erörtern.«

Morlaniath wandte sich ab und nahm an, sie werde ihm folgen. Der Sand rutschte unter seinen gestiefelten Füßen weg, doch er ging sicher und entschlossen auf eine seichte Oase zu, die von Bewässerungsnetzen unter dem Sand gespeist wurde. Rotblättriges Buschwerk verbarg den Rand des Wassers, zwischen den Blättern lugten weiße, sternförmige Blüten hervor.

Das Wasser war still. Manchmal kam er hierher, um ohne

seine Gefährten nachzudenken. Dies war das erste Mal, dass er in voller Präsenz der anderen herkam. Die Erinnerung kam ungefragt, überflutete ihn für einen Augenblick mit Bildern von diesem Ort, als sich jede der Seelen an irgendein fernes Ereignis klammerte und versuchte es erneut zu durchleben. Er stieß sie zurück und bedeutete Thirianna sich neben den stillen Teich zu setzen.

»Das ist … hübsch.« Sie sah sich um und setzte sich, schlug ihre Robe zu einer Seite, warf das schwarze Haar über eine Schulter und neigte den Kopf von Morlaniath weg.

»Es ist die Geburt im Tode, die Hoffnung in der Hoffnungslosigkeit, Leben in der Unfruchtbarkeit.« Sie sah ihn nicht an, als er sprach. Sie blickte nachdenklich ins Wasser. Insekten huschten über die Oberfläche, getragen von deren Spannung.

»Ich habe schwere Zeiten für Alaitoc kommen sehen, vielleicht sogar noch etwas Schlimmeres.«

Ein Farseer sieht Ärger vorher? Das liegt in der Natur der Dinge.

Hör ihr doch zu.

Das ist Zeitverschwendung. Wir sollten die Krieger wecken und ihre Ausbildung im finsteren Pirschen beginnen.

»Du bist jetzt Farseer. Derlei Dinge bestimmen dein Leben, warum kommst du zu mir?«

»Man sagte mir, ich irre mich. Die Farseers, der Rat von Alaitoc, sie glauben nicht, dass meine Prophezeiung eintreten wird. Sie sagen, ich sei unerfahren. Ich sähe Gefahren, wo keine sind.«

Sie haben recht.

Aufgeblasenen und selbstherrlich allesamt. Sie glaubt, sie sähe etwas, das sie nicht sehen. Sie können sich nicht vorstellen, dass ihnen etwas entgeht.

Nicht alle.

Doch, alle.

»Sie haben wahrscheinlich recht, deine Kräfte sind noch

schwach, dieser Pfad ist dir neu. Ich sehe meine Rolle nicht; ich bin hier Exarch, ich gehöre nicht zum Rat.«

»Du glaubst mir nicht?«

»Du nennst mir keinen Beweis und es gibt auch keinen, Glaube allein ist Staub.«

Thirianna erhob sich und ging zum Rand des Teichs. Sie tauchte die Spitze ihres Stiefels ins Wasser, was Kreise auf der Oberfläche zog. Die Kreise störten Morlaniath. Dies war ein Ort der Ruhe und Thirianna hatte Unruhe gebracht. Er schwieg und sah zu, wie sie die Tröpfchen von ihrem Stiefel fallen ließ und den Fuß so bewegte, dass sie ein Tropfenmuster im Sand bildeten.

»Ich bin dem Schicksal Aradryans gefolgt.« Morlaniath brauchte einen Augenblick, um den Namen zu erkennen. Einer, der Korlandrils Freund gewesen war, aber Nicht-Korlandril unbekannt. Er hatte Korlandril auf seinen Pfad zu diesem Ort gebracht. Thirianna fuhr ohne Pause fort. »Unsere drei Schicksale sind miteinander verwoben. Mehr, als wir schon wussten. Deins ist noch nicht vorbei, wird aber bald enden; seines ist fern und verwirrt. Meines … meines ist es, hier zu sein, dir diese Dinge zu sagen, um zukünftige Ereignisse in Gang zu setzen.«

Fantasiereich und falsch. Alle Schicksale sind miteinander verwoben.

»Was hast du gesehen, welche Visionen bereiten solchen Kummer, was bedeuten sie für uns?«

»Aradryan lebt im Dunkeln, doch für ihn gibt es auch Licht. Seine Finsternis aber beschränkt sich nicht auf ihn. Sie breitet sich in unsere Leben aus und verschlingt ganz Alaitoc. Die Einzelheiten kenne ich nicht; meine Runenwürfe sind derzeit noch sehr krude. Ich habe das Gefühl, er hat einen schlimmen Fehler gemacht und uns alle in Gefahr gebracht.«

»Deine Warnungen sind zu vage, sie sind substanzlos, sie geben uns keine Vorgehensweise vor.«

Thirianna schnaubte, ein Geräusch bitterer Ablehnung und schwarzen Humors.

»Das sagt der Rat auch. ›Wie können wir uns auf etwas so Amorphes vorbereiten?‹, hat man mich gefragt. Ich sagte, dass erfahrenere Seher dem Faden Aradryans folgen sollten. Sie weigerten sich und behaupteten, er sei irrelevant. Aradryan habe Alaitoc verlassen, sagten sie mir, und gehe sie nichts mehr an.«

Wer wären wir, zu widersprechen?

Das geht uns nichts an. Wir sind Krieger, keine Philosophen.

Morlaniath hörte sich das perplex an. Der Rat hatte recht. Er konnte auf eine solche Vision ebenso wenig reagieren wie auf ein unbestätigtes Gerücht. Andere Erinnerungen huschten durch seinen Geist und bauten sein Bild von Thirianna um. Sie suchte ständig nach Aufmerksamkeit, wollte immer im Mittelpunkt stehen. Es überraschte ihn nicht, dass sie diese Charakterschwäche noch nicht überwunden hatte und jetzt ein Publikum suchte, indem sie behauptete, Einblicke in Alaitocs Schicksal zu haben.

»Setze deine Studien fort, befasse dich weiter damit und finde deine eigenen Antworten.«

»Ich fürchte, dafür ist keine Zeit. Es eilt. Mir fehlen die Kraft und die Ausbildung, um weit in die Zukunft zu sehen.«

Wenn sie so schwach ist, warum haben andere diese Katastrophe nicht kommen sehen?

Das ist eine gute Frage. Ihre Geschichte ist unvollständig. Schick sie weg!

»Andere haben deine drohende Katastrophe nicht gesehen, obwohl sie stärker sind als du. Ich muss ihnen, die den Pfad schon weiter gegangen sind und weiter sehen als du, recht geben.«

»Was Aradryan auch tut, es ist eine Kleinigkeit.« Sie beugte sich vor und nahm eine Prise Sand, dann rieb sie ihre Finger aneinander, sodass er zu Boden rieselte, bis sie nur noch ein einzelnes Sandkorn zwischen Daumen und Zeigefinger hielt. Sie schnippte es ins Wasser des Teichs. »So ein winziges Sandkorn, wir können es kaum sehen, aber dennoch erzeugt es Ringe. Die Anarchie der Geschichte lehrt uns, dass monumentale Ereignisse aus den bescheidensten, profansten Anfängen entstehen können.«

»Ich kann dir nicht helfen, ich habe keinen Einfluss auf den Rat und teile seine Meinung. Kehre zu deinen Studien zurück, vergiss diese Ablenkung, ich werde dir nicht helfen.«

Zum ersten Mal sah sie ihn an, mit feuchten Augen und bebenden Lippen.

»Ich habe das Schlimmste befürchtet und du hast es bestätigt. Korlandril ist nicht tot, aber er ist fort.«

»Du hast einst vorhergesagt, dass wir uns beide verändern würden, zum Besseren oder zum Schlechteren. Ich bin Morlaniath, du bist Thirianna, Korlandril gibt es nicht mehr. Suche darin Trost, jage nicht nach Schatten, sonst erwartet dich nur Finsternis.«

»Erinnerst du dich nicht, was wir einst hatten?«

»Ich erinnere mich gut, wir hatten gar nichts, und ich habe nichts für dich.«

Thirianna richtete sich auf und wischte sich mit einem behandschuhten Finger über die Wange; eine Träne sickerte in das weiche Gewebe.

»Du hast recht. Ich werde gehen und nicht mehr an dich denken.«

Sie raffte ihre Robe und schritt die Düne empor, die die Oase umschloss, um wieder zum Hauptportal zu gelangen. Morlaniath folgte ihr in kurzem Abstand und blieb auf dem Gipfel der Düne stehen, um ihr nachzusehen. Sie erreichte das Tor und Morlaniath öffnete es kraft seines Willens. Dann war sie fort und mit einem Gedanken schloss er das Tor hinter ihr.

Die *Zähne der Dissonanz* summten in Morlaniaths Händen und durchschnitten mit wundervollen Hieben die Luft. Im Schrein hörte man nur das Geräusch der Klinge und die gestiefelten Füße des Exarchs auf dem Steinboden. All seine Anhänger schliefen, erschöpft von einem Trainingstag. Nur ihre Träume durchbrachen die Stille, blutgetränkt, voller Tod. Morlaniath lächelte.

Er beendete seine Übung und hängte die Klinge an ihren angestammten Platz zurück. Er nahm die Ruhestellung ein und dachte an Thiriannas Besuch.

Waren wir zu abweisend?

Du hast ihr jede Chance gegeben, ihr Anliegen vorzutragen. Wir sind nicht überzeugt.

Wir haben andere Sorgen. Es ist nicht unsere Aufgabe mit Farseers zu diskutieren. Das sollen die Autarchs tun.

Sie kam als Freundin.

Wir sind Exarch. Wir haben keine Freunde. Sie kam in Verzweiflung, als alle anderen sie abgewiesen hatten. Eine Schande.

Dann frage ich nicht um ihretwillen, sondern um Alaitocs. Wenn sie die Wahrheit sagt, droht uns Böses.

Was sie sagt, ist Phantasie. Denk nicht weiter darüber nach.

Wenn es Krieg geben wird, werden wir kämpfen. Wir bilden unsere Krieger für die Schlacht aus. Mehr können wir nicht tun. Das bedeutet es, Exarch zu sein.

Da ist es wieder: »Ich«. Diese Individualität ist unangemessen.

Ich bin immer noch ich, sowohl Morlaniath als auch Nicht-Korlandril. Ich werde meine eigene Entscheidung treffen.

Exarch sein heißt Opfer bringen. Das Zwielicht der Unendlichkeitsmatrix steht uns nicht offen. Unsere Domäne ist die Finsternis. Wenn dieser Körper stirbt, werden wir überdauern. Das ist der Lohn unseres Opfers.

Misch dich nicht in die Angelegenheiten anderer ein. Das ist nicht willkommen und nicht unsere Pflicht.

Wir verstehen ihre Motive nicht. Wenn sie die Wahrheit sagt, wird man uns informieren. Wenn nicht, könnte unser Eingreifen Disharmonie erzeugen.

Mich beunruhigt das. Wenn mein Schicksal immer noch

auf bisher unenthüllte Weise mit Aradryans verwoben ist, wäre es klug auf ihre Warnung zu hören.

Farseers sprechen immer vom Schicksal. Es ist ihr Grund für alles. Manchmal geschehen Dinge zufällig. Das weiß jeder Krieger. Wir trainieren, perfektionieren unsere Kunst, aber es liegt in der Natur des Krieges, dass es Zufälle und Unwägbarkeiten gibt.

Thirianna und Aradryan haben mich auf diesen Pfad gebracht, zu unserer Wiedergeburt, zur Rückkehr des Verborgenen Todes. Ich halte es für möglich, dass meine Zukunft und die ihre nicht voneinander zu trennen sind.

Dann wird geschehen, was geschehen wird. Sollen die Farseers sich mit Möglichkeiten abgeben, wir kümmern uns um die Konsequenzen.

Jetzt seid ihr bereit euch dem Schicksal zu ergeben.

Diese Diskussion ist unangemessen. Sie ist eine Ablenkung. Ignorier sie.

Ich stimme zu. Konzentriere dich auf die Ausbildung deiner Krieger.

Morlaniath streifte seine Rüstung ab, konnte aber die Unruhe nicht abschütteln, die aus dem inneren Widerstreit entstand, den Thirianna in ihm ausgelöst hatte. Während die direkten Gedanken Morlaniaths zu Erinnerungen wurden, wirkten sie weiter, verwirrten ihn. Die Frage des Glaubens quälte ihn am meisten. Er hatte ihre Überzeugung gesehen, sie aber ignoriert. Was auch immer wahr war, *sie* glaubte zweifellos, dass etwas Furchtbares geschehen würde.

Es störte ihn, dass er machtlos war oder zumindest erschien. Es lag ganz in den Händen der Farseers, und sie hatten beschlossen sie zu ignorieren.

Auf diesen Gedankengang konzentrierte er sich. Seine Abneigung galt nicht Thiriannas Taten, sondern der Tatenlosigkeit des Rats. Ein Teil von ihm war nur allzu bereit das Urteil des Rats einfach zu akzeptieren. Doch es war jetzt mehr denn je gegen seine Natur sich zu unterwerfen, blind jemandem zuzustimmen. Die Reste von Nicht-Korlandril rangen mit Morlaniath und drängten ihn etwas zu unternehmen.

Noch immer mit sich im Unreinen versammelte Morlaniath seinen Trupp zu Beginn des nächsten Zyklus und geleitete ihn durch die Kampfrituale. Das lenkte ihn von dem Thirianna-Dilemma ab.

Nurianda erwies sich als beste seiner Schüler. Ihre Technik war makellos und sie hatte ohne jedes Trauma ihre Kriegsmaske gefunden. Sie hatte Kettenschwert und Pistole ohne viel Aufhebens gemeistert und war eins mit ihrer Rüstung. Die anderen kämpften noch. Sie schienen zu zögern, sich ganz gehen zu lassen, hielten immer noch an Fragmenten ihres früheren Lebens fest und klammerten sich an den letzten Rest ihres einstigen Ichs. Solange sie ihrer eigenen Versuchung widerstanden, würden sie nie vorankommen.

Morlaniath versuchte sich daran zu erinnern, wie es gewesen war, als er Korlandril war. Das war unangenehm, voller Konflikte und Angst. Die Erinnerungen der anderen Morlaniaths drängten sich in die seinen und verwischten die Trennlinie zwischen seinem früheren Leben und ihrem. Er war gerne zum Verborgenen Tod geworden, doch die Reste seines früheren Lebens hielten sich hartnäckig in seinem Geist; vielleicht hielt er auch an ihnen fest. Ihm kam der Gedanke, es sei vielleicht richtig gewesen, Thirianna fortzuschicken. Sie war eine Verbindung zur Vergangenheit, die ihm nichts mehr bedeutete.

Er entließ den Trupp und wollte gerade auch selbst gehen, als er bemerkte, dass Nurianda noch neben ihrer Rüstung stand.

»Es stimmt etwas nicht, du kannst gehen, doch du bist noch da«, sagte er und näherte sich der Kriegerin.

»Ich habe Probleme«, gab sie mit gesenktem Blick zu. »Ich habe versucht mit meinem Vater zu sprechen, aber er versteht mich nicht.«

»Er kann es nicht verstehen. Jeder von uns hat einen Pfad, den nur er gehen kann. Ich bin nur ein Führer, die Reise obliegt ganz dir, du musst sie allein unternehmen.«

»Was, wenn … was, wenn die Reise kein Ende hat?«

»Sie endet irgendwann, am einen oder anderen Ort, auch wenn ich nicht weiß, wo. Halte dich nicht mit dem Ende auf, sondern geh den Pfad, strebe nach deinem eigenen Ziel. Wisse, was du auf deiner Suche nach einem Ort des Friedens zurücklässt: das Leid und die Angst. Die Liebe zu deinem Vater, seine Zuneigung zu dir, sollten dir als Anker dienen. Solange du ein Spielball der Strömungen bist, bleibt er bestehen, wie am Anfang, so auch am Ende.«

Nurianda lächelte wehmütig und nachdenklich.

»Danke. Ich werde Geduld mit ihm haben.«

Morlaniath bedeutete ihr zu gehen, blieb selbst aber noch eine Weile stehen und betrachtete die leeren Rüstungen. Jede davon hatte vielen Kriegern gehört. Er erinnerte sich an alle – die, die überlebt hatten, und die, die gestorben waren; die, die weitergezogen, und die, die zu ihm geworden waren. Er war sie alle und doch keiner davon. Was war er? Nichts als körperlose Geister in einem gemeinsamen Gefängnis aus Fleisch, außerstande den Frieden der Unendlichkeitsmatrix zu genießen, außerstande zu sterben, weil Sie, die dürstet, ihn sonst für sich beansprucht hätte. Er war nur seine Erfahrungen, seine Erinnerungen. Er war ein wandelnder Toter, gefangen im Limbus dieses Körpers.

Er spürte, wie er den Kontakt verlor. Dieser neue Körper hatte alte Gefühle und Gedanken wiedererweckt: Erinnerungen an Freiheit und Liebe, Augenblicke der Lust und des Schmerzes; Augenblicke sterblicher Sinne und Gedanken. Für den Augenblick blieben sie bestehen, doch Morlaniath wusste aus mehreren Vorerfahrungen, dass sie nicht von Dauer sein würden. Nicht-Korlandril kräftigte ihn für den Augenblick, doch bald würde dieser Funke erlöschen, und er würde ganz Morlaniath sein, Khaines unsterblicher Diener.

Die Vergangenheit loslassen? Das war töricht. Zwar war er schon auf vielerlei Weise Morlaniath geworden, doch empfand er jede als einzigartig, jede war eine Reise, die er gemacht hatte. Sein Pfad hatte geendet, doch das radierte nicht den Pfad aus, den er genommen hatte, um an diesen Punkt zu gelangen. Der Pfad hatte Bedeutung, genau wie die, die eine Weile an seiner Seite gegangen waren. Er hatte keine Zukunft außer einer Ewigkeit voller Gewalt und Tod, sie aber schon.

Er mochte keine unerledigten Dinge. Die Vergangenheit war relevant, aber er musste sie zurücklassen. Morlaniath traf eine Entscheidung und ging zu den Himmelsgleitern.

»Vielleicht strebst du nach Krieg, denn das liegt in deiner Natur«, sagte Arhathain.

»Ich kann keinen Krieg anzetteln, auch wenn ich das wollte – das wäre die Entscheidung des Rates«, erwiderte Morlaniath.

Er kannte den Autarch gut, hatte auf so manchem Schlachtfeld an seiner Seite gekämpft. Wie alle Autarchs war er willensstark und entschlossen genug, den Pfad des Kriegers mehrfach zu gehen, ohne dass ihn Khaines Fluch traf. Er erinnerte sich an Arhathain als jungen Dire Avenger, und eine jüngere Erinnerung zeigte ihn ihm als Howling Banshee. Als Exarch war er viel älter als Arhathain, aber Nicht-Korlandril war nicht einmal halb so alt gewesen wie er. Eine Gefühlsdichotomie tobte in Morlaniath und ließ ihn sich gleichzeitig alt und wie neugeboren fühlen. Er war sich seines Platzes und seiner Zeit nicht sicher.

Er hatte Arhathain in die Kammer der Autarchs gerufen und mit ihm über Thiriannas Vorhersagen gesprochen. Arhathain verteidigte wie erwartet die Entscheidung des Rates. Morlaniath versuchte seine Gedanken in Worte zu fassen, aber das war schwer; er wollte den Autarch packen und ihn zwingen ihm zuzustimmen. Doch er beherrschte sich und hörte sich an, was Arhathain zu sagen hatte.

»Unsere Seher entdecken jeden Tag tausend Gefahren für Alaitoc. Wir können nicht auf jede Vision reagieren; wir können nicht wegen jedes Zweifels Krieg führen. Thirianna kann uns keine Klarheit bieten. Genauso gut könnten wir aufgrund des Aberglaubens handeln, dass es Unheil bedeutet, wenn einem Schweiß über den Nacken läuft.«

»Ihr fehlt es an den erforderlichen Fertigkeiten, den Mitteln Beweise für euch zu finden – mach ihr das nicht zum Vorwurf. Leiste ihr die Hilfe, die sie braucht, um zu beweisen, dass sie recht hat oder falsch liegt, sie wird schweigen. Dieser Zweifel wird sie behindern, wird ihr Denken dominieren, bis du sie davon befreist. Du bist viele Wege gegangen, hast sehr viel gesehen, sehr viele Leben gelebt. Ich erinnere mich jetzt an das Leben, das du mir verdankst – so viele Zyklen ist das her. Ich war dein Beschützer, der Schutz, den du brauchtest, ein wahrer Gefährte. Ich erinnere mich an die Schuld, an den Eid, den du mir geschworen hast – jetzt ist es Zeit, ihn zu halten.«

Arhathain runzelte die Stirn und wandte sich ab, schritt ans andere Ende des Podiums im Zentrum der Halle.

»Der, dem ich das versprach, starb vor über zehn Umläufen«, wisperte er und sah zu der kreisförmigen Öffnung in der Spitze der Kuppel auf. Ein ferner Sternhaufen erstreckte sich in der Schwärze des Alls. »Dir habe ich diesen Eid nicht geleistet. Nicht Elidhnerial bittet mich diese Schuld zu begleichen, sondern Korlandril.«

»Ich bin Morlaniath, Elidhnerial und auch Korlandril. Du stehst in meiner Schuld, in der Schuld aller meiner Teile, die im Geiste vereint sind. Wer außer mir weiß das noch, kann die verwendeten Worte wiederholen, hörte dich sie sagen?«

»Was, wenn ich es nicht tue?«

»Dann verlierst du deine Ehre und andere werden es wissen. Dafür werde ich sorgen.«

Der Autarch wandte sich um und sah Morlaniath unverwandt an.

»Du wirst mich nie wieder derart angehen?«

»Deine Schuld bei Elidhnerial wird beglichen sein, und wir werden nie mehr miteinander sprechen.«

Arhathain nickte zögernd und erklomm die flachen Stufen der Kammer.

Morlaniath lächelte ihm nach; der Teil, der Nicht-Korlandril war, war erfreut. Er wusste nicht, was aus seinem Eingreifen werden würde, was die Zukunft ihm oder Thirianna bringen würde. Doch er war zufrieden. Als letzte Tat, ehe er ganz Morlaniath wurde, war das angemessen gewesen. Bald würde sie unwichtig sein, nur eine weitere Erinnerung, nicht größer und nicht bedeutender als Tausende anderer, die er getroffen, geliebt, gehasst oder mit Gleichgültigkeit betrachtet hatte. Dies war sein Abschiedsgeschenk. Schon jetzt verlor sich die Erinnerung im Nebel.

Wenn er in den Schrein zurückkam, würde es ihm schon egal sein.

TRANSFORMATION

Als der große Feind geboren ward, führte der Blutbefleckte Krieg gegen Sie, die dürstet, doch der neugeborene Schrecken besiegte ihn rasch. Der Fürst der Lust und der Schädelfürst rangen um Khaines Seele, denn der Blutbefleckte war ein Kind beider, gehörte aber keinem von beiden. Groß war die Auseinandersetzung in den Überresten des Himmels, doch weder Sie, die dürstet, noch der Herr der Schlacht trugen den Sieg davon. Als beide Rivalen erschöpft waren, zogen sie ihre Grenzen, und unter den eisigen Augen ihres Zorns fiel Khaine in die Welt der Sterblichen. Hier zerbarst der Blutbefleckte in viele Fragmente, weil er auf der materiellen Ebene nicht als Ganzes existieren konnte. Endlich ließ Khaines Zorn nach, denn er hatte sich verausgabt, und sein Körper war gespalten. Obgleich er seinen Zorn unterdrückte, haftet er diesen Fragmenten an, angelockt von Krieg und Auseinandersetzungen, und wartet auf die Zeit, da

Blut ihn weckt und seine rachsüchtige Essenz wieder Gestalt annimmt.

Der Schrein pulsierte einmal, ein Zornbeben, das in weniger als einem Lidschlag seinen Höhepunkt erreichte und dann verging; ein Energieaufflackern, das Morlaniath einen Augenblick lang ablenkte und ihn fast seine nächste Anweisung vergessen ließ. Er behielt das Beben im Hinterkopf, schloss aber zunächst die Übungsphase mit seinen Schülern ab, ehe er sie nach deren Ende unvermittelt entließ.

Er war nicht sicher, was den kurzen Strom störender Psi-Energie verursacht hatte, doch er hatte einen deutlichen Verdacht. Er nahm einen der Himmelsgleiter des Schreins und flog einem Instinkt folgend durch die Eingeweide Alaitocs.

Die Tunnel, durch die er steuerte, waren nur vom Scheinwerfer seines Himmelsgleiters erleuchtet, ein Lichtkreis in der Schwärze. In der Finsternis ringsum glitzerte gelegentlich die Psi-Energie von Wraithbone-Strängen auf, wenn die Geister der Unendlichkeitsmatrix hin und her pulsierten. Dies war Alaitocs Leben – das Herz und die Arterien, das Skelett und das Nervensystem, die Gedanken und Gefühle der Craftworld. Die Störung, die Morlaniath gespürt hatte, trat auf seiner Fahrt kein weiteres Mal ein, auch wenn er Reste ihres Nachbebens spürte, eine Spannung, die in der Luft lag.

Im Zentrum Alaitocs, wo die vielen Psi-Adern und Nervenbahnen der Craftworld sich trafen, verließ Morlaniath den Wartungstunnel und hielt seinen Himmelsgleiter in einer dunklen Kammer an. Die Unendlichkeitsmatrix leuchtete rötlich, das Rot eines Mutterleibs. Ein Tor vor ihm stand offen, die beiden großen Flügel waren weit geöffnet und gaben den Blick auf eine mit Wraithbone ausgekleidete Kammer frei. In der Mitte dieses Raums stand ein großer, eiserner Thron. Darauf saß eine statueske Gestalt, die zweimal so groß war wie Morlaniath. Ihre Haut bestand aus geschmolzenem Metall und sie hatte schwarze, leere Augenhöhlen. Die gewaltige Gestalt brütete vor sich hin, sog das Licht des Thronsaals auf, die eisernen Fäuste geballt, das Gesicht zu einem stummen Schrei verzerrt.

Morlaniath spürte jemanden sich von hinten nähern und wandte sich um.

»Hast du ihn auch gespürt, den Herzschlag Khaines? Der Avatar regt sich«, sagte Iriethien, Dire Avenger, Exarch des Brennenden Lichts.

»Ich spürte, wie sich etwas regte, doch der Avatar schläft noch, es ist noch nicht Zeit«, erwiderte Morlaniath.

»Es gibt Krieg, Khaine weiß derlei, er spürt den Kampf«, sagte Iriethien. Er sah den reglosen Riesen an und suchte nach einem Lebenszeichen.

»Wir werden es schon bald wissen, wenn uns der Kriegsgott ruft, wird es keinen Zweifel geben.«

Iriethiens Anwesenheit hatte Morlaniaths Verdacht bestätigt. Als er zu seinem Himmelsgleiter zurückkehrte, machte ihm nur ein Gedanke Sorgen: Seine Krieger waren noch nicht bereit für die Schlacht.

Das Zittern, das von Khaines Avatar ausging, wiederholte sich nicht, aber Morlaniath wusste, dass es keine Einbildung gewesen war. Sobald der Avatar zu erwachen begann, schlief er nicht wieder ein, ehe Blut vergossen ward. Auch die anderen Exarchs spürten es und warnten den Rat von Alaitoc vor sich entwickelnden Ereignissen, die die Craftworld in den Krieg führen würden.

Voller neuer Dringlichkeit setzte Morlaniath die Ausbildung der Striking Scorpions des Verborgenen Todes fort. Alle hatten inzwischen den Helm und die Mandiblaster gemeistert, ihre Fortschritte erschienen dem Exarch jedoch langsam. Er musste sicher sein, dass sie bereit für die Schlacht waren, und noch war er nicht überzeugt. Wenn ihre Ausbildung unzulänglich war, konnte das eine Katastrophe bedeuten, nicht nur für sie, sondern auch für die anderen Krieger, die sich auf sie verließen.

Morlaniath ärgerte sich nicht und vertat keine Zeit damit sich um den Stand der Dinge Sorgen zu machen. Es war ganz einfach: Wenn es Krieg gab, würden sie entweder bereit für die Schlacht sein oder eben nicht. Wenn nicht, würden sie nicht kämpfen.

Die Stimmen schwiegen. Die Nächte brachten Stille und Einsamkeit, Zeit zum Nachdenken. Morlaniath fand Frieden in den Erinnerungen an die Schlacht, durchlebte erneut die Ruhmestaten seiner Vergangenheit und verweilte manchmal gar bei den Augenblicken seiner Tode, lernte daraus, versuchte ständig sich zu verbessern.

Er stellte feste, dass seine Mem-Träume sich häufiger um blutige Begegnungen mit Menschen drehten. Lag das daran, dass er zuletzt gegen die Anhänger des Kadaver-Imperators gekämpft hatte? War hier eine höhere Macht im Spiel, die ihn dazu brachte diese Kriege erneut zu durchleben?

Sieben Nachtzyklen nachdem er das Avatar-Beben gespürt hatte, wurden seine Grübeleien unterbrochen. Über die Stränge der Unendlichkeitsmatrix wurde er auf einen Neuankömmling auf Alaitoc aufmerksam, eine Präsenz, die in all seinen Leben, all seinen Seelen widerhallte. Inmitten seines Bewusstseins gab es ein Gegenecho, ein Bewusstseinsbeben aus den anderen Schreinen, das auf die Präsenz reagierte, und wieder dröhnte Khaines mächtiger Herzschlag kurz und dumpf durch die Unendlichkeitsmatrix.

Die Landebucht schimmerte im Licht aus dem Warpportalfokus, wirbelndes Purpur und Blau überzogen die geschwungenen Wände und die Rüstungen der siebzehn Exarchs. Sie warteten schweigend. Sie alle waren aus ihren Schreinen hergerufen worden, Swooping Hawks, Dark Reapers und Striking Scorpions. Morlaniath empfand dasselbe wie die anderen, den Urinstinkt sich zu sammeln, ihre Ankunft zu begrüßen.

Man hatte sie zur Sternenkranztreppe gebracht, den Docks, an denen Kriegsschiffe ab- und anlegten, um ihren blutigen Makel von zivilen Schiffen fernzuhalten. Dies war der Ort, an dem die Aspect Warriors an Bord gingen. Hierher brachte man ihre sterblichen Überreste zurück. Von hier aus sandte Alaitoc seine Krieger seit einem Zeitalter in die Nacht, um zu töten oder zu fallen. Es war ein schicksalhafter Ort, von dem aus sich Alaitocs Schicksal entschieden hatte: Expeditionen hatten aufkommende Bedrohungen entdeckt, Flotten hatten Rache genommen für den Tod von Eldar, Armeen hatte Welten zerstört, hier waren Missionen gestartet, die Ahnungslosen und die Unschuldigen zu töten, hier waren Krieger aufgebrochen, um minderwertige Spezies auszulöschen, deren einziges Verbrechen darin bestanden hatte, dass sie existierten.

Die verzweigten Wraithbone-Äste rings um das Dock waren vom Tode befleckt, und die Unendlichkeitsmatrix sang in Morlaniaths Hinterkopf ein klagendes Totenlied. Es nährte ihn und er holte tief und zufrieden Luft.

Die Bugwelle von Psi-Energie aus dem Netz der Tausend Tore wurde stärker, die Ankunft eines Schiffs stand unmittelbar bevor. Mit ihr kam ein Gefühl der Zugehörigkeit, der Akzeptanz und der Stabilität. Diese Gedanken waren blutbefleckt, in Ausbrüchen geistiger Aktivität erlebte er Bilder von Vernichtung. Sie ähnelten dem Gefühl, das von den anderen Exarchs ausging, waren aber intensiver und wurden stärker, je näher das Schiff kam.

Wie als Thirianna in den Schrein gekommen war, wusste Morlaniath, wer da nach Alaitoc kam, doch er erkannte ihn nicht. Das Ganze hatte sich geändert, aber die Teile blieben vertraut, ganz ähnlich, wie sich der Geist eines Exarchs langsam zu einer neuen Persönlichkeit entwickelte, wenn ein neuer Krieger die Rüstung anlegte.

Alterslose Unsterblichkeit war der Hintergrund jeder der Empfindungen, älter gar als Morlaniath, eine so tiefgründige Seele, dass sie alles verschlang, was sie berührte.

Der Warpportalfokus pulsierte, machte sich für den Austritt des Schiffs bereit. Eine Woge von Psi-Energie schlug über den versammelten Exarchs zusammen, brachte blitzartige Erkenntnisse, Visionen von fernen Welten und uralten Orten.

Das Schiff brach mit unglaublichem Tempo durch das Portal: Eben noch war das Dock leer gewesen, im nächsten Augenblick füllte ein schlanker, schwarzer Rumpf die Leere. Auf seiner Oberfläche spielten sacht Farben, Wellen dunklen Purpurs und Blaus schimmerten vom haiartigen Bug bis zu den schlanken Heckflossen. Es verlor leicht an Höhe, bis es unmittelbar über dem Dock schwebte, wo es mit seinem eigenen Schatten verschmolz.

Ein rundes Portal öffnete sich und schuf einen Kreis aus diffusem, weißem Licht. Morlaniath trat vor, sein Herz raste.

Drei Gestalten erschienen im Portal, als sich die Rampe wie eine Zunge dem Boden entgegenstreckte. Sie trugen Rüstungen, die an die der wartenden Exarchs erinnerten, aber viel schwerer, prunkvoller und noch älter waren: Swooping Hawk, Dark Reaper, Striking Scorpion. Ihre Waffen waren kunstvolle Artefakte aus der Zeit vor dem Fall, als die Macht der Eldar auf ihrem Höhepunkt gewesen war; schöne Vernichtungsinstrumente, geborgen aus den Trümmern einer ganzen Zivilisation.

Die erste Gestalt trug Flügel, die in tausend Farben leuchteten, eine gekrümmte Klinge in einer Hand und einen mehrläufigen Laserblaster in der anderen, ihren Helm zierte ein gefiederter Helmbusch, ihre Rüstung trug ein Tarnmuster aus Sommerblau und Wintergrau. Die zweite trug eine schwarze, mit goldenen Knochen verzierte Rüstung, ihr Helm war ein rotäugiger Totenschädel, Abbild des Todes persönlich, und sie hatte eine Shurikenkanone mit Sichelklinge in der Hand. Als letzter kam der Skorpion und auf ihn richtete Morlaniath seinen Blick. Die Verbindung zwischen ihnen wurde stärker, während der Neuankömmling näherkam. Seine gelbgrüne Rüstung war mit Obsidian-Rippen verziert, sein aus einer Reihe von Platten bestehender Helm verjüngte sich in Form eines Skorpionschwanzes nach hinten und hatte zu beiden Seiten knisternde Mandiblastermündungen. Eine Hand war eine elegante, von Energie umspielte Klaue, die andere umfasste das Heft einer reißenden Klinge, deren Zähne so scharf waren, dass Regenbögen gebrochenen Lichts sie umtanzten.

Es waren die ersten Exarchs, die unmittelbar nach dem Fall den Pfad des Kriegers gegangen waren und unter Asurmens Anleitung studiert hatten. Morlaniath erkannte sie sofort, erinnerte sich an frühere Begegnungen mit ihnen, während ihm Legenden über ihre Taten in den Sinn kamen.

Drei Gründer der Aspektschreine: Baharroth vom Schrei des Windes; Maugan Ra von den Seelenerntern; Karandras von den Schattenjägern.

Es war nahezu beispiellos – drei Phoenix Lords waren mit demselben Ziel nach Alaitoc gekommen: Krieg.

Die Ankunft der Phoenix Lords war sowohl Reaktion als auch Katalysator. Sie hatten ein neues Verhängnis gespürt, das sich Alaitoc näherte, und der drohende Konflikt hatte sie angezogen. Ihre Anwesenheit reagierte mit der somnolenten Essenz des Avatars Khaines und beschleunigte sein Erwachen. Morlaniaths Erinnerungen waren blutumwölkt, seine Übungsstunden mit seinen Kriegern wurden von anfallartigem Blutdurst unterbrochen. Auch die anderen Exarchs spürten ihn und die Aspektschreine und die Unendlichkeitsmatrix pulsierten leicht im erwachenden Zorn Kaela Mensha Khaines.

Angesichts dieser Ereignisse rief der Rat von Alaitoc seine

größten Seher zusammen, um herauszufinden, welche potenzielle Katastrophe die Craftworld wohl am ehesten treffen würde. Sie studierten die Runen Thiriannas, bereit sich ihre halbgare Geschichte von nahendem Tod anzuhören. Augen, die älter waren als ihre, betrachteten die Wahrscheinlichkeitsstränge und folgten den Fäden von Aradryans Leben und dem komplexen Geflecht der möglichen Schicksale Alaitocs.

Alle waren sich einig: Eine große Dunkelheit senkte sich auf die Craftworld herab. Die Rune der Menschen wurde schwarz, wenn man sie berührte, und die Farseers spürten den irrationalen Hass der Menschheit auf Alaitoc.

Die Autarchs riefen die Exarchs in ihrer kreisrunden Halle zusammen, die tödlichsten Krieger Alaitocs, alle an einem Ort versammelt. Ihr unbeugsamer Stolz und ihre Kampfeslust hingen schwer in der Luft. Morlaniath war wie durchtränkt von ihrem wachsenden Zorn und zunehmenden Hass, sein Geist sog beides auf und seine eigene Vorfreude erreichte ein Höchstmaß.

Arhathain wandte sich flankiert von den drei anderen Autarchs Alaitocs an die unruhige Menge der Schreinoberhäupter.

»Es sind die Menschen«, sagte er ernst. »Die Anhänger des Imperators werden nach Alaitoc kommen – sie suchen Streit. Warum ist unklar, aber sie fühlen sich irgendwie beleidigt und sind erzürnt. Wie ein einziger Kiesel einen Erdrutsch verursachen kann, so hat die Tat eines Einzelnen die Menschen nach Alaitoc geführt. Zwar haben die Farseers die Schicksalsfäden befragt, doch es gibt nur eine unabwendbare Konsequenz: Alaitoc wird angegriffen werden.

Es ist nicht unsere Aufgabe über die kurzsichtigen Entscheidungen der Menschen zu spekulieren. Wir müssen uns auf den Krieg vorbereiten und mit den Folgen leben. Rangers sind mit schlechten Neuigkeiten nach Alaitoc zurückgekehrt. Imperiale Schiffe durchpflügen das Meer der Träume auf dem Weg hierher. Wir haben keine Zeit mehr, um ihnen auszuweichen; sie sind schon zu nah, und Alaitoc ist noch nicht voll aufgeladen. Unsere Raumschiffe werden versuchen sie aufzuhalten, zu verhindern, dass sie hierher gelangen, doch die Menschen sind schlecht beraten und stur. Sie werden wahrscheinlich versuchen, Alaitoc zu stürmen und den Kampf zu uns zu tragen. Sie glauben zwar, sie hätten das Überraschungsmoment auf ihrer Seite, doch finden sie uns nicht unvorbereitet.«

Diese Information hatte der Autarch ganz ruhig weitergegeben, doch jetzt erhob er emotional berührt die Stimme.

»Wir werden diese absurde Tat nicht ungesühnt lassen! Die Frechheit der Menschen ist unglaublich, auch wenn ihre Ignoranz gut dokumentiert ist. Wir müssen nicht nur für Alaitoc kämpfen, sondern für unser gesamtes Volk. Wenn die Menschen glauben, sie könnten ungestraft eine Craftworld angreifen, dann wäre das das Ende unserer Art. Sie müssen durch die blutigste Lektion, die wir ihnen erteilen können, lernen, was für eine Wahnsinnstat das ist. Sie sind abergläubische Feiglinge. Wir werden neue Legenden für sie schreiben; Mythen darüber, wie die Eldar sie für ihre Dummheit abschlachteten; Geschichten, die mit ihren Eingeweiden und ihrem Blut geschrieben sind.«

Langsam schritt Arhathain den Rand des Podiums ab und seine hellblauen Augen schweiften über die Kreise der Exarchs. Seine Lippen verzogen sich zu einem Knurren.

»Wir verabscheuen euch! Wir, die Freien, fürchten euch, die lebenden Erinnerungen an die Folgen der Schwäche und der Nachgiebigkeit. Zu Recht meidet man euch, denn Khaine hat euren Geist verflucht. Ihr seid Kriegstreiber und Mörder. Diejenigen unter uns, die den Pfad des Kriegers bis zum Ende gegangen sind, sind von den Gräueln, die wir begingen, losgesprochen und haben Frieden gefunden. Ihr aber seid auf dem Pfad gefangen, genießt eure Bluttaten und schwelgt in eurem Hass und Zorn.

Doch wir, die Freien, brauchen euch auch. Ohne die Exarchs wären wir alle verloren. Ihr tragt die Last unserer

Schuld. Ihr steht zwischen unseren fragilen Seelen und den Abscheulichkeiten des Krieges.«

Seine Stimme wurde zu einem rauen Flüstern, während er weiter im Kreis ging, angespannt, die Schultern hochgezogen, die Fäuste geballt.

»Dies ist eure Zeit! Die Menschen wollen unser schönes Heim verwüsten. Sie *wagen* es Krieg gegen uns zu führen! Ihr seid unsere blutigen Boten. Ihr seid Kaela Mensha Khaines gesalbte Schlächter, die Ausgeburt unserer Rache, unser Gestalt gewordener Zorn. Ihr seid zu Recht gnadenlos. Unser Überleben gestattet kein Mitleid; der Fortbestand unserer Existenz hängt davon ab, dass die, die nicht nachdenken, das Undenkbare tun.

Spürt jetzt den Pulsschlag Khaines in euren Adern. Wir, die Freien, spüren ihn auch. Doch in unseren Adern ist er nur ein kaltes Rinnsal im Vergleich zur Hitze seiner Wildheit in euren Herzen. Der Avatar erwacht. Spürt seinen Ruf. Bringt ihm, was er braucht.«

Der Autarch und die Exarchs wandten sich wie ein Mann dem Haupttor auf der obersten Stufe des Amphitheaters zu. Dort stand eine einsame Gestalt, ein Schattenriss gegen das seltsame orange Licht hinter ihr. Es war der Exarch der Shining Spears, Lideirra vom Schrein des Mitternachtsblitzes. Die Kriegerin trug ihre silberne und goldene Rüstung und einen gewaltigen Speer, dessen Spitze doppelt so lang wie ihr Arm und so breit wie ihr Gesicht war – die *Suin Daellae*, die kreischende Klinge, die Waffe des Avatars.

»Seht den jungen König!«, rief Arhathain. »Euer Geschenk an Khaine als Dank für das Erwachen seines Avatars.«

Mit einem wilden Schrei hoben die Exarchs ihre rechten Fäuste zum Gruß des jungen Königs. Der aus ihrer Mitte auserwählte junge König diente fünfhundert Zyklen lang als ihr geistiges Oberhaupt und reichte dann seine Krone weiter. Die Herrschaft der meisten verging ohne Opfer; die Herrschaft einiger endete blutig, weil ihre Seelen Khaine geopfert wurden, der dafür der Metallhülle seines Avatars Leben einhauchte.

Lideirra stand ruhig in dem Durchgang – sie hatte ihr Schicksal akzeptiert. Es war nicht nur eine große Ehre, als junger König auserwählt zu werden – das Amt hieß nach Eldaneshs Beiname als Kind, doch konnte der auserwählte Exarch männlich oder weiblich sein –, es war auch eine Aussicht auf Erlösung. Vom Zorn von Khaines flammendem Geist verzehrt zu werden war eine Erlösung aus der Unsterblichkeit, die nur wenige Exarchs je erlebten.

Die sechs Exarchs des innersten Rings, die ältesten ihrer Aspekte, erklommen die Stufen zum jungen König: Morlaniath, der Striking Scorpion; Iriethien, der Dire Avenger; Lathorinin, die Howling Banshee; Faerthruin, der Fire Dragon; Maurenin, der Dark Reaper; Rhiallaen, der Swooping Hawk.

Sie bildeten eine Ehrengarde um den jungen König, drei links und drei rechts, und verließen langsam mit ihm die Halle. Ein weiterer Triumphschrei erscholl hinter ihnen, als sie aus dem Blickfeld der Exarchs traten.

Die Wände des Gangs waren bedeckt mit Hologrammen der ältesten Mythen der Eldar, der Geschichten, aus denen die Aspekte hervorgegangen waren. Legendäre Szenen der Verwüstung umgaben das Gefolge, als es langsam auf den Schrein des Kriegsgottes zuging. Die Türen schlossen sich lautlos hinter ihm und sie waren nur noch ins weiche Licht der Projektionen getaucht. Dies war der blutbefleckte Pfad. Er schlängelte sich sanft nach unten und führte die Prozession ins Vorzimmer des Thronsaals des Avatars. Die großen Bronzetüren waren geschlossen, ein breiter roter Lichtstrahl fiel darunter hindurch.

Morlaniath spürte die Präsenz des Avatars: seine Hitze auf seinem Leib, seinen Geist in seiner Seele. Der Boden bebte unter dem sonoren Schritt der Füße der Exarchs. Sein Herz fiel in den Takt ein.

Aus verborgenen Durchgängen traten maskierte Seherinnen in Roben: die Warlocks. Auch die Seher, frühere Aspect Warriors, spürten Khaines Sog. Sie trugen einen langen, roten Umhang und eine rot-goldene Fibel in Form eines Dolches bei sich. Die beiden Träger traten vor Lideirra, während die Exarchs sie langsam ihrer Rüstung entledigten. Sie übergaben jedes Teil einem anderen der verbliebenen Warlocks.

Als Lideirra nackt war, nahm Iriethien die Dolchfibel in die linke Hand. Ein weiterer Warlock in weißer Robe trat neben ihn, einen verzierten Goldkelch in Händen: den *Kelch des Criel*. Die Mythen der Eldar besagten, dass Eldaneshs Anhänger sein Blut in sieben Kelchen aufgefangen hatten, nachdem Khaine ihn erschlagen hatte, um es dem Kriegsgott vorzuenthalten. Khaine bemühte sich sehr Geist und Leben seines Opfers an sich zu bringen, doch Eldaneshs Leute hielten die Armeen des Kriegsgottes in Schach und bewahrten Eldaneshs Geist auf ewig.

Iriethien trat neben den jungen König und verwendete die Spitze der Fibel, um unter Lideirras linkem Schulterblatt die Rune der Dire Avengers in ihre Haut zu ritzen. Die Dolchfibel durchschnitt mühelos Haut und Fleisch. Blut rann in Rinnsalen über die bleiche Haut des jungen Königs und tropfte von Lideirras Po, wo es der Kelchträger auffing.

Als Iriethien fertig war, gab er Morlaniath das Messer, der die Sigille der Striking Scorpions in die andere Seite von Lideirras Rücken ritzte. Er gab das Messer Lathorinin, der die Rune der Howling Banshee unter Lideirras linke Brust ritzte. Dann kam Faerthruin und schnitzte das Mal des Fire Dragons auf die rechte Seite des jungen Königs. Maurenin und Rhiallaen schnitten in Lideirras Arme, und zwar die Rune des Dark Reapers und des Swooping Hawks.

Die ganze Zeit über stand Lideirra schweigend da, zitterte leicht, aber zuckte nicht einmal vor der Klinge zurück, die in ihr Fleisch drang. Ihre Augen leuchteten vor Vorfreude und waren auf die Bronzetore vor ihr gerichtet. Ihre weiße Haut war mit blutigen Linien übersät.

Einer der anwesenden Warlocks zog Lideirras Wegstein hervor, der in einer Fassung an einer blassen Silberkette hing. Er hängte ihn ihr um. Dann nahm der Steinträger die Dolchfibel und schnitt vorsichtig die Rune des Avatars in Lideirras Stirn. Karmesinrot tropfte es in ihre Augen, rote Tränen liefen ihr über die Wangen.

Man hängte ihr den Mantel des Avatars um und befestigte ihn mit der blutbefleckten Dolchfibel. Er war so lang, dass man ihn zweimal um ihren Leib wickeln musste und er danach immer noch hinter ihr herschleifte. Dunklere Schatten breiteten sich auf dem roten Tuch aus, als Blut in das engmaschige Gewebe sickerte.

Dann erhielt sie den *Suin Daellae* und nahm den gewaltigen Speer in die rechte Hand. In die linke drückte man ihr den *Kelch des Criel*, der jetzt randvoll mit ihrem Blut war.

Die Warlocks bildeten einen Kreis um den jungen König und seine Ehrengarde. Eine von ihnen erhob die Stimme und stieß einen durchdringenden Klagelaut aus, der in die Eröffnungsworte der *Hymne des Blutes* überging. Eine weitere fiel in den Refrain ein und setze einen dissonanten Ton unter den ersten, dann stimmten noch einer und noch einer ein, bis die Warlocks das Vorzimmer mit den Klängen ihres rauen Gesangs erfüllten.

Morlaniath wandte seine Aufmerksamkeit den Toren zum Thronsaal zu. Das Licht, das darunter hervordrang, wurde heller, flackerte und wurde vom verschlungenen Wraithbone des Vorzimmers reflektiert. Die von den Bronzetoren ausgehende Hitze nahm ständig zu, bis die Luft flimmerte und Morlaniath in seinem Helm Schweiß aus seinen Augen blinzeln musste. Dumpf erklangen ein Knacken und splitternde Geräusche aus dem Thronsaal. Das Zischen von Dampf und das Prasseln von Flammen wurden lauter.

Die Exarchs fielen in die Gesänge und Schreie der Warlocks ein und erweiterten die Hymne um eine weitere Dissonanz.

Morlaniath spürte im Nacken, wie der Avatar sich regte, seine Präsenz kribbelte seinen Hals entlang und breitete sich an den Armen entlang bis in die Fingerspitzen aus, dann in seine Eingeweide und hinab bis zu den Zehen. Energie erfüllte ihn von Kopf bis Fuß und versetzte seine Nerven in Alarmzustand.

Er sang weiter, brüllte das Loblied Khaines, und seine Stimme durchschnitt das Geheul und das Klagen seiner Gefährten.

Inmitten des Rituals stand reglos Lideirra, die Haut blutbefleckt, eine gerinnende karmesinrote Lache zu ihren nackten Füßen. Kelch und Speer lagen reglos in ihren Händen, und abgesehen von einem ganz leichten Heben und Senken ihrer Brust war sie nur eine Statue.

Ein weiterer nachhallender Herzschlag durchpulste Morlaniath. Dann noch einer und noch einer. Der Basspuls passte sich dem Tempo der schneidigen Hymne an und sie trieben einander voran.

Mit einem Hitzeschwall öffneten sich die Bronzetore und badeten das Vorzimmer in gleißendes Licht. Morlaniath konnte vor Helligkeit kaum die Gestalt des Avatars erkennen, ein wuchtiges Stück glühende Kohle auf einem Thron, ein Schatten im Licht.

Der junge König schritt in den Thronsaal, Kelch und Speer vor sich ausgestreckt. Das Licht verschlang ihn und dann tauchte er kurz wieder auf, ehe ihn der Schatten des Avatars verschluckte.

Mit dumpfem Knall schlossen sich langsam die Tore und die Hymne endete. Die anschließende Stille war unheimlich und voller fieberhafter Spannung. Dennoch erklangen die Geräusche schmelzenden Metalls und flackernder Feuer gedämpft durch die Tore. Ein Grollen wie von fernem Donner erschütterte sacht die Bronzebarriere.

Die Warlocks zogen sich wortlos zurück, als die Exarchs einen Kreis bildeten, indem sie Hand in Hand standen, Iriethien zur Linken Morlaniaths, Lathorinin zu seiner

Rechten. Als der Kreis sich gebildet hatte, verschmolzen die Seelen der Exarchs miteinander, vermischten sich und wirbelten durcheinander. Sie erhoben ihre Stimmen zum Gesang, einem leisen, tiefen Brummen, das die Kammer erbeben ließ. Morlaniath driftete davon, verlor sich im Mahlstrom der Seelen, den die vereinten Exarchs geschaffen hatten

Morlaniaths nächster bewusster Moment kam, als er rückwärts aus dem Kreis trat. Aranarha hatte seinen Platz bei der Wache eingenommen. Morlaniath kehrte in die Kammer der Autarchs zurück, wo die anderen Exarchs warteten.

Er ruhte sich aus, wartete, bis er wieder an der Reihe war. Rings um seine schlafende Gestalt kamen und gingen Exarchs, aber er bemerkte es nicht. Er träumte, durchwanderte seine Schlachtenerinnerungen, genoss das Zurückdenken an frühere Anlässe, bei denen er an der Seite des Avatars gekämpft hatte. Die Träume wurden lebhafter, klarer, und er wusste, das Erwachen des Avatars rückte näher.

Die Exarchs begannen, sich aus der Kammer zu entfernen, zuerst einzeln und dann in kleinen Gruppen kehrten sie in ihre Schreine zurück. Morlaniath blieb noch eine Weile und schwelgte in dem Leben, das ihn durchfloss.

Seine Überlegungen kamen abrupt zum Stillstand. Er spürte Kenainath hinter sich. Morlaniath öffnete die Augen und wandte sich seinem Mit-Exarch zu.

»Etwas stimmt nicht, ich spüre eine Störung, du bist besorgt.«

»Du hast recht, ich muss mit dir reden, komm in meinen Schrein.«

Morlaniath tastete nach der Präsenz des Avatars, denn er wusste, dass er bald zum Verborgenen Tod würde zurückkehren müssen, um die Krieger auf das Erwachen des Avatars vorzubereiten. Doch er wusste, das hatte noch etwas Zeit. Er nickte zustimmend und geleitete Kenainath aus der Halle.

Morlaniath folgte dem anderen Exarch in die Rüstkammer des Tödlichen Schattens. Dort herrschte Stille, der Exarch hatte den Trupp noch nicht zu den Waffen gerufen, doch sie spürten zweifellos das Herannahen des Avatars.

»Wo sind deine Krieger?«, wollte Morlaniath wissen. »Es wird Zeit, sie müssen bald bereit sein.«

Kenainath nahm den Helm ab und platzierte ihn auf seinem Ständer. Sein Gesicht war ausgemergelt, seine Augen waren eingesunken und trüb, seine trockene Haut spannte sich über seine hohen Wangenknochen.

»Ich kann sie nicht führen, ich werde diese Schlacht nicht erleben, meine Zeit ist bald gekommen.« Kenainaths Stimme war kaum ein Flüstern. »Dieser Körper ist alt, seine Zeit ist bald abgelaufen, und er wird vergehen. Hierher kommt kein anderer. Der Tödliche Schatten wird schlummern und auf seine Wiedergeburt warten.«

»Das ist ein grausames Ende, am Vorabend der Schlacht, eines weiteren ruhmreichen Krieges«, erwiderte Morlaniath.

Kenainath legte Morlaniath die Hände auf die Schultern und fixierte ihn mit einem durchdringenden Blick.

»Wir haben nicht viel Zeit; ich muss dich etwas fragen, dich um einen Gefallen bitten. Dein Trupp ist unerprobt, deine Krieger sind nicht bereit, du kannst sie nicht führen.«

Morlaniath öffnete den Mund, um zu widersprechen, doch Kenainath ignorierte ihn und fuhr fort.

»Du brauchst Krieger – übernimm den Tödlichen Schatten, führe ihn in die Schlacht. Er braucht einen Exarch, mache ihn zum Verborgenen Tod mit dir als Exarch.«

Ein Reflex huschte durch Morlaniaths Bewusstsein: Das Erwachen des Avatars rückte näher. Ihnen blieb nicht viel Zeit. Er blickte Kenainath an und sah ihn durch hundert verschiedene Erinnerungen. Es war ein grausames Schicksal, das ihm in der höchsten Not Alaitocs das Leben nahm. Doch dieser Körper hatte länger gekämpft als der jedes anderen Exarchs. Vielleicht verdiente er ein wenig Frieden; vielleicht war dies eine Schlacht, die andere für ihn schlagen mussten.

»Es wird mir eine Ehre sein deine Krieger zu führen und sie zum Verborgenen Tod zu machen.«

Ein Hauch eines Lächelns huschte über Kenainaths rissige Lippen.

»Die Ehre solche Gesellschaft zu haben und für würdig befunden zu werden ist ganz meinerseits.« Kenainath sah aufmerksam über Morlaniaths Schulter hinweg, als hätte jemand den Raum betreten. »Meine Schüler kommen, ich werde sie zu dir weiterschicken, zum Verborgenen Tod. Der Avatar kommt, lass sie rasch ihre Masken anlegen, nimm mich aus ihren Gedanken.«

Morlaniath nickte verstehend. Der Tödliche Schatten sollte keine Zeit haben, um sich mit dem Hinscheiden seines Exarchs aufzuhalten – er würde nach der bevorstehenden Schlacht noch Zeit genug haben, um ihn zu betrauern. Er ergriff für einen Augenblick Kenainaths Hände und für einen Moment verbanden sich ihre Seelen, ehe er den Kontakt beendete.

»Genieße deine nahende Ruhe, sie wird nicht ewig währen und wir werden wieder kämpfen.«

Morlaniath wandte sich ab und ging nach unten zu den Himmelsgleitern, als er spürte, dass andere sich dem Schrein näherten.

Als er den Himmelsgleiter bestieg, spürte er, wie ihn eine Woge der Macht durchströmte. Er würde sich beeilen müssen: Der Avatar war beinahe wach.

Morlaniath hetzte zum Thronsaal des Avatars, wie magisch angezogen vom Ruf der Inkarnation des Kriegsgottes. Er hatte seinen eigenen Schrein bereitgemacht, wo kurz nach seinem Eintreffen die Krieger angekommen waren, die der Tödliche Schatten gewesen waren. Obgleich Elissanadrin, Arhulesh und die anderen viele Fragen gehabt hatten, hatte Morlaniath ihnen keine Zeit gelassen über den Lauf der Dinge nachzudenken. Er hatte sie in Bereitschaft zum Anlegen der Kriegsmasken verlassen; sie warteten zusammen mit den Dutzenden anderer Aspektschreinen der Craftworld in schweigender Hoffnung auf das Kommen des Avatars. Im Augenblick seines Erwachens würden sie ihre Helme aufsetzen und von seiner blutigen Macht erfüllt werden, bereit den Menschen den Tod zu bringen.

Er nahm mit rasendem Herzen und keuchend seinen Platz im Kreis der Gründer ein. Die Tore des Thronsaals bebten heftig, Rauch und Flammen drangen darunter hervor. Die gesummte Anrufung des Zirkels ging in einem metallischen Dröhnen und dem Fauchen von Flammen unter.

Ein durchdringender Schrei unterbrach den Gesang und es wurde still. Morlaniath zuckte in Ekstase, als der Zorn und Hass des Avatars durch seinen Körper rasten. Durch die Unendlichkeitsmatrix hallte Khaines Kriegsruf durch die Alaitocii und ließ alles innehalten. Für einen Augenblick waren alle Eldar der Craftworld, die lebenden wie die toten, eins, und ihre Psi-Energie gebar die Inkarnation ihres Zorns, den lebenden Götzen ihrer Gewalttätigkeit.

In bebender Verzückung sah Morlaniath die Bronzetore auffliegen.

In den Augen des Avatars brannte dunkles Feuer, glühende Kohlen des Hasses. Seine Eisenhaut warf Blasen, war geborsten und kraterübersät, und geschmolzene Rinnsale rannen über die Platten. Dazwischen stand feurige Haut lichterloh in Flammen, leckten Flammenzungen über Metallmuskeln, flackerte es in unsterblichen Gelenken.

In der rechten Hand trug er den *Suin Daellae*. Die arkane Waffe schillerte vor Macht und über die Runen auf ihrer Spitze und ihrem Heft flogen flackernde Funken. Um die Schultern trug er den roten Umhang, dessen Stoff und Dolchfibel noch immer blutbefleckt waren. Von Lideirra war nichts zu sehen, abgesehen von einem klebrigen Blutfilm, der die Arme des Avatars von den brennenden Fingerspitzen bis zu den Ellbogen bedeckte. Das Blut zischte, als es zu Boden troff.

All das sah Morlaniath in dem Augenblick, bevor der Avatar seinen Geist überflutete. Der Exarch durchlebte noch einmal jeden Tod, den er gebracht hatte, und seine Freude erreichte ihren Höhepunkt. Es war fast zu viel, ein wirres Kaleidoskop des Schmerzes und Blutvergießens, und jedes flüchtige Bild steigerte Morlaniaths Lust, bis er sich nicht mehr beherrschen konnte.

Er krümmte den Rücken und brüllte vor Zorn, machte jedem Atom seines Hasses Luft, und Tausende von Kehlen auf der gesamten Craftworld fielen in sein Brüllen ein.

KRIEG

In der Zeit nach dem Fall sammelte Asurmen die versprengten Überreste der Kinder Ulthaneshs und Eldaneshs um sich. Sie flohen auf die Craftworlds, doch die Verheerungen durch Sie, die dürstet, folgten ihnen auf dem Fuße. Asurmen wusste, dass die Kinder Ulthaneshs und Eldaneshs nicht ewig fliehen konnten, denn der obszöne Gott, den ihre lustvollen Begierden und perversen Albträume geboren hatten, war noch immer Teil von ihnen. Asurmen führte eine Handvoll seiner Anhänger auf eine unfruchtbare Welt ohne Ablenkungen und Versuchungen. Hier gründete Asurmen den Asur-Schrein. Asurmen weihte sein Leben der Bewahrung der Domäne Asuryans, des Königs der Götter und Richters des Himmels, und lehrte seine Anhänger ihre Liebe für die Götter aufzugeben, denn Schwäche hatte zu Dekadenz und Bösartigkeit geführt. Die zerstörerischen Impulse Khaines sollten sie mit Weisheit im Zaum halten und so lehrte Asurmen seine Anhänger, wie man die Freuden am Töten und die Erregung der Schlacht vergaß. Im Tempelschrein Asurs entwickelte jeder seiner Schüler eine eigene Kampftechnik, die jeweils nur einen Teil des Zorns des blutbefleckten Gottes kanalisierte. Sie waren die Asurya, die ersten Exarchs. Als Arhras Verrat den Tempelschrein Asurs zerstörte, entkamen die Asurya auf die Craftworlds, um neue Schreine zu gründen, in denen sie ihre Kriegsdisziplinen weitergeben konnten. Die Asurya schufen den Pfad des Kriegers und sollten in künftigen Zeitaltern als die Phoenix Lords bekannt sein, die aus dem Tode wiedergeboren werden, bis Fuegan von der brennenden Lanze sie zur Rhana Dandra ruft, der Endschlacht, in der die Kinder Ulthaneshs und Eldaneshs untergehen werden.

Es war still unter der Kuppel der Kristallseher. Bäume aus buntem Wraithbone ragten aus der freiliegenden Unendlichkeitsmatrix, ihre glasartigen Blätter warfen Regenbögen auf den mit weißem Sand bedeckten Boden. Unter ihren knorrigen Ästen standen die unsterblichen Seher, deren Fleisch zu eisartigem Kristall geworden war und deren Roben an Glasleibern, deren Seelen längst entwichen waren, herabhingen.

Die Energie der Unendlichkeitsmatrix pulsierte durch die Kuppel, während sich Alaitoc verteidigungsbereit machte. Morlaniath und der Verborgene Tod waren zusammen mir vier anderen Trupps zur Bewachung der Kuppel eingeteilt worden: Shining Spears auf ihren silbernen Jetbikes; Howling Banshees mit ihren wehenden Mähnen und kreischenden Masken; Dire Avengers in Blau und Weiß; Warp Spiders mit ihren leuchtenden Monofilamentschleudern.

Hinter ihnen schwebten drei Wave Serpents, elegante Truppentransporter im Blau Alaitocs mit purpurnem Dornmuster auf den schlanken Rümpfen. Energie knisterte über die Bugschilde und ließ ihre Form hinter einem schimmernden Schutzschild verschwinden. Jedes hatte einen Geschützturm mit Shurikenkanonen oder Zwillings-Laserlanzen, die wachsam hin und her schwenkten.

Morlaniath hatte keinen Blick für diese Sehenswürdigkeiten übrig. Seine Aufmerksamkeit galt etwas, das sich weit darüber befand, jenseits der durchsichtigen Energiekuppel. Dort tobte im kalten Vakuum des Weltalls die erste Schlacht um Alaitoc.

Helle Lichtstrahlen aus kruden Plasmaantrieben verrieten die Positionen der imperialen Schiffe. Geisterhaft flitzten die Kriegsschiffe der Eldar vorbei und nur das Schimmern und Glimmern ihrer Sonnensegel verriet sie, denn ihre Rümpfe waren schwarz wie die Leere.

Feuerstrahlen zuckten kreuz und quer über den Sternenhimmel, als Raketen und Torpedos übers Firmament schossen. Die blendenden Blitze von Laserwaffen jagten durch die Finsternis, während in der Leere kurz Flammenknospen erblühten. Anmutige Zerstörer-Schwadronen kreuzten mühelos, um ihre Waffen einsetzen zu können, während Kriegsschiffe, deren Batterien verheerende Salven abfeuerten, wobei die offenen Landebuchten Welle um Welle blitzschneller Abfangjäger und breitflügliger Bomber ausspien, langsam durch den Mahlstrom glitten.

Eine imperiale Fregatte wuchtete sich in Sicht, so nah, dass Morlaniath ihren weißen Rumpf und den goldenen Bug mit dem Adlerkopf sehen konnte. Es war ein dickleibiges, brutales Schiff, übersät mit Gesimsen und Strebepfeilern, aus dessen Bug ein riesiger, goldener Rammsporn in Form eines Adlerschnabels ragte. Blitze zuckten vom Bug bis zum Heck, als es aus Deck um Deck von Geschützen das Feuer eröffnete. Die Blitze wurden zerteilt von den sengenden Strahlen der Lasergeschütztürme entlang eines mit Zinnen versehenen Dorsaldecks. Alaitoc reagierte, indem ein Sturm von Blitzen und Laserstrahlen aus den Verteidigungsgeschütztürmen und Schiffsabwehrkanonen der Craftworld zuckte. Ein Feuersturm hüllte das Menschenschiff ein und bald brach sein Rumpf und schleuderte brennende Gaswolken ins Vakuum. Zerstört von den Eldarwaffen detonierte der Reaktor der Fregatte in einer weißen Blüte.

Es war, als kämpften die Sterne selbst, und Morlaniath stand gebannt von diesem Schauspiel der Verwüstung.

Die Eldarschiffe waren von schimmernden Holofeldern umgeben und tauchten wie schillernde Geister auf, um das Feuer zu eröffnen, ehe sie wieder verschwanden, indem sie mit dem besternten Hintergrund verschmolzen. Menschenraumschiffe spien blaue und purpurne Blitze, als sie Energiestöße verschossen, um die Angriffe der Eldar in den Warpraum abzulenken. Trotz allen Geschicks der Eldarmannschaften und der Beweglichkeit ihrer Schiffe kamen die Menschen unaufhaltsam näher. Neue Wellen von Torpedos und das Funkeln der angreifenden Schiffe kündeten von ihrem Kommen. Brennende Rümpfe von Menschen- und Eldarschiffen trieben dort, wo sie vorbeigekommen waren, und Trümmer strudelten langsam von zerschossenen Wracks weg. Die Menschen schienen nicht von ihrem Kurs abzubringen zu sein, sie kamen direkt auf Alaitoc zu wie gepanzerte Kometen, bohrten sich ungeachtet des Schadens, den sie dabei nahmen, durch die Flotte der Craftworld. Morlaniath musste die Entschlossenheit der Menschen bewundern, so irregeleitet sie auch war. Blinder Glaube an ihren verrotteten Imperator erfüllte sie mit einem Eifer, der aller Logik und Vernunft spottete.

Eine gewaltige Form tauchte jenseits der Kuppel auf, an deren Seite sich Dutzende Panzertüren öffneten und zahllose Geschützbatterien enthüllten. Abwehrfeuer prasselte auf den Kreuzer ein und seine Schilde flackerten und verteilten die Energiestöße mit grellem Aufleuchten. Orange Blüten flammten an seinem Bug auf und Augenblicke später rasten die Feuerschweife von Torpedos auf Alaitoc zu, die sich in Hunderte kleinerer Geschosse aufteilten, als sie in die Craftworld einschlugen.

Morlaniath spürte das Beben ihres Einschlags, nicht physisch, sondern in seinem Geist, als ein schmerzliches Zucken durch die Unendlichkeitsmatrix hallte. Weitere Salven aus den Geschützdecks des Kreuzers trafen Alaitoc, krachten in die Energieschilde, die die Kuppeln schützten. Diesmal bebte der Boden, so nah waren die Plasma- und Raketeneinschläge. Der Beschuss ging noch eine Weile weiter und verstummte dann, weil die kleinen Nadelstiche der Antriebe der Enterfahrzeuge das Gleißen von Lasern und Geschossen ersetzten.

Die Menschen schickten ihre Entertruppen.

»Der Turm der aufsteigenden Träume wird angegriffen.« Arhathains Stimme durchbrach Morlaniaths Trance. »Bereithalten für mein Kommando.«

Der Exarch bedeutete seinen Kriegern den Wave Serpent zu besteigen. Als sie die hintere Rampe hochrannten, sah er die Warp Spiders vor seinen Augen verschwinden, während die Shining Spears die Motoren ihrer Jetbikes anließen und blitzschnell zwischen den Wraithbone-Bäumen verschwanden.

Morlaniath kauerte sich in den hinteren Bereich des Wave Serpents, als die Rampe eingezogen wurde und sie innen einschloss. Über ihm heulten Motoren leise, als sich der Geschützturm in den Rumpf absenkte und der Pilot den Transporter startklar machte.

Die Striking Scorpions warteten auf Befehle des Autarchs und jeder Lidschlag verging unsagbar langsam. Arhulesh war extrem nervös und öffnete und schloss dauernd die Hand um den Griff seines Kettenschwerts. Elissanadrin kauerte neben Morlaniath, ihre Unterarme ruhten entspannt auf den Knien, den Kopf hatte sie konzentriert gesenkt. Bechareth war still wie immer, hatte aber den Blick fest auf Morlaniath gerichtet. Der Exarch starrte zurück und fragte sich, was dem früheren Incubi wohl durch den Kopf ging. Verwechselte er Morlaniath mit Korlandril, dachte er vielleicht, es verbinde sie etwas? Dachte er nun, da er nicht mehr unter Kenainaths Schutz stand, über sein Schicksal nach? Morlaniath hatte selbst auch Fragen, Fragen, die nur die Zeit beantworten konnte. War Bechareth wirklich resozialisiert? Er hatte oft als Verborgener Schatten gekämpft, aber würde er bereit sein, sein Leben für seine Wahlheimat Alaitoc zu geben? Konnte er sich darauf verlassen, dass er kämpfen würde, wenn Alaitoc unterzugehen drohte?

»Die Menschen sind in die unteren Stockwerke des Turms der aufsteigenden Träume eingedrungen«, verkündete Arhathain. »Rückt vor, um sie aufzuhalten. Übertreibt es nicht. Am sternwärtigen Rand nähern sich weitere Menschenschiffe. Seid bereit euch zurückfallen zu lassen und neu vorzurücken. Trupps von Guardians rücken an, um euch zu unterstützen.«

Das Dröhnen der Triebwerke des Wave Serpents erfüllte die Kabine, als er an Höhe gewann und sich auf der Stelle drehte. Außer dem leichten Ziehen der Trägheit, als der Transporter beschleunigte, hatte man kaum ein Gefühl der Bewegung, aber auf Innenbildschirmen sah Morlaniath die Kristallseher vorbeigleiten, als der Pilot den Transporter auf die Hauptader der angegriffenen Anlegestelle zusteuerte.

Mit hoher Geschwindigkeit durchquerten sie das niedrige Portal und schwenkten auf eine Durchgangsstraße, die von grünen und blauen Bändern hell erleuchtet war. Die Lichter rasten über den Bildschirm und steigerten sich zu einem schnellen Blitzen, als der Wave Serpent beschleunigte. An Kreuzungen schlossen sich ihnen andere Fahrzeuge an; mehrere Wave Serpents reihten sich hinter ihnen ein, während zwei Falcon-Antigravpanzer vorbeischossen, deren behelmte Piloten und Schützen kurz durch die gepanzerten Kuppeln herausschauten.

Die plötzliche Bremsung zerrte an Morlaniath, als der Wave Serpent scharf abbog. Er wurde zur Seite geschleudert, doch er kauerte sich wieder hin, fand sein Gleichgewicht wieder. Der Wave Serpent beschleunigte wieder, während er die Rampe entlangzischte, die zu den Docktürmen führte.

Sie rasten auf den weitläufigen Platz am Rand und das Jaulen der Motoren verlor sich in der gewaltigen Weite der leeren Docks: Alle Schiffe hatten abgelegt, sobald die imperiale Flotte aus dem Warpraum hervorgebrochen war.

Der Wave Serpent kam zum Stehen und die Rampe wurde ausgefahren, während der Transporter sich noch in niedriger Schwebehöhe einpendelte. Morlaniath rannte die Rampe hinab, der Trupp war dicht hinter ihm. Der Außenbereich des Docks war verlassen. Nur das gelegentliche Aufblitzen eines Lasers oder ein Torpedoschweif jenseits des schimmernden Energievorhangs verrieten, dass dort eine Schlacht tobte.

Eine Wendelrampe führte zu den unteren Stockwerken des Turms der aufsteigenden Träume hinauf. Das sich nach oben verjüngende Gebäude erhob sich sanft geschwungen zu einer himmelhohen Turmspitze, die aus dem Rand der Craftworld ragte. Schmale Fenster durchbrachen die Mauern, manchmal von innen von Energieblitzen erleuchtet.

Ihre Panzerstiefel dröhnten leise auf der Rampe, als die Striking Scorpions das unterste Stockwerk betraten. Mehrere ringförmige Stockwerke mit Spitzbögen umgaben den Kern in der Mitte des Turms. Unmittelbar hinter sich hörten sie andere Trupps. Als Morlaniath über die Schulter sah, erblickte er Erethaillins Schicksalsjungfern, die schnell aufholten, dann überholten die leichter gerüsteten, schnelleren Howling Banshees die Striking Scorpions, als sie um eine Kurve der Rampe in den zweiten Stock emporeilten.

Morlaniath hörte Schüsse; das Knattern barbarischer Projektilwaffen, das Sirren von Laserfeuer und das Kreischen von Shurikenmunition zerrissen die Luft. Er zog die *Zähne der Dissonanz*, die auf seinem Rücken gehangen hatte, und schwang die Klinge mit beiden Händen, als die gewundene Rampe sie ein weiteres Stockwerk höher führte.

Der Verborgene Tod rannte in eine breite Halle, die sich sanft geschwungen an den Rand der Craftworld schmiegte. Ein Sternenmeer breitete sich jenseits des bläulichen Energievorhangs aus, brennender Schrott trieb durchs All.

Das Rauschen von Flügeln erregte die Aufmerksamkeit des Exarchs und als er aufblickte, sah er einen Trupp Swooping Hawks, der über ihm flog, die Schwingen ihrer Flugmodule ein buntes Schillern im trübgelben Licht der Kammer. Er sah Phoenix Lord Baharroth inmitten seiner Anhänger dahingleiten, dessen Laserblaster gleißende Energiestrahlen in die oberen Stockwerke des Dockturms jagte.

Voraus sah Morlaniath jenseits eines Torbogens, der sich weit über ihm erhob, blau gekleidete Eldar mit gelben Helmen, die sich zu einem schützenden Halbkreis aufgestellt hatten: Trupps von Guardians, die den Treppenabsatz jenseits des Torbogens hielten und deren Shurikenkatapulte Salven gegen Feinde abfeuerten, die der Exarch noch nicht sehen konnte. Zwischen den Guardians schwebten schwere Waffenplattformen, deren Mannschaften mit ihren psigesteuerten Kontrollen ganz in der Nähe sein mussten. Laserlanzen spien Laserstrahlen, Sternenkanonen entfesselten blaue Plasmafluten und Granatwerfer erfüllten die Luft mit kreischenden Feuerschweifen. Die Swooping Hawks tauchten durch den Torbogen, ihre Waffen erfüllten die dahinterliegende Kammer mit einem Gitternetz weißer Flammenstrahlen.

Morlaniath erreichte den Torbogen und sah zu Alaitocs Angreifern auf.

Sie waren auf einer weiträumigen Galerie über dem und gegenüber des Torbogens in Deckung gegangen, wo sie sich hinter schlanken Säulenreihen verbargen, die sich bis zur weit darüberliegenden Decke erstreckten. Die gedrungenen, dickgliedrigen Feinde trugen zerknitterte Anzüge in grauschwarzem Tarnfleck, auf Arme und Brust waren als Insignien Schädel und Knochen genäht, ihre platten Gesichter waren hinter den silbernen Visieren ihrer Helme verborgen. In fetten, behandschuhten Händen trugen sie primitive Laserwaffen, die rote Strahlen verschossen. Vom Gegenangriff der Eldar in die Enge getrieben, kamen die Menschen unbehände in Sicht und gaben vereinzelte Schüsse ab, ehe sie sich wieder versteckten.

Die Swooping Hawks stiegen majestätisch empor, flogen Slalom zwischen den Säulen, und die Granatwerfer an ihren Oberschenkeln deckten die Menschen unter ihnen mit Plasma und Schrapnell ein. Die Schicksalsjungfern – Erethaillins Banshee-Trupp – waren bereits am linken Ende der Rampe, die zur von den Menschen besetzten Galerie führte, der Exarch vorneweg, ein schimmerndes, grausames Schwert in Händen. Zurückgetrieben von den schweren Waffen der Guardians, den Granaten der Swooping Hawks und dem Vormarsch der Howling Banshees richteten die Menschen kein Feuer auf Morlaniath und seinen Trupp, als sie über den gefliesten Boden zwischen dem Torbogen und der rechten Zugangsrampe zurasten.

Morlaniath sah die menschlichen Offiziere inmitten ihrer Männer, gekleidet in lange Mäntel mit goldenen Epauletten und silberne Mützen mit Abzeichen in Form eines geflügelten Schädels. Keiner der Menschen bemerkte den Verborgenen Tod, der schnell, aber leise die Rampe hochpirschte und sich in den langen Schatten der Säulen droben hielt.

In vollem Lauf kam Morlaniath von der Rampe, die anderen direkt hinter ihm. Ihre Shurikenpistolen spien eine mit den Augen kaum wahrnehmbare Salve in die nächststehenden Menschen, zerfetzten graue Overalls und spalteten verspiegelte Visiere. Ihr Sergeant drehte sich verzweifelt um, unmittelbar bevor die *Zähne der Dissonanz* ihn mit einem Hieb enthaupteten.

Der Verborgene Tod hielt sich nicht damit auf den Verwundeten den Gnadenstoß zu versetzen, sondern folgte Morlaniath dichtauf, der in die hinter der nächsten Säule zusammengedrängte Menschengruppe stürmte. Die Mandiblaster des Exarchs explodierten ins Gesicht des Offiziers im schwarzen Mantel und das Antlitz des Menschen verzog sich zu einem gequälten, wortlosen Schrei, als Energie über seine dunkle Haut flackerte. Morlaniath zog seine reißende Klinge über den linken Arm des Offiziers und trennte diesen an der Schulter ab.

Ein Blitz und ein Krachen ganz in der Nähe kündeten vom Schuss einer Schrotflinte, unmittelbar bevor ein Schrothagel Morlaniaths linke Seite traf und ihn einen Augenblick aus dem Gleichgewicht brachte. Er drehte sich schnell und sah den Menschen, der panisch versuchte die Waffe nachzuladen, doch seine Bewegungen waren in Morlaniaths Augen langsam und ungeschickt. Lachend schlitzte Morlaniath die unverschämte Kreatur auf und verteilte ihre Eingeweide auf den weiß-goldenen Fliesen der Galerie. Rings um ihn hieb und hackte der Verborgene Tod und bedeckte den Boden mit Blut und Gliedmaßen.

Die Striking Scorpions und Howling Banshees kamen von beiden Seiten der Galerie aufeinander zu und mähten alles nieder, was ihnen im Weg stand. Die Menschen behinderten einander, die paar Schüsse, die sie abfeuerten, waren jämmerlich ungenau. Sechs weitere fielen durch die Klinge der *Zähne der Dissonanz* und Morlaniath knurrte im Einklang mit seiner Waffe und genoss jeden Tod.

Laserstrahlen und Schritte verkündeten das Eintreffen weiterer Menschen, die die breite, geschwungene Treppe herunterkamen, die vom oberhalb gelegenen Dockturm herabführte. Die Swooping Hawks begrüßten die Verstärkung mit Laserfeuer und deckten die Stufen mit einem Beschuss aus tödlichem Licht ein. Guardians stürmten von beiden Seiten die Galerie entlang und ergänzten die Abwehr durch ihr Feuer.

Das Knallen der Lasergewehre der Menschen wurde übertönt vom durchdringenden Schrei der Howling Banshees, die erneut angriffen. Ihre Masken erzeugten vor ihnen eine psi-akustische Welle. Einige Menschen fielen mit blutenden Augen und Ohren auf die Knie, andere ließen die Waffen aus tauben Fingern fallen oder brachen einfach anfallartig zuckend zusammen. Selbst die kampffähigen standen zitternd und schockiert da, unfähig sich zu wehren, als Erethaillin und ihre Krieger in den Nahkampf gingen und ihre Energieschwerter ohne Widerstand durch Armaplastjacken, Fleisch und Knochen schnitten.

Morlaniath wollte seinen Trupp gerade weiterführen, um die Howling Banshees zu unterstützen, als Arhathains Stimme in seine Gedanken drang.

»Die Zahl der Feinde wächst. Sie haben unsere Verteidigung an mehreren Stellen durchbrochen und etablieren eine Landezone. Organisiere einen Rückzug vom Turm der aufsteigenden Träume, damit ihr nicht isoliert werdet. Zieht den Feind in die Halle des leidenden Herzens. Auf dem Alaithir-Platz wird Verstärkung zu euch stoßen.«

Als Reaktion auf diesen neuen Plan versank der gesamte Turm in Finsternis, als Alaitoc das trübe Licht der Wände löschte. Mittels der Sichtverstärker seines Helms sah Morlaniath die imperialen Soldaten die Treppe hinunterstolpern, übereinander fallen und im Dunkeln nach Gleichgewicht ringen. Das helle Blitzen der Laser der Swooping Hawks und das Lodern von Geschossdetonationen erleuchteten ob dieser plötzlichen Veränderung der Umgebung angstverzerrte Gesichter.

Die Eldar zogen sich im Feuerschutz der Swooping Hawks und der Waffenplattformen der Guardians von ihren Feinden zurück. Nachdem sie ihre Angreifer ins Chaos gestürzt hatten, zogen sich die Alaitocii aus dem Turm der aufsteigenden Träume nach draußen in die Halle zurück und die Trupps bildeten abwechselnd die Nachhut, während sich die anderen zurückzogen. Wieder draußen gingen die Striking Scorpions an Bord ihres Wave Serpents und drehten ab, um am Rand entlang in Richtung des Alaithir-Platzes zu rasen, eine breite Kreuzung zwischen der Halle des leidenden Herzens und dem Klageweg. Hinter ihnen taumelten die imperialen Truppen heraus ins Licht der Halle, nur um von Falcon-Panzern und in der Luft schwebenden Vyper-Jetbikes niedergemäht zu werden.

Am Alaithir-Platz sammelten sich aus drei Richtungen Streitkräfte, die sich von der gesamten sternwärtigen Seite der Craftworld dorthin zurückfallen ließen. Im orangen Licht des sterbenden Sterns schwebten die Silhouetten von Falcons über jeder Kreuzung, die Waffen auf die anrückenden Trupps von Aspect Warriors und Guardians gerichtet. Wave Serpents sammelten sich an dem gewaltigen Brunnen in der Platzmitte, aus dem sich eine riesige Statue des Autarchs erhob, nach dem der Platz hieß. Der Marmorkrieger stand mit Schwert in der Hand und Fusionspistole im Anschlag da und blickte unheilvoll auf den zum Turm der Ruhe führenden Klageweg hinab.

Der Verborgene Tod stieg aus und schloss sich der Linie an, die die Halle verteidigte, die sie gerade durchquert hatten. Die Vypers und Falcons kamen gelegentlich wieder in Sicht und schossen auf Feinde, die hinter der Krümmung des Randes der Craftworld verborgen waren. Schließlich kamen auch die Menschen wieder in Sicht, rückten resolut in Hunderterkolonnen vor. Unbeholfene Kampfläufer schritten auf zweigelenkigen Beinen neben den Fußtruppen her und ihre vielläufigen Laser spien den Eldarfahrzeugen einen Feuerstrom entgegen. Menschenteams mit schweren Waffen rannten vorwärts und zogen Laserkanonen auf Rädern und unhandliche Maschinenkanonen hinter sich her. Sie gingen neben den anrückenden Kompanien in Schussposition und fügten die Wut ihres Feuers dem der Kampfläufer als Deckung für die vorrückenden Soldaten hinzu.

Während Granaten dunkle Bahnen durch die Luft zogen, wurde eine Vyper von einer Salve getroffen und verlor einen Kontrollflügel. Steuerlos taumelte sie in die jadegrüne Innenwand. Eine weitere Salve traf die Panzerung eines Falcons, der seitwärts kippte, ehe er sich mit sich verformenden Panzerplatten in den Boden bohrte. Weitere Schüsse durchsiebten das Wrack, zerstörten Sensoredelsteine und verstreuten Teile der zertrümmerten Kanzel auf dem gefliesten Boden. Ein weiterer Panzer, dessen Antigrav-Motoren von einem Laserschuss zerstört worden war, kippte ruckartig nach oben und seine Pulslaser feuerten immer noch brennende Lichtstrahlen ab. Der Geschützturm eines dritten Falcons ging nach einem Treffer in Flammen auf und der Panzer drehte sich wie rasend um sich selbst, bis er in das Energiefeld auf der raumwärtigen Seite des Platzes krachte, woraufhin sich Blitze zuckend über das Energiefeld ausbreiteten.

Angesichts des ungebrochenen Ansturms zogen sich die Piloten der Vypers und Falcons immer schneller zurück, bis sie schließlich beidrehten und auf Lichtwolken vor den Soldaten des Imperiums davonrasten. Das Wummern ihrer Motoren durchdröhnte Morlaniath, als sie sich über seinem Kopf in die relative Sicherheit des Platzes erhoben.

Für die vorrückenden Menschen musste es ausgesehen haben, als hätten sie ihre Feinde in die Enge getrieben, sie auf der Freifläche des Platzes eingeschlossen. Die grasbedeckten Hügel und die marmorartigen Wege boten den schutzsuchenden Soldaten wenig Deckung. Die Eldar warteten schweigend, während die wütenden Befehle und triumphierenden Rufe der imperialen Offiziere durch die Halle dröhnten.

Kaum ein Dutzend Schritte vor Morlaniath und den anderen Trupps am hallenseitigen Rand des Platzes entstand plötzlich eine schimmernde Energiewand. Alles dahinter färbte sich durch das Feld blau, als würde die Armee über den Grund eines schimmernden Meeres marschieren. Laserstrahlen und Kugeln prallten von dem Energiefeld ab, das bei jedem Einschlag bebte, aber hielt. Morlaniath lächelte. Die Schildwand sollte die Eldar nicht vor Angriffen schützen. Sie hatte einen anderen, weit tödlicheren Zweck, wie die Menschen gleich feststellen sollten.

Die feinen Tentakel der Unendlichkeitsmatrix in der Innenwand der Halle flackerten und wurden dann dunkel. Ohne Energie brach die äußere Energiewand mit einem Lichtblitz zusammen. Die Menschen waren plötzlich dem gefräßigen Vakuum des Alls ausgesetzt, wurden vom explosionsartigen Ausströmen der Luft von den Beinen gerissen, Hunderte von ihnen wurden in wenigen Augenblicken von der Craftworld geschleudert. Ihre Schreie verloren sich in der Leere, als ihre Haut gefror und die Blutgefäße aufrissen, während Waffen und Helme um sie herumwirbelten. Selbst die Kampfläufer konnten nichts gegen die explosionsartige Dekompression tun. Ihre ungelenken Metallbeine zuckten, als der plötzliche Hurrikan sie zusammen mit ihren sterbenden Kameraden zwischen die Sterne hinausschleuderte.

Das Massaker dauerte nur ein paar Augenblicke, dann wurde es still. Glitzernde, gefrorene Blutpartikel hingen in der Luft, ehe sie in der künstlichen Schwerkraft der Craftworld wie Regen zu Boden fielen. Mit grimmiger Faszination betrachtete Morlaniath den roten Niederschlag und dazwischen die herabfallenden Leichen, die als zerfleischte Haufen in die geflieste Halle krachten. Die Dekompression war zwar aus der Notwendigkeit heraus geboren gewesen und ihr hatte die wahre Kunstfertigkeit eines wohlplatzierten Schusses oder Hiebs gefehlt, doch ihrer Effektivität wohnte eine gewisse schlichte Schönheit inne.

»Menschliche Streitkräfte sind in die Kellergeschosse unter dem Dockturm eingedrungen«, informierte Arhathain die Krieger der Craftworld. »Weitere Sturmgeschwader sind auf dem Weg hierher. Wir müssen sie zurückschlagen.«

Morlaniath bedeutete seinen Kriegern ihm zurück zum Wave Serpent zu folgen.

»Kein übertriebenes Selbstvertrauen, dies ist nur der Erstschlag, die Menschen werden engagiert kämpfen«, sagte er zu ihnen, während sie die Bordrampe emporschritten. »Wir werden mitleidlos sein, sie teuer bezahlen lassen, jeder ihrer Schritte wird wehtun. Achtet aufeinander, schlagt mit geeinter Entschlossenheit zu, kämpft als der Verborgene Tod.«

Die Rampe schloss sich hinter ihnen und im Handumdrehen war der Wave Serpent wieder unterwegs in Richtung Klageweg.

»Wie laufen die anderen Kämpfe?«, fragte Elissanadrin.

»Das ist für uns nicht von Belang; wir kämpfen gegen unsere Feinde, bis zu deren Vernichtung. Konzentriert euch nur auf diese Aufgabe; lasst euch nicht ablenken, bis unsere Feinde tot sind. Hört auf die Autarchs, sie werden unsere flinke Hand leiten, damit sie den Todesstoß führen kann.«

»Ihre entsetzten Blicke, als es dunkel wurde, werde ich nie vergessen«, sagte Arhulesh mit einem bösen Lachen. »Habt ihr ihre Überraschung gesehen? Wie dumm zu glauben, Alaitoc werde ihre dreckige Anwesenheit dulden.«

»Es ist eine Schande, dass die, die solche Furcht kannten, nun tot sind«, wandte Elissanadrin ein. »Entsetzen ist eine Krankheit; sie verbreitet sich bei Feinden so schnell wie eine Seuche.«

»Hoffen wir, dass sie einen Teil ihrer Furcht weitergegeben haben, ehe sie untergingen.« Arhulesh wandte sich Bechareth zu. »Wie kannst du deine Freude für dich behalten? Nagt es nicht an dir, diesen freudvollen Augenblick des Todes, in dem der Geist eines Feindes verlischt, zu bejubeln?«

Bechareth legte den behelmten Kopf schief. Sein Blick huschte zwischen Arhulesh und Morlaniath hin und her.

Der Striking Scorpion zuckte mit den Achseln und schüttelte den Kopf. Er hob einen Finger an sein Helmgitter und zog sein Kettenschwert. Die blutbefleckten Klingen seiner Zähne schimmerten im Licht der Fluggastzelle.

»Bechareth ist zwar stumm, doch er spricht zu uns, und die Worte seiner Klinge tönen laut«, erklärte Morlaniath, was Arhulesh ein Lachen und ein Nicken entlockte.

»Gewiss«, sagte der Striking Scorpion. »Ich habe dreizehn von ihnen getötet, du aber mehr. Achtzehn, nicht?«

Bechareth nickte.

»Wir werden sehen, wer den höheren Wert hat, wenn wir die Menschen von Alaitoc vertrieben haben. Ich glaube, diesmal könnte ich dich sogar schlagen.«

»Es wird eine große Zahl sein, die Menschen kommen massenweise, mehr als genug für jeden von uns«, versicherte der Exarch seinem Trupp.

Als sich ihre Gedanken der Aussicht auf viele weitere Tode zuwandten, verstummte der Trupp. Morlaniath gestattete sich kurz an seine letzten Tötungen zurückzudenken, während ein Teil von ihm ein Auge auf den Kristallbildschirm hielt, der die Position des Wave Serpents anzeigte. Zusammen mit vielen anderen hatte sich der Verborgene Tod mehrere Ebenen unter die bewohnte Hauptzone Alaitocs begeben: Der Wave Serpent raste eine arterielle Versorgungsroute entlang, die üblicherweise dazu diente Waren von den Exoditen-Kolonien und anderen Craftworlds in die verschiedenen Teile Alaitocs zu transportieren.

Diese Tiefen waren komplett umschlossen, von festen Wänden und Böden von der Leere des Raums getrennt, nicht von abschaltbaren Energieschilden. Morlaniath lauschte den unregelmäßigen Kommentaren der Autarchs und erfuhr, dass die Menschen sich bei ihrem schnellen Angriff überschätzt hatten, doch jetzt gingen sie vorsichtiger vor. Das machte sie nicht ungefährlicher. Sie würden sich sammeln und unablässig angreifen, denn sie wussten, dass sie zahlenmäßig überlegen waren. Sie durften nicht ernsthaft auf Alaitoc Fuß fassen. Das hätte den langsamen, unaufhaltsamen Untergang der Craftworld bedeutet.

Als Morlaniath darüber nachdachte, spürte er ein leises Beben im Wraithbone-Skelett des Wave Serpents, als sie sich mit einem Flattern von Psi-Energie mit der Unendlichkeitsmatrix verband. Er merkte, wie ein anderer Geist seine Gedanken berührte und erkannte sofort Thirianna, erinnerte sich von ihrer Begegnung beim Schrein her, wie sie sich anfühlte. Über die Psi-Verbindung spürte Morlaniath flüchtig die Anwesenheit anderer Eldar: Exarchs und Guardian-Truppführer, Piloten und Abwehrwaffenschützen. Sie alle waren einen Augenblick lang verbunden.

Unsere Feinde rücken entlang des Brunnens der ungleichen Schicksale vor. Geht den roten Pfad mit ihnen, treibt sie zu ihrem Landungsschiff zurück. Es folgte eine Reihe kurzer Bilder: imperiale Soldaten, die improvisierte Barrikaden errichteten; die kleinen Ein-Mann-Kampfläufer, die durch unbeleuchtete Korridore stapften, wobei ihre Suchscheinwerfer über gekrümmte Wände huschten; ein Offizier, der seinen Truppen etwas zubrüllte, die Pistole in der Hand.

Dann war sie fort, hinterließ nur die Erinnerung an eine Berührung in Morlaniaths Geist. Der Exarch öffnete den Kommunikationskanal zum Piloten des Wave Serpents, Laureneth.

»Bring uns in ihrer Nähe runter, wir werden zu Fuß vorrücken, gib uns Feuerschutz«, wies er den Piloten an.

»Verstanden, Exarch«, erwiderte der Pilot mit ausdrucksloser Stimme. Die telemetrische Anzeige neben Morlaniath wechselte und zeigte nun ein Schema der Röhren und Tunnel unter den Docks. An einer Kreuzung unweit von dem Ort, den sie in Thiriannas Botschaft gesehen hatten, blinkte eine Rune. »Ist es da genehm, Exarch?«

»Ja; wenn wir in Khaines Schatten wandeln, ziehen wir eine Blutspur hinter uns her.«

Der tödliche Kampf zwischen den Alaitocii und den eindringenden Menschen erfüllte die unterirdischen Ebenen der Docks. Die imperialen Streitkräfte versuchten verzweifelt sich einen Standort für ihr schweres Material zu sichern. Obgleich die Flotte Alaitocs die Transporter, die versuchten die Landezone zu sichern, massiv dezimierten, sodass nur etwa ein Drittel der Menschenschiffe am Rand der Craftworld landete, rückte der Feind unablässig nach. Ein wachsendes Feld aus brennenden Schiffen, Schrott und Leichen sammelte sich träge rotierend um die Anleger, in der Nähe gehalten von Alaitocs künstlichem Gravitationsfeld.

Die Eldar verschanzten sich auf einer großen, gewölbeartigen Kreuzung dreier Transitrouten von den Docks zu den zentralen Arterialhallen. Die Menschen rückten durch zwei Tunnel mit Kuppeldächern vor, huschten von Spitzbogen zu Spitzbogen und nutzten manchmal die Leichenberge ihrer eigenen Toten als Deckung. Sie feuerten fast gar nicht – bis sie in Schussreichweite waren, waren sie so wenige, dass die Guardians sie schnell eliminierten. Auf den höheren und tieferen Ebenen, links und rechts erschütterten ähnliche Feuergefechte die Craftworld.

»Sie kämpfen wie die Irren, ohne Rücksicht auf Verluste, ein Preis, den nur Fanatiker bezahlen«, kommentierte Morlaniath dies seinem Trupp gegenüber, während er zusah, wie sich die grau gekleideten Soldaten direkt in eine Geschosssalve mehrerer Trupps Dark Reapers stürzten. Zusammen mit dem Verborgenen Tod waren andere Trupps von Striking Scorpions, Howling Banshees und Warp Spiders kurz hinter der Kampflinie stationiert, bereit einzugreifen und jeden Durchbruch abzuwehren oder einen Gegenangriff zu starten, wenn sich eine Gelegenheit bot. Gelegentlich entfesselte der Wave Serpent hinter dem Trupp einen Plasmastrom aus seinen Sternenkanonen, doch die flackernden Schüsse verschwanden in der Düsternis des Durchgangs.

»Truppenstärke ist keine Taktik, doch sie verschießen Soldaten wie Kugeln, als hätten sie unendlichen Nachschub«, fuhr der Exarch fort. »Sie machen den Tod sinnlos, jedes Leben nur ein statistischer Wert, den niemand erhebt. Sie benutzen den Hammer, um nach formlosem Nebel zu schlagen, um nichts als Luft zu zerstören.«

Auch wenn Alaitoc diesen Bereich nicht dekomprimieren konnte, erschwerte die Craftworld den Menschen den Vormarsch. Das Licht wurde dunkler, wechselte von hellem Mittzyklusleuchten zum Spätzykluszwielicht, dazwischen kurze Abschnitte von blendendem Weiß und völliger Finsternis.

Energie der Unendlichkeitsmatrix durchströmte die Wände; Morlaniath spürte die Geisterenergie darin am Rande seines Bewusstseins. Inmitten des Durcheinanders tauchten in den feindlichen Reihen Geistererscheinungen auf, kurze Psi-Trugbilder, die zweifellos von den Sehern gesteuert wurden: rasende, feuerumkränzte Monstrositäten; weinende Menschenmütter, die blutige Kindertragetücher an die Brust drückten; summende Riesenwespenschwärme; schimmernde Lichter, die die schreienden Gesichter von Menschen enthielten. Die in den Wänden der Craftworld eingeschlossenen Feinde hatten kein Zeitgefühl und konnten nicht ahnen, ob sie einen Lidschlag lang oder eine Ewigkeit kämpften; die Eldar kannten solche Zweifel nicht, ihr Unterbewusstsein war auf die internen Rhythmen Alaitocs eingestimmt.

Der schreckliche Angriff auf die Sinne der Menschen hatte nur begrenzte Auswirkungen. Gelegentlich brach ein Soldat zusammen und floh schreiend aus dem Kampf, aber häufiger durchschnitt das Brüllen der menschlichen Anführer den Lärm, das die Soldaten vorantrieb. Morlaniath sah einen Menschen in einer Robe mit kahlem Schädel mit der rechten Hand ein Buch schwingen. Er schrie und hatte Schaum vor dem Mund und seine Predigten ließen die Soldaten trotz der furchtbaren Verluste die Position halten. Offiziere mit grimmigen Gesichtern mit Schirmmützen und Schädelabzeichen hielten die Disziplin mit brutaleren Mitteln aufrecht. Sie richteten die Pistolen auf die eigenen Krieger, wenn diese Anzeichen von Feigheit zeigten.

»Ihr Glaube ist eine Fassade, Tünche für Feiglinge, die mehr die Furcht treibt als der Hass«, bemerkte Morlaniath. »Oberflächlicher Hass, falscher gerechter Zorn, das sind keine Kriegsgründe. Unser Hass und unser Zorn sind rein, Khaines unvergängliches Geschenk an uns, wahre Seelenstärke. Habt kein Mitleid mit diesen Narren, sie sind nicht lernfähig. Gnade ist an sie verschwendet. Sie sterben sinnlos, niemand zählt die Toten, niemanden kümmert ihr Tod. Ihr Leben ist bedeutungslos, kein bleibendes Potenzial, nur Angst und Ressentiments, Köpfe voller sinnloser Gedanken.«

So krude die Technik der Menschen auch war, sie machten durch rein zahlenmäßige Überlegenheit und schiere Beharrlichkeit langsam Boden gut. Das hatten auch die Autarchs erkannt, als sich Arhathain das nächste Mal an die Exarchs und Guardian-Truppführer wandte.

»Eine neue Welle von Streitkräften nähert sich der Landezone der Menschen. Diese Verstärkung darf sich dem Angriff nicht anschließen. Treibt die Menschen zurück auf ihre Schiffe und löscht sie aus.«

Ein Bewusstseinsblitz aus der Unendlichkeitsmatrix machte Morlaniath auf eine runde Öffnung in der gekrümmten Wand hinter ihm aufmerksam. Die Abdeckung war weggeschmolzen und hatte eine enge, aber begehbare Zuleitung enthüllt, die parallel zum Hauptgang verlief.

Erethaillin und ihre Howling Banshees waren schon an der Tunnelöffnung und zogen die Köpfe mit den mähnenverzierten Helmen ein, um sich in den Wartungstunnel zu zwängen. Morlaniath und der Verborgene Tod folgten ihnen, so schnell es ihre schwereren Rüstungen erlaubten, dann schloss sich die Irisblendentür des Gangs hinter ihnen und tauchte diesen in Finsternis. Das Leuchten von Psi-Energie flackerte an Kristallfasern in der Wand entlang, und bei diesem gespenstischen Licht rückten die beiden Trupps rasch vor. Sie brauchten die relative Position der Feinde im Parallelkorridor nicht zu erraten; Alaitoc würde sie hinführen, wo sie gebraucht wurden.

Geduckt stürmten die Howling Banshees leichtfüßig durch die Zuleitung, ihre Energieschwerter hüllten ihre knochenweiße Rüstung in einen bläulichen Glanz. Morlaniath sah zu, wie ihr Vorsprung immer größer wurde, bis das Leuchten ihrer Waffen und Augen nur noch ein rasch kleiner werdender Schimmer in der Ferne waren.

Der Tunnel neigte sich leicht nach oben, was ihn von der Hauptroute entfernte, über die die Menschen angriffen. Morlaniath nahm an, dass er sie direkt zur Landezone führte, sandte aber im Wissen um die Grenzen der Spekulation eine Botschaft an Arhathain.

»Ein unsichtbarer, tödlicher Schlag ins schwarze Herz der Feinde – ist das unser neues Ziel?«, fragte er. Schon nach wenigen Lidschlägen antwortete Arhathain.

»Wir werden den Feind zwischen Verhängnis und Tod einklemmen, ohne Möglichkeit auf Flucht. Die Neuankömmlinge sind gleich da; lasst sie nicht in den laufenden Angriff eingreifen.«

Das Leuchten vor ihnen wurde wieder heller und bald sahen die Striking Scorpions die azurn schimmernden Klingen des Banshee-Trupps, der vor einer weiteren Irisblendentür kauerte, wo er auf den nächsten Trupp warten sollte.

»Kraft in unserer Einheit, wir kämpfen zusammen und der Sieg ist unser Ruhm«, sagte Erethaillin.

»Mit den Schicksalsjungfern wird der Verborgene Tod kämpfen, Untergang und Finsternis gemeinsam!«, lachte Morlaniath.

Sie warteten schweigend, die Blicke auf das geschlossene Tor gerichtet. Der Klang gestiefelter Füße hallte aus dem

Gang auf der anderen Seite der Tür in die Zuleitung und gelegentlich mischte sich ein gutturales Menschenkommando in den Lärm.

Die Irisblendentür öffnete sich und die Aspect Warriors stürmten mit feuerspeienden Pistolen hindurch.

Sie waren in der Haut Alaitocs, in einem großen Gang mit Kuppeldach, der voller Menschen war. Stumpfnasige Landungsschiffe hockten auf den geschwungenen Sternenkais, das Flirren sich abkühlender Motoren lag in der Luft. Dutzende von Menschen marschierten die Rampen dieser Sturmboote herab, komplett unvorbereitet auf den plötzlichen Angriff.

Als ein Mensch mit einer Shurikensalve im Genick fiel, sah Morlaniath Aranarha und seinen Trupp aus der Nähe der Randwand angreifen. Warp Spiders materialisierten sich inmitten der Feinde, ihre Monofilamentschleudern zerfetzten ganze Trupps. Von oben stürzten Swooping Hawks zwischen den bogenförmigen Armen der Verladekräne herab und unter ihnen detonierten Plasmagranaten, während ihre Laserblaster weißen Tod auf die durcheinanderlaufenden Menschen herabregnen ließen.

Morlaniath verschwendete keinen Gedanken mehr an die anderen Trupps, als er mit einer Drehung seiner Handgelenke einen imperialen Soldaten enthauptete. Einer der Offiziere mit den Schirmmützen brüllte ihn zusammenhanglos an und hob eine Faust, an der er einen knisternden, mechanischen Handschuh trug. Morlaniath trennte dem Menschen den Arm am Ellbogen ab, und der Energiehandschuh fiel klappernd zu Boden. Die Pistole des Offiziers spie Laserstrahlen, die den Exarch rechts in der Brust trafen und rauchende Löcher in seine Rüstung rissen. Genervt streckte er den Arm und zog die *Zähne der Dissonanz* durch den anderen Ellbogen des Offiziers, sodass er nun beide Arme verloren hatte. Der Offizier kippte noch immer brüllend zur Seite und trat in hoffnungslosem Trotz um sich. Morlaniath tötete ihn mit einer Salve aus seinen Mandiblastern, und der Laserstrahl durchbohrte die vergoldete Brustplatte des Menschen. Das Ganze hatte weniger als drei Lidschläge gedauert.

Ein Mensch, der über einem summenden Ausrüstungsgegenstand kauerte, sah entsetzt auf, als Morlaniath plötzlich über ihm aufragte – er hielt ein muschelförmiges Empfangsteil am Ende eines gedrehten Kabels an ein Ohr. Die *Zähne der Dissonanz* trennten dem Menschen den erhobenen Arm ab und blieben in seinem Schädel stecken, was den zischenden Elektrokasten mit Blut bespritzte. Morlaniath ließ mit einer Hand sein Schwert los und bückte sich, um den Hörer aufzunehmen und dicht an den Geräuschempfänger seines Helms zu halten. Zwischen statischem Rauschen drang für ihn bedeutungsloses Menschenkauderwelsch blechern ans Ohr des Exarchs.

Werden in Sektor sechs überrannt – bei den heiligen, verschrumpelten Eiern des Imperators, wir brauchen mehr Munition – habt ihr gesehen, was sie mit dem Hauptmann gemacht haben? Ist er das da drüben? Wo ist der Rest von ihm hin? – Stellungen halten, Verstärkung kommt – Die Tür geht nicht auf, Leitstelle. Sie hat Sergeant Lister verschluckt – Bitte kommen, Corporal, gebt Eure Position durch – Verstärkung kommt, die Space …

Morlaniath ließ das Kommunikationsgerät fallen und sah sich in dem weitläufigen Hangar um. Ein paar Menschengrüppchen hielten stand, sie verteidigten ihre Fähren bis auf den letzten Mann. Sein Trupp war zu weit weg, um einzugreifen, bis der Verborgene Tod die Landungsschiffe erreichte, würde niemand mehr übrig sein. Mit einem Anflug von Neid sah er, wie Aranarha mit seinen Kriegern eines der Sturmboote betrat.

»Feindliche Verstärkung hat die Docks erreicht«, verkündete Arhathain. »Alle Einheiten: Rückzug in die Kuppel der Mitternachtswälder. Nicht angreifen, sofortiger Rückzug.«

Morlaniath war verwirrt. Der Hangar und die Anlege-Plattformen waren in Eldarhänden. Schwere Waffen rollten die Zugangsrampen herauf. Jeder Feind, der töricht genug war, sozusagen im offenen Maul der Eldartrupps zu landen, würde niedergemäht werden, sobald er einen Fuß auf die Craftworld setzte. Er wandte sich dem glimmernden Einwegfeld zu, das die Docköffnung beschützte. Draußen waren keine sich nähernden Schiffe zu sehen, nur eine Unmenge Sterne.

Von den angreifenden Schiffen war außer einer Handvoll in der Finsternis lodernder Plasmaantriebe nichts zu sehen. Morlaniath begriff nicht, warum so wenig Verstärkung die Autarchs so beunruhigt hatte.

Die Docks erbebten unter einem dröhnenden Aufprall, als ein torpedoartiges Schiff links von Morlaniath die Außenwand durchbrach, die konische Schnauze des Enterschiffs von einem roten Energieschimmer umgeben. Zwei weitere bohrten sich zu beiden Seiten des ersten in Alaitoc und schleuderten geborstene Mauerstücke über die Docks. In Vertiefungen um die Schnauzen der Torpedos gleißte Licht, und Morlaniath warf sich instinktiv auf den Bauch. Ein Raketenbombardement traf den Dockbereich, ein Chaos aus Feuer, Rauchspuren und ohrenbetäubenden Explosionen, die die Eldar zerfetzten. Sekundärexplosionen zerrissen die Landungsschiffe der Menschen und erzeugten einen neuerlichen Schrapnellsturm.

Morlaniath sprang wieder auf und sah sich nach seinem Trupp um. Arhulesh hielt sich den Arm, wo seine Rüstung einen langen Riss hatte, und die Rüstungen der anderen hatten kleinere Sprünge und Kratzer, aber niemand war ernsthaft verletzt. Von den andern Eldarstreitkräften konnte man das nicht sagen. Die erschlafften Leiber von Guardians lagen auf Gehwegen hingestreckt und aus den Überresten ihrer schweren Waffen sprühten Funken. Erethaillins Trupp war in der Nähe der Wand gewesen und der Hangarboden war mit blutigen Rüstungen bedeckt; die zerfetzten Überreste der Helmbüsche der Howling

Banshees wehten im leichten Windzug um ihre Leichen.

Wo auch immer Morlaniath hinsah, erblickte er tote und sterbende Eldar.

Sein Blick wanderte zurück zu drei leuchtenden Projektilen, die umgeben von einem nicht verwehenden Rauchschleier aus der Wand ragten. Sie waren zwar versengt, doch er konnte ihre weiß-rote Bemalung erkennen. Synchron teilten sich ihre Schnauzen in vier blütenblattartige Segmente, die sich öffneten und ein schneeweißes Inneres enthüllten. Das untere Blütenblatt fuhr aus wie eine Rampe und im schwindelerregenden Nachhall der Raketeneinschläge erfüllten schwere Schritte das Dock.

Ein Dutzend Feuerschweife lösten sich fauchend aus den sich öffnenden Portalen, gefolgt vom scharfen Knall von Detonationen, und die blutigen Überreste von Eldarkriegern wurden auf den Hangarboden geschleudert. Aus morbider Neugier konzentrierte sich Morlaniath auf einen davon und sah, wie eine Minirakete, mindestens so groß wie sein Daumen, aus dem weißen Licht hervorschoss. Sie traf einen Guardian ins Bein und drang durch die dünne Rüstung ins Fleisch. Einen Augenblick später detonierte sie in einer Blüte aus Knochen und Blut und zerriss das Bein von innen.

Morlaniath kannte diese Waffe.

Er hatte schon einmal mit ihr zu tun gehabt: als Nicht-Lecchamemnon gefallen war. Die Erinnerung an seinen Tod war unangenehm, und der Exarch betrachtete die Entertorpedos beunruhigt, von denen jetzt weitere andere Teile der Dockwand durchbrachen. Schwer gerüstete Gestalten kamen mit Feuer speienden Waffen die Rampen herabgerannt.

Imperiale Space Marines!

TOD

In dem Augenblick zwischen Khaines Schwertstreich und Eldaneshs Tod stieg Phoenix Lord Asuryan vom Himmel herab. Eldanesh fragte, warum die Eldar sterben müssten. Asuryan lachte über diese Frage. Er sagte Eldanesh, er könne gar nicht sterben. Der Vater der Eldar werde im Geiste und im Andenken seiner Kinder weiterleben und in jeder Generation wiedergeboren werden. Solange seine Kinder gediehen, würde Eldanesh unsterblich sein. Als der Tod seine Hand um Eldanesh schloss und sich die Sterne verdunkelten, überbrachte ihm Asuryan eine letzte Botschaft. Die Götter hatten keine Nachfahren, nur sie konnten wirklich sterben.

Der Rückzug aus den Docks ging schnell. Angesichts des verheerenden Ansturms der fürchterlichsten Geschöpfe des Imperators zogen sich die Eldar in die inneren Korridore und Hallen Alaitocs zurück. Die Craftworld deckte ihren

Rückzug, indem es die sie verfolgenden Space Marines mit sich schließenden Türen und Energiefeldern aufhielt. Angetrieben von der Energie der Unendlichkeitsmatrix gestaltete Alaitoc ganze Bereiche seines Aufbaus neu, versiegelte Korridore und ließ Stege einstürzen, um den Feind festzusetzen und die Gegner voneinander zu trennen. Als sie damit fertig war, zog sich die Unendlichkeitsmatrix von den Docks zurück, legte das Kristallnetzwerk lahm und ließ dem Feind keine Möglichkeit ihre Energien zu nutzen oder zu infiltrieren.

Als der Trupp schweigend den Wave Serpent bestieg, spürte Morlaniath die Schockstarre seiner Krieger, die Erkenntnis, dass es in der Galaxis Gegner gab, die ihnen gewachsen waren.

»Dies ist nicht der Ort, um uns unseren Gegnern im Nahkampf Klinge gegen Klinge zu stellen«, sagte er, als der Wave Serpent abhob und scharf wendete, um in Richtung Kuppel der Mitternachtswälder zu fliegen. »Wir sind Teil des Ganzen, nur ein Aspekt Khaines, allein nicht vollständig. Wir werden zusammen mit anderen kämpfen, werden gemeinsam größer als die Summe der Teile sein und am Ende siegen. Space Marines sind schwere Gegner, tödlich wie wir, doch es sind so wenige. Sie sind körperlich stark, kennen weder Furcht noch Zweifel, doch man kann sie töten. Uns winkt kein schneller Sieg, dies ist ein Krieg des Willens. Alaitoc muss überdauern.«

»Der Feind hat sich hinter der Speerspitze seiner besten Krieger viele Landeplätze gesichert«, unterbrach Arhathain Morlaniaths Ermutigung. »Es werden immer mehr werden und sie werden Fahrzeuge und schwerere Waffen einfliegen. Wir dürfen uns nicht auf ihre krude Art der Kriegsführung einlassen und uns ihnen einfach offen stellen. Sie werden uns mit mächtigen, verheerenden Schlägen hinterhertapsen; wir müssen tausendmal die Klinge sein, die den Kehlschnitt setzt. Wir haben viele Menschen getötet und wir müssen noch viele weitere töten, ehe der Sieg unser ist. Es wird keinen kurzen Weg zurück zum Frieden geben. Der wahren Krieg um Alaitoc beginnt jetzt.«

Der Exarch spürte nagende Zweifel im Geist seiner Untergebenen.

»Der Autarch sagt die Wahrheit: Wir kämpfen ums Überleben, um nicht ausgelöscht zu werden. Erlaubt euch keine Schwächen, vertreibt die Saat des Zweifels, rüstet euch zum Krieg. Wisset, dass es kein Zurück gibt, wir kämpfen für unsere Heimat, um unsere Zukunft zu garantieren.«

»Space Marines, Panzer, zahllose Soldaten – wie sollen wir dagegen kämpfen?«, fragte Arhulesh.

»Mit Klinge und Pistole bekämpfen wir, was wir töten können, und das andere überlassen wir anderen. Wir sind nicht waffenlos. Wir haben unsere eigenen Waffen gegen derlei Bedrohungen. Uns ist keine Niederlage bestimmt, nicht durch die Hand von Menschen, nicht hier und jetzt. Lasst den Hass euren Mut sein, den Zorn euren Schild, lasst Khaine über uns wachen.«

Ihre Unruhe legte sich, als der Wave Serpent dahinraste. Schweigend versanken sie in Meditation und bedienten sich ihrer Entschlossenheit, um die Angst zu unterdrücken, die sich in ihnen erhoben hatte. Morlaniath musste seine Überzeugung nicht mit abstrakter Kontemplation stärken. Er hatte einen sehr realen Grund die Space Marines des Imperators zu verabscheuen.

Die Felder um die Stadt brannten und waren kraterübersät. Die Leichen riesiger Miradone lagen als brennende Haufen da und ihre Schuppen glitzerten im Licht der Flammen. Weitere Explosionen regneten vom Himmel herab und zerstörten die Gebäude Semain Alairs. Die Plasmaeinschläge schleuderten verkohlte Leichen hoch in die Luft, während die Schreie der brennenden Exoditen sich mit dem qualvollen Gebrüll ihrer Herden mischte.

Der Exarch beobachtete die Verwüstung von einem brennenden Hain auf einem Hügel oberhalb der Bauernsiedlung aus. Die Baumkronen über seinem Kopf waren ein flammendes Inferno. Andere lauerten in Bewässerungsgräben und Mulden.

Er wandte sich an Farseer Alaitharin.

»Wir kommen zu spät, das Schlachten hat bereits begonnen. Jetzt müssen wir die Toten zählen.«

Die rubinartigen Augenlinsen der Prophetin fixierten ihn mit ihrem Blick. Sie griff in einen Beutel an ihrer Taille und zog eine Handvoll Wraithbone-Runen hervor. Sie hoben sich von ihrer Handfläche und ordneten sich in der Luft zu einem Kreismuster an, das sich langsam um die Seherin drehte.

»Es war uns nicht bestimmt sie zu beschützen«, sagte sie langsam. »Wir können nicht verhindern, dass die Menschen diese Welt erobern.«

»Ich verstehe nicht – was sollen wir dann hier, wenn nicht sie zurückschlagen?«

»Es kommt einer, der zu einem größeren militärischen Führer werden wird. In der Generation nach unserer wird er seine Streitkräfte im Kholirian-System gegen die Flotte Alaitocs führen und viele unserer Schiffe zerstören. Ich bin seinem Strang gefolgt. Hier, bei dieser Eroberung, ist er am verletzlichsten. Lösche sein Licht jetzt und es wird unser Volk niemals verbrennen.«

»Wer ist dieser große Führer, diese Bedrohung der Zukunft – so lang lebt doch kein Mensch?«

»Er ist kein Mensch«, erwiderte Alaitharin. Die Runen hörten auf sie zu umkreisen und schwebten sacht in ihre Hand zurück. Sie blickte zum Abendhimmel auf. »Er kommt auf einem Kometen.«

Morlaniath und die anderen Krieger des Verbogenen Todes folgten ihrem Blick. Stecknadelkopfgroße Lichter erschienen am Himmel und wurden rasch größer. Als sie näher kamen, sah Morlaniath schwarz lackierte Schiffe durch die Atmosphäre fallen. Das flimmernde Licht war das Leuchten ihrer Hitzeschilde. Der Exarch zählte sie: insgesamt vierzehn.

Wurfpfeilartige Silhouetten tauchten über den Hügeln vor

Morlaniath auf und kamen rasch näher: Nightwing-Jäger. Laser ragten aus ihrem Bug und trafen die herabfallenden Landungskapseln. Die Panzerung vieler hielt den Angriffen stand, aber drei gingen in Feuer- und Schrottwolken auf und explodierten in Teile, die zu nichts zerschmolzen. Die Nightwing-Jäger wendeten und feuerten erneut, was zwei weitere vernichtete.

Im Zwielicht tauchten ungeschlachtere Silhouetten auf, aus deren Flügeln Raketen schossen – die Landungsschiffe des Feindes. Es waren hochbordige, ungelenke Schiffe voller Waffen. Die Intensität des Beschusses lenkte die Nightwing-Jäger von den herabfallenden Landungskapseln ab, denn sie wandten sich dieser neuen Bedrohung zu.

Mit Plasmastößen bremsten die Landungskapseln ihren Fall und krachten in den weichen Boden der Gehöfte. Die Luft flimmerte vor Hitze, aber Morlaniath konnte auf ihren Seiten weiße, kreuzförmige Markierungen erkennen. Explosivgeschosse knatterten und Rampen krachten in die verbrannte Erde, dann spien die Kapseln Trupps ungeschlachter, gerüsteter Krieger aus.

»Der«, sagte Alaitharin und deutete auf einen Sergeant, der sich den Abhang in Richtung der brennenden Siedlung hocharbeitete, während sein Trupp ihm in geschlossener Formation folgte. Eine Rune – das Symbol des besiegelten Schicksals – tauchte vor Morlaniaths geistigem Auge auf und tanzte über dem Kopf des Space Marines. Obgleich er kurz darauf in einer Senke verschwand, verriet die Rune seinen Aufenthaltsort. »Es ist dir bestimmt ihn zu töten. Geh nun und tue es rasch.«

Morlaniath ging auf die brennenden Gebäude zu, seinen Trupp im Schlepptau, während andere Eldarstreitkräfte einen Kreis um die aussteigenden Space Marines bildeten. Die Rune des Schicksals war ständig zu sehen und führte ihn weiter. Schüsse fielen auf dem verwüsteten Feld, doch er warf keinen Blick zurück, ihm ging es nur noch um die Beute, auf deren Spur er war.

Die Außenbezirke der Siedlung waren ebenso verwüstet wie das Zentrum, die hohen Türme und langen Hallen waren zu Trümmerhaufen zermalmt. Morlaniath umging einen Komplex halb eingestürzter Mauern, die einst ein Lagerhaus gewesen waren. Verbogene Zaumzeuge und Sättel ragten aus dem zertrümmerten Mauerwerk. Hier und da waren ein Arm oder Bein zu sehen und Staub klebte an dem trocknenden Blut.

Es fiel ihm schwer Alaitharins Haltung zu verstehen. Diesen Krieger hätte man doch sicher schon vor dem Angriff töten können. Es war eine Sache das Leben minderwertiger Arten zum Wohle Alaitocs zu opfern, aber eine ganz andere den Verlust von Eldarleben in Kauf zu nehmen, auch wenn es nur Exoditen waren. Ein Orbitalschlag mochte größere Risiken geborgen haben, doch es war die Pflicht der Aspect Warriors sich solchen Gefahren zu stellen. Die toten Bauern in den Trümmern ihrer Häuser hatten sich dazu nicht verpflichtet.

Doch die Farseers konnten die Gefahren für die Craftworld vorhersagen und wenn dies die beste Vorgehensweise war, wer war er dann, ihr Urteil in Frage zu stellen? Er war froh, dass er sich mit den Unwägbarkeiten der Prophetie nicht herumschlagen musste. Er hatte ein klares Ziel, gegen das man schwer etwas sagen konnte: den Feind töten. Das Erreichen dieses einfachen Ziels brachte ihm Zufriedenheit, ja, oft sogar Freude.

Seine Beute hatte sich in den Trümmern einer Versammlungshalle verschanzt, auf dem schuttübersäten Boden des ersten Obergeschosses. Das Feuer des Trupps jaulte über die verwüsteten Felder und deckte dessen Kameraden, die sich in Verteidigungsstellungen gegen den Eldarangriff begaben. Ihre Aufmerksamkeit war nach außen gerichtet, sie ahnten nicht, dass sich der Verborgene Tod von hinten an sie anschlich.

Morlaniath huschte leise über eine Rampe aus geborstenem Stein, sorgsam darauf bedacht nicht das kleinste

Körnchen Schutt zu bewegen. Er kauerte sich auf das Sims eines zerbrochenen Fensters und richtete den Blick wieder auf seine Beute. Der Sergeant stand mit einem Fuß auf einem Mauersockel und befehligte das Feuer seines Trupps. Die weißen Ränder seiner Schulterpanzer und das Kreuz, das sie umsäumten, waren im Schatten der Ruine gut zu sehen. Mündungsfeuer erhellte sein zerklüftetes Gesicht, als er konzentriert auf das Feld hinausstarrte.

Mit einem Nicken zu seinem Trupp glitt Morlaniath zwischen den Überresten des Fensters hindurch und über die schuttübersäte Straße, dann glitt er zwischen Haufen brennenden Materials und rauchender Leichen hindurch.

Sie waren halb über die Freifläche hinweg, als die Beute plötzlich auf ihr linkes Handgelenk sah: Morlaniath sah an einem Gerät am Arm des Sergeants schnell ein Rotlicht blinken. Für Morlaniath sah es aus, als würde sich der Sergeant langsam in seine Richtung drehen und die Pistole zum Schuss heben, wobei er den Mund öffnete, um einen neuen Befehl zu brüllen, während seine andere Hand den Space-Marine-Helm zu seinem Kopf führte.

Die Striking Scorpions brauchten keinen Befehl. Sie rannten in vollem Tempo in das Erdgeschoss des Gebäudes, in dem sich die Space Marines befanden. Riethillin und Lordranir sprinteten die Treppe hoch, während Morlaniath Irithiris, Elthruin und Darendir die Schräge eines eingestürzten Stockwerkes hoch und ins Herz des feindlichen Trupps führte.

Grelles Licht blitzte, als die Space Marines die Wut ihrer Bolter entfesselten. Darendir war in ihrer Schusslinie und wurde zerfetzt, Rüstungsteile und Stücke seines Körpers kullerten die Bodenschräge hinab. Morlaniath warf eine Handvoll kleiner Granaten, die jeweils zu einer weiß glühenden Plasmawolke explodierten, die die Space Marines zurücktaumeln ließen. Er stürmte durch den verfliegenden Nebel und die *Zähne der Dissonanz* gruben sich in die Brust des nächststehenden Feindes. Klingen kreischten, als sie sich durch den goldbeschlagenen Adler auf der Brustplatte des Kriegers bissen. Der Space Marine wich aus und hätte Morlaniath beinahe die Waffe entrissen. Der Exarch duckte sich unter einer Faust hinweg, die fast so groß war wie sein Kopf, und stemmte den Fuß in die Magengegend des Space Marines, um seine reißende Klinge zu befreien. Geschmeidig wich er seitlich aus, als der Space Marine versuchte dem Exarch einen gepanzerten Ellbogen auf die Schulter zu donnern, dann schnitten die *Zähne der Dissonanz* in die flexible Panzerung in der linken Kniekehle des Kriegers.

Der Space Marine fiel, als sich die untere Hälfte seines Beins wegdrehte, und seine Waffe spie Feuer, weil er instinktiv abdrückte, doch das Gleißen der Strahlen verschwand im sich verfinsternden Himmel. Morlaniath stieß die Spitze seiner Klinge ins Visier des Helms des Space Marines und die surrenden Zähne durchschnitten das Mundschutzgitter, bis jede Menge Blut spritzte und der Space Marine erschlaffte.

Etwas knallte dem Exarch in den Rücken und er spürte Rippen brechen. Morlaniath fauchte vor Schmerz und seine Mandiblaster spien einen Energiebogen, als ihn die Wucht des Hiebes herumwirbelte und er sich seinem neuen Angreifer gegenüber sah. Der Space Marine führte einen umständlichen Überarmstoß mit einem langen Kampfmesser, doch der ging daneben, als Morlaniath auswich. Der Exarch verpasste dem Arm des Space Marines drei Hiebe, deren letzter so hart war, dass er die Hand am Gelenk abtrennte, die mitsamt Messer auf den blutbesudelten Boden fiel.

Die Schicksalsrune tanzte im Blickfeld des Exarchs herum, und er stürzte an dem verwundeten Space Marine vorbei, um den Sergeant anzugreifen. Seine Beute hob ein Kettenschwert, um sich zu verteidigen, und lenkte die *Zähne der Dissonanz* in einem Funkenschauer ab. Morlaniath passte seinen Angriff an und führte eine Finte in

Richtung des Bauches des Sergeants, ehe er ihm die Klinge hart seitlich an den Kopf knallte. Die Zähne glitten über den abgerundeten Helm, Rüstungssplitter lösten sich, doch der Hieb kam nicht durch und die *Zähne der Dissonanz* prallten von Helm und Schulterpanzer des Space Marines ab.

Dieser schlug mit dem Pistolenknauf zu und erwischte den Exarch an der linken Schulter. Der Arm des Eldars wurde taub und die *Zähne der Dissonanz* entglitten seinen Fingern. Etwas jagte sengenden Schmerz durch sein Rückgrat, als er sich bückte, um die zu Boden gefallene Waffe aufzuheben. Ein gestiefelter Fuß krachte in seine Brust, riss Morlaniath komplett von den Füßen, und Schmerz durchflutete seinen gesamten Körper. Er spürte, wie sein Herz von dem Tritt riss und seine Lunge sich mit Blut füllte.

Das kann nicht sein, dachte er abgelenkt. Er hustete und Blut füllte seinen Helm. Selbst seine Augen taten weh, als er zusah, wie sich der Sergeant mit einem verächtlichen Fauchen abwandte. Morlaniath blieb gerade noch lange genug bei Bewusstsein, um Ethruin ihn anspringen zu sehen.

Als Ethruin sah er seinen Exarch fallen. Ethruin sprang vor, löste seine Mandiblaster aus und versengte so die Augen des Sergeants, was diesen blendete. Seine Klinge fand die Kehle des Space Marines, riss den flexiblen Schutzkragen auf und biss sich mit einem heftigen Stoß in Luftröhre und Arterien. Blut schäumte aus der Wunde, als der Sergeant rückwärts durch ein Fenster krachte und unten auf dem Boden landete.

Nachdem ihr Ziel tot war, zogen sich die Eldar in die Nacht zurück und der Verborgene Tod nahm den gerüsteten Leichnam seines gefallenen Exarchs mit.

Morlaniath erlangte mit einem wilden Knurren das Bewusstsein wieder. Die Schicksalsfäden mit ihren einander im Gespinst der Zeit überlappenden Seelen und Leben, denen die Farseers folgen mussten, waren völlig verwirrt. Solchem Wirrwarr musste er sich in diesem Kampf nicht stellen. Das Ziel war einfach. Die Menschen töten und von Alaitoc vertreiben.

Alles andere war egal.

Die Kuppel der Mitternachtswälder war finster, nur erleuchtet vom Licht Mirianathirs. In den rötlichen Schatten der Lianderine versammelten sich die Alaitocii. Antigravpanzer patrouillierten auf den Wegen, während über vierzig Wave Serpents hin und her jagten und Trupps in Stellung brachten. Die Eldar hatten die Verteidigung der dockwärtigen Korridore komplett aufgegeben, denn sie wussten, dass die imperialen Space Marines ihnen bei solchen Kämpfen auf engstem Raum überlegen waren. Swooping Hawks und Warp Spiders piesackten sie mit Guerillataktiken und lockten die menschlichen Streitkräfte in Richtung der Waldkuppel. Hier würden die Eldar sich zum nächsten Mal stellen, denn hier konnten sie aus der Deckung des nicht allzu dichten Waldes die breiten Lichtungen unter Beschuss nehmen. Jedes Tal würde zur Todeszone werden, jeder Bach und jede Wiese zum Friedhof der Eindringlinge.

Dem Verborgenen Tod schlossen sich Fiorennan und Litharain vom Schrein des Tödlichen Regenschauers an – die einzigen Überlebenden des Trupps. Fünf von ihnen waren während des ersten Angriffs der Space Marines von Raketen getroffen worden, die sie erwischt hatten, als sie das imperiale Landungsschiff stürmten. Der Exarch und drei weitere seiner Krieger waren beim Versuch des Rückzugs gefallen, niedergemäht, als sich die Space Marines auf die Eldar geworfen hatten. Aranarhas Rüstung war nicht geborgen worden und der Verlust belastete seine Krieger schwer.

»Was, wenn sie seine Rüstung entweihen?«, fragte Fiorennan. »Was, wenn sie seine Seelensteine zerbrechen? Wir könnten ihn endgültig verlieren!«

»Es ist unklug sich damit zu befassen, es gibt viele derartige Schicksale, doch nicht alle treten ein«, versicherte ihnen Morlaniath. »Der Feind kommt schnell, ohne an die Toten zu denken, und wird ihn übersehen.«

»Sie könnten aus Bosheit und Ahnungslosigkeit Schaden anrichten, den sie nicht verstehen«, argumentierte Fiorennan.

»Zumindest für den Augenblick ist Aranarha verloren, wir können sein Schicksal nicht ändern!«, blaffte Morlaniath. Das Gerede über den endgültigen Tod missfiel dem Exarch. Wenn Alaitoc fiel, dann würden all seine Artgenossen endgültig sterben, die Unendlichkeitsmatrix würde ihrer Energie beraubt, und Sie, die dürstet, würde sich gierig laben. Er erschauderte. Kein sterbliches Wesen machte ihm Angst, nicht einmal die Space-Marine-Missgeburten des Imperators, doch ewige Marter, während die große Feindin ihn verschlang, war ein Schicksal, über das das man am besten nicht nachdachte.

»Billigt nicht den Tod, verbannt die Gedanken an die Niederlage, denkt nur an den Sieg. Morai-heg war unstet, doch wir sind unserer Zukunft Schmied. Es ist unsere Verantwortung unsere eigene Zukunft zu gestalten, sie liegt in unserer Hand. Töten, nicht sterben, fällen, nicht fallen, das ist das Ende, nach dem wir streben.«

Schweigend schritten die Striking Scorpions zwischen den turmhohen Bäumen an die ihnen zugewiesenen Positionen. Während sie durch die Schatten huschten, glitt auf einer breiten Straße ein gewaltiger Cobra-Antigravpanzer vorbei; ein Nimbus blauer Energie umspielte die Mündung seiner Warpkanone. Die Blätter bebten und Gras legte sich flach, als er vorbeischwebte, auch wenn er nicht mehr Lärm machte als das Summen einer Honigschwinge. Der Verborgene Tod folgte ihm dichtauf, bis der Cobra die Straße verließ und auf eine schalenförmige Lichtung schwebte, die von alten Lianderinen umgeben war.

Dies war auch der dem Verborgenen Tod zugewiesene

Ort. Rasch sah sich Morlaniath um, um sich die geographischen Gegebenheiten einzuprägen. Auf drei Seiten glich die Lichtung einem baumumstandenen Amphitheater mit flachen Rängen. Sie öffnete sich in ein breites Tal, das zu den Anlegestellen führte und durch das der Feind kommen musste.

Etwas zwischen den Bäumen fiel Morlaniath ins Auge; eine große Statue, die mit den Ästen eines Lianderins verflochten war, blickte ins Tal hinaus. Die Statue würde im Notfall wertvolle Deckung bieten, während die Bäume ausreichend Schutz boten, um in den Rücken eines Feindes zu gelangen, der die Mulde betrat.

Weitere Gestalten trafen an ihrem Standort ein – zwei Vyper-Jetbikes tauchten zwischen den Bäumen auf der anderen Seite auf, unmittelbar dahinter mehrere Guardian-Trupps in Blau und Gelb. Ihnen folgten fast doppelt so große Gestalten, die leise durchs Unterholz schritten und die augenlosen, spitz zulaufenden Köpfe nach links und rechts wandten, während sie sich einen Weg suchten: untote Wraithguards. Ihre gepanzerten Hüllen umschlossen einen Seelenstein mit der aus der Unendlichkeitsmatrix geborgenen Essenz eines Eldars. Morlaniaths Gedanken wurden düsterer, als er die künstlichen Körper der Wraithguards sah: Selbst die Toten hatte man geweckt, um die Craftworld zu verteidigen. Der Exarch spürte, wie die untoten Seelen seine Sinne berührten und ihm die trockene Leere der Unendlichkeitsmatrix vermittelten, was eine Spur von Bitterkeit im Geiste des Exarchs hinterließ. Psi-Energie durchströmte ihre angefertigten Körper und wand sich in den Phantomstrahlern in ihren Händen.

Hinter ihm kam ein Zirkel aus Sehern – drei Warlocks mit glitzernden Speeren und ein weiblicher Farseer mit einem runenverzierten Hagun Zar.

Wieder teilen unsere Schicksale für eine Weile denselben Weg.

Morlaniath sah zum Farseer hinüber und erkannte Thirianna. Sie hob das Hagun Zar zum Gruß.

»Ist das Zufall oder ein Ränkespiel von deiner Hand?«, fragte der Exarch.

Ich stehe nicht hoch genug im Rang, um das Urteil der Autarchs zu beeinflussen. Manche Schicksale sind eng verwoben; die Fäden anderer berühren einander nie. Bei uns ist es Ersteres. Erinnerst du dich nicht, wo du bist?

Morlaniath sah sich um und durchlebte erneut Augenblicke aus seinen vielen Leben, suchte eine mit diesem Ort in Verbindung stehende Erinnerung. Sein Blick fiel auf die hohe Statue eines Eldarkriegers, der vor der Göttin Isha kniete und ihre Tränen in einem Kelch auffing.

»Ich präsentiere *Die Gaben der liebenden Isha*«, verkündete er lächelnd.

Ein paar Anwesende keuchten vor Begeisterung auf und alle Gäste applaudierten spontan. Korlandril wandte sich zu seinem Werk um und gestattete sich, es erstmals seit der Vollendung in Gänze zu bewundern.

Es war eine frische Erinnerung, doch war sie nicht näher oder ferner als jede andere. Seine Existenz erstreckte sich über ganz Alaitoc und hundert weitere Welten.

»Ich erinnere mich noch genau an die Zeit der Disharmonie, als mein Geist gespalten war. Dies war mein neuer Geburtsort, der Pfad begann hier und nun schließt sich der Kreis. Mehr ist es nicht, ein Ort aus einem früheren Leben ohne besondere Bedeutung.«

Viele neue Wege begannen hier. Manche waren gut, andere führten in die Finsternis. Deine Arbeit eröffnete diese Wege, auch wenn du das nicht vorgesehen hattest. Wir alle sind im großen Schicksalsnetz verknüpft und das leiseste Erzittern eines seidenen Fadens sendet Beben durch das Leben zahlloser anderer. Vor nur wenigen Zyklen saß da ein Kind, starrte deine Schöpfung an und träumte von Isha. Es wird zu einem Poeten und Krieger heranwachsen, einem Techniker und Gärtner. Aber als Bildhauer wird es großen Ruhm erlangen und wird seinerseits andere inspirieren im Laufe der Generationen weitere prachtvolle Werke zu schaffen.

»Ich brauche kein Vermächtnis; ich bin ein unsterblicher, ewiger Krieger.«

Kein Wesen ist ewig: kein Gott, kein Eldar, kein Mensch und kein Ork. Blicke empor und sieh einen Stern sterben. Nicht einmal das Universum ist unsterblich, auch wenn sein Leben so langsam verstreicht.

»Was wird aus mir werden, hast du mein Schicksal prophezeit, meine Zukunft gesehen?«

Wir alle haben viele Schicksale, doch nur eines tritt ein. Es steht mir nicht an mich ins Schicksal Einzelner einzumischen oder in unsere eigene Zukunft zu blicken. Vertraue darauf, dass du sterben wirst, wie du lebtest, und dass dich nicht der endgültige Tod erwartet, noch mindestens ein Zeitalter nicht. Dein Hinscheiden wird Frieden bringen.

»Ich erleide viele Tode, erinnere mich gut an jeden davon, und sie sind nie friedlich.«

Eine Explosion erschütterte die Kuppel und eine Rauchwolke erhob sich an ihrer randwärtigen Seite über den Bäumen, als Sprengkörper der Menschen die Außenwand zerfetzten. Vogelschwärme erhoben sich kreischend und zwitschernd in den Nachthimmel und kreisten aufgeregt über den Bäumen. Das Knallen von Space-Marine-Boltern und das Sirren von Lasern erklangen in der Ferne.

»Der Feind ist da!« Arhathains Stimme in Morlaniaths Ohr war leise, aber fest. »Die nächste Schlacht beginnt. Verkauft euer Leben nicht billig und vergesst nicht, mit welcher Kunstfertigkeit wir kämpfen. Der Tag ist noch nicht gekommen, da Alaitocs Licht erlöschen wird.«

Der Verborgene Tod wartete hinter den Bäumen versteckt. Seine Schwerter und Pistolen halfen nichts in der Schlacht, die da tobte, und so wartete der Verborgene Tod, bis der Feind zwischen die Bäume kam, wo ihm die Striking Scorpions überlegen sein würden. Vielleicht, so hoffte Morlaniath, würde er auch Befehl bekommen sich durch das Tal zu bewegen, um einer Streitmacht, die der Rest der Armee Alaitocs bereits auseinandergetrieben hatte, den Todesstoß zu versetzen.

Arhulesh fummelte an seinem bandagierten Arm herum, Elissanadrin flüsterte leise vor sich hin. Bechareth kauerte neben dem Stamm eines Baumes und starrte intensiv hinab ins Tal in Richtung der Feinde. Wogen des Zorns gingen von Fiorennan und Litharain aus und berührten den Geist der anderen. Morlaniath nährte sich vom Zorn, den der Tod ihres Exarchs entfesselt hatte, sog ihn auf wie einen erfrischenden Atemzug.

Von den Menschen war außer den aufblitzenden Explosionen nichts zu sehen. Ihr Feuer wurde zum unablässigen Grollen, in das sich das Scheppern der Verbrennungsmotoren und das Schleifen der Ketten mischte. Schmutziger Nebel wogte ihnen voraus und verpestete die Luft, der Rauch aus Dutzenden Auspuffen hüllte die Baumwipfel ein.

Schritte ließen Morlaniath sich umdrehen. Eine Schwadron War Walkers rückte schnell auf die Lichtung vor, wobei die zweibeinigen Maschinen nicht mehr Lärm machten als ein Eldar zu Fuß. Die gespaltenen Füße der Maschinen hinterließen flache Abdrücke in der Erde, als sie auf ihren schlanken, umgekehrt abgeknickten Beinen vorwärts marschierten. Der nächste Pilot, dessen offenes Cockpit von einem schimmernden Energiefeld umgeben war, sah Morlaniath an und hob die Hand zum Gruß. Der Exarch erwiderte den Gruß mit einem Nicken und sah zu, wie die Maschinen in einen hüpfenden Laufschritt verfielen und sich randwärts wandten, um zwischen den Bäumen zu verschwinden, die das Tal säumten, wobei sie ihre Geschützverbindungen schwenkten, um das Gleichgewicht zu halten.

Eine Folge von Explosionen zerfetzte die linken Hänge des Tals, allerdings noch in einiger Entfernung. Morlaniath folgte der Flugbahn weiterer Granaten, die sich in die flache Mulde senkten, und kam zu dem Schluss, dass die Geschütze, die sie abfeuerten, am anderen Ende des Tals stehen mussten: viel zu weit weg, um sich als sinnvolle Ziele für seinen Trupp anzubieten. Mit wachsender Ungeduld sah er Kolonnen von Menschenfahrzeugen Bäume unter sich zermalmen, als sie beide Hänge emporfuhren und versuchten eine überlegene Position zu erringen. Gedrungene Panzer mit großen Geschütztürmen rumpelten an der Spitze der Kolonnen, ihre großkalibrigen Geschütze spien bei jedem Schuss Feuer und Rauch. Falcons und Vypers glitten mühelos zwischen die Bäume und ignorierten die vorausfahrenden Panzer, sie schossen stattdessen auf die klappernden Transportfahrzeuge dahinter. Explosionen erschütterten die Kolonnen und die Panzer kamen langsam zum Stehen, dann schwenkten ihre Geschütztürme behäbig herum, um ihre extrem beweglichen Ziele aufs Korn zu nehmen, während sich Infanteristen aus ihren brennenden Transportfahrzeugen ergossen.

Das Flackern der Sprunggeneratoren der Warp Spiders glitzerte in der Ferne, als diese zu der nunmehr zu Fuß gehenden Infanterie aufschlossen. Von jenseits der Wände des Tals sandten Monofilamentkanonen – riesige Versionen der Waffen der Aspect Warriors – gewaltige Wolken von Monofilamentdraht in die Luft über dem Tal. Die Warp Spiders zogen sich zurück und die Vypers lösten sich von ihren Gegnern, als der tödliche Draht herabsank, so dünn, dass er Zweige und Knochen gleichermaßen zerteilte.

Hinter den Linien der stehengebliebenen Panzer tauchten weitere Fahrzeuge auf, bemalt im Rot und Weiß der Space Marines. Sie rasten furchtlos durch das Tal, vorbei an der zum Stehen gekommenen Vorhut, und ignorierten die Laserlanzenschüsse und Pulslaserstrahlen, die sie umtosten. Mit ihnen kamen Trikes, dreirädrige Gefährte mit Beiwagen mit schweren Waffen. Plasmastrahlen und

Laserfeuer schossen zwischen den beiden Streitkräften hin und her. Weitere Panzer der Space Marines donnerten heran wie fahrbare Bunker und die Blitze von Laserkanonen brachen aus gepanzerten Geschützaufbauten. Wieder zogen sich die Eldar zurück und ließen die zertrümmerten Wracks beider Seiten brennend auf den Hügelflanken zurück.

Im Schutz der Fahrzeuge der Space Marines rückten weitere Panzer der Menschen vor, gefolgt von Hunderten von Soldaten. Von links und rechts hallten Explosionen und anderer Kriegslärm durch die Kuppel. Die Krieger des Imperators drängten auf breiter Front vorwärts und Leuchtgranaten hingen in der Luft, um ihren Weg zu erleuchten, während das Brüllen schwerer Waffen sich über das splitternde Krachen umstürzender Bäume und das Knistern von Flammen erhob.

Neben Morlaniath hob der Cobra mühelos aus dem plattgedrückten Gras ab, Energiebögen umspielten seine Warpkanone und warfen tanzende Schatten auf die Lichtung. Die vorderen Panzer der Space Marines hatten fast drei Viertel des Wegs durch das Tal zurückgelegt. Ihr Laserkanonenfeuer stach in die Finsternis, steckte Bäume in Brand und grub Furchen in den Boden, während der Feind nach den schwer fassbaren Eldar suchte.

Mit einem Dröhnen, das die Erde erzittern ließ, eröffnete der Cobra das Feuer. Die Luft selbst schrie, als die Warpkanone an ihrem Gewebe zerrte und in der Luft über dem vordersten Space-Marine-Fahrzeug ein Riss erschien. Dieser verbreiterte sich zu einem wirbelnden Loch mit purpurnen und grünen Blitzen am Rand, in dessen Tiefen Farben und tanzende Sterne durcheinanderwirbelten. Selbst auf diese Entfernung spürte Morlaniath eine leichte Übelkeit und ein Brennen in seinen Seelensteinen. Der Warpriss zerrte an seiner Seele, körperlose Finger rissen an Teilen seines Geistes, die hinter Barrieren lagen, die zu errichten er als

Kind erlernt hatte. Verführerisches Flüstern und fernes Lachen hallten durch die Gedanken des Exarchs.

Der Panzer der Space Marines kam durch die Implosionsenergien des Warplochs zum Stehen, seine Ketten gruben sich sinnlos durch die Erde und Rauch quoll aus seinen Auspuffen, als der Fahrer im Versuch Boden zu gewinnen den Motor aufheulen ließ. Mit einem langgezogenen Ächzen hob sich das Fahrzeug vom Boden, kippte rückwärts, streckte sich und zog sich wieder zusammen, als sich die Bresche in den Warpraum weiter öffnete. Nieten lösten sich und verschwanden in dem gefräßigen Loch, rasch gefolgt von den verbogenen Überresten der Geschützaufbauten. Eine gerüstete Gestalt wurde aus der oberen Luke gerissen und wirbelte unaufhaltsam ins Maul des Warp, unmittelbar bevor der Panzer sich ganz in die Luft erhob und in den wirbelnden Strudel gerissen wurde. Mit einem Donnerschlag schloss sich der Strudel, was eine Schockwelle erzeugte, die einen in der Nähe befindlichen Space-Marine-Transporter in einem Schauer aus Holzsplittern und Laub gegen einen Baum schleuderte.

Es wurde wieder still auf der Lichtung, als sich die Kanone des Cobras erneut auflud. Unerschüttert setzten die Menschen ihren Vormarsch fort, fast tollkühn in ihrer Eile zum Feind aufzuschließen. Das Jaulen heranrasender Granaten drang an Morlaniaths Ohr und er blickte auf und sah mehrere dunkle Silhouetten aus dem flackernden Himmel fallen. Ihre Flugbahn trug sie irgendwohin zu seiner Rechten und er folgte ihrem Sturz, bis sie zwischen den Bäumen verschwanden, unmittelbar gefolgt von einer Reihe erderschütternder Detonationen. Flammen und Rauch erhoben sich gen Himmel. Inmitten der Blitze und des Chaos sah der Exarch Eldarleichen, die umhergewirbelt wurden wir Laub im Wind.

Laserkanonenstrahlen blitzten über die Lichtung und prallten kreischend am geschwungenen Rumpf des Cobras ab. Der superschwere Panzer hob sich wieder, während neue Energie an seinem Hauptgeschütz entlangflackerte. Wieder erklangen das Kreischen gepeinigter Realität und der ohrenbetäubende Knall, mit dem sich der Warpriss bildete. Mehr als ein Dutzend gerüsteter Gestalten und zwei Truppentransporter wurden in den Energiestrudel gesogen, wo ihre Umrisse dünner wurden und sich verformten, ehe sie verschwanden, während rohe Psi-Energie aus dem wogenden Rand des Risses in den Boden zuckte.

Morlaniath schritt zu der Statue und zog sich auf Ishas Knie, um besser sehen zu können. Sein Blick wanderte am Cobra vorbei. Er spürte, dass die Zeit zum Handeln nahe war; es missfiel ihm bisher nur Zeuge der Schlacht gewesen zu sein und er sehnte sich danach die *Zähne der Dissonanz* sich einen blutigen Pfad durch Alaitocs Feinde bahnen zu lassen.

Der Talgrund war von Wracks und Leichen übersät, aber die Space Marines hatten zu beiden Seiten eine überlegene Position errungen und von dort aus sandten ihre Panzer knatternd Feuer in die Reihe der Bäume. Innerhalb dieser Kette brachten sich behäbig Batterien von Selbstfahrlafetten in Stellung, was sie in Reichweite des Herzens der Kuppel brachte. Mindestens zwanzig Panzer im selben Grau wie die Overalls der Soldaten rumpelten auf Morlaniaths Standort zu. Vier bunte Space-Marine-Transporter bildeten die Vorhut und würden bald den Rand der Lichtung erreichen.

Morlaniath spreizte in freudiger Erwartung die Finger und wollte sich gerade auf den Boden hinunterlassen, als hinter ihm etwas durchs Geäst krachte. Das Brechen der Äste übertönte den Kriegslärm. Er wandte sich um und sah einen Stamm sich biegen und dann unter einem unsichtbaren Druck plötzlich brechen. Der Boden erbebte leicht unter einem gewaltigen Schritt und ein Flecken Erde sank ein, zertreten von einem gewaltigen, aber unsichtbaren Gewicht. Der Exarch reckte den Hals, blickte auf und sah ein schimmerndes Etwas, einen vagen, verzerrten Umriss gegen das Dunkelrot des Himmels unter der Kuppel.

Holofelder schimmerten und Morlaniath stellte fest, dass er am riesigen, schlanken Bein eines Phantom Titans entlangsah, der anderthalbmal so hoch war wie die Lianderinbäume. Der Titan sah aus wie eine riesige Nachbildung von Korlandrils Eldanesh-Statue, seine schlanken Gliedmaßen und die schmale Taille waren perfekt in Proportion und Design. Bei aller Schönheit beeindruckte Morlaniath vor allem die Perfektion der Vernichtung, die der Titan verkörperte. Statt Armen hatte der gewaltige Kampfläufer zwei elegante Schusswaffen, beide länger als ein Grav-Panzer. Von der rechten Schulter des Phantoms hing der kannelierte Lauf einer Tremorkanone, von der linken ein lanzenartiger Pulsar.

Ein Geschosshagel brach aus auf der Schulter befestigten Magazinen zu beiden Seiten der geschwungenen Kuppel des Kopfes des Titans hervor und hüllte die feindlichen Panzer in einen Vorhang aus Plasmaexplosionen. Um die windfahnenartigen Holofeld-Flügel, die aus dem Rücken des Phantoms ragten, schimmerte die Luft und verwischte seine Gestalt zu einem Zerrbild aus fraktalen Bildern, während der Titan einen weiteren Schritt vorwärts machte. Ein breiter, klauenbewehrter Fuß schwang anmutig über die Lichtung und fand Halt neben dem Cobra, wobei die Schritte der gewaltigen Maschine für ihre Größe behutsam waren und geschickt die Eldarkrieger mieden, die sich in der Mulde und um diese herum befanden.

Der Titan beugte leicht ein Knie, brachte die Tremorkanone in Anschlag und zielte am linken Hang des Tals entlang. Selbst in seiner Rüstung spürte Morlaniath, wie sich die Luft rings um ihn zusammenzog, unmittelbar bevor die Waffe losging. Ein Bassknurren fuhr dem Exarch in den Magen, das schnell höher wurde, bis es sich in ein Kreischen verwandelt hatte, das ihm die Kehle zuschnürte und ihm in den Ohren klang, bis es noch höher und schließlich selbst für einen Eldar unhörbar wurde. Er verfolgte den Weg der Schallwelle anhand der tanzenden

Luftmoleküle: sich überlappende Sinuswellen fast unsichtbarer Energie, die inmitten der vorrückenden Menschen endeten. Wo sie etwas berührte, explodierte der Boden und ein Meer von Erde und Gestein teilte sich zu einem rasch breiter werdenden Riss, der im Zickzack über die Hügelflanke verlief. Panzer vibrierten, bis es sie zerriss, wenn der Strahl über sie hinweg strich; Space Marines wurden in ihrer Rüstung plattgedrückt; ungerüstete Soldaten zerfetzte die disharmonische Schallenergie, die ihre Körper durchströmte.

Das Jaulen kehrte wieder und senkte sich zu einem leisen Grummeln, als die Waffe herunterfuhr. Doch das Phantom hielt keine Sekunde inne; weitere Geschosshagel brachen aus auf der Schulter befestigten Magazinen hervor, während sein Pulsar eine glitzernde Salve Laserenergie entfesselte, die über die vorderste Panzerschwadron strich, die Motoren explodieren ließ und die Besatzungen darin zerschmolz. Der Cobra feuerte erneut und das Tal versank in einem Chaos wirbelnder Strudel, jaulender Schallexplosionen und dem ständigen Blitzen des Pulsars. Als Antwort jaulten Granaten heran und sausten an dem wabernden Bild des Titans vorbei, um jenseits der Lichtung in die Bäume zu krachen.

Morlaniath stieg von der Statue und seine Erregung über die Aussicht auf Kampf verflog aufgrund der Ankunft des Phantoms. Was waren schon Mandiblaster und reißende Klingen im Vergleich zu den ehrfurchtgebietenden Energien, die er auf den Feind losließ? Er schloss sich wieder dem Rest des Verborgenen Todes an, der im Schatten der Bäume stand und das Blutbad im Tal beobachtete.

»Glaubst du, jemand kommt bis hierher?«, fragte Elissanadrin.

»Nicht, solange unser großer Freund über uns wacht«, sagte Arhulesh und sah zu dem Phantom Titan auf. »Oh …«

Morlaniath folgte seinem Blick und sah, wie der Titan

sich abwandte und sein Umriss sich in eine schimmernde Wolke auflöste, als das Holofeld seine Bewegungen tarnte. Mit ein paar Schritten war er fort, jenseits des Laubdachs verschwunden. Flüsternd folgte ihm der Cobra, glitt zwischen die dicken Stämme der Lianderinen. Ihre Waffen wurden offenbar anderswo dringender gebraucht. Morlaniath freute sich über die Aussicht eines Fortdauerns der Schlacht.

Der Exarch blickte wieder ins Tal. Er sah rot gerüstete Gestalten, die sich zwischen den rauchenden Wracks bewegten, und grau gekleidete Soldaten, die in den Furchen und Kratern Stellung bezogen, die die Waffen des Titans in den Boden gerissen hatten. Auch wenn die schwersten feindlichen Fahrzeuge zerstört waren, rückten zwischen den zermalmten Stämmen der Lianderinen hindurch weitere schlaksige imperiale Kampfläufer vor. Leichte Antigrav-Schweber in den Farben der Space Marines schossen durch die Luft und schwenkten aus zu den Flanken der vorrückenden Streitmacht.

»Sie werden anderswo gebraucht, aber es sind noch Feinde da, unsere Klingen werden weiteres Blut zu schmecken bekommen«, sagte Morlaniath. Er fragte sich, ob er den feindlichen Angriff abwarten oder hinaus ins Tal gehen sollte, um den Kampf zum Feind zu tragen. Er spürte die Berührung von Thiriannas Geist als Antwort auf diese Gedanken.

Arhathain sammelt entlang dieser Achse Kräfte für einen Gegenangriff. Wir warten auf die Verstärkung und werden dann vorrücken.

»Macht euer Kriegsgerät bereit, es kommen weitere Krieger, wir werden bald kämpfen«, wandte sich der Exarch an seinen Trupp.

Sie warteten geduldig und behielten die Eindringlinge im Auge, die sich umsichtiger als bei ihrem ersten Ansturm durchs Tal näherten. Morlaniath sah Trupps imperialer Soldaten sich in der Hügelflanke eingraben: Sie häuften Erde auf, um so Barrikaden, Schützengräben und Mörser-Stellungen zu bauen; sie bauten halbrunde Schanzen für ihre Panzerabwehrwaffen; sie richteten staksige Kommunikationsmasten auf, damit ihre Befehlshaber sich untereinander verständigen konnten. Es war klar, dass sie die törichte Hoffnung aufgegeben hatten die Alaitocii mit einem Angriff hinwegzufegen und sich jetzt darauf vorbereiteten die eingenommenen Positionen zu halten.

»Ihre Strategie ist falsch, es ist töricht zu glauben, in einer Schlacht zählten Positionen«, bemerkte der Exarch an seinen Trupp gewandt. Während er sprach, wies er auf die wachsende Zahl der Baustellen. »Sie denken geradlinig, suchen große Konflikte, denken nur in Zahlen. Unsere Art der Kriegsführung ist schnell, der rasche, geschmeidige Schlag ohne Bindung an einen bestimmten Ort. Sie hoffen auf unseren Angriff, hoffen, wir würden uns ihren Waffen entgegenwerfen, um sie von hier zu verjagen. Wir werden geduldiger sein, wir sind im Vorteil, Alaitoc ist unsere Heimat. Ihre Anwesenheit ist nur von kurzer Dauer, sie können sie ohne Nahrung und Wasser nicht aufrecht erhalten. Sie verteidigen eine Insel, abgeschnitten vom Nachschub, und wir werden das Meer beherrschen.«

»Vielleicht haben ihre Angriffe anderswo mehr Erfolg«, sagte Litharain. »Sie befestigen ihre Position, weil sie wissen, dass sie an anderen Fronten Fortschritte machen.«

Morlaniath sandte einen einladenden Gedanken an Thirianna. Die Seherin fing die Frage auf und überquerte die Lichtung, um direkt mit dem Exarch zu sprechen.

»Wir haben die Kuppel der ewigen Wacht aufgegeben und die Menschen kontrollieren mehr als ein Viertel der Zugänge zum zentralen Bereich Alaitocs.« Ihre Stimme war ruhig, ihr Tonfall emotionslos. »Wir halten nach wie vor die Kuppeln rings um den Kern der Unendlichkeitsmatrix. Arhathain will, dass wir diese Menschen aus dieser Kuppel vertreiben, damit wir die Flanke ihrer anderen Streitkräfte angreifen und sie von ihrer Landezone in den Docks abschneiden können.«

»Der Feind bereitet sich vor, warten birgt Gefahr, wie bald greifen wir an?«, fragte Morlaniath.

Thirianna schwieg eine Weile, den Kopf schiefgelegt, während sie mit ihren Seherkollegen kommunizierte.

»Der Gegenangriff beginnt bald«, sagte sie schließlich. »Die kruden Verteidigungsanlagen der Menschen werden uns nicht aufhalten. Sie denken nur in links und rechts, vorwärts und rückwärts. Sie vergessen immer, dass wir nicht über den Boden …«

Die Seherin hielt inne und sah an Morlaniath vorbei. Der Exarch wusste, was Thirianna unterbrochen hatte, denn auch er spürte es: eine Regung im Blut, eine Beschleunigung des Pulses.

Der Avatar nahte.

Seine Anwesenheit einte den Geist der vielen hundert Eldar, die sich zwischen den Bäumen rings um Morlaniath sammelten, verband sie in einem blutigen Ziel. Der Exarch sah Guardians und Aspect Warriors rings um ihn durch den Wald in Richtung Tal vorrücken. Weit über ihnen kreisten Swooping Hawks in den Aufwinden der brennenden Panzer, während Vampir-Bomber mit Flügeln wie Krummdolche in Erwartung des Angriffsbefehls hin und her kreuzten.

Inmitten des immer stärker werdenden Hintergrundpulses des Avatars spürte Morlaniath, wie noch etwas anderes seinen Geist berührte, etwas Kaltes, aber Begeistertes und Vertrautes: im Gegensatz zur brennenden Präsenz des Avatars ein direkt an ihn gerichteter Ruf. Er ließ auf der Suche nach dessen Ursprung den Blick über die Bäume schweifen. Im Schatten eines gespaltenen Lianderin-Stammes sah er ein gelbes Augenpaar aufblitzen. Aus der Finsternis trat Karandras, der älteste Exarch der Striking Scorpions.

Der Phoenix Lord kam näher und sein Helm drehte sich langsam, als er der Reihe nach alle Mitglieder des Verborgenen Tods ansah. Kurz vor ihnen blieb er stehen, sein Blick ruhte auf Bechareth. Morlaniath spürte einen

Anflug von Sorge. Spürte Karandras etwas von Bechareths Vergangenheit? War dem Phoenix Lord klar, dass er einst zu den verhasstesten Feinden der Striking Scorpions gehört hatte? Der Jäger aus dem Schatten starrte ihn lange an, die einzige Bewegung war der Tanz des Spiegelbildes der Flammen auf den Linsen seines Helms und das langsame Spreizen seiner Energieklaue. Angst ging von Bechareth aus, er zog die Schultern hoch und schloss die Hand fest um das Heft seines Kettenschwerts.

»Ihr werdet mit mir kommen«, erhob Karandras die Stimme in Morlaniaths Richtung. Sie klang, als sprächen viele im Chor, tief und voller Macht. Jede Silbe hallte in Morlaniaths Geist wider, als hätte ein anderer seine Gedanken ausgesprochen. Der Exarch atmete langsam aus und bemühte sich ruhig zu bleiben. »Seid meine Garde.«

»Es wird uns eine Ehre sein, der Verborgene Tod ist bereit für den Jäger aus dem Schatten«, erwiderte Morlaniath und beugte kurz unterwürfig ein Knie. Als seine Psyche die des Phoenix Lords berührte, spürte Morlaniath, wie sich unter ihm ein gewaltiger Abgrund auftat, eine bodenlose Grube voller Leben und Tod. Morlaniath war alt, fast so alt wie Alaitoc, doch die Kreatur, die da vor ihm stand, war noch älter.

»Dein Schrein hat sich gut gemacht, der Aspekt des Striking Scorpions ist stolz auf ihn«, sagte der Phoenix Lord und bedeutete dem Verborgenen Tod mit einem Nicken ihm zwischen die Bäume zu folgen.

»Die Lehren sind nicht die meinen, die Weisheit kommt von dir, ich bin nur der Bote«, gab sich Morlaniath bescheiden.

»Doch die Botschaft kann ungenau, kann vom Vergehen der Äonen verwirrt sein, von den Lippen über das Ohr in den Sinn und von dort zu neuen Lippen. Die Ideale des Striking Scorpions bleiben auf Alaitoc stark. Das ist nicht überall so. Das verdanken wir dir.«

Der Phoenix Lord führte sie von den anderen weg und

die Präsenz des Avatars wurde schwächer, als Karandras sich weiter zwischen den Bäumen hindurch auf den Feind zubewegte. Ein Schattenwirbel folgte Karandras, eine Aura der Dunkelheit, die den Trupp umgab, selbst wenn er Wege und Lichtungen überquerte. Seine Tentakel schleiften gleichsam hinter ihm her, kosten die Baumstämme und streichelten sanft die Aspect Warriors, die ihnen folgten. Ein durchscheinender Tentakel glitt durch Morlaniaths Arme, was sich eisig kalt anfühlte. Er stammte aus der Finsternis zwischen den Sternen, den Schatten der tiefsten Leere. Der Tentakel löste sich in Luft auf und das Gefühl verging.

Das Knacken brechender Äste und das Knirschen von Schritten erschallten zwischen den Bäumen. Links rückten drei imperiale Kampfläufer rasch durch den Wald vor. Ihnen fehlte die Anmut der War Walkers der Eldar, wie sie da auf ihren servogetriebenen Beinen einherschritten und ungelenk von einer Seite zur anderen schwankten. Sie waren etwa doppelt so hoch wie Morlaniath, sodass die Blätter oben über die offenen Cockpits der Piloten strichen. Jeder war mit einer mehrläufigen Waffe ausgestattet, die hin und her schwang, während der Lenker die Bäume nach Feinden absuchte. Rauch quoll unaufhörlich aus den Rohren eines Doppelauspuffs, der hinter der Kabine aus einem Motor ragte und eine Rußspur im Laub der Lianderinen hinterließ.

Weiteres Getrampel lenkte die Aufmerksamkeit des Trupps auf eine weitere Schwadron, die rechts an ihnen vorbeimarschierte. Reglos warteten sie, bis die Aufklärer vorbei waren, dann zogen sie weiter, immer näher an die Front der Menschen heran.

Karandras ließ den Trupp im Schutz der Bäume anhalten, in Schussweite der vordersten Menschentrupps. Sie kauerten sich in den Schatten und sahen zu, wie mehrere Trupps Soldaten in den Wald ausschwärmten, wobei allerdings keiner in Richtung des Phoenix Lords und seiner Gefährten sah.

Der Hang des Tals war ein Bild primitiver Betriebsamkeit, denn die Menschen gruben sich wie Parasiten in Alaitocs Fleisch. Viele der Soldaten waren mit Schaufeln und Hacken zugange, während ihre Offiziere herumstanden, Befehle brüllten oder ihre Männer schalten. Ein paar Posten standen Wache, aber nichts von alldem interessierte Morlaniath.

Vor den wachsenden Verteidigungsanlagen standen dreißig Space Marines immer truppweise neben einem mit Panzerplatten verkleideten Transporter. Sie hatten die Waffen im Anschlag, und ihre behelmten Köpfe drehten sich mit der Präzision eines Metronoms, während sie auf der Hügelflanke patrouillierten und den Wald nach Bedrohungen absuchten. Am diesseitigen Ende ihrer Reihe stand ein weiterer Kampfläufer, der aber anders aussah als die, die gerade an ihnen vorbeimarschiert waren. Er war fast genauso hoch, aber viel breiter, fast quadratisch und im rotweißen Farbschema der Space Marines bemalt. Er bestand fast nur aus einem dick gepanzerten Rumpf auf krummen Beinen, der von zwei breiten Schultern flankiert wurde; aus der rechten ragte ein kurzer Arm mit Klauenspitze, die von knisternder Energie umspielt wurde, aus der linken eine kurzläufige Waffe, die von mehreren Brennstofftanks gespeist wurde, die Morlaniath – auf eine sehr krude und menschliche Weise – an die Fusionsstrahler erinnerte, die der Aspekt des Fire Dragons verwendete.

»Hinter welchen sind wir her?«, flüsterte Arhulesh.

Karandras hielt den Blick nach vorn gerichtet, als er antwortete, hob einen Finger seiner Klaue und deutete auf die Space Marines.

»Die schwerste Beute ist die würdigste Beute«, sagte der Phoenix Lord.

»Wie sieht unsere Herangehensweise aus, der Boden hier bietet keine Deckung, unsere Feinde sind aufmerksam«, drängte sich Morlaniath in ihr Gespräch.

»Es wird eine … Ablenkung geben«, erwiderte der Phoenix Lord honigsüß. Morlaniath hörte einen Anflug von Humor aus der Antwort heraus.

Sie warteten schweigend. Über ihnen kreisten weiter langsam die Swooping Hawks in sicherer Entfernung zum Feind. Morlaniath spürte einen ganz leichten Druck im Hinterkopf, die flüchtige Berührung einer körperlosen Präsenz. Er wusste, es war der Rest einer Spur, ein Kollateraleffekt der Aktivierung des Sprunggenerators eines Warp Spiders ganz in der Nähe. Nicht zum ersten Mal in seiner langen Existenz fragte sich Morlaniath, was für Eldar wohl Warp Spiders wurden, bereit sich den Gefahren des Warpraums auszusetzen. Im Kern jedes Exarchs und jedes Aspect Warriors lag eine brutale Finsternis, doch die Warp Spiders balancierten am Rande der Selbstvernichtung. Sie waren nicht nur risikobereit, sie hatten auch ein freudloses Weltbild und mischten sich selten unter die Krieger anderer Schreine.

»Seid bereit«, warnte Karandras und beendete damit Morlaniaths Grübelei. Er hatte eine Vorahnung dessen, was gleich geschehen würde und blickte in den Himmel auf. Im flackernden, trüben Licht der Sterngranaten der Menschen stießen geflügelte Gestalten aus den Höhen der Kuppel herab. Das Rauschen des Windes an ihren Flügelspitzen wurde lauter, als die Vampire – sechs von ihnen in V-Formation – in den Sturzflug übergingen.

Ein Hagel von Kugeln flog in hohem Bogen zwischen die menschlichen Soldaten, während die Vampire wieder aufstiegen. Keine profanen Explosionen erschütterten das Tal: Alle Schallbomben detonierten über den Verteidigungslinien und gaben wogende Schockwellen ab. Die Schallwellen pulverisierten Körper und Barrikaden – sich ausbreitende, ätherische Globen der Verwüstung rasten über die Hügelflanke und schufen einen kreischenden Schuttsturm. Morlaniath sah, wie Soldaten in die Luft gehoben wurden und es ihnen die Overalls von zerfleischten

Leibern riss. Diejenigen am Rande der Schalleruptionen fielen zu Boden; Blut strömte ihnen aus Ohren, Augen und Mündern, drang karmesinrot in die Poren ihrer Haut und spritzte aus geplatzten Blutgefäßen.

Die Space Marines drehten sich um, als die Swooping Hawks nach dem Bombardement herabstiegen, und hoben ihre Bolter in Richtung der fliegenden Aspect Warriors. Karandras hatte seine Deckung bereits verlassen und hastete am Hügelkamm entlang auf den Feind zu. Morlaniath setzte ihm nach und der Rest des Verborgenen Todes war ihm dicht auf den Fersen.

Ein Schütze der Space Marines, der in einer Luke auf einem der Transporter saß, erspähte die Striking Scorpions und schwenkte seine auf einem Zapfen montierte Waffe herum. Helle Blitze schossen auf den Trupp zu, als der Space Marine das Feuer eröffnete und seine doppelläufige Schusswaffe Explosivgeschosse spie. Zwei Geschosse flogen an Morlaniath vorbei und er hörte einen Schmerzensschrei. Als er nach hinten sah, erblickte er Elissanadrin, die sich auf dem Boden wand. Ihr rechter Arm war an der Schulter abgerissen worden und in der Seite ihrer Brust klaffte ein Loch. Im Handumdrehen registrierte der Exarch das schäumende Blut, die Knochensplitter und die sprudelnden Arterien in den Wunden. Weitere Strahlen schossen vorbei. Er konnte keine Zeit für die gefallene Kriegerin erübrigen. Der Exarch stürmte hinter Karandras her und die wirbelnden Klingen der *Zähne der Dissonanz* erreichten ihre volle Geschwindigkeit, angetrieben von Morlaniaths wachsendem Zorn.

Karandras bog nach rechts ab und stürzte sich auf den nächsten Space-Marine-Trupp, während weitere Boltgeschosse vorbeisirrten. Mit zwei Schritten sprang Morlaniath die schräge Front des Transporters hoch, die reißende Klinge waagerecht in der Hand. Ohne langsamer zu werden sprang er an dem Schützen vorbei und die schwirrenden Zähne seiner Klinge fuhren durch den

Hals des Space Marines, als der Exarch vorbeiflitzte, sodass zähflüssiges Blut auf den weißen Rumpf des Fahrzeugs spritzte. Die rasche Vergeltung für Elissanadrins Tod erfüllte den Exarchs mit einem erregten Schauer, während er über den Kühlergrill rannte und hinuntersprang, um sich seinem Trupp wieder anzuschließen.

Vier Space Marines lagen zu Karandras' Füßen, ihre Rüstung war von seinem Schwert gespalten und von seiner Energieklaue zermalmt. Die Mandiblaster des Phoenix Lords entfesselten einen Geschosshagel, der einen weiteren Feind von den Beinen riss, dessen Rüstung von den grünen Energiestößen zertrümmert wurde.

Der Verborgene Tod schloss sich seinem Phoenix Lord im Nahkampf an, Pistolen sangen und Kettenschwerter kreischten. Ein Boltgeschoss flog durch Morlaniaths Sichtfeld und das Gleißen seines Triebstoffes blendete ihn fast, doch seine Helmlinsen polarisierten sich, um bleibenden Schaden an seinen Augen zu verhindern. Instinktiv duckte er sich, wirbelte herum und schlug mit den *Zähnen der Dissonanz* zu. Die Klinge krachte gegen ein gerüstetes Bein. Eine unscharf zu erkennende rote Gestalt taumelte rechts von ihm zurück. Morlaniath setzte nach und hob die Spitze seiner reißenden Klinge, sodass er sie dem Space Marine über den schweren Schulterpanzer zog. Mit einem wilden Fauchen unterdrückte der Exarch eine kurze Erinnerung an Nicht-Lecchamemnons Tod.

»Vernichtet die Eindringlinge, lasst eurer Feindseligkeit freien Lauf, lasst den roten Fluss fließen!«

Morlaniath warf sich auf seinen Gegner und die Mandiblaster knisterten in den Augenlinsen des Space Marines. Knurrend zog der Exarch die brüllenden Zähne seiner Klinge über den Bauch des Space Marines und durchschnitt in einem elektrischen Funkenregen Röhren und Kabel. Der Space Marine schwang seinen Bolter wie einen Knüppel und Morlaniath fing die Waffe mit der Parierstange seines Schwerts ab. Die Wucht des Hiebes drängte den Exarch drei Schritte zurück, aber er erlangte sofort das Gleichgewicht wieder und sprang erneut vor, duckte sich unter den ausgestreckten Armen des Space Marines durch, und die *Zähne der Dissonanz* zogen eine Furche durch die geriffelte Rüstung, die die ungeschützte Armbeuge des Kriegers bedeckte. Blut spritzte aus einer durchtrennten Arterie und benetzte Morlaniaths Beine, während dieser hinter den Space Marine wirbelte.

Mit einem Schrei hämmerte der Exarch die reißende Klinge in die Entlüftung des Energieversorgungsmoduls des Space Marines. Geborstene Energiezellen entluden in einem Bogen bläulichen Lichts ihren Inhalt, während parallel die Mandiblaster des Exarchs eine Salve Laserfeuer spien. In einer zischenden Wolke entwich Kühlmittel aus der zerstörten Rüstung des Space Marines und überzog Morlaniaths linken Arm mit Frost. Die dünne Schicht Eiskristalle rieselte zu Boden, als er mit seinem Schwert zum Todesstoß ausholte. Der Space Marine wandte sich halbherzig dem Angriff zu, nur um von den Zähnen von Morlaniaths Waffe voll im Gesicht getroffen zu werden, die durch den Helm drang und dem Space Marine die Schädeldecke abschälte. Als der Space Marine zusammenbrach, jagte Morlaniaths eine weitere Salve seiner Mandiblaster in die freiliegende Hirnmasse und verwandelte sie in dampfenden, grauen Matsch.

Ein Schatten ragte über dem Exarch auf und er sah die kantigen Umrisse des Space-Marine-Kampfläufers über sich aufragen. Die Metallbestie hatte die gewaltige Hand erhoben und zwischen den langen Klauen knisterte Energie. Der Exarch hob die *Zähne der Dissonanz*, um den Angriff zu parieren, doch er wusste, er hatte nicht die Kraft, um einen solchen Hieb abzuwehren.

Etwas traf den Exarch hart in die Seite und schleuderte ihn aus der Bahn der herabfahrenden blitzumzuckten Klaue. Morlaniath rollte, unmittelbar bevor die Klauen herab sausten, zur Seite und sah Bechareth zwischen sich und dem Kampfläufer stehen. Der Hieb riss dem Aspect Warrior eine Seite des Helms weg, ehe er ihm den linken Arm vom Körper abtrennte.

Karandras sprang über den fallenden Bechareth und seine Energieklaue riss Keramiksplitter aus der Panzerung des Kampfläufers. Morlaniath empfand den Drang Bechareth in Sicherheit zu bringen, den ein Gedanke des Phoenix Lords in ihm geweckt hatte. Er konnte ihm nur nachgeben. Er nahm die *Zähne der Dissonanz* in die linke Hand und packte Bechareth am verbliebenen Handgelenk, dann zog er ihn unter den Klauenfüßen des Kampfläufers hervor. Die Faust des Kampfläufers traf Karandras in den Magen und glitzernde Finger traten aus dem Rücken des Phoenix Lords wieder aus.

Morlaniath sah hinab in Bechareths Gesicht, fast ein Spiegelbild ihrer ersten Begegnung, und die Augen des Striking Scorpions starrten aus einer Maske hellroten Blutes zurück. Morlaniath sah den Hass und Zorn eines Aspect Warriors in diesem Blick, spürte aber etwas hinter der Kriegsmaske.

Der Exarch begriff, warum der Phoenix Lord sich geopfert hatte, um Bechareth zu retten.

»Du musst diesen Krieg überleben, geh weiter auf dem Pfad, finde den Frieden, den du ersehnst«, flüsterte Morlaniath. »Bekämpfe die Finsternis in dir. Beweise, dass der Pfad recht hat, dass Khaine uns nicht besitzt!«

Bechareths Hand schlug gegen Morlaniaths Arm, versuchte ihn zu ergreifen. Mit einem zitternden Ächzen fiel er zurück, die Augen auf den Exarch fixiert.

»Das werde ich«, sagte Bechareth, die Lippen schmerzverzerrt.

Morlaniath nickte und wandte sich wieder dem Kampfläufer zu, der dem Rest des Verborgenen Todes hinterherwankte, der sich hügelabwärts zurückzog. Der Exarch machte zwei Schritte hinter der mechanischen Bestie her und beäugte die verletzlichen Röhren und Auspuffe, die aus ihrem Rücken ragten.

Er blieb stehen, weil die Leiche Karandras', die direkt vor ihm lag, seinen Blick auf sich zog. Die Rüstung des Phoenix Lords war vom Magen bis zum Hals aufgerissen, aber es gab keine Blutspritzer, keine zerfetzten Organe. In dem Riss wirbelte eine Galaxis; Lichtfünkchen umkreisten eine zentrale Helligkeit, jedes davon eine Seele Karandras'.

Morlaniath war wie in Trance. Er spürte einen schwachen Herzschlag im Hinterkopf. Er wurde stärker, als er sich der zerfetzten Gestalt Karandras' näherte, angelockt von einem unwiderstehlichen Instinkt, erfüllt von derselben von außen kommenden Entschlossenheit, die er gespürt hatte, als er Bechareth in Sicherheit gebracht hatte. Er hatte keine Kontrolle über seinen Körper und sah distanziert zu, wie Morlaniath neben dem gefallenen Phoenix Lord niederkniete und immer tiefer in die kreisenden Lichter hineingezogen wurde. Khaines Ruf war stark, er dröhnte im Einklang mit dem Herzschlag in Morlaniaths Ohren.

Er streckte eine Hand aus, um die glitzernden Sterne zu berühren.

Ruckartig wurde Morlaniath aus seinem schwachen, physischen Gefäß gezerrt, und zwar jeder Teil von ihm: Morlaniath, der Erste, der Verborgene Tod; Idsresail, der Träumer; Lecchamennon, der Todgeweihte; Ethruin, der finstere Spötter; Elidhnerial, der Weinende; Neruidh, der Verzeihende; Ultheranish, Kind Ulthwés; Korlandril, der Künstler.

Nicht-Korlandril war nur ein Atom des Sterns Morlaniath und Morlaniath nur ein Stern in der ganzen Galaxis, die Karandras war. Zahllose Essenzen, endlose Stimmen vereinigten sich langsam. Seelen aus der gesamten Galaxis, von Kriegern, die in jedem Zeitalter auf jeder Craftworld geboren worden waren und die Seelenteile, aus denen sie bestanden, dazu die Erinnerungen jener anderen Seelen, die sie berührt hatten, sie dehnten sich aus, weit hinaus in die Unendlichkeit des Universums, alle verbunden, alle vereint in diesem einen Leib.

Morlaniath zersplitterte, wurde zu seinen Teilen, die alle ins Glitzern der Essenz des Phoenix Lords einsickerten. Die Stille des Weltraums begrüßte sie. Für sie gab es nicht das Leben im Tode der Unendlichkeitsmatrix. Für sie gab es keine Verheerungen durch Sie, die dürstet. Hier würde es enden, ein für allemal. Nur Karandras lebte weiter. Kurz lebte Korlandril wieder, dann war er fort.

Friede.

Er verbarg sich hinter dem eingestürzten Torbogen des alten Tempels, zitternd in seiner Nacktheit. Hunger nagte an seinen Eingeweiden. Seine Gliedmaßen zitterten vor Schwäche, sein Atem pfiff in seiner Kehle. Der Schmerz in ihm, das Klopfen in seinem Herzen und Schädel, die Nadeln der Agonie, die in seinem Geist kreisten dehnten ihn in alle Richtungen aus, unerträglicher als jeder körperliche Schmerz.

Ein Fuß kratzte über staubigen Stein und er zog sich weiter in die Schatten zurück, während seine Augen verzweifelt nach einem Fluchtweg suchten. Es gab keinen, er saß in der Falle. Durch seine Tränen sah er gegen das Licht von außerhalb des Schreins den Umriss einer Gestalt.

»Hab keine Angst«, eröffnete der Fremde mit leiser, aber fester Stimme das Gespräch.

Er blieb totenstill und hielt den Atem an. Der Fremde schritt entspannt über den knochenübersäten Boden des Tempels, sein grünes Gewand schleppte hinter ihm her. Augen wie die des Fremden hatte er noch nie gesehen. Sie waren frei von Hass, frei von Lust. Frei von Eifersucht und Bösartigkeit.

Er zuckte zurück, als der Fremde eine Hand ausstreckte. Er schob sich weiter rückwärts, bis sein Rücken an die kalte Wand gepresst war. Er konnte sich nirgends mehr verstecken. Der Fremde lächelte, doch da war nichts von der lüsternen Begierde, die er sonst mit diesem Gesichtsausdruck verband.

»Wie heißt du?«, fragte der Fremde.

»Karandras«, antwortete er flüsternd und seine Stimme war kaum ein Hauch.

»Karandras? Das ist ein guter, starker Name.«

»Was willst du von mir?«

»Ich will dir helfen.«

»Wo wirst du mich hinbringen? Die anderen wollten mich ins dunkle Netz bringen, doch ich floh. Ich hatte Angst.«

»Mit Recht hattest du die. Den anderen kann man nicht vertrauen.«

»Vertrauen?«

»Ich werde dich Vertrauen lehren. Es ist gut. Komm mit und ich werde dich vieles lehren.«

»Was werde ich lernen?«

»Du wirst lernen keine Angst zu haben. Du wirst lernen, was Glück ist, was Frieden und was Gleichgewicht ist. Willst du das?«

»Ich weiß nicht … was ist das?«

»Diese Dinge werden uns wieder stark machen.«

»Wirst du mich lehren mich zu verstecken?«

»Es gibt keine Verstecke mehr.«

»Wirst du für meine Sicherheit sorgen?«

»Es gibt keine Sicherheit.«

Darüber dachte Karandras einen Augenblick nach.

»Wirst du mich beschützen?«

»Mehr noch, ich werde dich lehren dich selbst zu beschützen. Ich werde dich lehren, wie man kämpft.«

Karandras streckte eine Hand aus und ergriff zögernd die dargebotene Rechte des Fremden. Der Händedruck des Fremden war fest, aber sanft. Er ließ sich hochziehen und sein Kopf reichte dem Fremden nur bis zur Brust.

Gemeinsam wandten sie sich der Tür zu und gingen durch den Lichtschein, Karandras' Hand in der des Fremden.

»Wohin gehen wir?«, fragte der Junge.

»An einen Ort, an dem meine Freunde warten. An einen Ort, an dem du kämpfen und den Feinden deines Körpers und deines Geistes trotzen lernen kannst.«

Sie erreichten die geborstenen Stufen des Durchgangs, und das grelle Licht ließ Karandras mit Tränen in den Augen heftig blinzeln.

»Wer bist du?«, fragte er.

»Ich bin Arhra. Ich bin jetzt dein Vater.«

Weiß löste sich in die Farben des Lebens und des Todes auf. Karandras rappelte sich auf und seine Rüstung schloss die Wunde, die seine Energie hatte entweichen lassen. Der Phoenix Lord blickte auf die leere Rüstung des Exarchs hinab, der ihm dieses neue Leben geschenkt hatte. Er spürte nichts von dem Eldar, der er gewesen war. Er hatte nur seine eigenen Erinnerungen. Er hatte nur den Geist und die Seele, mit denen er geboren worden war.

Er war Karandras und nur Karandras.

Er sah sich um und verschaffte sich einen Eindruck von der tobenden Schlacht. Die Alaitocii kämpften mutig und vertrieben die Menschen aus der Kuppel, doch das Schicksal ihrer Craftworld war alles andere als entschieden. Karandras bückte sich und hob sein Kettenschwert auf und das Gefühl es in der Hand zu haben gab ihm Sicherheit. Die Striking Scorpions, die sich ihm angeschlossen hatten, zogen sich in den Wald zurück und trugen zwei der Ihren mit sich, die verwundet waren. Der Phoenix Lord kehrte ihnen den Rücken zu und folgte dem imperialen Dreadnought, der ihn getötet hatte. Er spürte, wie die Erregung der nahenden Vergeltung seinen Leib durchströmte.

Ein weiterer Krieg, ein weiterer Tod. Das würde sein Schicksal sein, bis zur Endschlacht, der Rhana Dandra, in der alles untergehen würde.

ÜBER DEN AUTOR

Gav Thorpe ist der Autor des Horus-Heresy-Romans ›Falsche Erlösung‹ sowie der Novellen ›Corax: Soulforge‹ und ›Ravenlord‹. Seine Kurzgeschichte ›Der Löwe‹ war Teil des ›New York Times Bestseller‹-Sammelbands ›Die Primarchen‹. Er ist vor allem für seine Geschichten über die Dark Angels bekannt, darunter die ›Vermächtnis von Caliban‹-Reihe und der Fanfavorit ›Angel of Darkness‹. Sein Warhammer-40.000-Repertoire enthält außerdem die ›Der Pfad der Eldar‹-Trilogie, die Hörspiele ›Raven's Flight‹ und ›Honour to the Dead‹ sowie zahlreiche Kurzgeschichten. Für Warhammer hat Gav die ›Time of Legends‹-Trilogie ›The Sundering‹ und viele andere Titel verfasst. Er lebt und arbeitet in Nottingham.